韦晓东　编著

南京师范大学出版社

贺敬之

以笔为枪
投身抗战

丁芒

将士凋零 诗篇永存

丁芒

抗战胜利,中国军队重又守卫卢沟桥。战士身后,"卢沟晓月"四个大字清晰可见。

倾听最后的吼声

——序韦晓东《以笔为枪：重读抗战诗篇》

吕 进

诗是双重关怀和双重干预的艺术：生命关怀与生存关怀；生命干预与生存干预。这两种关怀与干预并不会平行，在不同的语境下，诗会有不同的基本审美倾向。在和平安定的时代，诗的天平会更偏向"生命关怀"，诗叙说着人性、人道、人情的生命体验；在革命、动乱、战争的历史时期，诗会更倾心于"生存关怀"，呼唤着社会雷电和时代风云。当然，优秀的"生命关怀"的诗，写到极致，也有"生存关怀"的厚度；而优秀的"生存关怀"的诗，写到极致，也会有"生命关怀"的内蕴。

抗战时期的诗，绝大多数是"生存关怀"的铁血歌唱。当日本侵略者的铁蹄践踏神州大地，大江南北都点燃了抗日烽火，"中华民族到了最危险的时候／每个人被迫着发出最后的吼声"。五四时期、抗战时期和新时期是中国新诗的三大高潮。抗战诗歌这个高潮的特殊价值在于，它不仅仅属于新诗发展史，而且属于中国现代史——它是中华民族八年抗战的诗的足音，它是中华儿女爱国情怀的诗的记录。

"一腔热血沸腾时，万里汪洋起波澜"（张自忠）。在外敌入侵的烽烟里，诗人们几乎都提笔上阵，国破山河碎，时代的诗风也为之一变。"生存关怀"站到了前台，曾经把写诗作为"灵魂的苏息"的诗人戴望舒就是典型的一例。卞之琳在为《戴望舒诗集》写的《序》里说道：戴望舒有"一种绝望的自我陶醉和莫名的惆怅。直到全面抗日战争爆发以后，他才转而参与了为民族解放和社会进步而斗争的有责任感的诗人的行列。"在香港的监狱里，被日本人抓捕而受尽毒刑拷打的戴望舒，写下了《狱中题壁》（1942年4月）和《我用残损的手掌》（1942年7月）这些传之久远的名篇，卞之琳认为，《我用残损的手掌》是"他生平也许是最有意义的一首诗"。戴望舒的沉雄悲壮的抗战诗就永远留在诗歌史上了。

《后汉书·班超传》说的"投笔从戎",在抗战诗人这里是"以笔从戎"。他们并不"投笔",而是捏紧笔杆,以笔为枪,冲向战场。我刚刚出版的《大后方抗战诗歌研究》一书(重庆出版社)的第八章《著名诗人在大后方的诗歌创作》就分节研究了"以笔从戎"的臧克家、冯至和艾青:臧克家不属于任何流派,冯至是后来的九叶诗派的老师,艾青是七月派诗人。当我们今天读到韦晓东这个选本,重温抗战诗篇的时候,的确深深感觉到,如同晓东所讲:"每一位抗战诗人都是抗战老兵。"

由于战争和政治的因素,抗战诗歌从地域上划分为四个板块:大后方、解放区、沦陷区以及海外。《以笔为枪:重读抗战诗篇》对这四个区域都有所注意,并且还发掘出了几位过去被忽略的诗人。英国诗人威斯坦·奥登的入选,说明一些外国诗进入了编者的视野:英国、美国、苏联,甚至日本诗人,也有在中国写抗战诗的。

我记得我曾经为《人民日报》写过一篇《对再生的呼唤——重读郭沫若〈凤凰涅槃〉》。"温故而知新",那么重读抗战诗篇有些什么新的感受呢?择其大要而言之——

其一,和其他历史时期的诗相比,抗战诗歌是最接地气的诗,是最大众化的诗,真正成为国民的心声,民族的呐喊。而且,抗战时期诗人们通过朗诵诗、方言诗、街头诗、枪杆诗等等诗体的创造,努力丰富诗与大众的联接渠道,从入选的一些诗篇可见端倪。这些,都是抗战诗给我们留下的宝贵的艺术经验。诗必须坚持大众化,诗的生命只能由读者赋予。时下流行的"凡大众喜爱的诗就不是诗"的言论不值一驳。诗一经公开发表,就成了社会产品,也就具有了社会性。所以公共性是诗在社会的生存理由,也是诗的生命底线。无论写"生命关怀",还是写"生存关怀",诗背对受众,受众肯定就背对诗。

其二,抗战诗歌对民族形式十分看重,不仅在创作里多有坚持,而且在大后方展开了讨论。大众化和民族化其实是一个问题的两面。诗绝对不能以"创新"的名义去超出诗的美学边界。既然是诗,就得拥有诗的基本审美规范;既然是中国诗,就得遗传中国诗的审美密码。近年诗坛上有的"理论家"频频宣传"新诗,新就新在自由",宣传忽略,甚至放弃诗之为诗的文体要素,将新诗推向困惑和无序的境地。回望抗战诗篇,这类腔调实在应该休息了。

其三,抗战时期还有一个值得注意的诗歌现象,就是传统的诗词曲在新文学里沉寂近乎 20 年之后,奇迹般复苏,发出了响亮的声音。初期的中国新诗致力于爆破,现在回顾,这种爆破带有历史的必然性与合理性,没有爆破就难以拓出新路。然而这种爆破又是简单与粗放的,连同我们民族的传统诗学精华也成了爆破对象。这就给新诗留下了"先天不足"、"漂移不定"、"名不正言不顺"的祸根。在很多新诗人纷纷投入民族解放洪流的同时,传统诗词的创作也迎来了崭新的春天,并在抗战救国的主旋律下发挥了不可替代的重要作用。很多新诗人都是从传统文化和旧诗词的浸染中成长起来的,在民族危难的关头,他们也创作了很多优秀的诗词,产生了良好的社会效果,形成了中国现代文学史上传统诗词复兴的美丽华章。《以笔为枪:重读抗战诗篇》编选的旧体诗词占了相当分量。它展现出,除了新诗人,抗战诗人的队伍还有许多写旧体诗的生力军,包括众多抗战将领,政治家,等等。

本书从抗战全面爆发的 1937 年到日寇投降的 1945 年,分年编选,成为抗战诗的编年史:屠杀与苦战—煎熬与相持—投降与胜利,构成全书的结构脉络,这种体例颇富新意,方便读者动态地了解诗歌中的抗战和抗战中的诗歌。我们生活在"互联网+"的时代,编者运用微信场景杂志的形式,在移动互联网上推广本书,也是一个新鲜做法。

南京的诗人里,我的朋友和学生应该不算太少。很多年前,我还曾为南京诗人叶庆瑞的诗集写序,但是我和晓东却缘悭一面。上个月我在国外接到他发来的 e-mail,这本诗选,他邀请了贺敬之和丁芒题词,冯亦同和我写序,他希望我能够同意。今年是抗战胜利70 周年,诗歌界也策划了一些项目,艾青研究会主编的《我爱这土地——艾青抗战诗选》就已经出版。晓东这个选本是相当有意义的。接到晓东的信,我还突然想起吴奔星生前对我的嘱咐:"你要为我们南京做事啊!"于是决心参加到这件工作中来。

晓东先后在两大传媒集团服务 20 多年,策划能力颇强,多有建树;我读了他为本书入选诗篇写的赏析,体会到我这位没有见过面的朋友的文学才华。我祝贺《以笔为枪:重读抗战诗篇》的问世。

是为序。

(吕进,西南大学二级教授,博士生导师,中国诗学研究中心主任,重庆市现当代文学研究会会长,重庆市文联荣誉主席,全国文学奖、鲁迅文学奖多届评委。)

微信扫一扫　听抗战诗篇

制作：徐自非　黄勇　配音：陈治伊
微信场景杂志　　平台支持：微有趣　　创意：韦晓东

与史同行　为诗传薪

冯亦同

抗日战争胜利七十周年纪念日即将来临之际，读到资深媒体人、诗人韦晓东精心编选、倾情评析的《以笔为枪：重读抗战诗篇》——虽然捧在手中的还只是一部尚未付印的黑白校样，但我已经被澎湃在这厚厚一叠书稿中的历史激流和诗歌激情，深深地感染了，心中涌起无比的兴奋与激动。

从"1937"到"1945"，一百三十多位抗战诗人的诗歌作品，带着七十年前发生在世界反法西斯战争东方主战场上生死搏斗的炮火硝烟向我们走来。在这支以笔为枪，义薄云天、气壮山河的战斗行列里，有谢晋元、马本斋、李兆麟、陈辉、钟毅……这些血洒沙场，以身殉国的前线将士、民族英雄；有于右任、陈毅、凯丰、吕正操、肖克、沈钧儒、陈叔通、李根源、王冷斋等一批抗战史上广为人知的军政要员与社会贤达；有五四新文化运动以来的文学巨匠、文坛名家：郭沫若、胡适、朱自清、郑振铎、叶圣陶、巴金、老舍、王统照、胡风、李金发、戴望舒、李广田、何其芳、蒲风、穆木天、徐訏；更多的则是上世纪三、四十年代烽火岁月里成长的一代新诗骄子：艾青、臧克家、田间、光未然、贺敬之、郭小川、魏巍、公木、陈靖、穆旦、阿垅、吴奔星、覃子豪、孙望、赵瑞蕻、臧云远、芦甸、鲁藜、绿原、曾卓、牛汉、方然、方冰、丁芒……以及同他们一起歌唱和战斗的传统诗词作者：邓拓、唐圭璋、沈祖棻、王季思……

以上名单，虽然只是本书收录诗篇作者中的一部分，远非历史的"全豹"，但从中依然可以看出他们所代表的八年艰苦卓绝的伟大民族解放战争中"抗战诗人"这个特定群体同样具有的"地无分东西南北、人不分男女老幼，皆有守土抗战之责"的广泛性、全民性和一致性；而诗人们笔下的"抗战诗歌"所高扬的战斗意志与必胜信念，如果能够用一句话来概括的话，我想最贴切、也最"前卫"的语汇，应该是1935年被诗人田汉和作曲家聂耳谱写进《义勇军进行曲》（电影《风云儿女》主题歌），后来成为《中华人民共和国国歌》中的那个脍炙人口又深入人心的不朽名句："中华民族到了最危险的时候,每个人都被迫着发出最后的吼声!"——从这个最能够体现历史特色、时代精神和民族情怀的"主题词"来看,《以笔为枪:重读抗战诗篇》所着力反映与表现的,就是这样一部以诗歌为载体的抗日战争"编年史",是一曲"冒着敌人的炮火前进,前进、前进、进"的中华民族救亡图存、争取独立自由和光明未来的不屈战歌;是与历史同行的亿万中华儿女以血肉之躯和诗歌之名,在20世纪人类历史上共同构筑的"新的长城"和"诗的丰碑";也是在今年这个纪念中国人民抗日战争暨世界反法西斯战争胜利七十周年的重要时刻,献给胜利者、褒扬战斗者、祭奠牺牲者的一束永不凋零的"七色花"。

　　我之所以强调"七色花",是因为作为历史经典的回顾与重温,本书从选篇立意、史料运用,到赏析评点、图文编排等各个方面,编著者在尊重历史和弘扬主旋律的前提下,十分注重主题意涵的伸延与拓展、题材内容的丰富与变化,表现形式的活泼与多样,力求做到视野开阔、兼收并蓄与博采众长。展现在我们面前的"抗战史诗",不仅有叱咤风云的重大历史事件当事人的咏怀述志、慷慨陈词,对侵略者暴行的控诉、对反抗者英勇的讴歌,让今天的读者与昨天的历史"面对面",直击正义与邪恶的较量,"战"与"降"、"胜"与"败"的对决,真切感受国土沦丧带来的深重苦难,中国军民立下的丰功伟绩;同时也通过各种社会生活场景和形形色色人情世态的交织,全方位地记录战火中青春的洗礼,爱与仇、生与死的轮回,流亡路上的弦歌与进取、海外赤子和国际友人的响应与声援……与之形成鲜明对照的是:"莫向西川问杜鹃,繁华争说小长安,涨波脂水自年年。筝笛高楼春酒暖,兵戈远塞铁衣寒,尊前空唱念家山"(引自沈祖棻《浣溪沙·客有以渝州近事见告者,感成小词》)以及留下"内斗伤痕"的《囚徒歌》(林路基)和《牢狱篇》(鲁煤),如同大时代激流中的朵朵浪花,伴随着江面舟楫的飞行,也见证江底沉渣的泛起、磐石的坚贞……

　　因此,在本书全景式展开的抗日战争各个阶段的广阔历史画卷上,我们既看到艾青数百行长诗《吹号者》中那个"在震撼天地的冲杀声里,/在决不回头的一致的步伐里……/我们的吹号者,/以生命所给予他的鼓舞,/一面奔跑,一面吹出了那,/短促的,急迫的,激昂的,/在死亡之前决不中止的冲锋号,/那声音高过了一切,/又比一切都美丽"的豪迈与悲壮；也看到了魏巍十六行短歌《蝈蝈，你喊起他们吧》所刻画的战斗间歇中露营战士酣睡入梦、蝈蝈在他们身边吟唱的轻柔与温馨；用评点者的话来说，"这可能是抗战诗歌史上最美丽的一只昆虫了"。每一位抗战诗人的笔下，都有来自不同战区、不同生活境遇和人生遭际的情景再现和心灵悸动。即使在同一个诗人的笔下，其内心世界的诗意流露也并非单一的色调，就像年仅25岁牺牲在晋察冀土地上的沅水之子陈辉烈士在他的《献诗——为伊甸园而歌》中宣誓的那样："也许吧，/我的歌声明天不幸停止，/我的生命/被敌人撕碎，/然而，/我的血肉呵，/它将/化作芬芳的花朵，/开在你的路上。/那花儿呀——/红的是忠贞，/黄的是纯洁，/白的是爱情，/绿的是幸福，/紫的是顽强。"年轻诗人当年以生命"兑现"的预言，和所有以笔为枪的抗战老兵一起，书写出辉映在我们眼前的这些大气磅礴又多姿多彩的"抗战诗篇"。

闻一多先生说过："诗人的主要天赋是爱，爱他的祖国，爱他的人民"。以《红烛》、《死水》、《七子之歌》等名篇彪炳中国新诗史的这位爱国诗人和民主斗士，虽在八年抗战中鲜有诗句，但他高度评价田间的抗战诗歌称其为"擂鼓诗人"。朱自清先生在抗战时期有旧体诗集传世，新诗作品仅《昆明五华中学校歌》（本书收录此篇并作了很好的诠释）几首，然而朱先生却是抗战中兴起的新诗朗诵运动的积极推进者。值得一提的还有1938年3月27日在武汉发起和成立的中华全国文艺界抗敌协会（简称"文协"），朱先生被推选为45名理事会成员之一。"文协"自始至终是全国文艺界团结抗日的一面旗帜，分会遍布全国各地，包括大后方的国统区、中共领导下的敌后根据地，"孤岛"上海和香港，影响所及远至海外；其会刊《抗战文艺》自1938年5月4日创办至1946年5月终刊，先后出版71期，是贯通抗日战争时期的唯一的文艺刊物，对于开展抗日文艺活动、繁荣创作、培养青年作家等，都发挥了巨大的作用。《以笔为枪：重读抗战诗篇》的选编与撰稿，既围绕着为数众多的"文协"作家群展开，同时也有重点地突出抗战史上留名、留诗的爱国将领和各界人士，对多年来因各种原因受冷落、被遗忘的抗战诗人及其作品与事迹，也做了力所能及的挖掘、追踪和整理。细心的读者会发现：不拘一格地编订选目、图文并茂地介绍作者、情深意切地赏析评论，为历史存"真"，为诗歌传"薪"，正是本书别开生面、独特鲜明的最大特色——新体诗与旧体诗并肩，"国统区"和"解放区"牵手，一场不分党派和流派、不分地域和身份，为弘扬中华民族的抗战精神、保存和传承现代文学史最辉煌、雄奇、瑰丽的"抗战诗歌大联唱"，一定会给您带来不一般的心灵震撼与审美感受。

我想这份成绩的取得，是同本书编著者韦晓东先生全身心的投入与辛勤劳作分不开的。我和晓东结识于上世纪八十年代新诗潮澎湃、南京"诗人角"春花绽放的日子里，还是年轻学子（也是我的隔代学弟）的他在高校组织诗社、办《江南岸》诗刊，出个人诗集《纯洁的诱惑》，是当年最活跃的校园诗人之一。大学毕业后从事传媒工作的数十年间，虽然身在"诗坛"之外，但仍坚持爱诗、学诗、写诗，痴心不改。自去年初接受中央电视台十集专题片《诗行天下·下江南》的撰稿任务以来，如同一场归队前的热身运动，重新高涨起诗人的热情，终于在自己进入"知天命"之年的今天，从现实回望历史，以诗心撞击诗心，在中华民族可歌可泣的抗战征程上追寻"诗魂"与"大爱"，精雕细刻着心中的那座丰碑，为不朽的史诗笺注，为诚笃的诗人绘像，寄托着他向流血的历史和流泪的诗篇表达的一份庄严的敬意。

正是从这个同样也属于文学和诗学的专业角度出发，我以为《以笔为枪：重读抗战诗篇》这部尽管难免遗珠之憾、的确已分量不轻的诗文新著的问世，既有纪念抗战胜利七十周年的现实意义，也是它的编著者和出版方对于即将到来的中国新诗的百年华诞（1916—2016）所献上的一份富有启示性、历史性与美学价值的厚重大礼。

2015年大暑时节书于金陵百杖斋之南窗下

（冯亦同，中国作家协会会员，文学创作一级。著有诗集《紫金花》、诗评论集《红叶诗话》、散文诗剧《朱自清之歌》，传记《郭沫若》、《徐志摩》《朱枫传》等多种，曾获南京市文学艺术奖、金陵文学奖、紫金山文学奖、江苏省"五个一工程奖"等奖项。现任江苏省中华诗学研究会顾问、南京市作协顾问，南京市对外文化交流中心理事。）

第一编
1937—1938
屠杀 | 苦战

1937

005　谢晋元　七　绝
008　马本斋　七　绝
010　于右任　长歌复短歌
014　王统照　南　北
017　穆木天　好男儿歌
020　郭沫若　又当投笔
025　吴奔星　保卫南京
030　陈禅心　闻卢沟事变集唐三首
033　胡　绳　过南京夜闻东北流亡学生唱"松花江上"
035　钱小山　八百壮士
036　胡　风　为祖国而歌
041　凯　丰　抗日军政大学校歌
043　雷石榆　坟墓和活路
045　马叙伦　九月十八日正望前一日
047　蒲　风　我的思念在大海东——献给台湾
050　史　轮　大家都来杀鬼子
053　苏金伞　我们不能逃走——写给农民
057　王亚平　难民行
060　叶圣陶　长亭怨慢
063　郑振铎　卢沟桥

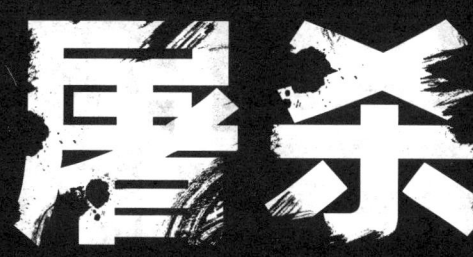

每一步侵略都是屠杀

那些屈死的冤魂在天上睁着眼睛

这是南京大屠杀的现场

日寇用炮火奴役半个中国

还要把我们杀光

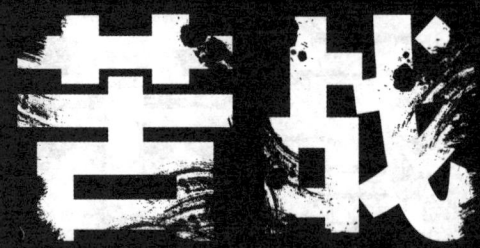

每一寸山河都在苦战

那些扑向枪口的胸膛都是好儿郎

这是台儿庄战役的现场

长城内外把义勇军进行曲唱响

兄弟上阵用大刀抵御外强

谢晋元：七　绝

抗战诗人：谢晋元

勇敢杀敌八百兵，抗战豪情以诗鸣。
谁怜爱国千行泪，说到倭奴气不平。

一九三七年十月

录谢晋元《七绝》，记述的是抗战初期那壮怀激烈的故事。

1937年淞沪会战，中日双方投入重兵。同年10月，谢晋元受命率400余官兵进驻苏州河北的四行仓库，掩护中国军队，坚守四天四夜，击退日军六次进攻。民众把英雄们称为"八百壮士"，谢晋元的英名广为传颂。这首《七绝》充满抗击日寇的凛然正气。

10月28日黎明，上海市商会派出一名女童子军杨惠敏携带慰劳品，渡过苏州河进入四行仓库，向孤军敬献新制青天白日满地红旗，表达对抗战将士的崇高敬意。谢晋元命令将青天白日满地红旗在仓库大楼楼顶升起，隔河观望的群众无不拍手欢呼。不久，以《歌八百壮士》为题的歌曲也创作出来："中国不会亡，中国不会亡，你看那民族英雄谢团长；中国不会亡，中国不会亡，你看那八百壮士孤军奋守东战场。"

部队退入租界后，正待整装再战，却被英军解除武装，送往胶州路"孤军营"，受尽凌辱。谢晋元满腔悲愤，每日清晨带领孤军唱国歌，举行精神升旗仪式，出操上课，教

以笔为枪：重读抗战诗篇

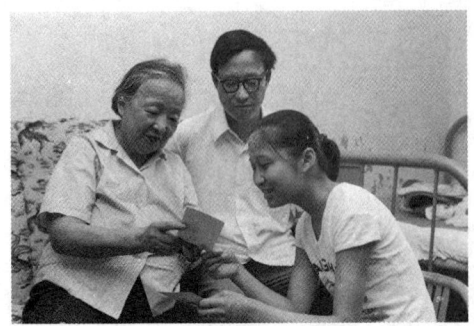

谢晋元遗孀凌维诚（左）与儿子谢继民（中）和孙女

谢晋元（右）在淞沪抗战前

育部下勿忘爱国军人的人格和国格。1938年8月11日晨，为纪念"八一三"抗战一周年，他率部升起国旗。当天下午遭到万国商团外籍军队包围和冲击，国旗被夺。谢晋元指挥壮士展开搏斗，4名壮士牺牲，100余人负伤。孤军被送往外滩中央银行大楼幽禁，谢晋元下令开展绝食斗争。工部局被迫让步，将他们送回孤军营，奉还国旗，抚恤死难壮士，并对此事件表示歉意。1940年3月，汉奸汪精卫在南京成立伪国民政府，派员以陆军总司令的高官诱降，谢晋元严词斥道："尔等行为，良心丧尽，认贼作父，愿作张邦昌，甘作亡国奴。我生为中国人，死为中国鬼，以保国为民为天职，余志已决，决非任何甘言利诱所能动，休以狗彘不如之言来污我，你速去，休胡言。"汪精卫见软硬兼施无效，决定暗杀谢晋元。1941年4月24日，被汪精卫派人收买的四个叛徒在早操时，乘他不备，用匕首将其刺死。谢晋元遇害的消息传出后，举国震惊。1941年5月，国民政府通令嘉奖，追赠谢晋元为陆军少将。上海十万民众前往瞻仰遗容。毛泽东高度赞誉"八百壮士"为"民族典型"；蒋介石誉其为"精忠贯日"。

谢晋元1905年生，广东梅州市人。

张治中（左三）接见上海战时服务团的女童军杨惠敏（左二）

1925年12月，入黄埔军校第四期政治科学习。

解放后，上海市政府褒扬谢晋元"参加抗日，为国捐躯"的壮举，并抚恤其亲属。1982年，谢晋元墓迁至上海虹桥万国公墓。

谢晋元

以笔为枪：重读抗战诗篇

马本斋：七　绝

抗战诗人：马本斋

风云多变山河愁，雁叫霜天又一秋。
男儿空有凌云志，不尽苍江付东流。

一九三七年

"贩马贩马，四海为家"。少年马本斋出生于河北省献县的一个回族贫苦农民家庭，饱受生活的艰辛。1921年冬天，19岁的马本斋入伍。1922年，入"东北讲武堂"学习。

七七事变后，马本斋在家乡组织回民抗日义勇队。1938年10月，马本斋光荣地加入了中国共产党。1939年，回民教导总队改编为八路军第三纵队回民支队，马本斋任司令员。这首七绝表达了作者决心抗战的豪迈斗志。"雁叫霜天又一秋"，展现了北方特有的风光，又衬托出肃杀悲壮的时代氛围。在民族遭难的时刻，作者心中的"凌云志"，作者满眼的"付东流"，都化作了对日寇的满腔怒火。

1941年8月27日，日本侵略军抓走了马本斋的母亲白文冠，企图逼降素有孝子之名的马本斋。同时，以马母为诱饵，诱使马本斋率部来救，以乘机消灭回民支队。日寇用种种手段，逼迫马母给马本斋写劝降信。但是，深明大义的马母宁死不屈，义正辞严地拒绝敌人："我是中国人，我儿子当八路军是我让他去的。劝降？那是妄想！"马母绝食七天，

回民支队

以身殉国。闻讯,马本斋沉痛地写下誓言:"伟大母亲,虽死犹生,儿承母志,继续斗争!"

1942年8月,回民支队奉命到达冀鲁豫抗日根据地,马本斋被任命为冀鲁豫军区第三军分区司令员兼回民支队司令员。改编后的回民支队,在他的率领下,战斗力不断提高,队伍迅速发展到2000多人,成为八路军冀中军区野战化较早的一支能征善战的精锐部队。

1944年2月,回民支队接到命令,开赴陕甘宁边区。在长期的战争生活中,马本斋营养不良,积劳成疾,突发急性肺炎,1944年2月7日在山东省莘县不幸病逝于冀鲁豫军区后方医院,终年43岁。毛泽东致挽词:"马本斋同志不死!"周恩来致挽词:"民族英雄、吾党战士!"朱德致挽词:"壮志难移,回汉各族模范。大节不死,母子两代英雄!"

抗战诗人：于右任

于右任：长歌复短歌

长歌长，短歌短，神圣战争方开展，
哥哥后，弟弟前，争将性命为国捐。
击破胡儿在今年。
短歌短，长歌长，万世荣名是国殇。
爱吾爱，仇吾仇，勇者不惧仁不忧。
大家起来卫神州。

一九三七年秋

于右任像喜爱书法一样喜欢美食，曾为西安"徐家黄桂稠酒店"、陕南宁强县"王家核桃烧饼"、江苏吴县木渎"石家饭店斑肝汤"等题书。1947年夏，陕西师专第一届学生毕业到东南各省观摩学习，时任国民政府监察院长的于右任闻讯，邀请全体师生到他的寓所，特地以家乡凉粉、酿皮、凉面、扯面、醪糟、元宵、甑糕、烧饼、腊汁肉等陕西风味小吃，招待各位小老乡。由此可见于右任牵土挂乡的真性情。

1906年4月，27岁的于右任东渡日本，为创办《神州日报》考察新闻、募集办报经费。认识孙中山后加入同盟会，从此走上了民主革命的道路。1924年，当选为国民党中央执行委员。后长期担任国民政府审计院长、监察院长。

作者1879年4月出生于陕西省三原，乡土故国，终萦于心。于右任早年被誉为"西北奇才"，"跪迎"过西逃的慈禧太后，然又因写诗反对清廷受通缉。这首《长歌复短歌》，明白如话，一如作者耿直拙朴的性格，而"国殇"、"神州"却是他心中永远的痛。

以笔为枪：重读抗战诗篇

于右任在书房

国共第一次合作期间，于右任就与毛泽东相识。1945年重庆谈判期间，毛泽东与作者诗词唱和，传为佳话。于右任对毛泽东的《沁园春·雪》极力称赞，对该词的结句"数风流人物，还看今朝"尤为赞赏，认为是激励后辈之佳句。毛泽东却道："怎抵得上先生'大王问我，几时收复山河'之神来之笔。"于右任参观成吉思汗陵墓时所作《越调·天净沙》原诗如下："兴隆山上高歌，曾瞻无敌金戈，遗诏焚香读过，大王问我：几时收复山河。"

于右任为推翻清政府封建统治立下历史功绩；他积极倡导国共两党合作，兴办教育、兴修水利，是真诚的爱国者；他是南社早期的诗人，一生写下诗词近900首，著有《右任文存》、《右任诗书》等；他还是著名书法家，创立了"于体"书法艺术。

林语堂曾言："当代书法家中，当推监察院长于右任的人品、书品为最好模范，于院长获有今日的地位，也半赖于其书法的成名。"其草书融魏碑和小草于一体，重碑而肆意。

1932年秋，于右任筹备建设国立西北农林专科学校（今西北农林科技大学）。1939年，

1937

于右任（前排中，长髯者）与友人合影

热爱教育事业的于右任斥资3500银元，选中岳池县城西门外土观寺修建一所中学，以父名"新三"作校名，并撰写校歌：

凤山特秀，蔚起人文，光分星野接西秦。

为三民主义之战士兮，为顶天立地之完人。

德业苟日新，日日新，又日新！

1964年11月于右任辞世，终年86岁。按照他的遗愿，人们把他葬在台北最高的大屯山上。一首写于1962年1月的《望故乡》，余音袅袅，情动两岸。

葬我于高山之上兮，望我故乡；故乡不可见兮，永不能忘。

葬我于高山之上兮，望我大陆；大陆不可见兮，只有痛哭。

天苍苍，野茫茫；

山之上，国有殇！

以笔为枪：重读抗战诗篇

王统照：南 北

抗战诗人：王统照

南北烽烟一例高，江头怒战动江宵。
国魂此日终招得，血债他年有抵消。
岂惧风尘昏百里？同将生死等秋毫。
莫抛感逝伤离泪，留与健儿洗战袍。

一九三七年八月

在五四文化运动中，王统照是一位色彩极为丰富的文化先驱。每一个重要历史时刻，都能够见到他热情的身影。他钦佩、敬仰鲁迅的思想和创作，他为瞿秋白赴苏联采访送行，他去周作人的寓所拜访俄国盲诗人爱罗先珂，他与徐志摩陪同印度"诗圣"泰戈尔到济南演讲，他同几乎被历史的尘埃淹没的五四诗人刘延陵书札往还，讨论中国第一个以《诗》命名的杂志的创办，他关注着素昧平生的文学青年李健吾成长的艰难……从1919年到1921年，他先后发表论文14篇，翻译作品24篇，诗120余首，创作短篇小说23篇，其他杂文、书信、散文等20余篇。

1921年1月，在北京中山公园，王统照与周作人、沈雁冰、郑振铎、瞿世英、蒋百里、叶绍钧、朱希祖、耿济之、郭绍虞、孙伏园、许地山12人，发起成立了新文化运动史上第一个文学团体——文学研究会，它所倡导的"为人生而艺术"，标志着文学革命在中国的开始。

王统照 1918 年创办《曙光》。1924 年毕业于中国大学英文系。1924 年冬天，王统照先后介绍金满城、陈毅加入文学研究会。

王统照曾任中国大学教授兼出版部主任，《文学》月刊主编，开明书店编辑，暨南大学、山东大学教授。1933 年 9 月，他的代表作《山雨》出版，被作家吴伯箫称为与茅盾代表作《子夜》并峙的"双峰"。

1934 年初，王统照离开青岛返回故里，变卖田产，自费旅欧，游历了埃及、意大利、法国、德国、荷兰以及波兰，并作诗《九月风》歌颂波兰人民的自由独立运动。曾秘密访问列宁格勒，最后到伦敦阅读、抄录资料，还曾经赴爱丁堡参加世界笔会。

1935 年 12 月，他参加了上海文化界救国会。1937 年末，上海沦陷。王统照留在上海参加抗日救亡活动，之后全家迁往法租界居住，在沦陷区从事抗战文学创作，时间长达 7 年。"莫抛感逝伤离泪，留与健儿洗战袍"句，是诗人从心底燃起的火焰。

建国后，王统照历任山东省文联主席、山东大学中文系主任、山东省文化局局长。代表作品有《春雨之夜》、《山雨》、《春花》、《一叶》等。

1957 年 11 月 29 日，王统照病逝于济南。中共山东省委送了挽联："文艺老战士，党的

王统照在山东

王统照在青岛上学

王统照作品书影

王统照（左一）看望泰戈尔（左二）

好朋友。"

1958年4月，陈毅在《诗刊》发表诗作悼念王统照，深情回忆了二人的交往并对王统照的一生给予高度评价：

剑三今何在？墓木将拱草深盖。四十年来风云急，书生本色能自爱。

剑三今何在？忆昔北京共文会。君说文艺为人生，我说革命无例外。

剑三今何在？爱国篇章寄深慨。《一叶》《童心》我喜读，评君雕琢君不怪。

剑三今何在？济南重逢喜望外。龙洞共读元丰碑，越南大捷祝酒再。

剑三今何在？文学史上占席位。只以点滴献人民，莫言全能永不坏。

穆木天：好男儿歌

抗战诗人：穆木天

好男儿，要走上疆场，为国家杀敌，那才是荣光。东北既已失，华北又沦亡，现在，敌人来攻打长江。飞机大炮，正轰炸在我们头上。为什么不抵抗！好男儿，要走上疆场！

好男儿，要拿起枪刀，为民族抗战，那才是英豪。天津已被炸，上海正被扫，眼看，身家性命都不保。鲜血白骨，要充满我们的沟壕。为什么不抵抗！好男儿，要拿起枪刀！

好男儿，要去打前敌，为人类除暴，快披上戎衣。战争对战争，打击还打击，枪口，对准着帝国主义。民族解放，要靠我们自己努力。为什么不抵抗！好男儿，要去打前敌！

约作于1937年淞沪抗战时

以笔为枪：重读抗战诗篇

1962年，穆木天、彭慧夫妇与女儿穆立立、女婿赵永福在北京

《创造月刊》书影

欢戴一顶"牛皮朝天"的东北大皮帽。而饭桌上，总有家乡的小菜：焖四季豆、拌茄子、蒿子杆蘸酱。

1900年出生于吉林省伊通县的穆木天，是中国象征派诗人的代表人物。1918年毕业于南开中学。1926年从日本东京大学毕业返回祖国。有感于家乡东北的沦丧，1927年出版了"隐含着亡国之泪"的第一部诗集《旅心》。

1931年，诗人在上海参加左联，负责左联诗歌组工作，并参与成立中国诗歌会。中国诗歌会会刊《新诗歌》出版时，穆木天撰写了火热的《发刊诗》："压迫、剥削、帝国主义的屠杀，/反帝、抗日，那一切民众的高涨情绪，/我们要歌唱这种矛盾和它的意义，/从这种矛盾中去创造伟大的世纪。/……我们要用俗言俚语，/把这种矛盾写成民谣、小调、鼓词、儿歌，/我们要使我们的诗歌成为大众歌调，/我们自己也成为大众中的一个/……"。这时候的作者，已经把隐晦的象征主义放到一边，披着战士的铠甲，高唱着战斗的号角，冲向掠我国土的日寇。作者一直以"东北大野的儿子"自喻，从没有忘记对黑土地的眷念。在上海，1932年初的"一·二八"战事期间，他与许多诗人一起走上街头，张贴、散发宣传

在女儿穆立立的记忆中，父亲穆木天即使在抗战救亡、颠沛流离于广东、广西、云南、贵州等地的时候，不冷的天里也喜

抗日，支持十九路军的诗抄和传单。

作者曾与诗歌会的杜谈、宋寒衣、柳倩以及原来就在武汉的诗人锡金、王站林等人，一起组织"时调社"，先后出版了诗刊《时调》、《五月》，大力提倡朗诵诗和其他通俗的、易为广大人民群众接受的多种形式的诗歌，还为一些老歌填上抗日内容的新词。先后创作过：《卢沟桥》、《八百个壮士》、《游击队雪地退兵》等大鼓词，亲身实践着"我们要唱新的诗歌，歌颂这新的世纪"的诗歌理想。这首《好男儿歌》，以质朴通俗的语言，号召民众："要走上疆场，为国家杀敌"、"要拿起枪刀，为民族抗战"、"要去打前敌，为人类除暴"，语言铿锵有力，令人斗志昂扬。

在作者心中，冰天雪地的故国，就是一种象征。在写给夫人彭慧的一首名叫《寄慧》的诗中，穆木天的吟唱是那么多情：

在月夜里，
　我渡过了琥珀色的湘江，
　湘江的水真是美丽；
　我想着这一道水流过你的家乡，
　如同松花江流在我的乡里。
……祖国没有得到解放和自由，
　对着美丽的自然，
　我永远感不到欢喜和安慰！

……如同太阳撕破江上的浓雾一样，
我要用愤怒的战斗的烈火，
烧破我的忧郁。
……

而彭慧同样是一位抗战诗人。当年，日寇从上海把一些中国孩童运往东京，杀害他们的亲人，企图让这些孩童以后成为战争的炮灰。对此，彭慧写了一首诗："午夜，/我怕听到孤雁的哀鸣，/那令我忆起，/在日本海峡的那边，/在强盗们的巢穴里，正睡着哀哀啼哭的，/叫不应妈妈的你们！/……我远在敌国的孩子们哟，/你们幼小的心灵/要牢牢谨记：/你们是黄帝的子孙，/……"。这样的哀婉、这样的伤痛，至今都让人泪流满面。

穆木天先后在中山大学、桂林师范学院、同济大学等处任教。晚年几乎失明，仍笔耕不辍。1957年，被错划为"右派"。1971年10月辞世。著有诗集《旅心》、《流亡者之歌》、《新的旅途》等，并翻译了大量法国文学和俄苏文学作品。

孙玉石曾说："《谭诗》以论题的新颖和见解的精辟成为中国现代诗论史上的重要文献。由于这一论文以及作者当时的其他文字，穆木天也当之无愧地成了中国象征派诗歌理论的奠基者。"

以笔为枪：重读抗战诗篇

抗战诗人：郭沫若

1937

郭沫若：又当投笔

又当投笔请缨时，别妇抛雏断藕丝。
去国十年余泪血，登舟三宿见旌旗。
欣将残骨埋诸夏，哭吐精诚赋此诗。
四万万人齐蹈厉，同心同德一戎衣。
　　　　一九三七年七月
　　　　从日本乘船回国途中

　　从1921年发表第一本新诗集《女神》，郭沫若就以神奇的浪漫主义气息开创了一个不可类比的时代。他以皇皇38卷《郭沫若全集》，奠定了他在历史学、考古学、古文字学、古器物学、文学、艺术等方面难以逾越的地位。虽然，在后期创作、在婚姻情感等方面，人们有理由重新评价郭沫若。阳翰笙在《深切怀念郭沫若同志》一文中说得切实而中肯："'五四'运动以来，郭沫若在我国文化科学战线上奋斗了60个春秋。他在文学、艺术、史学、古文字等方面作出了贡献；他又是热情的，富于感召力的社会活动家。无论是文化科学活动还是社会活动，他总是把自己和中国人民的革命事业紧密联系在一起。他是现代中国天幕上光芒四射的巨星，是继鲁迅之后我国文化战线上一面光辉的旗帜。"

　　选择作者1937年回国途中的这首诗作，表明我们更愿意以郭沫若早期的诗歌为一个样板，触摸诗人投身抗战的赤子之心。

　　北伐后，郭沫若出走日本。国民政府取消对他的通缉令后，他甚至没有告诉日本的妻儿，就踏上回国的轮船。"又当"指的是诗人再次渴望重披战袍；"哭吐精诚赋此诗"一句，

以笔为枪：重读抗战诗篇

郭沫若、安娜和孩子

北伐时期的郭沫若（前排左二）

郭沫若、于立群和孩子

情真意切：一方面表明了作者以自由之身奔向祖国的愉快之情，另一方面，也含有"去国十年"身若浮萍的无可奈何之意。"别妇抛雏断藕丝"，是不得已而为之。从内心说，战乱中的故国，诗人找不到一块安全之所安置自己的妻儿。所以，当作者几个月后听说妻儿在日本备受折磨时，他又写下甚为挂念的一首诗：

相隔仅差三日路，居然浑似万重天。怜卿无故遭笞挞，愧我违情绝救援。虽得一身离虎穴，奈何六口委骊渊。两全家国殊难事，此恨将教万世绵。

1915年，诗人曾立誓说："男儿投笔寻常事，归作沙场一片泥。"22年后，诗人再次喊响"四万万人齐蹈厉，同心同德一戎衣"，其不愿埋首书斋、以刀枪抵御外侮的决心，昭昭然也。1938年1月，郭沫若应召由广州赴武汉，负责国民党军事委员会政治部第三厅筹建，在党的领导下，为动员各民主党派、人民团体和民主人士，参加抗日民族统一战线作出了艰苦卓绝的努力。他在炮火中创作的《屈原》、《虎符》、《筑》、《孔雀胆》、《南冠草》历史剧作，以诗人喷薄的才情，贡献了不朽的民族英雄艺术经典。

《郭沫若全集》文学编第二卷（人民

1937

1941年11月16日,重庆、延安、成都、桂林、昆明、香港等地的文化届及各党派著名人士,分别举行集合,庆祝郭沫若创作生活25周年和50寿辰。朋友们向郭沫若赠送了一枝自制的巨笔,笔上刻有"以清妖孽"的祝辞。图为文化工作委员会同人在天官府7号办公楼前留影。左起:石凌鹤、罗鬓渔、乐嘉煊、郭沫若、刘仁、冯乃超、郭劳为

以笔为枪：重读抗战诗篇

郭沫若在圆明园

文学出版社，1982年第1版），收录作者《战声集》、《蜩螗集》、《汐集》新、旧诗。《战声集》中之"战声"篇，写于1937年8月20日晨，其间对抗战的鼓呼、对和平的渴望，透露出抗战早期诗作难得一见的深远之意：

战声紧张时大家都觉得快心，
战声弛缓时大家都觉得消沉。

战声的一驰一张关系民族的命运，
我们到底是要作奴隶，还是依然主人？

站起来呵，没再存万分之一的侥幸，
委曲求全的苟活决不是真正的生。

追求和平，本来是我们民族的天性，
然而和平的母体呢，朋友，却是战声。

1892年11月，郭沫若生于四川省乐山县，毕业于日本九州帝国大学。1930年，他撰写了《中国古代社会研究》，反响巨大。1949年，郭沫若当选为中华全国文学艺术会主席。建国后，任中国人民保卫世界和平委员会主席、中日友好协会名誉会长、中国科学技术大学校长、中国文联主席、国务院副总理、全国政协副主席等职。

1978年6月12日，郭沫若在北京辞世，终年86岁。

1937

抗战诗人：吴奔星

以笔为枪：重读抗战诗篇

吴奔星：保卫南京

南京，堂皇的京城，
"四百兆"人民，一条心，
咿唉呀！保卫"南京"！

南京，美丽的盛京，
远则宋、齐、梁、陈，
近则民国之诞生；
一草一木，一沙一石，
都染有我祖先的血腥；
我们要守卫，守卫南京，
莫辜负了缔造之艰辛！

扬子江的浩浩荡荡，
紫金山的阴阴森森，
玄武湖的桨声，
秦淮河的歌音，
还有"二三百万人"的熙来攘往，
看看将染海岛之气氛；
任你铁石为心，也应速起干城！

听！阵阵轰隆声，
看！群群大和兵，
汹汹涌涌，将毁灭我们这"都城"！
紫金山上白杨萧萧，
隐隐约约，地下发出一片呻吟：
"四百兆"子孙，
起！起！起！死守"南京"！

南京，堂堂的京城，
"四百兆"人民，一条心，
咿呀唉！保卫"南京"！

十一月廿五日上午写于南郊
（载一九三七年十二月二日
《火线下三日刊》第七号）

1937

李章伯（左）、纪弦（中）、吴奔星（右）在北京

  阳光下，70多岁的吴奔星穿着一件灰色的西装，从匡庐路步行到随园，迈上高高的台阶，给南京师范大学"江南岸"诗社的学子讲诗歌，一句"诗学是情学"，打动了许多学子的心。上世纪80年代，吴奔星创作热情勃发，接连推出研究中国现代诗歌作家流派的《鲁迅旧诗新探》、《文学风格流派论》、《中国现代诗人论》三本专著。

  1913年，吴奔星生于湖南省安化，中学时代就投身湖南农民运动，后到长沙就读修业学校。1936年5月，在北平师范大学求学的吴奔星与李章伯等共同创办《小雅》诗刊，创刊号一销而空。因为是当时华北五省的唯一诗刊，并因"倡导新诗现代化，提倡国防诗歌，反抗日寇侵略"的诗歌主张，《小雅》很快吸引了一批诗人的眼光，如戴望舒、李长之、李金发、柳无忌、斫冰、锡金、路易士、李白凤、侯汝华、林丁、常白、陈残云、吴兴华等。诗人路易士回忆说："当年《小雅》诗刊和上海的《新诗》月刊、苏州的《诗志》三足鼎立，是当时最有影响的三个诗刊。"

  1937年，吴奔星毕业回到故乡长沙。1937年12月1日，日军下达进攻南京的作战命令，南京保卫战开始。12月2日，在长沙，由黎树主编的《火线下三日刊》发表了诗人这首抗战名篇。《保卫南京》，堪称全面抗战后抗战诗篇的领先之作。

  在诗人眼里，南京是中华文明的象征。全诗从古都历史入手，自然衔接到"一草一木，

以笔为枪：重读抗战诗篇

吴奔星、李兴华夫妇

一沙一石，都染有我祖先的血腥"这两句，诗的悲情便弥漫开来。第三段，诗人给城市一个方位，拓开了一个诗的空间，其实是给读者一个美丽的家园。所以，当"群群大和兵""汹汹涌涌"而来的时候，诗人从心底发出"四百兆"子孙共同抗战的呼声，那呼声染着诗人无尽的情思。

抗战期间，吴奔星先后在长沙、桂林、贵阳等地从事教育工作、投身抗日救国运动，先后在《火线下三日刊》、《中国诗艺》等报刊上发表了30余首抗战诗歌，如《湖南人进行曲》、《都市是死海》、《赠给洞庭湖》等。

南京解放后，1949年8月诗人前往北平，参加开国大典。此后在北京市文教局、江苏师范学院、徐州师范大学、南京师范大学等高校任职。1957年被划为"右派"，后平反。著有《暮霭》、《春焰》、《都市是死海》、《奔星集》、《人生口哨》、《吴奔星新旧诗选》等诗集。并出版了《茅盾小说讲话》、《诗美鉴赏学》、《虚实美学新探》等学术专著。其主编的新诗诞生以来的第一部《中国新诗鉴赏大辞典》，在学术界反响甚大。1995年抗日战争胜利50周年，诗人获中国作家协会颁发的"以笔为枪、投身抗战"老作家奖牌。

吴心海回忆说："父亲作为一个知名专家、学者，投身高等教育逾半个世纪，历劫无悔，忍辱负重，不计个人得失，热忱从事教育事业，在大家心中树立了一代名师的典范。"

2004年4月，吴奔星辞世，享年92岁。身后有《别——纪念诗人学者吴奔星》、《暮霭与春焰——吴奔星现代诗钞》、《待漏轩文存》等著作。

诗人远奔。那首风格清丽、情意绵长的《别》，经常为怀念的人们朗诵：

你走了，没有留下地址，
只留下一串笑容，在夕阳里；
你走了，没有和谁说起，
只留下一双眼睛，在露珠里；
你走了，没有说去哪里，
只留下一排影子，在小河里。
你走了，笑容融化在夕阳里，
双眼动荡在露珠里，
影子摇晃在河水里。
哪里都有夕阳，
哪里都有露珠，
哪里都有河水，
你走了，留下了整个的你！

晚年吴奔星

以笔为枪：重读抗战诗篇

陈禅心：闻卢沟事变集唐三首

抗战诗人：陈禅心

野哭初闻战（杜甫），长河没晓天（陈子昂）。
人心胜潮水（皇甫冉），万里忽争先（孟浩然）。
烽火从北来（崔颢），健儿宁斗死（杜甫）。
报国有壮心（李白），中夜拔剑起（刘庭琦）。
征战从此始（刘湾），丹霄羽翮齐（郑繇）。
今朝擎剑去（李贺），誓欲斩鲸鲵（李白）。

——1937年夏于南昌

陈禅心是一位穿越时空的抗战诗人。

20岁就在家乡福建莆田县享有诗名的陈禅心，在25岁的时候毅然投笔从戎，放下莆田城郊东阳小学的教职，1936年9月，加入了中国新兴的抗日空军驱逐机第四大队。抗战初期他参加过上海、南京、武汉的保卫战，后随部队驻防重庆七年，一次都未返乡看望父母和新婚妻子。

他是驾驭战机血战蓝天的"空军诗人"。戎马生涯之际，陈禅心以诗记史，讴歌抗战将士，控诉日寇暴行，反对汪伪投敌，寄语反战人士，在武汉、重庆、香港等地报刊均有发稿，短短几年辑成《抗倭集》。1939年初，他将诗集交中国空军出版社出版，所得稿费全部捐赠。郭沫若为该集作序云："莆阳陈禅心同志服务空军，公余辄亲吟事。自抗战军兴，尤多感发，近以所著《抗倭集》嘱叙於余，凡数百首，皆集唐贤句为之，其中大有可歌可泣之什。"柳亚子也以"见虎一文，骇怖叹服"，"循诵佳篇，心志开朗"，盛赞其诗作。

让人惊叹的是，这位爱诗爱和平的"天之骄子"，竟然为基层士兵打抱不平，1942年4月，在四川南充航站，陈禅心因反对克扣士兵军饷而愤然弃职，解甲归田。

他穿越经典，娴熟地集唐诗佳句，投古老诗篇于抗战烽火，淬成一首首形式与内容妙配的佳作，以历史名篇观照战争硝烟，穿越的姿态是那么潇洒自如。董必武、于右任、郭沫若、柳亚子、黄炎培、沈钧儒、林庚白、张仲仁、陈树人等诗坛名人，当时皆与陈禅心往来唱和。其《抗倭集》，收录325首诗，引用了2000多句出自杜甫、李白、白居易等274位唐代诗人的佳作，这些唐诗成句引经据典，讲究平仄，严丝合缝，格律协调，让人拍案叫绝。

1942年春，郭沫若的历史剧《屈原》在渝演出。正在重庆孔学会兼职的陈禅心，在4月15日、21日的《新华日报》上，发表四首"七绝"，为《屈原》叫好，其一为："灵均词赋已千秋，此日应须写国仇。欲为两间撑正气，唇枪舌剑论薰莸。"

他穿越旧时代和新时代，解放后，依然写诗作文，与儿子陈季衡自费编辑出版了近数十种诗刊、图书，并乐此不疲地寄往世界各地，以文会友，宣传和平。第七届全国政协副主席屈武为他的《海峡和平合一家》诗词集题序赞誉："禅心同志可称一位热心闽台文化交流、促进海峡和平统一的

中国空军第四大队大队长高志航

陈禅心所在的中国空军第四大队，曾驻广阳坝机场

霍克III驱逐机

以笔为枪：重读抗战诗篇

2000年12月29日莆田市城厢区人民政府举办了"百对金婚佳侣跨世纪集体婚庆活动"，陈禅心、林独秀夫妇应邀参加

爱国诗人！"第五届中国侨联副主席陈兰通教授题词："春风吹拂，老树开花！""以史为鉴，启迪后人！"新加坡作家协会永久名誉理事周颖南教授题词："文章报国，气壮山河！"福建省人民对外友好协会会长、原福建省副省长温附山题词："往昔抗日'空军诗人'，当今宣传和平诗人！"

时间留恋这位穿越时空的诗人。1912年农历9月出生的陈禅心，2000年还在家乡莆田，与夫人林独秀参加了莆田市城厢区百对金婚佳侣跨世纪集体婚庆活动。诗人不老，壮心不已。近年来，他创作了25卷书稿并出版了17本诗词和文史著作，如《阑倚词选》、《航空救国》、《陈禅心诗词书法文集》等。

胡绳：过南京夜闻东北流亡学生唱"松花江上"

抗战诗人：胡　绳

> 木落山空夜更凉，石头城下唱松江。
> 沃原千里无颜色，志士如何不断肠？
> 　　　　　　　一九三七年十月　南京

　　从 1937 年到 1996 年，跨度达 60 年之久的《胡绳诗存》收录诗歌共 289 首，分六辑。全书第一首就是这篇《过南京夜闻东北流亡学生唱"松花江上"》。当年，18 岁的胡绳来到南京从事爱国救亡运动，看到同样年轻的东北流亡学生唱着那首哀伤的"我的家在东北的松花江上"，情有所动，文思如涌，以一首七律抒发了赤子之声。这份初心，一如胡绳毕生追求的真理，率真而又忠诚。

　　出生于江苏苏州的胡绳，是我国著名的哲学家、史学家、理论家。曾任全国政协第七、八届全国委员会副主席。1982 年，出任中共党史研究室主任，负责研究中共党史，并参与起草《关于建国以来党的若干历史问题的决议》和新《中华人民共和国宪法》。1985 年，胡绳接任中国社会科学院院长。1988 年起当选为全国政协副主席。1998 年胡绳卸去社科院院长一职。2000 年 11 月在上海辞世。代表作品有《帝国主义与中国政治》、《中国共产党的七十年》等。

以笔为枪：重读抗战诗篇

南京桃叶渡旧景

抗战时期的胡绳

1930年左右与兄弟姐妹（后排左起第二为胡绳）

诗人在《胡绳诗存》自序中说："余束发从学，窃好吟咏。"寥寥数语，道出了自己诗作表达真情真意的特点。有评论说，《过南京夜闻东北流亡学生唱"松花江上"》一诗：山川景色，时代氛围，家国恨，壮士忧，莫不熔铸于苍凉悲怆的意境中，而又无所雕琢，仿佛信笔写来，令人读之，热血沸腾，壮怀激烈。

钱小山：八百壮士

抗战诗人：钱小山

壮烈直教泣鬼神，孤危杀敌气嶙峋。
已拼并命埋中土，不愿偷生托外人。
尝胆廿年终霸越，揿心三户必亡秦。
森然大义昭青史，千古英雄吊沪滨。

一九三七年十月

　　一段壮烈的历史总能够为千万民众所铭记，哪怕是普通人，也总会以自己的吟唱合入到历史的洪流中。诗作者钱小山，1906年出生于常州一个书香门第，祖父钱向杲是清朝的举人，以教书为业，著有《夷夏用兵鉴古录》和《九峰阁诗集》；父亲钱名山是清朝的进士，是号称"东南大儒"的学者、诗人、书法家和教育家，清末弃官回乡，讲学"寄园"，造就了大批人才。受家庭熏陶，诗人15岁编《结网吟》诗稿，写作70年，创作诗词近万首，著有《小山诗词》。抗战期间，年轻的诗人携全家八口，逃难客居上海；不为伪政府做事，终日奔波于几家学校兼课，以维持生计。又忧愤民国之腐败，以"三不"（不从政、不当官、不参加党派活动）原则独善其身，只任教、作诗、写字。

　　解放后，钱小山任常州市文化局第一任局长，民盟常州市委主任委员等职。他所歌咏的"八百壮士"，孤军奋战在淞沪战场，是中华民族抗击外侮的一面旗帜。作者以卧薪尝胆、三户亡秦两个典故入诗，在抗战全面爆发之际，号召民众"不愿偷生"，诗中的"森然大义"，就是民族大义。1991年作者辞世时，写过一首词，中有"梦中天地阔，还似马腾骧"两句，可见作者一如既往的爱国情怀。1983年11月22日，费孝通赠诗作者："盛世文人属几流，故园梦寐绕苏州。老来不慕归田乐，犹希奔波为国谋。"

以笔为枪：重读抗战诗篇

抗战诗人：胡　风

胡　风：为祖国而歌

在黑暗里　在重压下　在侮辱中
苦痛着　呻吟着　挣扎着
是我底祖国
是我底受难的祖国！

在祖国
忍受着面色的痉挛
和呼吸底喘促
以及茫茫的亚细亚的黑夜
如暴风雨下的树群
我们成长了

为了明天
为了抖去苦痛和侮辱底重载
　朝阳似地
　绿草似地
　生活含笑
祖国呵

你底儿女们
　歌唱在你底大地上面
　战斗在你底大地上面
　喋血在你底大地上面
在芦沟桥
在南口
在黄浦江上
在敌人的铁蹄所到的一切地方，
迎着枪声　炮声　炸弹声底呼啸声——
祖国呵
为了你
为了你底勇敢的儿女们
为了明天
我要尽情地歌唱：
用我底感激
　我底悲愤
　我底热泪
　我底也许迸溅在你底土壤上的活血！

以笔为枪：重读抗战诗篇

胡风、梅志夫妇

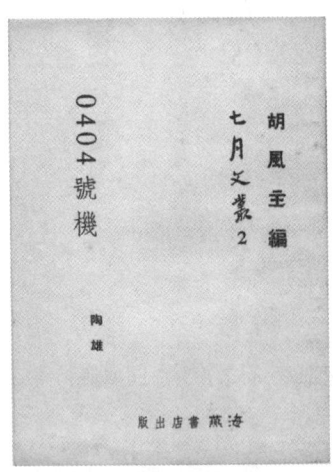

《七月文丛》书影

人说：无用的笔呵
　把它扔掉好啦。
然而，祖国呵
就是当我拿着一把刀
　或者一支枪
在丛山茂林中出没的时候罢
依然要尽情地歌唱
依然要倾听兄弟们底赤诚的歌唱——
迎着铁底风暴
　火底风暴
　血底风暴
歌唱出郁积在心头上的仇火
歌唱出郁积在心头上的真爱
也歌唱掉盘结在你古老的灵魂里的
一切死渣和污秽
为了抖掉苦痛和侮辱的重载
为了胜利
为了自由而幸福的明天
为了你呵，生我的 养我的 教给我
什么是爱
什么是恨的 使我在爱里恨里苦痛的
辗转于苦痛里 但依然能够给我希望
给我力量的我的受难的祖国！

　　　　　一九三七年八月二十四日
　　　　　遥见敌机在南市轰炸的时候

1949年9月26日，胡风与马思聪、史东山、艾青、巴金在北京华文学校

《为祖国而歌》，"是我最初地向伟大的民族战争献上的一瓣心香"。1939年5月23日，当胡风在重庆的夜晚，为自己的第二部诗集写下火热的题记时，这位"七月诗派"旗手的一生，就这样，以战士的姿态站立在大地上。

"七月诗派"一个重要的内容特征就是：以抗战为背景，描述民族的历史灾难，抒发爱国激情，进而表现广大人民顽强不屈的意志。胡风的这首诗可以说是其中的代表之作。全诗开局，为祖国受难而悲鸣："在黑暗里 在重压下 在侮辱中／苦痛着 呻吟着 挣扎着／是我底祖国"，为"迎着枪声 炮声 炸弹声底呼啸声——"的祖国，诗人要"迸溅在你底土壤上的活血！"诗作的第四段，作者渴望投笔从戎，"拿着一把刀／或者一支枪／在丛山茂林中出没的时候罢／依然要尽情地歌唱／依然要倾听兄弟们底赤诚的歌唱——"。

诗人一唱三叠，短句与长句交换，气韵时高时低，宛如赤子对母亲的吟唱。诗作的最后一段，尤其可见作者对祖国的依恋："为了你呵，生我的 养我的 教给我什么是爱／什么是恨的／使我在爱里恨里苦痛的／辗转于苦痛里 但依然能够给我希望／给我力量的我的受难的祖国！"有并列的反复、有叠加的婉转、有递进的深情，曲折处，皆是为战火中的祖国讴歌的血泪。

以笔为枪：重读抗战诗篇

萧军、胡风和聂绀弩（从左至右）"文革"后重逢

1982年11月，胡风八十寿辰时，与前来看望的路翎、绿原、牛汉等友人合影

1902年，胡风出生于湖北省蕲春。1925年进入北京大学预科，1929年留学日本东京。1933年回到上海，任中国左翼作家联盟宣传部长、行政书记，与鲁迅有着深厚情谊。任职期间撰写了《人民大众向文学要求什么？》一文，反响激烈。1934年与青年作家梅志结婚。

抗日战争爆发后，胡风主编《七月》杂志，编辑出版了《七月诗丛》和《七月文丛》，并悉心扶植文学新人，对现代文学史上重要创作流派"七月"诗派的形成和发展起了重要作用。曾任中华全国文艺界抗敌协会常委、研究股主任，辗转于汉口、重庆、香港、桂林等地从事抗战文艺活动。1949年起任中国文联委员、中国作家协会理事、第一届全国人大代表。

1954年7月，胡风因撰写30万字报告获罪。1955年5月18日，被捕入狱。1965年被判处有期徒刑，1969年又加判为无期徒刑。蒙冤20多年。在清查"胡风反革命集团"运动中，2100余人受到牵连，其中92人被捕，62人被隔离审查，73人被停职反省。

1978年12月，中共十一届三中全会以后，中共中央对这桩错案进行了彻底地纠正，为胡风等人恢复了名誉。1979年胡风获释，后任全国政协常务委员、中国文联第四届委员、中国作协顾问等。

1985年6月8日，胡风于北京辞世。著有《胡风全集》。

1988年6月18日，中共中央办公室发出《关于为胡风同志进一步平反的补充通知》。

凯 丰：抗日军政大学校歌

抗战诗人：凯 丰

黄河之滨，

集合着一群中华民族优秀的子孙。

人类解放，

救国的责任，

全靠我们自己来承担。

同学们，努力学习，

团结、紧张、严肃、活泼，我们的作风。

同学们，积极工作，

艰苦奋斗，英勇牺牲，我们的传统。

像黄河之水，汹涌澎湃，

把日寇驱逐于国土之东。

向着新社会前进，前进，

我们是劳动者的先锋！

一九三七年十一月

以笔为枪：重读抗战诗篇

矗立在江西萍乡中学内的凯丰塑像

好诗如歌。当年，无数中华儿女唱着这首《抗日军政大学校歌》，奔赴抗日战场。平白的语言直抒胸臆。黄河是中华民族的母亲河，同时又是民族的象征。"汹涌澎湃"，是写实的黄河之水，更是写意的战斗豪情。

从长征一路走过来的凯丰，原名何克全，素有文采和理论修养，从不支持毛泽东到坚定地拥护毛泽东，终于成长为一位忠诚的马克思主义者和共产主义战士。1955年3月23日，因积劳成疾，凯丰在北京逝世，终年49岁。

1937年春，凯丰调任中共中央宣传部代部长，期间常到抗大讲授政治经济学课程，作形势报告。1937年初，凯丰写下了催人奋进的《抗日军政大学校歌》。毛泽东审阅歌词时说："写得不错，完全符合抗大的办学方针。"后来，由吕骥谱成歌曲，在抗大，在延安以及各解放区传唱："黄河之滨，集合着一群中华民族优秀的子孙……"

雷石榆：坟墓和活路

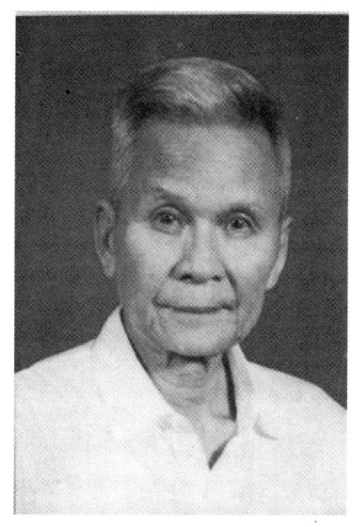

抗战诗人：雷石榆

奸商卖日货，
等于替日人造军火！
难道半国失地还太少？
千万同胞被杀还不多？

奸商哟！
只顾个人的腰包，
不管民族的大祸！
试问国家全亡了，
你的财产还可以带着逃？

就算你的家庭不变炸弹粉，
就算你的妻女不被强奸，
就算你的性命也侥幸存留，
逃到异邦只是个可怜的亡命狗！
做奴隶，
做亡命狗，
真是比活埋还难熬！

奸商哟！
你把假商标贴上仇货的时候，
全民的枪决签已插在你的肩头！
清醒脑袋想想吧！
眼前摆着坟墓和活路！

一九三七年十一月十一日

以笔为枪：重读抗战诗篇

唐代诗人白居易、元稹、张籍等人，倡导诗歌写作要起到"补察时政"、"泄导人情"的作用，要发扬《诗经》和汉魏乐府讽喻时事的传统，掀起了一场"新乐府"的诗歌革新运动。五四新诗，继承了这一传统，描摹山水总含有人生的哲理，思幽怀古不失对现实的观察。一大批诗人抱着"国破山河在"的悲壮之心，不顾强房外敌，赤诚地歌唱"保家卫国"。

在全民族抗战的合唱中，一些诗作以"讽喻"作战斗，题材新颖，别具一格。这首把奸商作为讽喻对象的诗作，可以说是抗战讽喻诗词的一个代表。"奸商卖日货，／等于替日人造军火！"起句即点题，为余下作铺陈。"就算你的家庭不变炸弹粉，／就算你的妻女不被强奸，／就算你的性命也侥幸存留"，三个"就算"，是设问，也是反讽，指的是奸商"多行不义必自毙"的归属！在正义的审判之下，"坟墓和活路"是摆在奸商面前的两条路。

作者雷石榆，1911年生，广东台山县人。1933年赴日本留学，参加中国左翼作家联盟东京分盟，主编盟刊《东流》、《诗歌》，并用日文进行诗歌创作。其日文诗集《沙漠之歌》出版后，受到日本文学界好评。抗日战争爆发后，雷石榆参加中华全国文艺界抗敌协会，投身抗日救亡文化活动，主编《战歌》等刊物，并身赴战区，发表了大量的文艺作品。抗战胜利后，台湾光复，1946年雷石榆应邀赴台任《国声报》主笔兼副主编。1947年转任台湾大学法学院副教授。此后到香港任南方学院副教授、中业学院教授。1952年应聘到天津，任津沽大学（河北大学前身）教授。1996年去世。著有《日本文学简史》、《写作方法初步》和七部诗集。

1938年10月，诗人写下《故乡在烽火中》一诗：

啊，我的故乡在南国的广东，
我却燃着复仇的心火来到西北的战场。
怀念的梦只有系在征人的心脏，
不管征人的心脏荡着炮弹的声响。

思乡之情、抗敌决心，呼之欲出。"故乡啊，你在烽火中，但愿倭寇尽葬在你的江边"。可见诗人对家国的热爱，对倭寇的仇恨。

马叙伦：九月十八日正望前一日

抗战诗人：马叙伦

> 可怜歌舞弃金城，边月仍圆岁月更。
> 我自年年歌当哭，旁人错认绕梁声。
>
> 明月高高照房营，几家征妇哭长城。
> 致声庙策今初定，为复辽边已出兵。
>
> 卢沟桥畔嘭嘭响，黄浦江头轧轧鸣。
> 今日三军同愤怒，一齐奔杀尽忘生。
>
> 　　　　　　　　　　　一九三七年

　　1949年9月，民进首席代表马叙伦，在全国政协第一届全体会议上，正式倡议将《义勇军进行曲》作为中华人民共和国国歌。从此，嘹亮的国歌成为中国人民前进的号角。

　　正因为胸中燃烧着爱国的火焰，1945年底，抗战刚胜利，马叙伦就在上海发起组织中国民主促进会，积极投入爱国民主运动。1946年6月，参加上海各界人士举行的反内战游行示威，被推举为向国民党政府请愿团团长，在南京下关车站被特务殴伤。1947年底，马叙伦到香港筹建民进港九分会，继续从事反蒋民主运动。1949年与李济深等赴北平，出席政协会议，并当选为政协常务委员。

　　在作者1937年写的这首诗中，"今日三军同愤怒，一齐奔杀尽忘生"，成为全诗的最强音！在爱国者的心中，哪管"明月高高照房营"，哪怕"几家征妇哭长城"，卢沟桥畔、黄浦江头，到处回荡着抗战的隆隆炮声。在残酷的战争年代，"我自年年歌当哭"，哭，为长歌，是为遭入侵的祖国而歌。

以笔为枪：重读抗战诗篇

和平请愿团部分代表在上火车前合影，右起：马叙伦、包达三、雷洁琼、阎宝航、张絅伯、盛丕华、胡子婴、黄延芳

1949年9月25日，民进首席代表马叙伦在全国政协第一届全体会议上发言

马叙伦（左一）在一届政协国旗、国徽、国都、纪年方案审查委员会会议上

　　马叙伦1885年4月出生在浙江省余杭一个清贫的读书人家庭，少年师从北京大学早期的哲学教授陈介石。辛亥革命前加入柳亚子等发起的南社。1911年赴日本。回国后响应武昌起义。1917年，受北京大学校长蔡元培的聘请，任北大哲学系教授。1922年夏，出任浙江省立第一师范学校校长、浙江省教育厅厅长。此后，曾任北洋政府、国民党政府教育部部长。1936年1月发起组织北平文化界救国会，被推为主席。抗日战争时期，因贫病交加，蛰居上海，专事著述。

　　1949年至1952年，马叙伦任中华人民共和国教育部第一任部长。从1952年到1954年，担任中华人民共和国高等教育部第一任部长。

　　主要著作有《马叙伦学术论文集》、《说文解字六书疏证》、《石屋续沈》、《庄子天下篇述义》等。马叙伦藏书颇丰，大都捐献国家。

蒲 风：我的思念在大海东——献给台湾

抗战诗人：蒲 风

我的思念在大海东，
大海茫茫，
水天交界处太阳火般红。
我日日夜夜牵挂她，
忧愁，伤悲，苦难……
——我都咽下在心中。
非她不爱我，
实因压迫重重又重重。
礼教的束缚，

殖民地的奴隶教养……
片刻打不起浪涛的汹汹，
也许她将永在大海东，
犹如太阳，
她朝朝照耀得我心通红。
我戴着太阳走我的路，
不怕艰难和险阻，
她心在我心，我心长英勇！
我是真理之子，
真理长在我心中。
那怕瘴氛横阻大海东；
我要用大炮轰去一切氛和雾，
我要用热情、教养去扫荡那蛮风！
但是，云涛滚滚，
　　踏着铁的飞轮，
她也许会横过太空：
　　我是地球，
　　太阳永远亲近着真理的孩子，
快快呀，快快呀，朝西蠕动。

（选自一九三七年二月上海诗歌
出版社《摇篮歌》初版本）

以笔为枪：重读抗战诗篇

蒲风、谢培真夫妇

《六月流火》书影

1942年8月，当他以一名新四军战士的身份倒下时，年仅31岁。身后留下15部诗集、4部论文集、2部译诗。

1935年11月，他在日本以黄飘霞为名出版了长篇叙事诗《六月流火》，热情讴歌了中国的农村革命。

他是五四新文学时期，第一个用新诗讴歌长征的诗人。其时，中国工农红军刚走完二万五千里之长征，诗人即以"咏铁流"予以礼赞："铁流哟，到头人们压迫你滚滚西吐，/铁流哟，如今，翻过高山，流过大地的胸脯,铁的旋风卷起了塞北沙土,/铁流哟，逆暑披风，无限的艰难，无限的险阻！/咽下更多数量的苦楚里的愤怒，/铁流的到处哟，建造起铁的基础！"滞留日本的郭沫若在东京与诗人巧遇，翻阅其诗集时说："至于《六月流火》，虽无主角，但也有革命情调作焦点。其'咏铁流'一节，可以把全篇振作起来。结尾处轻轻地用对照法作结，是相当成功的。"张建智在《博览群书》上刊文说：诗集流传到国内，鲁迅曾购买多部，以寄赠北方的青年学生和好友。鲁迅于1936年4月1日致曹靖华信中写道："《六月流火》看的人既多，当再寄一点。"曹靖华也在此信注释中写道："《六月流火》，清新活泼，充满革命朝气，颇受当时革命青年所欢迎。"

他就是现代著名诗人蒲风。生于1911年，广东省梅县人。早年就读于上海中国公学，1927年开始诗歌创作。后参加左联，与穆木天、任钧、杨骚等组织中国诗歌会，出版《新诗歌》。1934年去日本，与雷石榆等创办《诗歌生活》。抗战开始后，曾一度在广州主编《中国诗坛》。诗人任钧曾说："假如说中国诗歌会的确曾经对中国的新诗运动发生过多少推动作用的话，则蒲风之功，显然是最大的。"

1936年8月下旬，蒲风从青岛来到福州，常在留日同学曾建平负责的《星光日报》发表诗作。他三次写诗怀念台湾，如：《我的思念在大海东——献给台湾》、《飞鹰，飞向台湾去吧》、《可怜虫》等。这首《我的思念在大海东——献给台湾》，浓缩着作者蓝色的海洋意识，在烽火纷飞的年代，不忘祖国的宝岛台湾。"我日日夜夜牵挂她"，是母亲对宝岛的呼唤；"快快呀，快快呀，朝西蠕动"，是宝岛在向母亲依偎。

1938年春第二次国共合作时期，他受中共组织派遣，到国民党陆军154师922团任上尉书记。1940年秋参加新四军，在敌后他写了大量的墙头诗、传单诗、明信片诗、短诗、歌词等，鼓舞部队战士奋勇抗日。

建国后，蒲风被追认为革命烈士。著有《现代中国诗坛》、《抗战诗歌讲话》、《茫茫夜》、《生活》、《黑陋的角落里》、《抗战三部曲》等。

人们将永远记住他作为诗人、作为战士的形象，吟诵着他投身抗战的诗句："假如我战死，葬我时，把我的头朝向南方，朝向我亲爱的故乡！"

蒲风与郭沫若（中）、熊琦（左）在日本，1936年4月

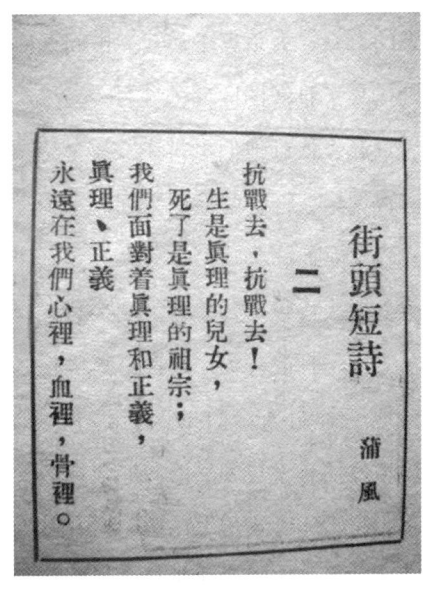

蒲风街头短诗

以笔为枪：重读抗战诗篇

史 轮：大家都来杀鬼子

抗战诗人：史 轮（绘像）

诗作的头尾都是象声词，开始是鬼子兵来扫荡，最后是被动员起来的群众"去杀鬼子兵"。中间两段描写了日寇的凶残，号召"兄弟们拿起家伙赶他们出村庄"。全诗语言通俗，符合解放区兴起的"街头诗"特征。

街头诗包括传单诗、墙头诗、岩头诗、打油诗等，是晋察冀等根据地一种引人注目的文艺形式。1938年末，丁玲领导的西北战地服务团、"抗战文艺工作团"以及延安抗日军政大学毕业学员，先后从延安到晋察冀地区。邵子南、史轮、

达达达，机关枪，
轰隆隆，大炮响，
日本鬼子兵来到我村庄，
你看那黑烟腾空强盗多猖狂。

东邻在哭儿郎，
西邻在叫爹娘，
咱们的乡亲紧捆在大树上，
强盗们把那刺刀刺在人胸膛。

妇女们跑的慢，
满脸上是血浆，
你看那鬼子兵朝我们家里闯……
兄弟们拿起家伙赶他们出村庄！

乒乒乒，锄头拼，
咕冬冬，棍子枪，
看这些野兽们栽倒在地埃尘，
我们就去打游击，大家去杀鬼子兵！

　　　　　　　　一九三七年

中国骑兵

曼晴、方冰等人的战地社于1939年1月创办了诗刊《诗建设》，抗大学员丹辉等人成立了"铁流社"，以战地社和铁流社为中心，1939年3月《诗战线》得以创办，形成了晋察冀诗派。在此基础上，1941年7月3日，晋察冀诗会应运而生。

近年新出版的《救亡之声——中国抗日战争歌曲汇编》、《民族之魂——中国抗日战争歌曲精选》（编者均为阚培桐）两书，记录了3900首抗战歌曲。词曲作者中创作数量较多的是：田汉、安娥、塞克、麦新、王洛宾、孙师毅（施谊）、史轮、安波、王震之（天蓝）、张寒晖；冼星海、黄友棣、贺绿汀、吕骥、刘雪庵、张曙、麦新、陆华柏、孙慎、晓河；聂耳、黄自、舒模、任光、张寒晖、郑律成、李劫夫、夏之秋等人。史轮以满腔热情冲在抗日救亡的第一线。

1938年，时任国民党十八集团军高级参议、为我党积极从事统战工作的宣侠父，在西安被敌人枪杀后，身在西北战地服务团的史轮，以《我永远敬念——你超人的灵魂》一文纪念宣侠父。

山西省长治市有关文史资料介绍：青年诗人史轮，山东人。全民抗战开始后，与诗

以笔为枪：重读抗战诗篇

西北战地服务团成员合影

人田间等参加战地工作团。出版了诗集《杂技》及剧本、鼓词等大量作品。1942年5月在反扫荡中牺牲（或被敌生俘杀害）。有关史轮的生平介绍是模糊的，然而，史轮是晋察冀诗派重要的一员却是不争的事实。当年，在从甘谷驿到清涧的岩石上，曾有人见过史轮写过这样的几句诗："在抗战里，我们将损失什么？／那就是——武器上的锈，／民族的灾难，／和懒骨头！"

在一份回忆《群众》杂志的文章中，史轮的一首小诗被回忆者引用："四更里黑沉沉，我们出了敌营门。卧倒射击砰砰啪！看你们还杀中国人？！五更里东方明，武装起来多精神。东南西北去游击，打他的汽车收县城！"（史轮：《老百姓偷枪》，《群众》第1卷第13期）依然是明快通晓的街头诗风格。

2009年，在王昆从事革命文艺工作七十周年师生演唱会上，由史轮作词的《武装起来真英雄》一歌，再次被唱起："一更里月微明，我们要去鬼子兵营，腰里掖着一把杀猪的刀……"诗人真实的面容，漂浮在岁月的长河中，难寻真迹。然而，人们不会忘记他抗日救亡的歌声，那些在每个人心头燃烧的火焰，将照亮诗人朦胧的微笑。

苏金伞：我们不能逃走——写给农民

抗战诗人：苏金伞

我们不能逃走，
不能离开我们的乡村：
门前的槐树有祖父的指纹，
——那是他亲手栽种的；
池边的洗衣石上有母亲的棒槌印，
水里也还有母亲的泪，
——受了公婆或妯娌们的气，
无处摆理，泪偷滴在水里；
还有，地里红薯快熟了，
根下挣起一堆土，
凸吞吞的像新媳妇的奶头；

场上堆着没有打的黄豆，
热腾腾的腥香向四面流。
这一切我们都不能舍弃，
怎肯忍心逃走？
我们不能逃走，
不能离开我们的家：
碓白已舂了几辈子米，
犁雁和锄桨都被我们的
手掌磨出深深的汗窝，
棉油灯夜夜看姑嫂们纺花，
纺花声把我们的梦

以笔为枪：重读抗战诗篇

缠得又密又重，
像蛛丝裹住一个槐花虫，
就是驴踢槽也惊不醒；
蟋蟀在墙根劝说织布人：
别裁嘴，再织一会就到三更！
这一切我们都不能抛丢，
怎肯忍心逃走？
还有土地——那位老乳母，
她抚育过我们几十代的祖先，
又哺养我们和儿孙；
一年四季不拾闲，
忙着张罗棉麻和粱米，
到冬天，雪盖了原野，
她还预先埋藏下麦根。
我们对她也真熟悉：
知道哪一块地有多少土坷垃，
哪一块地离家几步远，
就是黑夜没有光亮，
也能用脚试出哪一块是自己的田。
我们命定了和庄稼一样在土地里生长，
挪到别处就要枯黄。
我们不能逃走，

不能离开我们的故乡。
年来日子过得不算好，
但那都是鬼子苦害了我们的：
他不等你爬起来，就赶紧给一腿。
如今他抢到一个地方到处放火，
黑烟和火光利利拉拉几十里，
连老鸦窠也烧得不剩一个；
年轻人抓去挖战沟，背子弹，
老婆子和小妮子也被奸淫，
一不对眼就活埋或剥皮。
为了报复这些污辱与仇恨，
我们也不能逃走，
要拿起家伙跟鬼子拼一拼！
一个人是一个铁圈，
扣在一块就是坚强的铁缆，
把那载我们的大船锁靠牢稳，
永远不叫那毁灭人类的海盗击碎。
等把鬼子赶跑了，
再细细品尝那蓝天下的
倚着锄头时的一管烟的滋味罢。

（选自《七月》第一集第二期，
一九三七年十一月出版）

1937

浑厚的中原大地，蕴藏着无尽的诗情。苏金伞就是这片土地上长出的一棵大树，一辈子都扎根乡土，吐露清新的芳香。他以近70年的诗歌创作，把乡土中国的诗意，传播到海内外。他以诗为业，以诗自命，自言"三生修来是诗人"。

1906年2月，苏金伞出生于河南省睢县。1920年，考入开封第一师范。1934年，《现代》杂志6月号发表了苏金伞的处女作《出狱》，迅速被上海《大公报》、上海《文学》等转载。1935年，戴望舒主编的《新诗》发表了苏金伞的成名作《雪夜》，这首诗也被闻一多选入《现代诗抄》。

1937年卢沟桥事变后，苏金伞的心冲出了课堂，他以自发的乡土意识，写出了农村鲜活的生命，写出了农民对土地的依恋，写出了千千万万中国人赶走强盗的决心。作者心目中的土地，是一位"老乳母"，"我们对她也真熟悉：/知道哪一块地有多少土坷垃，/哪一块地离家几步远，/就是黑夜没有光亮，/也能用脚试出哪一块是自己的田。"只有对家园爱得仔细，才会对这块土地这么熟悉。在作者绘出的农村风俗画中，碓臼、犁雁和锄桨，棉油灯和纺花声，甚至连在墙根的蟋蟀，都是家庭的一员，"都不能抛丢"。诗人就这样以"行前密密缝"的感情针脚，一行一行地把读者的牵挂，

上世纪40年代苏金伞、道铎夫妇在开封留影

美国《生活》杂志摄影师卡尔·迈当斯（Carl Mydans）1941年拍摄的四川农村之一

美国《生活》杂志摄影师卡尔·迈当斯（Carl Mydans）1941年拍摄的四川农村之二

以笔为枪：重读抗战诗篇

晚年的苏金伞

"缝"在这片土地上。多少年之后，作者说："故乡即诗"，话语简朴，却道出世间实情。渲染到这儿，作者保家卫国的誓言油然而生："我们命定了和庄稼一样在土地里生长，/挪到别处就要枯黄。/我们不能逃走，/不能离开我们的故乡。"更妙的是，诗作结尾："等把鬼子赶跑了，/再细细品尝那蓝天下的/倚着锄头时的一管烟的滋味罢。"三句话，勾勒出一个农村老汉的形象，扑面而来的是恢复平静的田园风光。

诗作在《七月》刊登后，西安《国风日报》副刊"十字街头"很快予以转载。从华中前线到西北重镇，这首诗在读者中广泛传播。

1939年春，诗人到河南大学教书。1946年，创作《控诉太阳——哀闻一多先生》和《头发》，引发巨大影响。

1948年6月，开封解放。苏金伞与嵇文甫、王毅斋、李俊甫等一起，来到豫西解放区，参加革命。1949年初，北平和平解放，苏金伞调至北平工作。同年10月1日，受邀参加开国大典。其后，作者受命回郑州工作，曾任河南省文联第一届主席。

作者曾写有《胎芽》一诗，素雅、形象的比喻让人过目难忘："这是春天的第一个声音/是生命的第一次撞击/就像婴儿的第一颗乳牙/就像戳纸窗/企图向外探视的小手拇指"。童真如山间清溪，一路浇灌着苏金伞不老的诗心。

1997年1月，诗人辞世。著有诗集《地层厂》、《窗外》、《鹁鸪鸟》、《苏金伞诗选》、《苏金伞诗文集》等。许多诗作被翻译，传播到海外。

臧克家曾评价说："苏金伞的诗读者很多……他的诗句看上去很素净，没有斧凿的印痕，可是味道却极醇……他的情感是颇为浓烈的。"

台湾著名诗人余光中在《新诗三百首》序中说："我一向认为苏金伞是早期诗人中虽无盛名却有实力的一位，却未料到他能写出像《头发》这么踏实有力、捣人胸臆的好诗，并且立刻认定，此诗虽短，撼人的强烈却不输鲁迅的小说。"

王亚平：难民行

抗战诗人：王亚平

难民难,难于上青天！儿女遭惨死,骨肉全离散,箱笼房屋吃炸弹,一片焦土好可怜。狠心的敌人啊！难道你们没有父母！难道你们没有家园！

难民难,难于上青天！拥挤弄堂里,流浪马路边,没衣没食没人管,转眼又是北风寒。狠毒的小鬼啊,你们的兽行真欺天！你们的兽行真欺天！

难民难,难于上青天！爬上救护车,钻进难民船,敌机还来投炸弹,机枪扫射归路断。同胞们起来吧！快赶走这些王八蛋！快赶走这些王八蛋！

约作于一九三七年淞沪抗战时

祖父推着吱吱呀呀的独轮车,赶了180里路,送15岁的王亚平到河北省邢台考试。那是1920年,那是巨变中国的前夜,大地宛如一张黑白的老照片。

考上直隶省立第四师范的王亚平,像一只展翅的鸟,渴望外边的天空。即使回乡,他也在小土屋里,办平民学校、油印刊物《友声》。

以笔为枪：重读抗战诗篇

赵树理（左）和王亚平（中）在老舍（右）家

1926年，王亚平毕业。1932年9月，在北平，他与袁勃、曼晴、左琴琳娜等成立中国诗歌会河北分会，与上海诗歌界联系密切。1935年6月，王亚平的第一本诗集《都市的冬》由上海国际书店出版，郭沫若题写书名，远在日本的蒲风为该书作序，热情地赞扬："亚平的认识，是配合了伟大的时代的呵！"1936年10月，王亚平留学东京早稻田大学。

"七七事变"后，王亚平于7月24日回国投入抗日洪流。王渭在回忆父亲王亚平这段经历时撰文说：（王亚平）到上海后首先见到穆木天、柳倩等，大家出力出钱，印行了《拓荒者》，同时与女诗人关露写诗歌壁报《战号》，自己写自己到街上去贴。接着又见到了李雷、艾青、田间、罗烽、征军、何勿等。一天，"在俄国餐厅遇到郭沫若先生，我给他说要办诗刊，请他题一个刊名，并写一首诗，他说：'就叫《高射炮》吧！让诗人的声音像高射炮一样！'他用餐厅擦碗筷的布纹白纸，写成了'民族的喜炮'一诗，还把他最后的五元钱捐给了诗刊，我感动得跑回来，又找征军、何勿凑了几块钱当第一期的印刷费，并以郭先生的诗当发刊词"。这样"七七事变"后的第一个诗刊《高射炮》创刊了，从8月25日到9月25日共出版了三期。

"八一三"上海抗战爆发后,国共第二次合作,加强战地宣传和民众组织工作,经郭沫若介绍,王亚平参加了第八集团军战地服务队。这首《难民行》,就是在炮火之下创作的。在作者的笔下,受战争摧残的人们流离失所:"儿女遭惨死,骨肉全离散","拥挤弄堂里,流浪马路边","爬上救护车,钻进难民船"。底层民众的辛苦、辛酸,从一个侧面说明了国弱民欺的道理。"弄堂"是上海方言,指的是狭小的巷子,"拥挤"说明难民之多。诗的最后是一种号召,表达了全民抗战的信念。

后来王亚平自己总结说:"塘沽,应该是我真正写诗,研究诗,从事诗歌运动的起点地。它像一只鞭子,痛楚地鞭打了我的灵魂;她像一个慈爱的母亲,收揽了我这个野性的游子的身心;她像一个理想的神,启示我了解了人生,渐渐走上了努力艺术的道路;它像一把热炽的火,燃烧起我创作的情感。"

1939年11月,诗人来到重庆,参加中华全国文艺界抗敌协会,其后参加了文化名人祝寿和欢迎毛泽东到重庆和谈等活动。1946年8月初,诗人全家到达冀鲁豫边区菏泽地区。1949年4月,王亚平奉调进北平,到《人民日报》主编文艺版。

受胡风事件影响,诗人入狱长达26年,1981年6月平反。1982年2月《人民日报》发表诗人《归队》诗作,表达了作者继续为人民讴歌的美好愿望。可惜,天不假年,1983年4月诗人因病辞世。

王亚平历任北京《人民日报》副刊主编、《新民报》总编辑,北京市文联党组书记兼秘书长、中国曲艺研究会副主席等职。著有诗集《都市的冬》、《十二月的风》、《海燕的歌》、《生活的谣曲》、《火雾》、《血的斗笠》、《黄河英雄歌》等。

纵然急雨淋湿我的羽翼,

狂风掣出漫天风险,

但谁也阻不了这坚强信念:

我飞,鼓着轻翅,

沉默地,飞向无穷的辽远。

这是诗人《海燕的歌》里的诗句。无穷的辽远,让读者留下无尽的追念。

以笔为枪：重读抗战诗篇

抗战诗人：叶圣陶

叶圣陶：长亭怨慢

颂抗战将士，言不尽怀。

最前线，炮声含怒。赳赳桓桓，似潮奔赴。此役光荣，寻常征战岂其伍。众心无二，拚血淹、东方虏。热泪几多腔，保一寸、中华疆土。

艰苦。尽忍饥耐渴，况复弹飞如雨。伤残死灭，尽都替、国人担负。未愿任、正义摧颓，又挑上、双肩维护。问两字英雄，此外伊谁堪付。

一九三七年八月

"长亭怨慢"，或作"长亭怨"，原是以柳树为中心意象的一首送别词的词牌名。作者以此"颂抗战将士"，其景不同，其情依然。更为感人的是，诗词中的那份柔美，一旦与抗战大潮相遇，就转换为铿锵有力的壮美。赳赳桓桓，指威武雄健的军人，用在此，代表作者愿与抗战将士同仇敌忾。

被称为"优秀的语言艺术家"的叶圣陶，写作这首《长亭怨慢》时，依然谦虚地予以小注："颂抗战将士，言不尽怀。"一位醉心于祖国优美文字、长期耕耘于教育、甘于默默地编辑嫁衣的学者，当他从书斋里抬首放眼炮声隆隆的"最前线"时，"问两字英雄"，"热泪几多腔"，千言万语化作一句"保一寸、中华疆土"。

著名诗人臧克家曾经说过："温、良、恭、俭、让这五个大字是做人的一种美德，我觉得叶老先生身上兼而有之。"一首抗战诗词，让人读出了书卷之外的铿亮豪气。

叶圣陶，1894年10月生于苏州，现代作家、教育家、文学出版家和社会活动家。抗

以笔为枪：重读抗战诗篇

叶圣陶、胡墨林夫妇

叶圣陶和他的三个子女叶至美（前排左一）、叶至善（后排左）、叶至诚（后排右）

叶圣陶和叶兆言

战期间，他前往四川继续主持开明书店编辑工作，同时还参加发起成立"文艺界抗敌后援会"。1939年，任中华全国文艺界抗敌协会理事。

1949年后，叶圣陶先后出任教育部副部长、人民教育出版社社长和总编、中华全国文学艺术界联合委员会委员、中国作家协会顾问、中央文史研究馆馆长、中华人民共和国全国政协副主席，民进中央主席。1983年当选为第六届全国政协副主席。

1988年2月在北京辞世，享年94岁。

叶圣陶创作了我国第一部童话集《稻草人》（1923年）和中国现代文学史上第一部长篇小说《倪焕之》（1929年）。其他作品还有：短篇小说集《隔膜》（1922年）、《火灾》（1923年）、《线下》（1925年）、《城中》（1926年）、《未厌集》（1929年）等。在长期的编辑生涯中，先后主编或编辑过《诗》杂志、《文学周报》、《小说月报》、《中学生》、《中学生文艺》、《国文月刊》、《开明少年》、《笔阵》、《国文杂志》、《中国作家》等多种重要的文学、语文教育刊物和几十种中小学语文教科书，撰写过十多本语文教育方面的论著，为语文教育事业作出了重要贡献。曾经发现培养和举荐过一批青年作者，如巴金、丁玲、戴望舒等。1980年教育科学出版社出版了《叶圣陶语文教育论集》、《叶圣陶文集》（1~8卷）。

郑振铎：卢沟桥

抗战诗人：郑振铎

卢沟桥——
是我们的第一道防线，
也是我们的墓地。
保卫卢沟桥！
宁死埋于此，但不能后退一寸！
以铁和血来保卫卢沟桥！
宁死埋于此，但不能后退一寸！

卢沟桥——
是我们的第一道防线，
也是我们的墓地。
保卫卢沟桥！
只有冲向前去，才能叫敌人没有机会冲过来！
以铁和血来保卫卢沟桥！
只有冲向前去，才能叫敌人没有机会冲过来！

卢沟桥——
是我们的第一道防线，
也是我们的墓地。
保卫卢沟桥！

以笔为枪：重读抗战诗篇

给敌人以最重的打击，永不使他们的足迹踏上卢沟桥半步！
以铁和血来保卫卢沟桥！
给敌人以最重的打击，永不使他们的足迹踏上卢沟桥半步！

卢沟桥——
是我们的第一道防线，
也是我们的墓地。
保卫卢沟桥！
民族的命运系在我们的枪杆上，存或亡在此一举！
以铁和血来保卫卢沟桥！
民族的命运系在我们的枪杆上，存或亡在此一举！

〔合唱〕
保卫卢沟桥，
保卫卢沟桥！
宁死埋于此，但不能后退一寸！
民族的命运系在我们的枪杆上，存或亡在此一举！

（选自《战号》生活书店一九三七年十月版）

天妒英才。1958年10月,出访途中,郑振铎不幸遇难,年仅60岁。在悲伤的日子里,夫人高君箴把郑振铎毕其一生收藏的10万册典籍和许多珍贵字画、文物捐给了国家。1963年,北京图书馆据此编成6卷本《西谛书目》,由文物出版社出版。

西谛是郑振铎的别名。这位五四文学的薪火传承者,1898年12月生于浙江温州,原籍福建长乐。其文学创作、文化翻译、文学艺术史研究,以及出版传播、典籍收藏,可谓穷经皓首、洋洋大观。端木蕻良在《追思》一文中评价:"中国要是有所谓'百科全书'派的话,那么,西谛先生就是最卓越的一个。"

抗战爆发后,时任上海暨南大学文学院院长兼中文系主任的郑振铎,参与发起"上海文化界救亡协会"和创办《救亡日报》等。上海沦陷前后,他在朱家骅支持下,与商务印书馆元老张元济、私立光华大学校长张寿镛、国立暨南大学校长何柏丞以及北京大学教授张凤举等,于战火中,抢救了大量珍贵的文献古籍,并编选影印了《中国版画史图录》、《玄览堂丛书》、《明季史料丛书》等。甚至"蛰伏"在高邮路5弄25号的时候,他不顾日伪搜查,依然为保卫故国的文脉默默战斗。在《郑振铎书话》

1933年夏,郑振铎(左三)与谢冰心夫妇摄于北平

郑振铎(右二)在"孤岛"上海

一书中,郑尔康写道,"先父郑振铎一生'爱书如命'。他以一介寒儒,常常倾其囊中所有来买书,而他的买书又绝不仅仅是'癖',这和他的研究工作及关心祖国的文化是息息相关的。人们从他撰写的书

以笔为枪：重读抗战诗篇

郑振铎、高君箴夫妇

话中，可以时时感受到他的灵魂与书的撞击，倾听到一位爱国者的心声。"

这首《卢沟桥》出自郑振铎唯一的一本新诗集《战号》。诗人反复歌咏的"卢沟桥——/是我们的第一道防线，/也是我们的墓地。/保卫卢沟桥！"等句，是一代学人的集体意识。"防线"与"墓地"同时出现在诗歌的上下句，"是"与"也是"递进关系的修辞处理，表明了诗人不生则死的抗敌意志。在生死关头，诗人没有选择，他以清醒的誓言发出号召："民族的命运系在我们的枪杆上，存或亡在此一举！"全诗循环往复的句式，是一个显著的艺术特点，恰如诗人心中积郁的、回荡的豪情。

1920年，从"五四运动"中走来的郑振铎，与沈雁冰等人发起成立文学研究会，创办《文学周刊》与《小说月报》，曾任上海商务印书馆编辑，《小说月报》主编，上海大学教师，《公理日报》主编。期间，他提出需要"血和泪的文学"的口号。1927年2月，他与叶绍钧、胡愈之等人发起成立"上海著作人公会"。1932年，他的《插图本中国文学史》出版。1937年参加文化界救亡协会，与胡愈之等人组织复社，出版《鲁迅全集》。考察诗人的文化之路，可以说，郑振铎是多难时代一个忠诚的文化守护者。《战号》集另有一首《保卫北平曲》，编著者选录一段，从中可一探作者对传统文化的珍爱之心：

保卫北平,

保卫北平!

保卫这可爱的古城,

保卫这可爱的文化城!

我们以铁和血来保卫北平!

我们执着枪,握着大刀,

我们与这古城共死生!

不可越过的壕沟,

不可攻克的坚城!

"敌来,我与你偕亡!"

粉碎了他们!

把他们赶出国境!把侵略者肃清!

我们以铁和血来保卫北平!

包括《我们的伤痕永不在背上》等新诗,皆饱含了作者的赤子之情。在战火纷飞的年代,爱书如命的郑振铎,搜寻和保卫的是民族的文化之根。更可贵的是,以他1938年出版的《中国俗文学史》为例,郑振铎文化保护还侧重于民间文化,如对中国戏剧文化的整理、挖掘等方面,这是对历史的一份功德。

建国后,郑振铎多从事文化领导工作,曾任中央文化部文物局长、民间文学研究室副主任、中国科学院考古研究所所长和文化部副部长等职。1957年,他编集出版了《中国文学研究》三册。

郑振铎遗作《西谛书话》,
三联书店1983年初版。

郑振铎一向以福建人为荣。1927年,他在《海燕》一文中轻唱:"啊,乡愁呀,如轻烟似的乡愁呀!"据郑尔康回忆,1978年,夏承焘为纪念郑振铎蒙难20周年,填写了词《减字木兰花 有怀西谛学兄》:峥嵘头角,犹记儿时初放学。池草飞霞,梦路还应绕永嘉。百编名世,十载京华携手地,杰阁秋晴,遥指层霄是去程。

北京图书馆、国家图书馆等常有展览,纪念郑振铎为典藏文化所作的贡献。通过展览,人们了解到郑振铎诸多的第一,比如:

他是《国际歌》歌词最早的中译者……

他是我国第一个儿童文艺刊物——《儿童世界》的创办者……

他是"漫画"一词的发明者……

1938

在太行山上	桂涛声	069
假使我们不去打仗	田间	071
抗日救国保家乡	唐天际	073
献给殉国的中国士兵	奥登	075
给死者	巴金	079
喜闻台儿庄大捷	霍松林	083
乌鸦	金克木	085
抗日纪事四首	马君武	088
亡国是可怕的	李金发	090
海外的卖报童	施颖洲	093
我们的雪天	孙钿	096
废墟之外	覃子豪	099
摇篮歌	杨骚	103
今天你走向战场	高敏夫	106
稻穗金了	野曼	108
奠歌	徐訏	111
前线	祝实明	114

桂涛声：在太行山上

抗战诗人：桂涛声

红日照遍了东方，
自由之神在纵情歌唱。

看吧！
千山万壑，铜壁铁墙，
抗日的烽火，燃烧在太行山上，
气焰千万丈。

听吧！
母亲叫儿子打东洋，
妻子送郎上战场。
我们在太行山上，
我们在太行山上，

山高林又密，兵强马又壮。
敌人从哪里进攻，
我们就要他在哪里灭亡！
敌人从哪里进攻，
我们就要他在哪里灭亡！

一九三八年

以笔为枪：重读抗战诗篇

整装待发的抗战将士　美国哈里森·福尔曼摄

《在太行山上》原作还有一段，补录于此备查。

　　小鬼子贼坏呀小鬼子贼狂，
　　小鬼子到中国来奸淫烧杀抢。
　　母亲叫儿上太行去打打小东洋，
　　打得鬼子屁股尿流只喊爹和娘。
　　小嘎子空手也缴了鬼子的三八枪，
　　二小放牛郎让鬼子也受骗上了当。
　　地道战呐地雷战还有游击战，
　　抗日烽火燃烧在那太行山上。

从巍峨的太行到广阔的战场，由桂涛声作词、冼星海作曲的《在太行山上》到处传唱。桂涛声，原名桂独生，涛声是笔名。中共党员。1906年出生于云南省沾益县菱角乡一回族农民家庭。1937年，桂涛声创作《歌八百壮士》歌词，经著名曲作家夏之秋谱曲后，广为传唱，极大地鼓舞了抗战将士。

　　1937年9月，桂涛声来到太行山与冼星海相逢。在太行山的日子里，桂涛声被太行山的雄伟山势与壮丽景色所震憾，被太行山抗日军民母送子、妻送郎，到处是高昂的抗战情景，以及踊跃报名参军打日本的先进事迹和感人场面所感动，为了增强抗日救国宣传的积极性，桂涛声充满激情创作了极富鼓动性、战斗性的抗日歌词——《在太行山上》。冼星海仅用一夜时间就为《在太行山上》谱好了曲。

　　朱德总司令听到后，亲自抄录《在太行山上》歌词随身携带学唱，并要求全军学唱《在太行山上》。这首脍炙人口的抗日经典歌曲——《在太行山上》，表达了全中国抗日军民坚持抗日救国的决心和心声，成为鼓舞全中国广大抗日军民英勇杀敌，奋力消灭日本侵略者的嘹亮号角。

　　1982年12月，桂涛声在上海辞世，享年81岁。人们依然能够从电影《太行山上》和电视剧《八路军》中听到这首激情昂扬的歌曲，"自由之神在纵情歌唱"——那浓郁的浪漫情怀，必将穿越时空，从一个百年到下一个百年。

田　间：假使我们不去打仗

抗战诗人：田　间

> 假使我们不去打仗
> 敌人用刺刀
> 杀死了我们，
> 还要用手指着我们骨头说：
> "看，
> 这是奴隶！"
>
> 　　　　　　　　一九三八年

"红烛"诗人闻一多把田间称为"时代的鼓手"，在他眼里，写出诸多街头诗的田间，其诗作具有一种积极的"生活欲"，"鼓舞你爱，鼓动你恨，鼓励你活着，用最高限度的热与力活着，在这大地上"。

田间原名童天鉴，1916年出生，安徽省无为县开城镇羊山人。1933年考入上海光华大学外文系。1934年加入中国左翼作家联盟。1937年春到东京学日文。"七七事变"后，回上海写抗战诗歌。这年秋，去武汉，写成《给战斗者》。1938年春夏间到延安与文艺界同仁共同发起街头诗运动。

田间的诗创作活跃，诗风灵活，信天游、新格律体、自由体都有尝试，著有长诗《戎冠秀》，诗集《给战斗者》、《赶车传》、《马头琴歌集》等。尤其在新诗的民族化、大众化方面，诗人都作过一些积极探索。这首以设问为题的诗作，以平朴的描述和激昂的呼唤形成了明快质朴的风格。短诗特别适合朗诵，传唱更为久远。正如诗人在《我怎样写

以笔为枪：重读抗战诗篇

英勇的抗战将士

定居河北怀来农村的诗人田间（中）和农民诗人马秉书（右）在播种 1958年5月25日 张祖道摄

诗的（代序）》中写的那样："没有谎语，诚实的灵魂，解剖在草纸上。"

《义勇军》堪称田间的经典之作：

在长白山一带的地方，

中国的高粱

正在血里生长。

大风沙里

一个义勇军

骑马走过他的家乡。

他回来：

敌人的头，

挂在铁枪上……

诗歌描绘的主体义勇军，形象突出，有胆识、有侠义，片刻间就斩敌头颅，透射出诗人"血里生长"的英雄气概。

唐天际：抗日救国保家乡

抗战诗人：唐天际

（一）

王屋山前作战场，莫嫌军中旧刀枪。
顺风推动黄河水，好像愚公移山岗。

（二）

抗日救国保家乡，不顾流血与断肠。
今日刀枪满山下，来朝红旗遮太阳。

一九三八年

四字写起笔连笔，安仁出了唐天际。

发动农友打土豪，跟着朱德上江西。

湖南省安仁县一带，在很多年以前，流传着一首《十字歌》，歌中的主人公就是本诗的作者唐天际。诗人参加过北伐战争、南昌起义、湘南起义、井冈山斗争和长征，在抗日战争和解放战争中屡立战功。建国后，历任湖南省军区司令员、总后勤部副部长等职。1955年被授予中将军衔。1989年2月20日在北京辞世。

1938年2月，他与中共北方局领导人朱瑞一起创建晋豫边抗日根据地，出任八路军晋豫边抗日游击队司令员。在山西阳城以南王屋山地区，带领抗日健儿策马扬鞭，驰骋疆场。这首《抗日救国保家乡》，以明白晓畅的语言，描绘了八路军英勇抗敌的壮举。"军中旧刀枪"、"流血与断肠"两句，刻画了抗战的艰辛。在诗人的心中，抗战将士是愚公的后代，继承了中华民族"愚公移山"的坚强意志。正因具有坚韧的品质，诗人富有哲理

以笔为枪：重读抗战诗篇

1975年冬，唐天际、耿希贤夫妇在北京

八路军冀鲁豫边区抗日游击支队的部分人员，后排左四为司令员唐天际

1952年,荆江分洪总指挥部总指挥唐天际(左)在施工地区,了解广大军民生活

地指出："来朝红旗遮太阳"，预示了革命的胜利。

将军爱书法。1936年，红军西征，红十五军团到达宁夏豫旺（今同心县），派联络员乔装打扮到回族大教主洪寿林家与他秘密接触。此后，洪寿林在白色恐怖中向教民宣传红军是人民的军队，动员教民参加红军，给红军送粮草，支援红军北上抗日，尤其是为我国第一个县级回族自治政府——豫海县回族自治政府的建立做了很多积极有益的工作。为了表彰洪寿林，时任红十五军团政治部部长的唐天际题写了"爱民如天"的大红锦幛赠予他。1937年，洪寿林临终前叮嘱儿子，红军的光辉将来要照遍天下，红军送的"爱民如天"锦幛是无价之宝。家人遵照嘱咐，冒着极大的危险，将锦幛密封后藏在土炕底下。1949年新中国成立，洪家才将这幅唐天际的书法作品捐赠给人民政府，后转至自治区博物馆，陈列于革命文物展厅。

1938

抗战诗人：奥 登（Wystan Hugh Auden）

[英国]奥 登：献给殉国的中国士兵

远离了文明的中心，他完成了使命，

他的长官和他的虱蚤便将他放弃；

在棉被窝里面

他合上了他的眼皮。

冥然的长逝。

当这一次伟大的战争，

将来编成书籍，

他也不会被人提及，

他的脑里并没有带走什么资料；

他的笑话陈旧，做人像打仗般枯燥。

他的名字和他的容貌将永远消失。

啊，欧罗巴的教授们，主妇们，平民们！

请向这一青年致敬，你们的记者

并没有注意当他在中华变成了尘埃，

从此他的土地配你们的儿女钟情；

从此他不再在狗跟前受侮辱；

从此有山有水有房屋的地方，也有了人。

（原载一九三八年《抗战文艺》
第一卷第九期）

苦难是时间的财富。从2015年5月的春天望去，77年前的3月，战火下的武汉，来了两个英国人：诗人奥登、剧作家衣修伍德。他们被卢沟桥的炮声所吸引，为写一本《战地行纪》的书，来到陌生的东方。

30岁的奥登在英语诗歌界已享有盛名。1937年，他与衣修伍德共赴马德里支援西班牙人民反法西斯斗争，发表长诗《西班牙》。为撰写东方旅行杂记，1938年1月19日，他们乘船从伦敦出发，于2月16日到达香港，辗转广东、汉口、上海等地，先后访问过周恩来、蒋介石、宋美龄、李宗仁、冯玉祥等重要历史人物，6月底才踏上返程。

1937年奥登（左）与衣修伍德　马鸣谦供图

民众在庆祝汉口空战中国军队取得的胜利

在文艺界欢迎会上，"时代的鼓手"田间为他们朗诵诗歌，奥登以这首《献给殉国的中国士兵》唱和。这首十四行诗，起笔瞄准合上眼皮的士兵，以历史的角度冷静地叙述："当这一次伟大的战争，／将来编成书籍，／他也不会被人提及。"作者面向自己的祖国呼唤"请向这一青年致敬"。该诗最早由洪深当场译成汉语，又由卞之琳再次译成中文发表在《桂林文艺》上，最后一段遂改为如下："他在中国变为尘土，以便在他日，我们的女儿得以热爱这人间，不再为狗所凌辱，也为了使有山、有水、有房屋的地方，能有人烟。"一个异域的访问者，在特定的时间，以深情的笔墨，抒写对抗战将士的敬意，他们记录了苦难，时间记住了他们。

在汉口，奥登与衣修伍德目击了"四二九空战"，在得知中国空军和苏联空军志愿者联手击落21架日机时，他们与中国百姓一样兴高采烈："那天晚上，汉口欢庆着它最伟大的空战胜利。"衣修伍德说："奥登和我一致认为，我们宁可在

以笔为枪：重读抗战诗篇

奥登（右）在中国战场前线

这个时候去汉口，也不去世界上任何其他地方。"

离开中国后，奥登便窝在布鲁塞尔潜心创作《战地行纪》一书中的诗歌。1939年3月，《战地行纪》在英国出版，收录了奥登创作的27首十四行诗；两个月后，美国版《战地行纪》发行。同年，奥登上BBC，讲述他在中国的经历。影响是巨大的，欧洲越来越多的人认识到，中国抗战正成为世界反法西斯战争的东方主战场。研究者们认为：这些诗歌被誉为"奥登30年代诗歌中最深刻、最有创新的篇章，也可以说是这十年间最伟大的英语诗"。

威斯坦·休·奥登（Wystan Hugh Auden），1907年生于英国，毕业于牛津大学。30年代崭露头角，成为新一代诗人代表和左翼青年作家领袖。《奥登诗选：1927—1947》译者马鸣谦评价说：奥登被公认是继叶芝和艾略特之后最重要的英语诗人。1939年，奥登移居美国，后入美国籍并皈依基督教。前期创作多涉及社会和政治题材，后期转向宗教。以能用从古到今各种诗体写作著称。代表作有《西班牙》、《新年书信》、《忧虑的时代》等。上世纪40年代，中国诗人卞之琳、穆旦翻译过奥登的诗歌。

奥登晚年整理并修订了自己的诗作，按时间次序编排，分两册出版《短诗结集1927—1957》（1966）与《长诗结集》（1968）。《阿基里斯之盾》（1955）被认为是奥登战后最为感人的诗集，曾获国家图书奖。1956年至1961年，奥登任牛津大学教授，负责教授诗歌。

1973年秋天，奥登在维也纳的一次诗歌朗诵之后，因心脏病突然发作去世。奥登生前共出版诗集35部。

"当然要赞颂：让歌声一次又一次地升腾。"《战地行纪》像一个收录声音的匣子，忠实地记住了奥登为中国人民抗战所作的赞歌。

1938

抗战诗人：巴　金

以笔为枪：重读抗战诗篇

巴　金：给死者

我们再没有眼泪为你们流，
只有全量的赤血能洗尽我们的悔与羞；
我们更没有权利侮辱死者的光荣，
只有我们还须忍受更大的惨痛和苦辛。

我们曾夸耀为自由的人，
我们曾侈说勇敢与牺牲，
我们整日在危崖上酣睡，
一排枪，一片火，毁灭了我们的梦景。

烈火烧毁年轻的生命，
铁蹄踏上和平的田庄，
血腥的风扫荡繁荣的城市，
留下——死，静寂和凄凉。

我们卑怯地在黑暗中垂泪，
在屈辱里寻求片刻的安宁。
六年前的尸骸在荒茔里腐烂了，

一排枪，一片火，又带走无数的生命。

"正义"沦亡在枪刺下，
"自由"被践踏如一张废纸，
侵略者在中国的土地上安排庆功宴，
无辜者的赤血喊叫着"复仇！"

是你们勇敢地从黑暗中叫出反抗的呼声，
是你们洒着血冒着敌人的枪弹前进：
"前进呵，我宁愿在战场作无头的厉鬼，
不要做一个屈辱的奴隶而偷生！"

我们不再把眼泪和叹息带到你们的墓前，
我们要用血和肉来响应你们的呐喊，
你们勇敢的战死者，静静地安息罢，
等我们最后一滴血洒在中国的平原。

（选自《抗战诗选》，战时文化出版社
一九三八年二月初版）

在巴金的文学大海中,诗歌是几滴晶亮的水珠。与他的中长篇小说相比,巴金诗歌的抒情对象依然是那些贫困的大众。据统计,从1922年至1924年,年轻的巴金在《时事新报·文学旬刊》、《草堂》、《妇女杂志》、《孤吟》、《春雷》等刊物上发表了21首诗歌,包括《被虐待者底哭声》、《路上所见》、《梦》、《疯人》、《惭愧》、《丧家的小孩》等。以悲情为作品底色的诗人,一旦碰到战争的苦难,心里的悲悯,就会不由自主地往外迸发。

1941年巴金与妹妹、侄女在成都合影

巴金曾说:"我过去的爱和恨,悲哀和欢乐,受苦和同情,希望和挣扎,一齐来到我的笔端,我写得快,我心里燃烧着的火渐渐地灭了,我才能够平静地闭上眼睛。心上的疙瘩给解开了,我得到了拯救。"在这首《给死者》的诗中,那种悲哀的气氛时隐时现。"我们曾夸耀为自由的人,/我们曾侈说勇敢与牺牲,/我们整日在危崖上酣睡,/一排枪,一片火,毁灭了我们的梦景。"梦想被血淋淋的现实打破,民族受屈辱的时代,个体的命运必定是坎坷多桀的。

1923年,少年巴金踏上远赴上海、南京的求学之路。1925年8月,从南京东南大学附中毕业的巴金,于迷茫中接触到无政府主义,翻译克鲁泡特金的一些著作,参与《民众》的出版。

1927年1月,巴金赴法国巴黎求学。1934

巴金与中国留学生桂丹华(中)、詹建峰(右)在巴黎合影 摄于1928年春天

以笔为枪：重读抗战诗篇

巴金、萧珊夫妇

年，赴日本旅行。1937年，抗战全面爆发，巴金任《救亡日报》编委，与茅盾共同主编《呐喊》（后改名《烽火》）杂志。1938年2月，写完《春》。同年3月，参加文协，被选为理事。

"是你们勇敢地从黑暗中叫出反抗的呼声，/是你们洒着血冒着敌人的枪弹前进。"民族解放道路上的先行者，用牺牲鼓舞、鞭策着后来者。"前进呵，我宁愿在战场作无头的厉鬼，/不要做一个屈辱的奴隶而偷生！"无头的厉鬼一为写实，二为象征，是指中国古代神话中的刑天，一个被斩首后以双乳为目、挑战强权的英雄。抗战期间的巴金，为抗日救亡辗转于昆明、重庆、成都、桂林、贵阳等地。他有无边的呐喊，奔涌在胸中。"你们勇敢的战死者，静静地安息罢，/等我们最后一滴血洒在中国的平原。"兄弟同仇，持戈在手。同生共死，仗剑而出。"给死者"，也是给自己；是悼念，更是誓言。

有人以燃烧的灵魂来评价《巴金全集》。燃烧是一种生命的姿态，而灵魂却是在不断地自我拷问。巴金以《激流三部曲》、《寒夜》、《爱情三部曲》等长篇巨作奠定了他的文学史的地位，"文革"后，又以忏悔式的《随想录》警醒世人。他所倡议的"建立文革博物馆"的呼声，振聋发聩，虽渺茫远去，却透射着一位善良老人对民族解放、民族进步的无限期盼。

巴金曾任全国政协副主席、中国作家协会主席等职。

2005年10月巴金在上海辞世，享年101岁。人们用"人民作家"的光荣称号，来纪念这位一生倡导"真与善"的老人。

霍松林：喜闻台儿庄大捷

抗战诗人：霍松林

　　大明湖畔角声死，千佛山上佛亦耻。"长腿将军"丢济南，望风逃窜急如驶。倭贼乘虚南下夺徐州，烧杀掳掠鬼神愁。岂料未到徐州先遇阻，中华健儿誓死守国土。倭酋咆哮驱三军，天上地下齐动武。

　　台儿庄上阵云黄，贼机结队如飞蝗。台儿庄前尘土扬，百门贼炮巨口张。更驰坦克作掩护，贼众狼奔豕突冲进庄。守庄将士目炯炯，满腔热血怒潮涌。再接再厉胆更豪，屡仆屡起气愈勇。白日巷战短兵接，黑夜奇袭捣贼穴。粮将尽兮弹将绝，伤亡过半不退却。

　　觥觥李将军，指挥何英明！十万火急调援兵，违令者斩不留情。守军忽闻友军到，震天吹响冲锋号。内外夹击山海摇，蠢尔倭贼何处逃？弃甲遗尸抛辎重，嚣张气焰一时消。举国闻捷齐欢忭，海外纷纷来贺电。稍洗南京屠城冤，喜作台庄歼敌赞。

一九三八年四月天水

以笔为枪：重读抗战诗篇

1937年，巨变中的华夏。年仅16岁的霍松林远在甘肃天水，却心怀四方。面对日寇侵华，连续写下《八百壮士颂》、《闻平型关大捷·喜赋》、《哀平津，哭佟赵二将军》、《卢沟桥战歌》等抗战诗篇，以诗记史。这里选录的是诗人的《喜闻台儿庄大捷》。觥，读gōng，觥觥，刚直、勇武的样子；忭，读biàn，高兴、喜欢，欢忭：欢乐跳跃。

诗作质朴如话，记录了急促的战争步伐，既写了来势汹汹的日寇，又批评了一泻千里的不抵抗的投降行为，歌颂了浴血奋战、敢于牺牲的抗战将士。作品视野开阔，用笔有力，完全是一个英雄少年发自内心的呐喊。多少年后，作者回忆抗战胜利时的心情说："1945年8月10日晚上7点多，我们得到了日寇投降的消息"，满街道的人都在欢呼，鸣炮狂欢，胜利了，终于胜利了。日寇的投降令霍松林身轻心驰，诗作也随心潮激荡不已，并有了"茅舍竹篱三两家，小桥流水映桑麻。炊烟散尽人方到，牛背锄犁带月华"的诗情画意。

性情直率的诗人，以"边塞诗"爱国御侮的慷慨悲歌之风，书写了一首首"中国不会亡"的佳作。霍松林后考入中央大学中文系，受业于汪辟疆、胡小石、陈匪石等名师，后长期任教于陕西师范大学等单位，巍巍然成诗词大家、国学大师也。著有《文艺学概论》、《唐音阁鉴赏集》、《唐音阁随笔集》、《唐音阁译诗集》、《唐音阁论文集》、《唐音阁诗词集》等。1995年，获中国作家协会颁发的"以笔为枪，投身抗战"老作家纪念牌。

台儿庄战役总指挥李宗仁

台儿庄，中国军队在巷战

金克木：乌　鸦

抗战诗人：金克木

1931年的北京，有一个叫金克木的年轻人，忽然对浩瀚的宇宙发生兴趣，他到图书馆找来中国天文学家陈遵妫的书，找来英国天文学家秦斯的书，好像发现了一个新大陆，经常拉着朋友喻君登到高处，"一夜一夜等着看狮子座流星雨"。还让朋友沈仲章拿来小望远镜陪他到北海公园观星。有时，看星星的时间长了，公园关门，两个年轻人就夜宿在野外，等到第二天清早才从公园出来。

1912年8月出生的金克木，20世纪

> 夕阳没有隐去寒鸦的背影，
> 连天衰草衬出冬日的黄昏。
> 乌鸦盘旋着寻觅落脚处，
> 处处行人多，路旁少枯树。
> 他可怜还想卖弄一下歌喉，
> 不料老去的嗓音竟愈唱愈丑。
> 他想学老鹰那样缓缓盘旋，
> 冷不防抢块肥肉当作晚餐。
> 无奈他羽毛已衰难以如愿，
> 空抖擞一番也变不了嘴脸。
> 于是他埋怨西堕的朝阳，
> 为什么支持不住定要躲藏。
> 乌鸦仗黑夜勉强藏身，
> 到天明免不了现出原形。
>
> 　　　　　　　一九三八年

以笔为枪：重读抗战诗篇

北大百年，金克木家高朋满座

30年代后到北平求学，曾在北京大学图书馆任职员，同时还掌握了英语、法语、德语、世界语等多种语言，是我国著名的文学家、翻译家，和季羡林、张中行、邓广铭一起被称为"未名四老"。

1937年至1938年，抗战爆发，华北吃紧，北平难以再待下去。此时，由于国立湖南大学缺法文教师，金克木虽无中学和大学文凭，但由于懂多门外语，又擅长写作，精通法文的金克木终于走上了大学讲台。在这段时间，他与施蛰存、戴望舒、徐迟等诗人交往，创作诗歌。24岁那年，出版诗集《蝙蝠集》。

在《论中国新诗的新途径》一文中，金克木写道："近二三十年来的新科学的突飞猛进，虽然也还只是个开始，崭新的宇宙观已经显露了远景。"正是拥有了不一样的视野，以及多种语言的能力，金克木在抗战期间的诗歌便显得与众不同。他的这首《乌鸦》，象征的意味极浓，虽然从字面来看没有明确的指向，但所营造的诗的氛围却又是具体而鲜明的。"乌鸦盘旋着寻觅落脚处，/处处行人多，路旁少枯树。"写的是一种主体，也可理解为作者自身，在恶劣环境下艰难生存的遭遇。最后的"乌鸦仗黑夜勉强藏身，/到天明免不了现出原形"两句，又是一种哲理的阐述，主体发生了变化。结合作者的诗歌主张，以及时代因素，读者可以读出一份旧时代的沉重，苦难人生的一声叹息。

有研究者梳理了金克木诗歌的意象群，分为自然意象群、动植物意象和人的意象，其中，日月星辰、夜风时序等意象尤为突出。"乌鸦"，就是作者写意意象的一种，是象征性的批判、朦胧的呐喊。

这位从安徽省寿县走出来的才子，1941年经缅甸到印度，学习印地语和梵语，后到印度佛教圣地鹿野苑钻研佛学，同时跟随印度著名学者学习梵文和巴利文，走上梵学研究之路。

1946年金克木回国，应聘任武汉大学哲学系教授。1948年7月19日离开武汉大学前往北京大学任教，开始了他长达52年的北京大学教授生涯。

1938

东西方文化比较研究全国讨论会上,周谷城、王元化、张岱年、蔡尚思、金克木(左一)、严北溟、贺麟等

上世纪80年代,年近七旬的金克木蹈新踏奇,举凡国际人类文化学的一些新学科,门门皆有涉足,例如比较文学、信息美学、民俗学、语义学等。

金克木以"杂"家著称:掌握着英语、法语、德语、世界语、印地语和梵语等语言;他对儒家、佛家、道家均有长期的研究,精通梵学,对西方学问也如数家珍,对伦理学、心理学、逻辑学乃至数学、物理、人类学等等都有独到的见解;更让人惊叹的是,金克木最擅长将各种学问融通在一起,汪洋恣肆,蔚为大观。

2000年8月,金克木在北京辞世。专著有《梵语文学史》、《印度文化论集》、《比较文化论集》等50余种。

当一个学界奇才,俯身轻酌一勺诗歌的泉水时,千万不要单纯地用"诗言志"、"诗言情"的观念去察看他的诗句。他的美妙是复合、多变的,他上天入海游刃有余,他心系八极身无旁骛,他就是夜幕下的那只乌鸦,神秘地飞来飞去,难寻踪迹。金克木临终有言:"我是哭着来,笑着走。"这笑,是沧海一声笑。

以笔为枪：重读抗战诗篇

马君武：抗日纪事四首

抗战诗人：马君武

在阳光洒满的校园，学生们都戴军帽、扎皮带、裹绑腿，每日三餐，号兵吹号，列队进入食堂，有时还要搞夜间演习。这是上世纪二、三十年代广西大学常见的景象。如今，广西大学第一任校长马君武的雕像，依然端坐在绿草茵茵的校园里，微笑着注视着一代又一代的学子。

马君武受命担任广西大学校长后，励精图治，以其改造中国的封建教育体制、力推现代高等教育的理念而闻

卢沟桥外寇氛生，又报倭军逼宛平。
主将未停麻雀战，敌方已动铁鸦兵。
六千子弟齐殉国，廿四钟时已弃城。
赏罚分明军令在，斯人何不处严刑。
固守经年漫自夸，忽然一夕弃京华。
五朝文物移新主，百万人民失旧家。
事敌汉奸春后笋，储才学校雨馀花。
门头沟外奇兵起，种豆于今反得瓜。
竟率全团死堑围，英雄盖世杨方珪。
自来南口称天险，争奈张垣树敌旗。
孰使刘封为大将，终推傅介是男儿。
阻山南部膏腴地，善守边疆拒敌师。
如斯诸葛方为亮，十万雄师受指挥。
力战屡穷罗店寇，反攻会解宝山围。
遂令学就万人敌，徒使缝成千女徽。
松井石根真竖子，难民车上示皇威。

——一九三八年

名。时人把他与主张"思想自由，兼容并包"理念的北京大学校长蔡元培一起称为"北蔡南马"。

1901年，在日本与孙中山见面之后，马君武这个名字就注定与民国联系在一起。这位在日本京都帝国大学学习工艺化学、后又到德国柏林工艺大学学习冶金的学子，1911年11月，回到上海后，就参加了《临时政府组织大纲》、《临时约法》的起草。1917年跟着孙中山"护法"后，任总统府秘书长、广西省省长。在广西，他提出禁烟禁赌、整顿金融、发展实业、兴办教育、建筑公路、成立新军等主张。

马君武生于1881年，从小丧父，家贫而好学，终成一代大家。

他是近代中国第一个获得柏林大学工学博士学位的人。精通数学、物理、化学、冶金、生物、农业等自然科学，对政治、经济、哲学、历史等社会科学也有研究。

他是第一个翻译并出版达尔文《物种起源》的中国人。懂得英、法、德、日四国文字，1901年翻译了《法兰西革命史》，1918年翻译了卢梭的《民约论》，对自然科学知识的传播不遗余力。他在1901年翻译出版《代数学》一书，两次留学德国期间又翻译和编写了《平面几何学》、《微分方程式》、《矿物学》、《植物学》等。

他是一个以自己的言行践行着理想的爱国诗人，在20世纪初，与诗人柳亚子、苏曼殊齐名，所写诗作多收入上海文明书局出版的《马君武诗集》。1931年11月，他在上海《时事新报》上发表《哀沈阳》两首"感时近作"，反对不抵抗政策。

这首《抗日纪事四首》就是这位辛亥老人爱国心声的吐露。全诗感叹于卢沟桥事变后国土的沦丧，对祖国文化遗产受到欺凌感到痛心，对奋起反抗以身殉国的将士致以崇高的敬意，对日寇的侵略行径表示了无比的愤慨。诗中的杨方珪，是在南口牺牲的团长。1938年6月，在重庆为王铭章师长举行的公祭大会上，郭沫若撰写的广播辞这样说："抗战以来，我国可歌可泣的壮烈的事迹，真是不计其数。南苑的佟麟阁、赵登禹两师长，南口的杨方珪团长，宝山的姚子青营长，忻口的郝梦麟军长与刘锦磊师长，广德的饶国华师长，连此次腾县的王铭章师长，他们在中华民族的历史上，增加不少光辉灿烂的篇页。"

1940年8月，马君武因胃病复发在桂林辞世。

以笔为枪：重读抗战诗篇

李金发：亡国是可怕的

抗战诗人：李金发

几万万有血肉，有性灵的赤子啊！
你们难道不觉得，
一种死的恐怖，灭亡的威胁，
笼罩着扼制着我们？
没有一刻，我们能自由地呼吸，
没有一句话，能自由的宣说，
没有一年能愉快的度过，
好像我们是再不许在人间生存！
原来一个狠毒的恶魔，
正在吸收我们的血液，
无时不向我们张牙舞爪，
他吞食我们祖先遗留的福地，
屠杀走投无路的同胞，
驱使饥饿的兄弟作牛马；
不出百年这恶魔定使我们灭种，
祖先的田园庐墓，
便成为他的牧马草场，
几万方里的乐土，
将为他盘据着，
自然地繁殖他的魔种！

1938

遍地是魔足声相应和，
无数的人将在各处行其过度的鞠躬，
隆隆的飞机巨炮之音，
使地下冤死的人片刻不安，
不，那时我们的灵魂也被震碎，
骨屑也会给他作铺路的材料。
假如有少数生存华胄，
定被囚入动物园供其子孙凭吊，

或马戏场中献技作揖，
供他们欢笑，但鼻上必不忘
加上铁链，手脚必得加镣，
肌肤上必得文身，
到没有呼吸时候为止！

（选自《抗战诗选》，战时文化出版社
一九三八年二月出版）

生于广东省梅县的李金发，他的艺术道路，在当时破敝的中国应该是幸运的。

这位客家阔少年，早年就读于香港圣约瑟中学，后至上海入南洋中学留法预备班。1919年赴法勤工俭学，1921年就读于第戎美术专门学校和巴黎帝国美术学校。他接触的文化、思维的语言，无疑让他成为一个不同语境下的艺术家。所以，当他1922年把一部分诗作寄回国内的时候，人们从他曲折的语言和"恶"的意象中，获得一种新鲜的感受。后人把他称为中国新诗象征派的开山人物，于李金发而言，也许是他的无意之为。

这首《亡国是可怕的》，是对整个民族生存危亡的思考。全诗一开始，就营造了让人窒息的阅读氛围："没有一刻，我们能自由地呼吸，/没有一句话，能自由的宣说，/没有一年能愉快的度过，/好像我们是再不许在人间生存！"作者以入骨的刻画，揭示了日寇亡我中华就是灭族灭宗的罪恶。"他吞食我们祖先遗留的福地，/屠杀走投无路的同胞，/驱使饥饿的兄弟作牛马；/不出百年这恶魔定使我们灭种"。能够在抗战全面爆发的第二年，就有这样的切肤之痛，李金发的抗战诗歌便显示了卓尔不凡的意味，他知道世界的恶，更加知道强盗的恶，在这种恶的面前，如果不奋起反击，中华文明，包括人的基本尊严就会丧失殆尽。

作者以诗名扬，但却是以现代雕塑而被学界所推崇。广州现有两座有名的城市雕塑，

以笔为枪：重读抗战诗篇

1936年秋，李金发（左）为画家黄少强造像

均出自李金发之手，一座是黄花岗七十二烈士墓的邓仲元像，一座是越秀山的伍廷芳像，在当时均以巨资打造，而李金发也由此生财有方，生活颇为富足。这位对造象有着颇深研究的艺术家，再一次以雕刻的手法，雕刻着他的诗歌王国，意象的塑造入木三分。"假如有少数生存华胄，/定被囚入动物园供其子孙凭吊，/或马戏场中献技作揖，/供他们欢笑，但鼻上必不忘/加上铁链，手脚必得加镣，/肌肤上必得文身，/到没有呼吸时候为止！"鼻上加上铁链，犹如豢养的猴子。这是怎样的一种悲哀啊！诗人提前把血淋淋的民族末路放在每一个中国人面前，没有一点掩盖，甚至没有一滴泪水，敦促每一个苟活者抛弃幻想。这种不给人活路的写法，与其说是对波特莱尔《恶之花》诗艺的学习，还不如说是对民族危难的一种担忧、一种唯死再生的勇敢。

李金发1931年辞去杭州艺专的教授职务，回到广州，1934年回南京，1936年又重回广州，直到1937年广州沦陷，被迫逃亡。40年代后期，他几次出任外交官员，远在国外，后移居美国纽约。著有《微雨》、《为幸福而歌》、《食客与凶年》等。

李金发的第一次婚姻，是与邻村女子朱亚凤结婚，这个"淡白之面"的少女后来早夭。娶的第二位妻子是德国女郎屐妲，屐妲到中国后，他们因文化差异离异。后来，李金发与梁智因结合。晚年李金发客居美国，常发"愿有日能来归祖国，作落叶归根之计"之叹，然而，那时的李金发已不再写诗，偶尔搞点雕塑，养鸡、开农场成为他的日常所作，直到1976年12月辞世。

这些坎坎坷坷使早有诗名的李金发成为一名"艺术食客"，多路品味而又未及深入。就新诗而言，出于方言的限制，李金发没有做到明白如话。好在五四新文学是宽容的，这里有周作人的慧眼，有戴望舒、施蛰存、穆时英、刘呐鸥等人与他同行。

台湾诗人痖弦在论及李金发时所言，前卫作家不一定是最好的作家，但前卫作家往往是影响较大的作家，这对李金发是恰当的。

施颖洲：海外的卖报童

抗战诗人：施颖洲（左二）

火急的挟带电信
　　号外
和遥远的壮士心，
印刷机前是出发点，
骤雨似的步响
　　踏遍
　　大街
　　小巷
连成一条无形的正义的战线。
——新世纪的马拉松信使呵！
像数十颗的流星，
拼上性命，
向四方播种光明。

将北方的祖国原野间
胜利的红焰
　　燃笑
侨胞的紧张到发火的脸。
卖报的盈利
　　汗滴
　　气力
全献为救国捐。
让数十双鞋子
　　脚皮
在高兴里磨穿！

（选自一九三八年七月《烽火》第十七期）

以笔为枪：重读抗战诗篇

施颖洲与同仁讨论办报

面对日寇的侵略，饱受战火蹂躏的人们空前的团结。从东北的黑土地到西南的红山岭，从内陆的河西走廊到沿海的海上之路，凡是有侵略的地方，都有奋争的怒吼！

1941年12月7日，日寇偷袭珍珠港，向美国不宣而战，同时在西太平洋向印度尼西亚、马来西亚、缅甸和菲律宾等地发动攻击，从而引发太平洋战争。12月9日，美国、英国和中华民国向日本宣战，而与日本同盟的纳粹德国与意大利亦向美国宣战。一时间，乌云密布，战火横飞，37个国家、15亿以上的人口卷入战争，交战双方动员兵力超过了6000万以上。

在菲律宾、印尼等东南亚国家，受中华文明的影响，数十万华人、华侨加入抗战的队伍，他们心系祖国，守土抗战，涌现了无数仁人志士。这其中，为抗日救亡而诞生的许多华文报刊，成为抗战的号角。

1919年出生在福建省晋江的施颖洲，3岁迁居马尼拉，受家庭的熏陶，14岁即能文，16岁即向报刊投稿。这首《海外卖报童》，就是年轻的作者抒写的爱国诗作，1938年发表在巴金在上海主编的《烽火》杂志上，巴金还曾写信给作者，给施颖洲以热情的鼓励。多少年之后，施颖洲一直保留着巴金的来信，那是祖国的一声温暖的问候。

诗作描绘了抗战时期的报刊，号外是"遥远的壮士心"，"印刷机前是出发点"，而那些穿街走巷的报童，不仅"向四方播种光明"，而且"将北方的祖国原野间/胜利的红焰/燃笑"，以及"侨胞的紧张到发火的脸"都发散到各地。这群穿着磨破脚皮靴子的报童，不顾疲劳，把卖报的微薄收入都捐给了抗战将士。一声清脆的卖报童音，让人联想起战时陪都重庆那些身挂布袋的报童。

通过施颖洲的诗作，读者可以触摸到海外赤子滚烫的爱国之心。自孙中山领导的辛亥革命以来，海外华人在支持反帝反封建的历届革命运动中，从来都是慷慨解

菲律宾华侨抗日锄奸义勇军合影

囊，出钱出力，在抗日战争中，一大批华人华侨回到祖国，从事许多技术性工作，为抗战的最后胜利奉献了一腔浓浓的中华情。

施颖洲一生以办报为业，长期担任菲律宾联合日报总编辑，推行菲华文学运动五十多年，先后创办"文联"、"文协"两大团体，主办第二届亚洲华文作家会议，任世界华文文学学会名誉会长，先后荣获黎刹终身成就奖、亚洲华文文艺基金会终身成就奖等。施颖洲坚持诗歌翻译 70 余年，是蜚声海内外的华人翻译名家，译有《世界诗选》、《莎翁声籁》等诗集。极大地促进了汉语言文学和英语文学的交汇，他以焚膏继晷、坚持不懈的精神，打开了中英文学史上的古典宝藏，使抒情的唐诗和莎士比亚十四行诗，在一个广阔的时空进行有效的对话。李白、杜甫应该有知，即使在异域、在大海那一边，华夏子孙对民族的深情叙说一直绵延不断。

孙 钿：我们的雪天

抗战诗人：孙 钿

雪落在游击队员的枪上，
就轻轻溶掉，干掉……
裸着的妇女，
死在雪地里。
雪，
红了。

今天没有炊烟，
今天没有云朵，
今天的屋子
冷清清。

沟边：
田野：
林里：
枪，
在喧噪。

阿万的女人，
踏着雪，
打冲锋。
她要用敌人的血
来洗清遭到的侮辱。
在一盏小油灯的火光下：
阿万曾说过他的女人是
绑得紧紧地才被鬼子强奸了的……

村里的早晨，
已经听不到鸡啼了。
天空飘了一夜雪花，
大地又给遮得洁白。

傍晚：
雪，
红了的时候，

1938

2011年6月，儿童节，95岁的孙钿在宁波辞世。

他以淡泊名利的超然心态，绵绵的生命长度，以历史参与者、见证者的身份，让中国伟大的"七月诗派"，从一个世纪走向另一个世纪。他是"七月诗派"这个百年老店最后的守护者，与其说他是最后离世的"七月"战士，还不如说他是把"七月诗派"带向更远的信使。

生于1917年的孙钿，大学毕业后因受国民党政府迫害，流亡日本。1933年先后在日本大学和早稻田大学读书，并参加东京的中国剧人协会、诗歌座谈会、社会科学座谈会等左翼社团活动。抗日战争爆发后回国，历任新四军第四支队留守处工作人员，大别山第八团团部秘书、参谋、民运干事。其后受党组织委派去香港从事地下工作，在廖承志直接领导下，主编《侨胞》、《东江》等刊物，并继续诗歌创作，被誉为"战士诗人"。

从这首《我们的雪天》可以看出，诗人营造出受辱的妇女和反抗的妇女两类意象，以漫天大雪为背景，反映了受压迫的人民自觉的反抗意识。"沟边：/田野：/林里：/枪，/在喧噪"，一个词一个句子，短促的语句，显示了战斗者不屈的决心，仿佛让读者听到了战斗者的心跳。

多难的祖国，即使在强盗侵占的土地上，"裸着的妇女，/死在雪地里"，也有无数的战士举起发亮的钢枪。

与民族解放同呼吸、共命运，是"七月诗派"一大艺术特征。作为早年就出版《旗》、《望远镜》两部诗集的的孙钿，1937年就以长诗《给敏子》，介入火热的革命生活，从此驰骋诗坛。除诗歌外，他还创作《高野良雄之死》、《在乡村里》等小说。并在遭受人生磨难的时候，翻译了日本当代57位著名诗人的208首有代表性的作品。1995年荣获中国作协颁发的"以

阿万的女人也回来了。
她带来了十多支枪，
还有无数发枪弹。
她愉快地说：
我好像找到了一个美丽的伴侣。
但是把它分给你们吧，
明天呀，
我还得去找！

（刊于一九三八年二月十五日《新华日报》）

以笔为枪：重读抗战诗篇

孙钿、胡丽娟夫妇

晚年的孙钿

笔为枪、投身抗战"、"抗日战争时期革命作家"纪念章。

因曾经给胡风主编的杂志投稿和解放前夕受组织委派在香港照料胡风，1955年5月，孙钿在杭州被捕，被打成"胡风反革命集团骨干分子"，蒙冤20余年。艰难的岁月，夫人胡丽娟不得不卖血养活全家。

十一届三中全会后，诗人得到平反。1980年，64岁的诗人写下《跨进21世纪的门槛》一文。这位在建国初倾心倾力创办宁波卫校的老人，在担任中国作家协会浙江分会顾问、宁波市作家协会主席、名誉主席的日子里，一直对文学新人扶持有加，道德风范让追思者广为怀想。

诗人堂兄于光远，曾录刘长卿"细雨湿衣看不见，闲花落地听无声"句赠孙钿，并题跋曰："吾辈著文写诗，犹如细雨闲花，但只要对社会能产生积极影响，即可自慰。世界进步固然有轰轰烈烈有声有色之时，但总是基本上在看不见、听无声中实现，因此，从刘长卿诗中录此两句赠瑞弟。"诗人的那一份"细雨闲花"，更多的是一种沧桑后的人生体悟。

胡风去世后，孙钿撰写长文《与胡风同命运》。他说："要是没有胡风把我的诗先后编成了《旗》、《望远镜》两本诗集，也许我的诗就像砂粒一样湮没在苍茫无际的荒漠大地。"这是一个战斗者对另一个战斗者最好的悼念。

1938

抗战诗人：覃子豪

以笔为枪：重读抗战诗篇

覃子豪：废墟之外

在弥蒙的春雨里
我步着祖国的废墟
白骨掩没在河边的春草里
无数黑色的乌鸦从那儿飞过

兄弟们死了
春草生了
乌鸦肥了
在这儿
春天没有炮声
没有妇人和婴孩的啼泣
没有反抗的呼号

啊！啊！血啊
凝结在被轰碎的石上
废墟上开着红色的花

田垅上有几个农民坐着
他们发出饥饿的叫声

啊！去吧！饥饿的农民
这儿是焦土和废墟
可是废墟外已绵延着自由的烽火

（选自《抗战文艺》第一卷七期，
一九三八年六月五日出版）

1933年，天气渐冷的时候，北平中法大学五个风华正茂的年轻人，以"泉社"诗社诗友的名义，结伴踏上到山西大同旅行的列车，他们的名字是：朱锡侯、贾芝、沈毅、覃子豪、周麟。

他们当中的覃子豪，一名来自四川省广汉的学子，从此爱上了流浪，以诗为杖，最后驻足大海的另一方。

祖国的废墟，就是破碎的山河。那里的家园已经被敌人烧焦，那里的家人已经被强盗杀光。诗人一下子把读者带到特定的情境中，而在诗人描绘的画面上，劫后余生的故园，安静得可怕，"在这儿 / 春天没有炮声 / 没有妇人和婴孩的啼泣 / 没有反抗的呼号"，有的只是乌鸦刺耳的叫声。乌鸦如黑色的精灵，叼走了死者的腐肉，让被日寇"抢光、烧光、杀光"的山村，显得凄凄惨惨戚戚。那"凝结在被轰碎的石上"的血，是那样刺目。死者因得不到安息而不能闭目，生者因找不到活路而饥饿。诗人满腔热血到最后喷涌而出："这儿是焦土和废墟 / 可是废墟外已绵延着自由的烽火"，昭示着抗日的烽火连绵一片。

诗人以哀婉的低吟起笔，以战斗的号角收尾，意象清晰，传承自然，笔锋有力。

诗人1935年东渡日本入东京中央大学，两年后回国投军，曾在浙江永嘉县县政府、国民政府军委政治部任职，在浙江、福建办报。求学期间，诗人出版《剪影集》、《生命的弦》两本诗集。1943年辞去军职。此时，福建省永安遭日机轰炸，诗人悲愤难抑，一周写了45首诗，结集《永安劫后》，诗风一如这首《废墟之外》。

1947年，覃子豪来到台湾，主编《自立晚报》的《新诗周刊》。1954年与余光中等人成立创办蓝星诗社，任社长，主编《蓝

覃子豪及家人

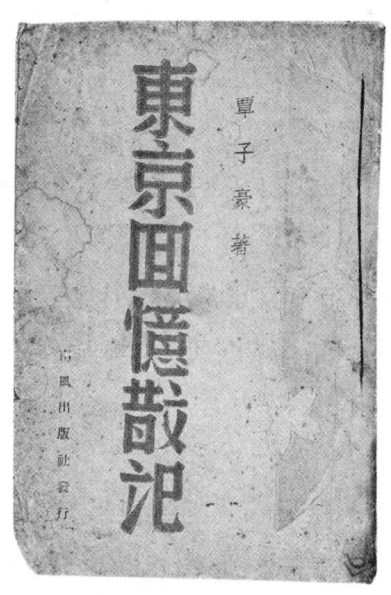

《东京回忆散记》书影

以笔为枪：重读抗战诗篇

1933年中法大学，"泉社"五诗人朱锡侯、贾芝、沈毅、覃子豪、周麟（从左至右）

1933年10月，"泉社"诗人们去山西旅游，在大同火车站留影

星诗周刊》、《蓝星诗季刊》等，并担任台湾中华文艺函授学校诗歌班班主任，培养了不少青年诗人。1957年，覃子豪发表重要诗论《新诗向何处去》，批判台湾新诗西化的主张，主张中国新诗应坚持民族主义精神，引起极大反响。

"蓝星"在台湾诗社中占有重要地位，共出版诗集、散文集、评论集达53种，编发各种诗刊327期，为中国诗歌宝库增添了丰富作品。这与覃子豪的辛勤努力密不可分，他被誉为上世纪东南亚最著名的"海洋诗人"，台湾"诗的播种者"及"蓝星"象征。覃子豪与钟鼎文、纪弦并称台湾现代"诗坛三老"，被东南亚新诗派诗人奉为宗师。

1963年，诗人患病辞世。许许多多的人涌上街头，为诗人举行公祭，场面动人。朋友们编印了《覃子豪全集》三卷来纪念他。这位把《裴多菲诗》翻译到中国的诗人，身后并不寂寞，海外文化界经常出版纪念专辑，怀念这位天才诗人。四川诗人流沙河曾撰联说："当时望乡千茎白，至今照岛一星蓝"，指的就是覃子豪创立"蓝星诗社"、播种新诗的贡献。

在诗人的家乡——广汉房湖公园，有一处覃子豪纪念馆。而就在同一公园，有一块张群题词的"抗日阵亡将士纪念碑"，纪念的是出川抗战的将士。忠魂同归故园，赤子情怀难忘。

覃子豪有一首诗名叫《追求》，录于此，以颂作者诗魂。

大海中的落日／悲壮得像英雄的感叹／一颗心追过去／向遥远的天边

黑夜的海风／刮起了黄沙／在苍茫的夜里／一个健伟的灵魂／跨上了时间的骏马

1938

杨 骚：摇篮歌

抗战诗人：杨 骚

孩子们哟，酣睡着吧，
烟火虽然这么弥漫，
炮火虽然这么巨大，
但有无数的我们在前面还击，
一些也不要害怕！
孩子们哟，且住着哭吧。
不要惦念你炮火中的家，
也不要哭着你死去的爹妈，
有朝我们挺起胸膛走时，
把那日本鬼打得流水落花！
牢记住，谁是你最大的冤家，
孩子们哟！

（选自《抗战诗选》，
一九三八年二月初版）

近一个世纪前的爱情故事，他们爱得轰轰烈烈、爱得死去活来。当1924年的樱花开放的时候，21岁的杨骚和31岁的白薇在日本东京相逢，那份缠绵、忧伤，都随雪白的樱花，落到了现代文学的河流中了。

1957年1月，杨骚因病去世，安葬于广州，年仅57岁。

1987年8月，白薇在北京孤零零地去世，享年93岁。

以笔为枪：重读抗战诗篇

白 薇

《铁流》书影，杨骚翻译

两个"左联"诗人，30年后在地下相遇，只是一个南，一个北，相隔万里。

1925年，杨骚到新加坡当小学教员，出版诗集《受难者的短曲》。后来他来到上海，拜访了鲁迅。十年间，在鲁迅主编的《奔流》、《语丝》、《北新》等刊物上发表了14个剧本、几十篇诗歌、小说和译作。

那个风度翩翩的杨骚，不再"躲在象牙塔里喝梦幻墨水了"，他积极响应并和"左联"诗歌组的穆木天、森堡（任均）、蒲风、白曙、杜谈等，发起成立了中国诗歌会，朝着"诗歌大众化"的目标迈开脚步。

1936年5月，杨骚创作完成叙事长诗《福建三唱》，发表于6月上海《光明》第一卷第一号。这部饱含爱乡爱国的"思乡曲"，在第三唱中，诗人自喻为"泉漳的子弟、福建的盐"，要"点燃武夷山上的森林"、"鼓起厦门湾中的怒潮"，"和汉奸、和帝国主义血战到底！"

杨骚没有和白薇走到一起，而是另组织了家庭。这首《摇篮歌》一定是杨骚面对膝下的幼子触景生情，随后从心里流出来的吟唱。他安慰孩子，"有无数的我们在前面还击，一些也不要害怕！"，我们挺起胸膛，"把那日本鬼打得流水落花！"这首通晓流畅的小诗，是诗人于时代的激

1938

流中别在衣襟上的一朵小花，有着作者喜欢创作的诗剧的余韵。

在诗人二儿子杨西北的寻访中，父亲是一个有爱国心、有正义感的诗人。1938年，杨骚加入"中华全国文艺界抗敌协会"。第二年，杨骚加入"作家战地访问团"，从重庆出发，途经川、陕、豫、晋等省，奔赴抗日前线。杨骚因此又被誉为"抗战诗星"。

1941年1月，受党的委托，杨骚经香港重返新加坡，在新加坡协助陈嘉庚主编闽侨总会的刊物《民潮》（半月刊），参加"星华文化界战时工作团"，开展抗日宣传，直至新加坡陷落前才撤到印尼的苏门答腊。1945年抗战胜利后，杨骚重返新加坡，在东岭中学任教。

1952年9月，诗人杨骚结束历时12年的东南亚之行，带领全家离开雅加达回国，定居广州。曾任广州市作家协会副主席，中国作协广东省分会常务理事等。

1980年3月，在北京召开的"左联"成立50周年纪念大会上，杨骚的名字再一次被人们提起。楼适夷、草明两位老作家，称杨骚"一生为革命文化事业奔走南北，著译丰富"，同时是"热爱祖国的多情的歌手"。

1946年，杨骚（左）与王任叔合影

1900年出生的杨骚，祖籍福建省漳州华安县。今天，这位英俊潇洒的诗人，和现代文学史上的两大才女——冰心、林薇，已经被视作福建新诗的源头。杨骚的"诗剧三部曲"（《心曲》、《迷雏》、《记忆之都》），对中国现代戏剧作出了突出的贡献。他是国内第一个把前苏联小说《铁流》翻译到中国的翻译家，影响了无数读者。

"哦！莫说笔杆不如枪杆！让我们的每只字，变成手榴弹！让我们的一刁，一拨，变成高射炮！让我们的每个标点，是杀敌的子弹！"（杨骚《莫说笔杆不如枪杆》）在诗人的身后，人们感动于他和白薇凄美的爱情，感动于他为民族解放所作的贡献。人们演起他的戏剧，朗诵起他的诗歌，不论何时何地。

以笔为枪：重读抗战诗篇

高敏夫：今天你走向战场

抗战诗人：高敏夫

> 今天你走向战场，
> 我要和你细商量！
> 你的田地，
> 有人替你耕种。
> 你的孩子，
> 有鲁迅小学教养。
> 明年你胜利归来时，
> 将会看到他——
> 健壮的成长！
>
> ——约作于一九三八年左右

1905年出生于陕西省米脂的高敏夫是土生土长的"延安诗人"，中共党员。上世纪20年代他进入榆林中学读书时，老师为陕北红军和苏区创建人李子洲、谢子长，与西北红军和西北革命根据地的主要创建者刘志丹是同班同学。1926年中学毕业后，高敏夫于1930年来到北平，次年参加了北方"左联"，开始创作新诗。1932年，前往绥远协助组建察绥抗日同盟军。

据诗人三弟高锦光回忆：1934年5月，高敏夫被国民党宪兵三团抓捕，关押在北平警察局看守所，后押解到南京，国民党当局高等法院以"用文字图书危害党国，宣传与三民主义不相容的主义"的罪状，判处他无期徒刑。闻讯后，高锦光赶到南京，通过米脂老乡杜聿明的帮助，高敏夫走出了南京江东门外国民党陆军监狱大门，返回陕西。1936年12月西安事变发生后，前往延安。

高敏夫是"街头诗"早期的倡导者和积极参与者。卢沟桥事变后，他参加西北战地服务团，赴山西中阳县前线进行抗日宣传。1938年2月来到西安，与劫夫、史轮合编《战地新歌》，吸收陕北民歌通俗易懂、能诵能唱的特点，创作了《男女一齐上前线》、《张二嫂放哨》、《抗战一周年纪念歌》等作品。这年夏季，他回到延安任文艺协会秘书，随即与柯仲平、田间等人共同发起、参与延安街头诗活动。埃德加·斯诺在《西行漫记》里说："'打倒吃我们血肉的地主！''打倒喝我们血的军阀！''打倒把中国出卖给日本的汉奸！''欢迎一切抗日军队结成统一战线！''中国革命万岁！''中国红军万岁！'我就是在这些用醒目的黑字写的、多少有些令人不安的标语下面度过我在红区的第一夜的。""所有的钞票上也印有他们的口号。陕西印的钞票上有这样的口号：'停止内战！''联合抗日！''中国革命万岁！'"

此后，高敏夫参加抗战文艺工作团，与雷加、秦川等人再渡黄河，深入晋察冀根据地，用街头诗等形式宣传抗日，沿途写下了10多万字的战地日记。此间创作的诗歌散见于《导报》冀中版、重庆《新华日报》。

《今天你走向战场》这首诗，同样体现了街头诗简短、明快的特点。诗人以与战友对话的形式，表达了战友间的深厚情意。在诗人的描述下，我们仿佛看见抗战将士正整装待发，根据地一片紧张的备战

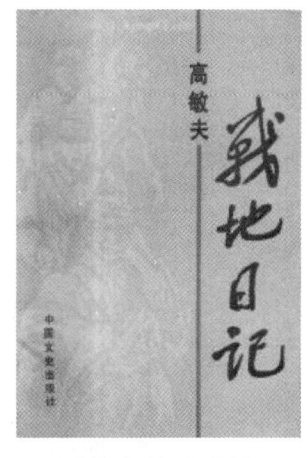

《战地日记》书影

气氛。战友相别，总有说不尽的话语。诗人选取田地、孩子这两个要素作为抒情中心，更好像是一种代喻，意味着保家卫国的重任大家共同来承担，体现了革命队伍团结如一人的战斗精神。换一个角度来看，战友奔赴战场，也是一种悲壮的赴死之举，送别也许会成为诀别。所以，读这一首诗，更能体会到战争环境下战友珍贵的情谊。

1951年，高敏夫任西北作家协会专业作家，致力于陕北谚语民谣的搜集和研究。其抗战时期的作品收入《诗风录》、《延安文艺丛书》、《延安晨歌》。著有《刘巧团圆》、《狼牙山五壮士》、《高敏夫战地日记》、《高敏夫文集》等。

"文革"中，高敏夫受到残酷迫害，1975年辞世。

以笔为枪：重读抗战诗篇

野 曼：稻穗金了

抗战诗人：野 曼

我爱看
夏末的田间
金色的海！

大地集满了人群，
小轮儿在田间碌碌地奔跑，
举起雪白的镰刀，
老年人翘起胡子，笑了！
妇人们竖起柳眉，笑了！
后生们卷起衣袖，笑了！

漫野是金涌彩流，
浮泛在笑的人海！
这正是两年前，
白云深处，
收获的时候！

血的秋风，
带来了血的哀歌！
田间到处挥舞日寇滴血的大刀，
鲜血染红了肥沃的土地，

1938

乡亲的眼睛冒着怒火，
争夺着我们的田地呵，
和我们一同倒下的是锄头，
也有我们金色的稻！
时候又到了深秋，
正是，
白云深处，
稻穗成熟的时候！

峰头挂起白云，
稻田积满炮火，

凄惨的秋风吹拂着血腥，
夜夜仿佛有受苦的幽灵在田野悲歌。
睡梦里几次我看见先辈的英魂，
叫我复仇，不要沉睡！
哦哦！来自田间的都打回田间去吧！
先辈的魂灵怎能任强盗们笑傲？！
如今又是稻穗染金的季节，
我要回去我的田间，
夺回金色的海！

一九三八年七月十八日

  巍峨中华，地与地相连、水与水相通，从沿海到西北，从东北到南国，没有哪一寸土地不连着骨肉。当敌人杀进我们的家园，任何一个热血男儿都会誓死保卫。在抗战诗歌中，土地的意象成为广泛歌咏的母题，这是时代赋予诗歌创作的一个鲜明特色。94岁老诗人野曼从广州亲寄诗作《稻穗金了》给编著者，为我们呈现了战争之下一组南国的诗歌意象，那里有着同样的飘香的稻穗、流血的田野和无数奋起抗争的人们。

  诗作开篇就把我们带到了丰收的田野：在成熟的季节，辛劳的人们在收割，运粮的小车在奔跑、雪白的镰刀在挥舞。诗人写到："老年人翘起胡子，笑了！／妇人们竖起柳眉，笑了！／后生们卷起衣袖，笑了！"，连用三个"笑了"，表达了作者对土地的亲近和对丰收的愉悦。一句"白云深处，／稻穗成熟的时候！"使丰收的图景显得那么高远。

  第二段揭露了日寇对辛勤劳作人们的屠杀，稻穗倒下、手拿镰刀的人们倒下、土地被鲜血侵染。"乡亲的眼睛冒着怒火"，那怒火仿佛要把稻穗"点燃"。接着，诗人以一

以笔为枪：重读抗战诗篇

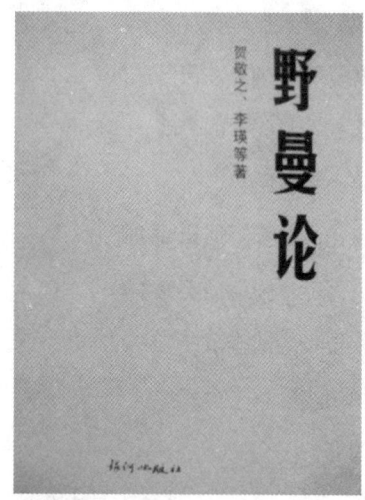

《野曼论》书影

句"凄惨的秋风吹拂着血腥"，描绘了战争对家园的摧残。在炮火连天的田野，诗人被惊醒，"睡梦里几次我看见先辈的英魂，/叫我复仇，不要沉睡！"这是象征的写法，表达了民众的觉醒，为捍卫"先辈的魂灵"，为粮食不被敌人抢走，无数不愿意受屈辱的人们举起了刀枪："我要回去我的田间，/夺回金色的海！"

野曼，原名赖澜，广东蕉岭新铺人，1921年生。1938年参加中国诗坛社。1938至1940年间曾主持《中国诗坛》岭东刊分社，并与蒲风主持《中国诗坛》岭东刊。1940年冬参加全国文协桂林分会。1946年毕业于中山大学哲学系。1942年至1946年间，曾与芜君主编《诗站》，与于逢、易巩合编《文艺世纪》，并与黄宁婴编辑出版《中国诗坛》，以及主编《新世纪》文艺月刊等等。解放后曾在《广州日报》和《羊城晚报》主持文艺副刊工作。

诗人拥有一颗不老的雄心。他创办并任总编辑的《华夏诗报》，至今已经出版30年。1993年在邹荻帆的协助下，野曼等人创办了国际诗人笔会，并成功、组织、支持了1至16届国际诗人笔会。近年来出版著作有诗集《爱的潜流》、《野曼诗选》，散文集《妻爱》，以及《野曼论》、《野曼印象》等10多部作品。

在红土地绵延的南方，野曼和许多热爱诗歌的人们，一直在歌唱生活的"稻香"。

徐 訏：奠 歌

抗战诗人：徐 訏

不敢用可怜的悯叹，
更不敢用柔弱的哀惋，
红铁般的悲愤捧着我心，
对战士们英雄的魂灵祭奠。

像这样的死，悲壮、伟大、激越、
在中华几千年史中只有过一页，
那是悠远的祖先们为洪水泛滥舍身，
为那野兽的残暴流血。

如今是你，为整个民族的生命，
世界的和平，正义与爱，
在抵御强暴的侵略，
无畏的勇敢，视生命如草芥。

这样你慷慨地流血，
救人类无边的浩劫，
又壮烈的把你的骨肉，
填平了地球的残缺。

以笔为枪：重读抗战诗篇

徐訏（左）与林语堂

徐訏（右）与艾青

精于营造自己文学世界的徐訏，是中国现当文学史上的一个异类。

他 1931 年从北京大学哲学专业毕业后，1936 年秋到法国巴黎大学攻读哲学，接受伯格森的生命哲学。抗战爆发后，他回到上海。1942 年初，经桂林、阳朔到重庆，主编《作风》杂志。于国立中央大学师范学院国文系兼任教授。也许，就是这段身陷上海、身遭逃亡的经历，促成徐訏向撕裂的大地投以多情的一瞥。

前四句，作者先抑后扬，表示对战士英灵的祭奠。接着，以古写今，以洪荒时代的英雄比喻为国捐躯的将士，这祭奠是民族的祭奠，生死是民族的生死。在这样

而死后英烈的魂灵，
又成了我们的导师，
这里是四万万五千万的生命，
将追随你前进的指示。

我们深信不远的将来或者最近，
你血染的地方都将开花，
花开处将有你自由的生命，
为你的爱，你的名字而生存。

于是有万年文化史要为你们开卷，
史里每个字都将是你们的光荣，
从此每个人心上都将刻着你名字，
而每首诗都将向你们的爱歌颂。

不敢用儒弱的哭泣，
更不敢用无聊的叹息，
是火山石浆般的血养着我们的心，
心里都存有你们英烈魂灵。

一九三八年十月

一种背景之下，作为东方主战场，中国的抗战从一开始就关乎到"世界的和平，正义与爱"。作者热情地讴歌"如今是你，为整个民族的生命"，"在抵御强暴的侵略，/无畏的勇敢，/视生命如草芥"。能够从世界和平的角度，看中国艰苦的抗战，得益于作者开放的求学经历，以及一贯的创作追求。这样的视野，使有"鬼才"之称的徐訏，以另一种高度栖身于抗战诗人的行列。

诗作最后一段，作者遥想胜利后的景象，"俯视着我们年轻的子孙，/管理自己的国家，/建立新的社会"。在前景未明的情况下，作者的想象充满了必胜的信心。"俯视"，不仅说明是从现在往后看，往未来想，而且透射出淡淡的历史更迭的味道。

1943年，徐訏创作的长篇小说《风萧萧》，一经连载，便一纸风行，"重庆江轮上，几乎人手一纸"，被列为"全国畅销书之首"，"风靡大后方"。林语堂曾指出，徐訏与常被认为是"中国的高尔基"的鲁迅同为二十世纪中国的杰出作家。虽然林氏对中国新诗一般都无好评，但却赞誉徐訏为惟一的中国新诗人，称其诗"自然而有韵律"，发自内心深处。虽为一家之言，也有参考之处。

曾经有人说，成名比张爱玲还要早的徐訏，与钱钟书一样，都是抗战后期风头甚健，后来沉寂多年。其实，在寂寞的岁月，他们都在坚持。后出的18集的《徐訏全集》，共收录小说10集，散文与文论4集，新诗2集，戏剧2集，再加上未收入全集的文学作品和学术著作，总计有2000万言。这无论如何是用汉语砌成的宝藏，值得学界关注。

寓居香港30余年的徐訏，总以家乡话或上海话与人沟通。1980年5月，退休。7月，赴巴黎出席"中国抗战文学会议"。8月，因病住院。10月，辞世，享年72岁。

祝实明：前　线

狮子吼，雷喊，
一分钟几百发的重炮弹。

战士们无声
像九月蝉；
敛着奋飞的翼
像鹰鹳；
愤怒的眼光
闪，
像电；
潜伏着，平卧着，
像猎犬
注视它的猎物，
准备穷追
过岭，过草原，过山。

死神张开遮天的大羽翼，
盘旋
复盘旋。

侵略的炮弹在伪装侧开花，
侵略的炮弹在阵地里开花。

黄土上浸满红血，
树枝上残雪高挂。

战士们无声像长蛇
梭行，梭行，爬。
正义在心里开花。
愤怒在心里开花。

在战神翼下，
在死神翼下，
怒目静候着
像蛙。

黑夜来时才从战壕里跃出，
握紧投上刺刀的枪把，
匍匐前进，
冲锋，
杀！

二十七年四月

（选自《垦殖集》，
文通书局一九四四年八月初版）

诗人笔下的战争是血淋淋的。那狮叫、那雷鸣，都是凶残的侵略者的化身，"一分钟几百发的重炮弹"，既说明了敌我力量的悬殊，又把战场的惨烈一下子凸现在读者眼前。

作者描写了一场埋伏战，以细腻的笔触，伸向了抗战前线。正在等待一场冲锋的战士，面对日寇的炮火，"怒目静候"，"像蛙"。蛙，鼓目圆睁，比喻战士的愤怒。他们潜伏时像"敛着奋飞的翼"，准备追敌时，就会变成猎犬。作者以"蝉"、"犬"入诗，以小对大，以静对动；而在侵略者的炮弹下，"战士们无声像长蛇"，蛇是静静滑行的。在抗战诗篇中，以"蝉"、"犬"、"蛇"意象作比喻，是极为鲜见的。结合全诗口语化的风格来看，这些比喻都符合诗作所反映的内容，丝毫没有卖弄的成分。

"黄土上浸满红血，树枝上残雪高挂"。交代了天寒地冻的战场环境，更加有力地突出了抗战将士的艰苦。诗句对仗工整，画面感强，显示了作者良好的诗学修养。诗歌的末尾，是抗战将士的冲锋、是奔向敌人的喊杀，这是全诗的高潮。前面的潜伏、牺牲，都是为了"黑夜来时才从战壕里跃出"。读到此，才明白作者构思之精巧。

《大禹志》书影

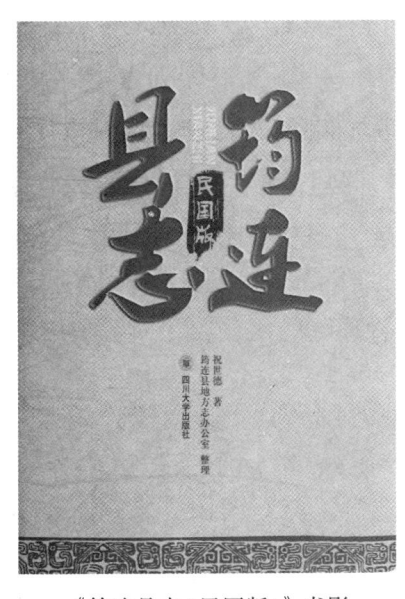

《筠连县志（民国版）》书影

以笔为枪：重读抗战诗篇

祝实明又名祝世德。据方敬回忆：1927年秋，他与何其芳都在四川省万县读初中，从外地来的小学教员祝世德来到学校，向他们介绍新文学，"他是我们第一个新文学的信使"。当时，祝世德已在《语丝》等刊物上发表小品文、诗歌，喜欢郭沫若的《女神》、丁玲的《莎菲女士日记》，以及法国浪漫主义戏剧家罗斯当的浪漫喜剧《西哈罗》。1933年12月3日，何其芳写下《岁暮怀人》两首："我曾在地图上，/寻找你居住的僻小的县邑，/猜想那是青石的街道，/低的土墙瓦屋，/一圈古城堞尚未拆毁，/你仍以宏大的声音/与人恣意谈笑，/但不停地挥着斧/雕琢自己的理想……"诗中的"你"，指的就是祝世德，当时在九江甘棠湖畔一个中学教书。何其芳和杨吉甫曾合办一本《红砂碛》杂志，在第三期上，祝世德以笔名"夏留仁"发表了一组题为《闪电》的短诗。

祝世德，1910年出生在巴州恩阳镇，家贫。靠师友资助，从上海吴淞公学毕业。后四处飘零，在重庆万州、武汉、上海、河北、江西等地或教书，或为人抄文。1933年得教职，把母亲接到身边小住。两年后失业，在成都参加高等文官考试，被录取在中政校受训，1942年冬，出任汶川县长。在汶川5年任职期间，祝世德勤政亲民，兴农办学，每次下乡皆穿草鞋，人称"草鞋县长"。1947年任筠连县长。1949年调珙县任县长。同年冬，中国人民解放军由贵州入川，祝世德响应该地区公署和平起义的号召，率其部属参加起义。

祝世德著有《大禹志》（晨钟出版社出版）、《明季哀音录》（贵阳交通书局出版）、《战争与和平》；新诗有《娑罗树》（长达1800余行）《熊猫行》（长达千多行），1940年7月祝世德于《新知识》1卷5期发表《爱国词人辛弃疾》。还有《新诗的理论基础》（现存重庆北碚图书馆）等。主修《汶川县志》、《筠连县志》。20世纪40年代中，上海《中国青年生活刊》称祝世德为四川文豪。

第二编
1939－1943
煎熬│相持

每一位死难者都有分量

选择世界为敌，日寇就选择了灭亡

这是重庆大轰炸的现场

苦难浇灌着长沙的焦土

远征军的白骨埋在荒芜的野人山上

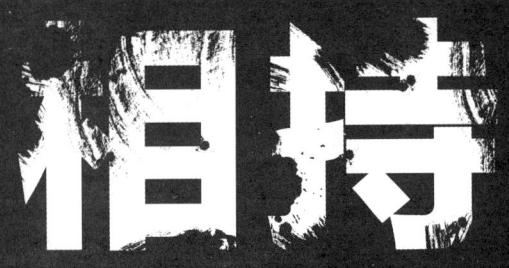

每一个战斗者都有尊严
在太行山上,血里生长的旗帜在飘扬

这是晋察冀抗战的现场
望我白山黑水间抗联的兄弟啊
满是弹孔的身躯已化为世间最美的森林

1939

- 121　萧　克　北渡拒马河
- 124　李兆麟　露营之歌
- 126　艾　青　吹号者
- 134　沈钧儒　从军乐
- 136　李仙根　七·七两周年拟杜七歌
- 139　唐圭璋　望海潮·七七抗战纪念献词
- 142　陈国柱　新四军四支队集结金寨
- 144　公　木　八路军进行曲
- 147　李广田　消息
- 150　马君玠　公无渡河
- 153　光未然　黄河大合唱·保卫黄河
- 158　钟　毅　断　句
- 160　吴祖光　船夫曲

萧 克：北渡拒马河

抗战诗人：萧 克

> 北渡拒马河，百花山在望。
> 建立挺进军，深入敌心脏。
> 放眼冀热辽，前程不可量。
> 军民同协力，胜过诸葛亮。
> 抗战虽持久，笑我力正壮。
>
> 一九三九年一月下旬
> 作于京西山坡行军途中

北伐后，萧克参加了南昌起义。600多人的队伍，除了七、八十条枪外，大部分都是梭镖，毛泽东称赞这支起义的队伍是"揭竿而起"。1907年出生在湖南嘉禾的萧克，1925年投笔从戎，从此驰骋在疆场，从井冈山到万里长征，从抗日战争到解放战争，以及新中国的建设，用满腔热血书写着革命战士的无限忠诚。

这首写于"京西山坡行军途中"的诗作，记录了晋察冀根据地的抗日烽火。诗中的京西指平西，历史上指北平以西的宛平、良乡、房山、涞水及涿县一带，战略地位十分重要。抗战时期，萧克任八路军120师副师长、冀热察挺进军司令、晋察冀军区副司令。1939年2月，为积极实施"巩固平西抗日根据地，坚持冀东游击战争，发展平北新的游击根据地"的斗争方针，萧克率部跃马敌后。诗作开头的两句"北渡拒马河，百花山在望"不仅指出了队伍前进的方向，而且以两个地名，描绘出根据地的蓬勃发展。

拒马河古称涞水，源头在河北省来源县境内，流经太行山，流向华北平原，一路融

以笔为枪：重读抗战诗篇

萧克、蹇先佛夫妇

萧克（右六）与农垦部同志一起到麦积山参观的留影

红色摄影先驱沙飞

汇百川而变得宽广，水势渐大。约在汉时，改称"巨马"，有水大流急如巨马奔腾之意。后渐写作"拒马"，相传曾因拒羯族将领石勒南犯兵马而得名。无论"巨马"、"拒马"，均取水势大之义。萧克笔下的拒马河，是写实，也是象征，标志着北上抗日队伍跨过大河，踏上了创建平西等根据地的征程。《晋察冀画报》主任沙飞，以摄影为武器，为八路军抗战留下了珍贵影像。他曾经拍摄过三名裸身过拒马河的抗战将士的背影，他们头顶衣服、肩挎子弹满满的武装带，光着脊梁光着腚。这是一个历史的写真，从一个特殊的视角，印证了拒马河畔抗战将士的风采。

全诗充满了抗战将士的乐观豪情。诗中所云："军民同协力，胜过诸葛亮"，预示着冀热辽根据地蓬勃发展的势头。这里既有军民团结共同抗战的描述，又有在持久抗战中，党的武装日益壮大的描绘。抗日战争中，诗人"放眼冀热辽"；解放战争时期，作者曾任冀察热辽军区司令。不同的年代，一样的热土，昭示着相同的理想。据记载，1940年1月，萧克指挥部队反击敌人的"十路围攻"，经14天激战，歼灭日伪军800余人，击落飞机1架。在粉碎日伪军的"扫荡"战斗中，作战数百次，歼灭日伪军5500余人，巩固了平西根据地，开辟平北根据地，发展了冀东根据地，

平西挺进军游击队偷渡拒马河　沙飞 1939 年摄（司苏实编著，《红色影像》北京联合出版公司，2015 年第 1 版）

并向热河南部、辽宁西部地区发展，形成冀热察辽边大块革命根据地，为日后东北的解放创造了条件。

1955 年，萧克被授予上将军衔，后任解放军军政大学校长、军事学院院长兼政委等职，主持编纂八路军史料丛书。著有《南昌起义》、《秋收起义》、《朱毛红军侧记》、《中华文化通志》、《萧克回忆录》、《萧克诗稿》等。其中，凝聚着作者数十年心血的长篇小说《浴血罗霄》，获 1988 年茅盾文学奖荣誉奖。胡耀邦在读完《浴血罗霄》后，曾赋诗云：

寂寞沙场百战身，

青史盛留李广名。

夜度将军罗霄曲，

清香伴我到天明。

1990 年，时任中顾委常委的萧克参与发起中华炎黄文化研究会。第二年，以记述重要历史人物和重大历史事件的杂志《炎黄春秋》创刊。

2008 年 10 月，萧克在北京辞世，享年 102 岁。

以笔为枪：重读抗战诗篇

李兆麟：露营之歌

抗战诗人：李兆麟

（一）

铁岭绝岩，林木丛生，

暴雨狂风，荒原水畔战马鸣。

围火齐团结，普照满天红。

同志们，锐志哪怕松江晚浪生！

起来哟，果敢冲锋！

逐日寇，复东北，天破晓，光华万丈涌！

（二）

浓荫蔽天，野雾弥漫，

湿云低暗，足溃汗滴气喘难。

烟火冲空起，蚊吮血透衫。

兄弟们，镜泊瀑泉唤起午梦酣。

携手吧！共赴国难，

振长缨，缚强奴，山河变，万里息烽烟。

（三）

荒田遍野，白露横天，

野火熊熊，敌垒频惊马不前。

草枯金风疾，霜沾火不燃，

战士们，热忱踏破兴安万重山。

奋斗呀！重任在肩，

突封锁，破重围，曙光至，黑暗一扫完。

（四）

朔风怒吼，大雪飞扬，

征马蹦跚，冷风侵人夜难眠。

火烤胸前暖，风吹背后寒，

壮士们，精诚奋发横扫嫩江原！

伟志兮！何能消减，

全民族，各阶级，团结起，夺回我河山。

写于一九三八年，首次发表于一九三九年《革命歌集（第二集）》

这是一幅壮丽的北国图画，是战士诗人代表千千万万东北抗日联军于冰天雪地间发出的战斗豪言！诗中的"林木、野雾、白露、大雪"，交代了恶劣环境，反衬了抗日志士英勇的斗志。诗人注意细节刻画，如"水畔战马鸣、蚊吮血透衫、霜沾火不燃、风吹背后寒"等意境的构造，是艰苦卓越战斗生活的真实写照，以简短对仗的语句，赋予了诗作本身强烈的感染力。最后以"夺回我河山"收笔，豪气荡漾，似东北沦陷土地上高高举起的战旗。

作为东北抗日联军重要领导，李兆麟与周保中、冯仲云以及杨靖宇、赵尚志、赵一曼等抗联将士，"运思出奇，横扫千军"，在长达14年艰苦卓绝的斗争中，用热血染遍了那广袤的白山黑水，然而，在赢得抗战胜利之后，1946年3月9日，李兆麟在哈尔滨被国民党特务杀害。哈尔滨市举行了十几万人的盛大游行示威。中共中央机关报和东北局机关报发表了社论和报道，揭露国民党反动派的内战阴谋，抗议国民党特务杀害共产党员的恐怖政策，并召开了三天三夜追悼大会。李兆麟将军夫人金伯文同志带着未满三岁的振环和未满周岁的振英为李兆麟将军守灵。在送葬那天，有十几万人为之送行。冯仲云等领

李兆麟、金伯文夫妇

李兆麟（右）与周保中（左）、王一知夫妇合影

导同志和抗联老战士怀着悲痛的心情，重温李兆麟生前编写的《露营之歌》，把他安葬在哈尔滨道里松花江畔的一座公园里，命名为兆麟公园，以示纪念，并为他竖起一个高大的纪念碑，上面镌刻着"民族英雄李兆麟将军之墓"几个大字。

2009年9月14日，李兆麟被评为一百位为新中国成立作出突出贡献的英雄模范之一。

以笔为枪：重读抗战诗篇

抗战诗人：艾 青

艾 青：吹号者

好象曾经听到人家说过，吹号者的命运是悲苦的，当他用自己的呼吸摩擦了号角的铜皮使号角发出声响的时候，常常有细到看不见的血丝，随着号声飞出来……

吹号者的脸常常是苍黄的……

一

在那些蜷卧在铺散着稻草的地面上的
困倦的人群里，
在那些穿着灰布衣服的污秽的人群里，
他最先醒来——
他醒来显得如此突兀
每天都好像被惊醒似的，
是的，他是被惊醒的，
惊醒他的
是黎明所乘的车辆的轮子
滚在天边的声音。
他睁开了眼睛，
在通宵不熄的微弱的灯光里
他看见了那挂在身边的号角，
他困惑地凝视着它

好像那些刚从睡眠中醒来
第一眼就看见自己心爱的恋人的人
一样欢喜——
在生活注定给他的日子当中
他不能不爱他的号角；
号角是美的——
它的通身
发着健康的光彩，
它的颈上
结着绯红的流苏。
吹号者从铺散着稻草的地面上起来了，
他不埋怨自己是睡在如此潮湿的泥地上，
他轻捷地绑好了裹腿，
他用冰冷的水洗过了脸，
他看着那些发出困乏的鼾声的同伴，
于是他伸手携去了他的号角；
门外依然是一片黝黑，
黎明没有到来，
那惊醒他的
是他自己对于黎明的
过于殷切的向往

以笔为枪：重读抗战诗篇

他走上了山坡，
在那山坡上伫立了很久，
终于他看见这每天都显现的奇迹：
黑夜收剑起她那神秘的帷幔，
群星倦了，一颗颗地散去……
黎明——这时间的新嫁娘啊
乘上有金色轮子的车辆
从天的那边到来……
我们的世界为了迎接她，
已在东方张挂了万丈的曙光……
看，
天地间在举行着最隆重的典礼……

二

现在他开始了，
站在蓝得透明的天穹的下面，
他开始以原野给他的清新的呼吸
吹送到号角里去，
——也夹带着纤细的血丝么？
使号角由于感激
以清新的声响还给原野，
——他以对于丰美的黎明的倾慕
吹起了起身号，
那声响流荡得多么辽远啊……
世界上的一切，

充溢着欢愉
承受了这号角的召唤……
林子醒了
传出一阵阵鸟雀的喧吵，
河流醒了
召引着马群去饮水，
村野醒了
农妇匆忙地从堤岸上走过，
旷场醒了
穿着灰布衣服的人群
从披着晨曦的破屋中出来，
拥挤着又排列着……
于是，他离开了山坡，
又把自己消失到那
无数的灰色的行列中去。
他吹过了吃饭号，
又吹过了集合号，
而当太阳以轰响的光采
辉煌了整个天穹的时候，
他以催促的热情
吹出了出发号。

三

那道路
是一直伸向永远没有止点的天边去的，

1939

那道路
是以成万人的脚踩踏着
成千的车轮滚辗着泥泞铺成的,
那道路
连结着一个村庄又连结一个村庄,
那道路
爬过了一个土坡又爬过一个土坡,
而现在
太阳给那道路镀上了黄金了,
而我们的吹号者
在阳光照着的长长的队伍的最前面,
以行进号
给前进着的步伐
做了优美的拍节……

四

灰色的人群
散布在广阔的原野上,
今日的原野呵,
已用展向无限去的暗绿的苗草
给我们布置成庄严的祭坛了:
听,震耳的巨响
响在天边,
我们呼吸着泥土与草混合着的香味,
却也呼吸着来自远方的烟火的气息,

我们蛰伏在战壕里,
沉默而严肃地期待着一个命令,
像临盆的产妇
痛楚地期待着一个婴儿的诞生,
我们的心胸
从来未曾有像今天这样的充溢着爱情,
在时代安排给我们的
——也是自己预定给自己的
生命之终极的日子里,
我们没有一个不是以圣洁的意志
准备着获取在战斗中死去的光荣啊!

五

于是,惨酷的战斗开始了——
无数千万的战士
在闪光的惊觉中跃出了战壕,
广大的,激剧的奔跑
威胁着敌人地向前移动……
在震撼天地的冲杀声里,
在决不回头的一致的步伐里,
在狂流般奔涌着的人群里,
在紧密的连续的爆炸声里,
我们的吹号者
以生命所给与他的鼓舞,
一面奔跑,一面吹出了那

以笔为枪：重读抗战诗篇

1944年，八路军冀中子弟兵进行操练　石少华 摄

短促的，急迫的，激昂的，
在死亡之前决不中止的冲锋号，
那声音高过了一切，
又比一切都美丽，
正当他由于一种不能闪避的启示
任情地吐出胜利的祝祷的时候，
他被一颗旋转过他的心胸的子弹打中了！
他寂然地倒下去
没有一个人曾看见他倒下去，
他倒在那直到最后一刻
都深深地爱着的土地上，
然而，他的手
却依然紧紧地握着那号角；
在那号角滑溜的铜皮上，
映出了死者的血
和他的惨白的面容；
也映出了永远奔跑不完的
带着射击前进的人群，
和嘶鸣的马匹，
和隆隆的车辆……
而太阳，太阳
使那号角射出闪闪的光芒……
听啊，
那号角好象依然在响……

一九三九年三月末
（原载《文艺阵地》一九三九年
五月十六日第三卷第三期）

1939

《大堰河——我的保姆》、《雪，落在中国的大地上》——每次吟诵这些诗篇的名字，心里都会涌上一份温暖。艾青，这位新诗集大成者，"因为对这片土地爱得深沉"，而让我们的眼里常噙着泪水。

自1933年发表长诗《大堰河——我的保姆》，艾青喷涌的诗情如花雨般洒落，陆续出版《北风》、《火把》、《黎明的通知》、《欢呼集》、《春天》等诗集。他始终以饱满的热情讴歌脚下多情的土地，营造了五四新诗以来一方健康纯净的蓝色天空。

艾青非常善于挖掘有价值的意象，以浓墨重彩的笔调进行诗情的渲染，并在一种宏大的叙事结构中完成形象的塑造和感情的升华。这首《吹号者》，以一把晶亮的军号入手，以木刻般的手法描绘了勇往直前的抗战将士形象。"在震撼天地的冲杀声里，/在决不回头的一致的步伐里，/在狂流般奔涌着的人群里，/在紧密的连续的爆炸声里，/我们的吹号者/以生命所给与他的鼓舞，/一面奔跑，一面吹出了那/短促的，急迫的，激昂的，/在死亡之前决不中止的冲锋号。"激越的豪情冲天而起，譬如诗人心田熊熊燃烧的火焰。

诗的第一段描写的是吹号者醒来，"惊

艾青、高瑛夫妇

艾青在延安与劳动英雄索木尔（蒙古族）

以笔为枪：重读抗战诗篇

醒他的／是黎明所乘的车辆的轮子／滚在天边的声音。"肩负神圣使命，吹号者成为最早迎接黎明的战斗者。在诗人细致的描绘下，"结着绯红的流苏"的号角，通体散发着耀眼的光芒。

第二段从号声写起，"以清新的声响还给原野"，好像唤醒了大地的一切。起身号、吃饭号、集合号、出发号，号号相连，组成了一幅井然有序的战斗生活图景。伴随这号声，是诗人对战斗的憧憬和对生活的抒情。

第三段以行进号作为背景，以站在队伍最前列的吹号者为形象，以前进的道路为比喻，歌颂了滚滚向前的革命洪流。"连结着一个村庄又连结一个村庄"以及"爬过了一个土坡又爬过一个土坡"两句，展现了光明的前景。

第四段以"准备着获取在战斗中死去的光荣啊"结尾，描写了战斗前的原野和潜伏在战壕里的将士，他们随时准备为胜利而牺牲。

第五段是全诗的高潮部分，在号角中，战友冲锋；在号角中，壮士倒地。"在那号角滑溜的铜皮上，／映出了死者的血／和他的惨白的面容；／也映出了永远奔跑不完的／带着射击前进的人群。"诗人也仿佛跃出壕沟，与战士一起前行。他巧妙地借助"号角滑溜的铜皮"，把战争场景近距离地勾画出来。

爱土地、爱土地上勤劳的人民、爱人民建设的国家，是艾青诗作一贯的主题。而在这深沉的热爱中，诗人常透露出对苦难的关切、对民族的忧患。在《吹号者》的题记中，"看不见的血丝，随着号声飞出来。"这是一种写实，也是一种象征，是作者用血写的忠诚。

1910年3月，艾青生于浙江省金华，1929年到巴黎勤工俭学，1932年在上海加入中国左翼美术家联盟，1937年抗战爆发后到武汉，加入中华全国文协。1938年1月，山西民族革命大学在临汾成立，同月27日，艾青与萧红、萧军、聂绀弩、端木蕻良、田间、塞克等一起，从汉口乘最低等的火车奔赴临汾。到临汾不到半个月，日寇步步紧逼，大学师生也随之成了流亡者。这年四月初，艾青又回到武汉。时间虽然不长，但正是这段从武汉到临汾、从临汾到西安又再回到武汉的"逃难性的"亲身经历，使艾青写下了《手推车》、《北方》和《乞丐》等名作，他把"北方是悲哀的"这个国人的普遍经验活画在诗歌里。

1941年，艾青赴延安，任教于"鲁艺"文学系。1945年10月，随华北文艺工作团

一名中国远征军号兵在吹响起床号

到张家口,后任华北联合大学文学院副院长。1949年随军进北平,10月1日,受邀参加了开国大典。

1957年诗人被错划为"右派"分子。其后两年,在王震的帮助下,艾青先后来到黑龙江农垦农场和新疆石河子垦区劳动。

1979年,诗人得到平反,重又拿起笔来放声歌唱。作品被译为多种外文,拥有广泛的国际声誉,1985年获法国艺术最高勋章。1991年5卷本《艾青全集》出版。在中国现代新诗发展史上,艾青是继郭沫若、闻一多等人之后推动一代诗风的诗人。智利诗人、诺贝尔文学奖获得者巴勃罗·聂鲁达曾说:艾青是"中国诗坛泰斗"。

1996年5月,诗人在北京辞世。生前曾任中国作协副主席、中国笔会中心理事等职。著有《艾青短诗选》、《艾青诗选》、《走向胜利》、《艾青选集》等。其《诗论》、《艾青谈诗》以及《艾青论创作》等论著,影响巨大。

以笔为枪：重读抗战诗篇

沈钧儒：从军乐

抗战诗人：沈钧儒

我愿化身为子弹兮，与君朝夕以相从。

抱君之腰而与君共命兮，经君之手而贯入于敌人之胸。

又愿化身为瓶中之水兮，劳解君之渴而倦润君之容。

终其化我身为军毯兮，使君于朝营露宿之际，得我之保卫而安眠兮，益坚强其精力而无懈于冲锋。

一九三九年七月二十四日
代书信寄慰前方将士

沈钧儒一生与诗、石相伴。7岁能诗，15岁考秀才得中，诗赋列为第一。曾题诗云："吾生尤爱石，谓是取其坚。掇拾满吾居，安然伴石眠——"。冯玉祥参观沈钧儒"与石居"时，写诗曰："南方石，北方石，东方石，西方石，各处之石，咸集于此。都是经过风吹日晒，雪侵雨蚀，可是个个顽强，无亏其质。今得先生与石为友，点头相视，如旧相识；且互相祝告，为求国家之独立自由，我们要硬到底，方能赶走日本强盗。"

这首有楚辞之风的《从军乐》，想象奇特而不离奇，直抒胸臆而不华丽，以作者高深学养，能够用浅显语句，表时代大义，可谓拙巧。子弹、军毯、瓶中之水，皆简单军需物品，在诗中可抱腰可共命，可坚强其精力。诗人对抗战将士的敦厚仁爱之情，无物不能，无所不在。

生于1875年的沈钧儒,以新科进士被清政府派赴日本已是1905年的秋天。回国后参加辛亥革命,并于1912年加入中国同盟会。五四运动期间,撰文提倡新道德、新文化。1936年,沈钧儒在救国会发表救国宣言,同年5月参与宋庆龄、马相伯等领导成立的全国各界救国联合会。1936年11月23日,沈钧儒与章乃器、邹韬奋、李公朴、史良、王造时、沙千里一道被国民党政府逮捕,史称"七君子"。

1948年初,沈钧儒在香港主持民盟一届三中全会,发表紧急声明,坚决与中国共产党合作,终于促使民盟走上革命道路。1949年2月到北平,任民盟出席新政协代表和新政治协商会议筹备会常务委员会副主任。建国后,历任中华人民共和国中央人民政府委员、最高人民法院院长、全国人民代表大会常务委员会副委员长、政协全国委员会副主席、中国民主同盟中央主席。

1963年6月,沈钧儒在北京辞世。著有《寥寥集》、《家庭新论》、《制宪必携》、《宪法要览》、《普及政法教育》等。人们称赞拥有"修身、齐家、治国、平天下"的作者为"民主人士左派的旗帜"、"爱国知识分子的光辉榜样"。

"七君子"与马相伯、杜重远合影,右起:李公朴、王造时、马相伯、沈钧儒、邹韬奋、沙千里、章乃器、杜重远

1920年,沈钧儒(右二)全家合影

左起为沈钧儒、张澜、鲜英、李公朴

以笔为枪：重读抗战诗篇

李仙根：七·七两周年拟杜七歌

抗战诗人：李仙根

荡荡中华我民族，龙兴虎视东大陆。
皇皇我祖号轩辕，一战蚩尤四裔服。
山川森秀文明育，礼为辐兮义为轴。
呜呼一歌兮歌声洪，中华民族垂无穷。

中华中华我祖国，民物众多地广漠。
连绵基业几千年，英雄贤圣相继作。
立国精神耀八德，自由平等长独立，
呜呼二歌兮歌声高，炎黄华胄足自豪。

赫赫天命我总理，堂堂黄帝好孙子。
推翻专制创共和，救民救国革命起。
三民主义公所使，图强发奋雪国耻。
呜呼三歌兮歌永思，自公逝后伤陵迟。

国难之来非一朝，东海岛夷掀狂涛。
将军弃地九一八，得寸进尺卢沟桥。
长蛇封豕荐上国，神圣抗战宁土焦。
呜呼四歌兮歌慷慨，前进前进大时代。

多难兴邦古有训，倭奴暴戾天人愤。
抗战抗战争自由，从军杀敌齐发奋。
男儿裹尸须马革，死为国殇皆本分。
呜呼五歌兮歌壮烈，国仇必报耻必雪。

七七抗战今二周，外结好兮内政修。
上有英威之领袖，拥有百万之貔貅。
出钱出力有民众，不抵胜利安肯休。
呜呼六歌兮歌复起，胜利第一良有以。

凡人莫虚生世间，古来英雄皆艰难。
国难未平仇未复，一切恩怨胥等闲。
君不见同胞惨受敌荼毒，血染大地成斑斓。
呜呼七歌兮歌断续，天愁地惨吾欲哭。

一九三九年七月

同为广东省香山县人,生于1893年的李仙根,长期追随孙中山。

1922年,陈炯明叛变,孙中山脱险赴沪。李仙根以孙中山机要秘书身份受命留港。1924年1月,国民党一大召开,李仙根列席大会。同年11月13日孙中山北上,胡汉民留守广州代行大元帅职,李仙根亦留帅府。孙中山抵天津生病后,急电召李北上。李仙根25日赶到天津,继续在孙中山身边担任机要,侍疾直至3月12日孙中山逝世,并参加治丧委员会。

1925年9月,李仙根任江门政务专员。除一度任中山县县长外,任粤汉铁路南段局长历四年。李在任内,和衷上下,苦心经营,终使粤汉南段全线建成通车。与此同时,李更协助"广州—九龙"铁路的建设,时时往来省港,终促"广九"完工。路成,李转任西南政务委员会委员。

抗战开始,李举家移居香港。被任命为国民参政会参政员后,李仙根只身前往武汉、重庆,共赴国难。1942年初,香港沦陷,李夫人携子女内移;6月辗转到达柳州,与李仙根短暂相聚。1943年3月,李仙根奉命回渝。不想,却在3个月后身故,时年50岁。彼时,李夫人竟无钱赴渝奔丧。国民党党部派林云陔料理后事;共产党方

李仙根(后排左三)与孙中山等合影

面,董必武、邓颖超参加了追悼会。

诗人的这首"七歌",一唱三咏。前两歌追溯华夏悠久文明,"炎黄华胄足自豪",充满民族的自豪感。中间以回想辛亥革命过渡,写了"九一八事变"、"七七事变"后,国土之沦丧、抗战之惨烈。最后三节,号召民众"出钱出力",坚定信心,"国仇必报耻必雪"。诗由心而生,全诗节奏明快,层层递进,于抗战最艰辛时刻,拨开愁云看到胜利的曙光。"凡人莫虚生世间,古来英雄皆艰难。"当属警句,富有哲理,透出作者深厚的学养。

以笔为枪：重读抗战诗篇

抗战期间，成都美国空军基地，成千上万的中国民众为修建机场作出了巨大贡献

相关链接：二战时期，中国政府在云南、四川、广西、湖南、重庆、江西、贵州、陕西、福建、甘肃、湖北、广东、浙江、河南等14个地区，动员了数百万军民，抢建、扩建了上百个机场，死伤数十万劳工。为美国援华空军修建机场，是战时中国政府投入人员最多、持续时间最长的伟大工程之一。

中国大规模修建战时机场大概分两个时期：

第一时期是1942年后，为配合驼峰航线的开辟在云南等地修建机场；

第二时期是1943年后，为配合盟军对日本本土实施战略轰炸在四川等地修建机场。

美国伍莆将军参加轰炸日本九州归来后说："今日中国民众亦与吾人同感愉快，盖非有50万的中国爱国人民离其农作，建造机场，此一出袭必不可能也。"

李仙根家学渊源，工诗善文，书法刚劲。当年，与谭延闿、胡汉民、廖仲恺、古应芬、于右任等多有唱和。后人编有《李仙根日记·诗集》，而"诗集"则根据李仙根夫人孙佩莪辑录的李仙根遗诗抄稿及若干报纸剪报整理而成，除《岭南书风》曾于1943年刊行外，《小容安堂诗钞》九卷、《秋波琴馆遗草》一卷、《补遗》一卷均是首次系统整理出版。

唐圭璋：望海潮·七七抗战纪念献词

抗战诗人：唐圭璋

　　欃枪蔽月，阴氛卷地。匆匆苦战经年。血溅黄沙，尘飞沧海，貔貅百万争先。千弹似珠连。任壕崩堡毁，臂折胸穿。守土难移，荒村劫火照颓垣。

　　好军砥柱中坚，看危岩立马，绝壑挥鞭。沉舰江心，堕机林表，尸灰满载东还。劲旅会中原。但前摧后继，誓涤腥羶。收拾山河，大旗飘拂入云天。

（一九三九年七月）

以笔为枪：重读抗战诗篇

唐圭璋、尹孝曾夫妇

　　作者笔下的祖国：阴云密布，血溅满地，"荒村劫火照颓垣"。唐圭璋以啼血之词写尽了战争的创伤。那是1939年的中国，抗战进入最为艰难的岁月。国共两党虽然宣布合作、共同抗战，然而，国民党顽固派不断挑起事端。欧洲战场，德国法西斯继侵占捷克斯洛伐克后，又突袭波兰。是年3月，日寇以死伤十万余代价攻进南昌；7月，汪精卫公开投敌。在这样一种历史背景之下，唐圭璋遥望北国，纪念"七七事变"，以词为歌，抒发心中块垒，倾吐爱国情怀。

　　身为词学大家，唐圭璋诗词用典，皆有出处。然面对抗战烽火，尤其是自己的故土同胞为日寇所屠杀，向来温良恭俭让的词人，也掩不住汹涌而出的悲凉和悲壮，所写"危岩立马、绝壑挥鞭、沉舰江心、堕机林表、尸灰满载"，皆为血淋淋的史实。

　　"沉舰江心"揭示的是一段沉重的历史：淞沪战役后，江阴要塞成为长江口防御侵华日军的第一门户，也是护卫南京的最后一道防线。1937年8月初，国民政府决定截留散布于长江中上游的日军、军舰及日侨。但此机密被泄,8月7日夜,日军及军舰连夜冲过要塞,逃离封锁。8月11日,蒋介石命令沉船封江,并令废除江阴下游所有航路标志,以免资敌。"通济""大同""自强"等6艘旧舰,及两艘鱼雷艇、20艘商船,依次下沉阻塞江阴水道。此后,军事当局又从江苏、浙江、安徽、湖北等省,征用民船、盐船185艘沉入江阴水道。多次沉船合计66000余吨,集中于要塞之长山附近的封锁线上,后来被称为中国的"水上马奇诺防线"。因词人的歌咏,历史的硝烟能够透过纸背再次穿越而来。而在词人的心中,"好军砥柱中坚"、"大旗飘拂入云天",更是对国家、对未来的美好期盼。

唐圭璋一生专治词学,安于贫苦,孜孜不倦。1901年生于南京,1990年辞世。1949年前曾任中央大学、金陵大学中文系教授。建国后历任南京大学、东北师范大学中文系教授,南京师范大学中文系教授。编著有《全宋词》、《全金元词》、《词话丛编》、《宋词鉴赏辞典》等,著有《宋词三百首笺注》、《南唐二主词汇笺》、《宋词四考》、《元人小令格律》、《词苑丛谈校注》、《宋词纪事》、《词学论丛》等。曾兼任国务院古籍整理出版规划小组顾问、

晚年的唐圭璋

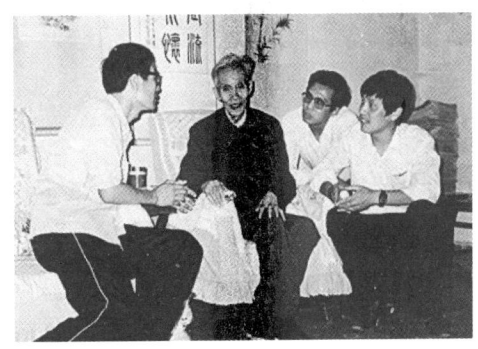

唐圭璋在为学生讲授诗词

中国韵文学会会长、中华诗词学会名誉会长、《词学》主编等。

望海潮,词牌名,一韵到底。

欃,读 chán,欃枪喻指叛乱、动乱,也指彗星。貔貅读 pí xiū,传说中凶猛的瑞兽。腥膻,读 xīng shān,即腥膻,难闻的腥味,喻人间丑恶。林表,即林外边。

以笔为枪：重读抗战诗篇

陈国柱：新四军四支队集结金寨（一）

抗战诗人：陈国柱

山环水抱草含烟，绿竹千竿映稻田。
报得农家春事急，呼牛叱犊满东阡。

录此诗歌，是为了不忘著名革命老区、中国第二大将军县——金寨。最早到达延安的红四方面军和到达延安人数最多的红二十五军，以及留在当地的红二十八军，均发源于此。红二十八军是红军长征后，在南方的唯一一支成军建制的红军队伍，他们在大别山坚持了艰苦卓绝的三年游击战争。1937年冬，国共两党达成协议，将南方八省边界地区的红军和游击队改编为国民革命军新编第四军。1938年2月中旬，红二十八军在黄安七里坪被改编为新四军第四支队。

金寨全境相继组建了十一支红军主力队伍，共有10万之众参加了红军，走出了59位开国将军。元帅徐向前，大将王树声、陈赓、徐海东，上将许世友、陈锡联、洪学智等均在此进行过革命斗争。

1937年，抗战爆发，陈国柱被派到鄂豫皖游击队司令部任政治秘书。1938年底，新四军江北指挥部成立，陈国柱调任秘书，参加前委工作。1940年，北上延安，进入军政

新四军战地医院

大学学习。诗作是作者在金寨生活的记录，从一个侧面说明了鄂豫皖根据地的蓬勃发展。诗中描绘了农村自给自足的自然景象，让人于战争的硝烟外体会到美丽的田园风光。

这首诗作颇带唐诗风格，一如王维诗中的山水画。前两句，作者描绘了金寨山区的景色，那是一个早晨，薄雾轻轻弥漫，青草含露粘雾，群山环绕之下，恰似世外桃源。应该还有春雨，满山的新竹拔节生长，密密麻麻的竹林旁，一方方稻田水足秧肥。后两句，春耕在即，既有忙碌的农人，又有踏上田野的牛犊。作者以声入画，使画面充满灵动。作者用粘着春雨的笔，为读者呈现了抗日根据地难得的安宁和祥和。

1902年9月出生的陈国柱是莆田党组织的创建者。福建解放后，任省政府委员兼教育厅副厅长。1951年，调任中央文史研究馆办公室主任兼政务院参事。1954年，任国务院参事。1969年8月辞世，终年71岁。著有诗集《碧血丹心集》。郭沫若称之为"今之诗史"，赞扬他"每饭不忘民者也"。

以笔为枪：重读抗战诗篇

公 木：八路军进行曲

抗战诗人：公 木

向前！向前！向前！

我们的队伍向太阳

脚踏着祖国的大地

背负着民族的希望

我们是一支不可战胜的力量

我们是善战的前卫

我们是民众的武装

从无畏惧

绝不屈服

永远抵抗

直到把日寇逐出国境

自由的旗帜高高飘扬

听，风在呼啸军号响

听，抗战歌声多嘹亮

同志们整齐步伐奔向解放的战场

同志们整齐步伐奔去敌人的后方

向前向前

我们的队伍向太阳

向华北的原野

向塞外的山岗

1939

一个时代有一个时代的战歌。抗战期间,《八路军进行曲》响彻大地,在敌后,在太行山上,在抗战前线,哪里有八路军,哪里就有雄壮的歌声。

1939年秋,正在延安抗日军政大学从事抗战宣传的公木,为边区火热的生活所感动,创作热情高涨。他与同住一处的音乐人郑律成商量,决定一起为战士们写一些歌。年轻的诗人,早就受过血与火的洗礼,卢沟桥事变爆发,公木经林伯渠介绍奔赴晋绥前线,参加由程子华任司令员的敌后游击队,任宣传股长。1938年8月,他来到延安抗日军政大学学习,成长为一名中共党员。当他拿起笔,往日的战斗情形一幕一幕地在眼前闪现。他一口气写下了八首歌歌词,《八路军进行曲》、《快乐的八路军》、《八路军与新四军》、《炮兵歌》、《骑兵歌》、《军民一家》等,每一首都以高昂的豪情歌颂党领导的抗日武装。拿到歌词后,郑律成随即开始谱曲。很快,这首旋律激越、节奏有力的《八路军进行曲》便广为传唱开来。

全诗以"我们的队伍向太阳"为出发点,以三个军令式的"向前!向前!向前!"为起句,抒发了革命军队为祖国、为民族冲锋陷阵的壮志豪情。第二层是一种递进

1969年,公木在吉林省舒兰县劳动

1983年5月,公木与艾青(左)、冯至(右)谈诗

1993年,公木给吉林大学中文系研究生上课

以笔为枪：重读抗战诗篇

1941年，晋察冀边区第二届艺术节宣传画
沙飞摄

关系，强调了人民武装坚不可摧、无往不胜的力量，强调了誓死赶走日寇、追求自由的决心。最后一节加强了抒情，强化了"风在呼啸军号响"意境的描绘。在歌声中，在军号中，"同志们整齐步伐"向前，并再次唱响"我们的队伍向太阳"的主旋律，体现了昂扬的乐观精神。

抗战胜利后，歌词作了适当调整，由中央军委改名为《中国人民解放军进行曲》。1988年，由中共中央批准，又将《中国人民解放军进行曲》颁定为"中国人民解放军军歌"。

1910年，公木出生于河北省辛集。先后在山东滋阳第四乡村师范和河北正定中学任教。1945年，公木到东北工作，担任本溪市委宣传部部长。1946年1月，参加筹办东北公学任党委书记、教育长。1947年4月成立东北大学教育学院，公木任院长。全国解放后，公木曾在鞍钢教育处任处长。1954年10月调中国作家协会文学讲习所任副所长、所长，在此期间代表作协赴匈牙利、罗马尼亚交流访问。1958年公木被错划为"右派"，并被开除党籍，安排到吉林图书馆任馆员。1962年，公木被分配到吉林大学中文系当教员。

党的十一届三中全会后，公木得到平反，恢复了党籍。先后任吉林大学副校长、吉林大学文学院名誉院长、中国文联委员暨吉林省文联副主席、名誉主席，以及中国毛泽东文艺思想研究会会长、中国诗经学会名誉会长等。

1998年10月，公木在长春辞世。每当人们从吉林大学诗人的雕像前经过的时候，在那嘹亮的军歌声中，又仿佛听到了诗人与作曲家刘炽共同谱写的那首《英雄赞歌》："烽烟滚滚唱英雄……"壮歌在耳，英雄在前。

李广田：消 息

抗战诗人：李广田

南国的冬日，树木还是葱茏的。
夜来沉睡中，我做了风雪道上的行军梦，
醒来不胜寒，却惊讶于窗前的一片绿。
七千里外飞来了新消息：
"家园的池塘中已结了一层冰……
哥哥行前埋在地下的旧军衣
又被我掘起来穿上了，
不是为了冷，是为了生，要先去死！"

我真怀念那些描在冬空之下的落叶树。
故乡的原野该是枯寂的，
然而那多沙的土地上一定染了血迹……
早晨的太阳照上我的眉宇，
跨上马鞍我驰出了小小的城池。

一九三九年十月

以笔为枪：重读抗战诗篇

1960年李广田、王兰馨夫妇在昆明

情到深处是诗歌，也是散文，她们都是作者心中的火焰，时而在低谷燃烧，时而在高处跳跃。抗战前，李广田与卞之琳、何其芳合作出版诗集《汉园集》，"汉园三诗人"的称号不胫而走。而在现代文学史上，人们又常把李广田与朱自清、冰心等同称为散文大家。1936年到1939年间，李广田一口气推出《画廊集》、《银狐集》、《雀蓑记》三本散文集，以乡土风物为基本的情感记载，于静静的叙述之中，展现了北国的哀愁，那些淡淡的文字是李广田精神上的水墨画，一层层渲染，一笔笔地向读者靠近。

比如这时候的诗——《秋灯》：静夜的秋灯是温暖的，/在孤寂中，我却是有一点寒冷。/咫尺的灯，觉得是遥遥了。再如1941年的《给爱星的人们》：我们还更盼望／叫别的星球上的爱星者／指点着我们这个世界：／"看呵！我爱星，我爱顶亮的那一颗。"真不知道喜欢穿长衫的李广田，如何从容地掸去战争的灰尘，撩起长衫的一角，沉稳地坐在书桌前，写下那么多静美的文字？

诗人1906年出生于山东省邹平。1923年，考入山东第一师范学校，接触进步书籍。1929年考入北京大学外语系，次年发表诗文。1935年大学毕业，回济南教中学。

抗战爆发后，诗人经河南、湖北，流亡于四川等西南各地，以教书为生。一部《西行记》，忠实地记录下那段漂泊的岁月。

《消息》一诗写作于救亡路上，作者于"南国的冬日"，于"风雪道上的行军梦"中，收到家乡的消息："家园的池塘中已结了一层冰……"。在葱茏的绿和池塘的冰相映衬的记忆中，家乡的亲人已一跃而出，成为为生而战的勇士。旧军衣掘起来又穿上，"不是为了冷，是为了生，要先去死！"一句写尽了诗人奋起抗战的坚强决心。与作者一贯冷峻风格相似的是，诗人没有用过多的笔墨来张扬，而是用清清爽爽的诗句歌唱生之战斗。

枯寂的故乡、枯寂的原野，"沙的土地上一定染了血迹……"诗的第二段，作者由人及己，"跨上马鞍"，表达了诗人加入抗战队伍的愿望。全诗由近到远，又由远到近，把战火中的故乡与避难的小城连在一起，营造了一个特定的抒情空间。

建国后，作者曾任清华大学中文系主任，先后出版长篇小说《引力》、散文集《日边随笔》、文学短论《文学枝叶》、《文学书简》等，并负责编选《闻一多选集》、《朱自清文集》。1957年任云南大学校长，并兼任云南省作家协会副主席。在云南大学期间，李广田开高等教育之先风，注重稀有金属等学科建设。管理之余，致力于少数民族文学的研究，整理出版了傣族传

《引力》书影

说《一滴蜜》、彝族支系撒尼人的长篇叙事诗《阿诗玛》和傣族长篇叙事诗《线秀》等。

1959年，李广田被划为"右派"。1968年11月，被迫害致死。1978年10月平反。

昆明郊外的莲花池记得：待被人发现时，诗人满脸是血，头部被打伤，脖子上有绳索的痕迹，腹中无水。他没有倒下，就那样直挺挺地站立在水中……1939年7月，作者曾写过一首《奠祭二十二个少女》的诗，纪念逃难路上葬身汉水的22个女学生。诗中有言："当绿满断岸的暮春时节，／激怒的江涛化作一江寒雾！"如今，寒雾散尽。诗人，你的歌唱在何方？

以笔为枪：重读抗战诗篇

马君玠：公无渡河

"……九月十七日晨，敌攻占营田下之古山，我某师官兵一排，因四面环水，粮尽援断，仍与敌苦战……该排排长黄楼生，最后于二十一日化装船夫，于营田严家山附近，诱敌兵至船上，驶至中流，黄排长将身倾覆，同归于尽……"
三十年十月十七日昆明版《中央日报》之《第二次湘北会战中之壮烈战绩》

在芦林潭畔，望得见近处的一点青山，
　那汨罗水，静止了似的停在营田。

好象一个人心中悲痛，木在那里不动。
你们的魂魄归去吧，记得有人在天涯，
　小楼明月下，凄切切的弹着琵琶。

也有人在三味线上，诉说出她的哀伤。

让湖水冲去身上的血，心头的恨，
因为你们都已经得到了壮烈的死。

抒情的诗歌在多难的时代,传递出丰富而沉重的信息,那一份丰富为我们展现了不可回溯的历史画面,那一份沉重透露出抗战时期许多人的命运。

《公无渡河》原本是一首汉乐府诗名。其诗云:"公无渡河,公竟渡河!堕河而死,将奈公何!"说的是:汉朝乐浪郡朝鲜县津卒霍里子高,在摆渡时,亲眼看到一妇人为疯癫丈夫淹死而赴死的故事。后人又作《箜篌引》,传唱这份至死不渝的爱情。

用此典故,不仅说明了作者学养丰厚,而且非常贴题。诗中注解告诉我们:作者读报有感,为营田古山战役中牺牲的抗战将士所作,为诱敌入舟、与敌同归于尽的黄楼生排长所作。据考证,1939年9月22日,营田之战,"战事之烈,为鲁南会战以来所仅见"。最前沿阵地的国民党守军第37军95师569团,几乎全军覆没。诗人以诗记史,一声"公无渡河"的叹息,借古代凄怆的爱情故事比喻现代为国捐躯的壮举,其间的悲凉、悲叹、悲壮,都透射出作者对死难烈士的深切怀念。

诗的第一段,芦林潭畔,营田;汨罗水,一点青山。古雅的文字点染出宋词的意韵,交代了诗歌中的地点、环境。汨罗水,"静止了似的",渲染了江河鸣咽的情境。

《北望集》书影

诗的第二段,承接了诗人的悲伤。在诗人眼里,汨罗水"木在那里不动"。其实是诗人"木"在那里,他在汨罗江畔呼号:魂兮归来。

马君玠长期埋首书山典籍。1906年12月生于湖北省武昌,1926年毕业于北平财政商业专门学校,1932年起先后在清华大学、武汉大学、西南联合大学的图书馆工作。1946年随清华到北平,仍一直在图书馆工作。1997年4月20日病逝。

早在上世纪20年代末,诗人就在《宇

以笔为枪：重读抗战诗篇

宙风》、《新诗》、《诗座》、《文艺复兴》、《文学杂志》等刊物上发表新诗。1943年8月，叶圣陶为他结集，并取"北望中原"之意题写书名《北望集》。朱自清在《序》中说："从前也读过马先生一些诗。他能够在日常的小事物上分出层层的光影。头发一般细的心思和暗泉一般涩的节奏带着人穿透事物的外层到深处去；那儿所见所闻都是新鲜而不平常的。他有兴趣向平常的事物里发见那不平常的。""马先生写着沦陷后的北平；出现在他诗里的有游击队，敌兵，苦难的民众，醉生梦死的汉奸。他写着我们的大后方；出现在他诗里的有英勇的战士，英勇的工人，英勇的民众。而沦陷后的北平是他亲见亲闻的，他更给我们许多生动的细节；'走'那篇长诗里安排的这种细节最多。他这样想网罗全中国和全中国的人到他的诗里去。但他不是个大声疾呼的人，他只能平淡的写出他所见所闻所想的。平淡里有着我们所共有而分担着的苦痛和希望。平淡的语言却不至于将我们压住，让我们有机会想起整套的背景，不死钉在一点一线一面上。"

所以，当我们读到"人在天涯"弹琵琶等诗句时，就理解了作者战时的"苦闷"，就知道了诗人为什么在这儿陡然一转的缘由。长歌当哭之后，诗人的灵魂无处安放。

诗中突兀的一笔："也有人在三味线上，诉说出她的哀伤"，别有深意。三味线，是日本传统弹拨乐器，在这里，代表了侵略者家人的悲哀，透露出淡淡的反战情绪。诗人最后说到："让湖水冲去身上的血，心头的恨，因为你们都已经得到了壮烈的死。"以英雄的壮烈与日寇的悲哀相对比，颂扬了战争中的正义之师。

据研究者刘福春介绍，1987年前后，身患重症的马君珏，写信描述当时的心境："当我知道《北望集》被您从远方的泥土中捡起来而加以编目的时候，我开始有了爱惜自己的意思。所以我坚持做完三个疗程，并且订阅了一份《文学评论》。从中，我得到启发与教益。"

结合朱自清序言所说的情况，我们知道，抗战期间的马君珏是寂寞的，好在有这些充满深情的诗作相陪伴。他如柔弱而坚韧的青藤，顽强地生长着，而不管任何炮火。这是抗战诗歌中的极为普通人生，渺小而绵长，一如诗人在组诗《北平秋兴》中说的那样："立在风露中听南京的广播来自隔院。"

1939

光未然：黄河大合唱——保卫黄河

抗战诗人：光未然

风在吼。
马在叫。
黄河在咆哮。
黄河在咆哮。
河西山岗万丈高。
河东河北
高粱熟了。
万山丛中，
抗日英雄真不少！

青纱帐里，
游击健儿呈英豪！
端起了土枪洋枪，
挥动着大刀长矛，
保卫家乡！
保卫黄河！
保卫华北！
保卫全中国！

以笔为枪：重读抗战诗篇

冼星海

  黄河之滨集结着一群优秀的子孙，多声部的合唱队耸立在天地之间，人民音乐家冼星海走到队伍前，全场肃立。随着他指挥的大手在空中巍巍一颤，所有的弦乐、管乐、鼓乐都被调动起来。在婉转如歌、铿锵如铁的旋律中，黄河怒吼了——

  在光未然的笔下，黄河是中华文明的象征，代表了中华民族不屈的战斗精神。这首气势磅礴的组歌，既有对历史苦难的叙事，又有对现实抗战的抒情，在激昂的歌声中，历史的画面不断地叠加、呈现：

  《黄河船夫曲》：船夫拼着性命和惊涛骇浪搏战。

  《黄河颂》：黄河以它英雄的气概，/出现在亚洲的原野，/它表现出我们民族的精神：/伟大而又坚强！

  《黄河之水天上来》：啊，黄河！/你抚育着我们民族的成长；/你亲眼看见，/这五千年的古国/遭受过多少灾难！

  《黄水谣》：黄水奔流向东方，/河流万里长。……自从鬼子来，/百姓遭了殃！

  《河边对口曲》：仇和恨，在心里，/奔腾如同黄河水！/黄河边，定主意，/咱们一同打回去！

《黄河怨》：狂风啊，/你不要叫喊！/乌云啊，/你不要躲闪！/黄河的水啊，/你不要呜咽！

《保卫黄河》：万山丛中，/抗日英雄真不少！/青纱帐里，/游击健儿呈英豪！

《怒吼吧，黄河！》：怒吼吧，黄河！/掀起你的怒涛，/发出你的狂叫！/向着全世界的人民，/发出战斗的警号！

…………

《黄河大合唱》朗诵词、歌词共有8段，本书选录第七段歌词——《保卫黄河》。这是整个大合唱高潮的部分，在这里，诗人没有在写诗，他已加入无数抗战将士的合唱；他的朗诵是呐喊，他的心潮已随着黄河波涛在奔腾。"风在吼。/马在叫。/黄河在咆哮。"极简的语言，极其生动的意象，组合起来的动态画面，勾勒出广阔的抗战场景。接着，诗人放眼河东、河西，眺望山岗和高粱，有国家山河的壮美，也有家乡可爱的丰收，国与家，血肉相连。为保家卫国，抗日英雄、游击健儿，"端起了土枪洋枪，/挥动着大刀长矛"，皆赋予了民族解放的大义。诗人于琅琅上口的歌词中塑造了可歌可泣的抗战将士形象，歌之有物，舞之有形，诗之有像，终成不朽经典。诗的最后，四个保卫，从家乡到黄河，从华北到全中国，意境一步步地拓宽、升华，再加上反复的歌咏，艺术的感染力经久不衰。

1913年11月生于湖北省光化县（今老河口市）的光未然，原名张光年。1931年入武昌中华大学中文系。1935年在武汉创作歌词《五月的鲜花》，经阎述诗谱曲后，唱遍了全国：

五月的鲜花开遍了原野

鲜花掩盖着志士的鲜血

为了挽救这垂危的民族

他们曾顽强地抗战不歇……

《黄河大合唱》是光未然和冼星海的"天作之合"。早在1936年6月，两人就在上海第一次合作创作《高尔基纪念歌》。1937年八一三淞沪抗战爆发后，冼星海又为光未然写的《赞美新中国》、《拓荒歌》等诗作谱了曲。

抗战爆发后，光未然到武汉、鄂北、晋西等地进行抗日宣传，1939年到延安。在当

以笔为枪：重读抗战诗篇

1939年光未然因左臂受伤在延安治疗期间完成《黄河大合唱》的歌词创作

冼星海与同事们的合影

年的除夕联欢会上，他朗诵了《黄河吟》。冼星海听到后异常兴奋，邀请光未然共同创作《黄河大合唱》。诗人的脑海里顿时浮现出带领抗敌演剧队第三队深入敌后的情景：在陕西宜川县壶口附近东渡黄河时，壮美的山川让人浮想联翩；在渡河途中，船夫们和狂风巨浪搏击的情形以及那撞击心扉的船工号子，让人难以忘怀；在吕梁山抗日根据地，抗战健儿奋勇杀敌的英姿，让人心生感佩。在诗情燃烧的日子里，光未然一口气写下了包括《序曲》在内的九个部分。拿到歌词后，冼星海不顾患病，在延安的窑洞里，用了六个昼夜，创作了这首热情四射的《黄河大合唱》。

1939年春，在延安陕北公学大礼堂，《黄河大合唱》首演，鲁艺乐队伴奏，由邬析零指挥，演出获得了巨大的成功。1939年7月，周恩来在晚会上，听了《黄河大合唱》之后十分振奋，亲笔题词："为抗战发出怒吼，为大众谱出呼声！"

《黄河大合唱》是献给民族解放的一曲赞歌，从诞生之日起，哪里有解放的号角，哪里就有黄河的怒吼。《黄河大合唱》是献给中华民族的一首史诗，以民族的母亲河为象征，激励了一代代华夏子孙，无论过去还是将来。正如埃德加·斯诺所言：

冼星海亲自指挥"鲁艺"演唱《黄河大合唱》

《黄河大合唱》永永远远，都属于明日的中国。

其后，光未然赴重庆，1940年创作长篇叙事诗《屈原》。皖南事变后赴缅甸主编《新知周刊》，组织华侨青年战时工作队。1942年回昆明，任《民主增刊》编辑。1944年在云南与李公朴、闻一多一道从事民主运动和诗歌朗诵活动，搜集整理彝族民间叙事长诗《阿细的先鸡》。建国后，光未然先后担任《剧本》、《文艺报》、《人民文学》主编，以张光年之名写了大量的文学、艺术评论。曾任中国作家协会书记处书记、中国作家协会党组书记等职。

2002年1月，光未然辞世，享年89岁。著有诗集有《雷》、《五月花》、《光未然诗存》以及《风雨文谈》、《骈体语译文心雕龙》等。

1945年，冼星海在莫斯科病逝。乘着歌声的翅膀，两位人民深爱的艺术家飞跃了黄河，飞向了永远。

钟　毅：断　句

抗战诗人：钟　毅

> 思从马上平天下，
> 爱上城头看月明。
> 　　　——一九三九年春

　　他把一颗子弹留给自己，把一首好诗留在人间。

　　抗战爆发后，钟毅被任命为第三十一军第一三八师第四一四旅少将旅长，率军北上抗日。1938年夏，武汉保卫战，钟毅率部浴血奋战，以战功晋升为第一七三师中将师长。

　　1939年夏，固守唐县镇、尚书店一线，荣获军事委员会颁发的陆、海、空甲等奖状。

　　1940年5月，日军为报第一次随枣战役惨败之仇，消灭鄂北第五战区野战主力，集中了五个师团的重兵，疯狂进攻。第二次随枣会战的序幕揭开了。一七三师担任后卫，5月8日与日军主力绞杀在一起。5月9日，钟师长身边只剩下一个卫士排。他宁死不屈，率领卫士与日军厮杀了两个时辰，弹尽粮绝，官兵伤亡殆尽。钟将军右胸负了重伤，血染前襟。他顽强地支撑着，下令士兵迅速分散突围，然后把笔记本、作战资料等机要物品埋在阵地的芦苇根下，从容地举起左轮手枪，扣动了扳机，自戕殉国。

1939

因在随枣会战中战功卓越，钟毅荣获国民政府颁发的四等宝鼎勋章（属国军最高奖），颁奖令于1940年5月8日发表。次日，将军喋血疆场。

国共两党盛赞烈士义举。国民政府为钟毅举办了一系列公祭活动。重庆《新华日报》1940年8月6日著文赞钟毅："生为名将，死为军神；示范国人，愧死敌寇。"1987年12月28日，广西壮族自治区人民政府追认钟毅将军为革命烈士。

钟毅1901年9月生于广西扶南县（今扶绥县）长沙村，壮族。天资聪颖，人称"扶南才子"。少年居家读书便题诗一首："男儿仗剑出乡关，不斩楼兰誓不还。太息中原长板荡，要将只手挽河山。"

1938年春，固守明光、凤阳时，钟毅感叹百姓苦难，赋诗两首：

半夜班师天地昏，中原到处哭声闻；
料应卷土又重来，一战唤回故国魂。

四境纷传撤退忙，倭夷横海渡长江；
临淮关上思歼敌，剑气升腾月满窗。

1939年12月，转战汉武中兴之地——平林店时，钟毅以"平林怀古"为题，赋诗如下：

汉家火德未全衰，崛起平林旷代才。观斗山前将星合，朝王庙上霸图开。千

中国军队在训练

秋帝业留陈迹，万里风云动壮怀。满眼乾坤纷扰日，登临我亦戎衣来。

作家臧克家在《我纪念他的是眼泪》一文中写道："钟师长是我抗战以来结识的许多军人中最有头脑、最热情、最懂'文化'的一个杰出的军人！"

在钟将军诞辰九十周年之际，已届87岁的臧克家赠诗悼念：

誓扫妖氛挥大军，男儿报国献此身。
难忘战地三昼夜，终生令我为倾心。

159

以笔为枪：重读抗战诗篇

吴祖光：船夫曲

抗战诗人：吴祖光

看青山隐隐

这绿水悠悠；

滚滚大江千万里，

悄悄无语向东流。

一肩风雨，万里行舟，

风吹雨打冷飕飕；

行舟人儿不怕苦，

努力前行向上游。

猛抬头，又险滩来到，

排空的巨浪势如山倒，

裂岸崩云像龙吟虎啸，

跑！跑！向前跑！

要同心协力冲破这滚滚江涛。

一程走了又一程，

过了夔门，又过白帝城，

天色朦胧看不清路远近，

只有：

一钩残月带着几点寒星。

1939

走不尽的路，难得见的光明，
光明，我们是追求光明的人，
体魄是百炼坚金，
气概是摩顶凌云。

崇山峻岭常经过，不避艰辛，
毒蛇猛兽，拦不住我蓬勃的精神，
看黑夜渐沉沦，
向前进，向前进……
握住光明！
努力前程！
争取新生！

把纤藤拉在手，
迎着晓风阵阵，
迎着曙色东升，
顺水顺风行。

看春山隐隐，
这绿水悠悠，
滚滚大江千万里，
悄悄无语向东流。

（《华西日报》一九三九年一月十三日）
原载1942年《诗星》蓉版二集
第二、三期合刊

千里峻岭，万里长江，祖国山川，浩浩荡荡。当多情的才子吴祖光，歌咏那在风浪中搏击向前的船夫的时候，心里装载的一定是多难的祖国。

诗人为读者营造出"一肩风雨，万里行舟"的情境：一个个险滩，一个个巨浪，"裂岸崩雪像龙吟虎啸"，行舟者只能奋勇向前。"一钩残月带着几点寒星"说明行舟者日夜兼程，与前面的诗句相比，又带来了动与静的变化，从惊涛拍岸的白天到江水深流的夜晚，舟行两岸，人心如潮。

在这里，纤夫、船夫皆为行舟。有光着脊梁在岸边拉纤的人，有衣衫褴褛在船上撑篙的人，他们都是一种象征，正如浴血奋战的抗日将士。诗的中段，诗人转为抒情，"走不尽的路，难得见的光明，/光明，我们是追求光明的人"顶针化的句式，使抒情更为富有节奏，全诗的音韵之美，不仅在于首尾段落的重复，句和句之间，也是环环相扣，交替唱咏。作者心目中，是希望"迎着晓风阵阵，/迎着曙色东升，/顺水顺风行"。

以笔为枪：重读抗战诗篇

左起：冯亦代、夏衍、吴祖光、黄苗子、郁风（1950年）

作为一名在20岁就创作出话剧《凤凰城》的剧作家，吴祖光的这首《船夫曲》，通篇都含有唱词的韵味，"春山隐隐"对"绿水悠悠"，"滚滚大江"对"悄悄无语"，那份掩不住的才情，让我们怀想起作者的戏剧艺术之路。

1917年4月，吴祖光出生在北京一个官宦家庭，曾就读于北京孔德学校、中法大学。其父吴瀛为北京故宫博物馆创始人之一。

1942年，吴祖光创作出话剧《风雪夜归人》，塑造出名伶魏莲生这一不朽的艺术经典。全剧以魏莲生与玉春的凄美爱情故事为主线，讲述了风雨飘摇大时代背景下普通人的命运和抗争。剧名来自于唐代诗人刘长卿所作《逢雪宿芙蓉山主人》五言七绝："日暮苍山远，天寒白屋贫。柴门闻犬吠，风雪夜归人。"该剧一公演，就以曲折的故事、优美的意境、精彩的台词和一个个鲜明的人物形象，轰动大后方。在重庆上演时，获得周恩来的好评。

1945年，吴祖光在重庆《新民报》任副刊《西方夜谭》编辑，首发毛泽东《沁园春·雪》一词，受到国民党反动派的追杀，被迫亡命香港。在香港三年，吴祖光共编导了《国魂》、

《风雪夜归人》、《莫负青春》等四部影片,为香港早期电影发展作出了贡献。

新中国成立后,吴祖光出版了戏剧集《风雪集》、散文集《艺术的花朵》,同时还执导了《梅兰芳舞台艺术》、《洛神》、《荒山泪》等多部艺术影片。此后还创作了《三打陶三春》、《三关宴》等京剧剧本,所改写的评剧《花为媒》的电影剧本堪称传统戏翻新的典范之作。

2003年4月,被打成"右派"而后又被平反的吴祖光在北京辞世。著有《吴祖光选集》(6卷)。儿子吴欢给父母作了一幅挽联:"贺家父永生霞光万道,喜先母有伴风月同天"。以喜代悲,道尽了吴祖光与妻子新凤霞这对老艺术家不朽的爱情。

吴祖光、新凤霞夫妇

吴祖光一家

整装待发的中国军队

1940

记遗言	陈 毅	165
抗战三周年感赋	李根源	167
我们歌唱黄河	郭小川	171
礼 赞	柳 倩	175
丰 收	方 敬	178
延 安	白 原	180
山！山！	方 冰	183
牧羊儿	阮章竞	186
冬夜之路	井岩盾	189
给日本士兵	李震杰	192
原 野	常任侠	195
拓 荒	朱穆之	199
杨家岭出太阳	朱子奇	202
泥土的梦	刘令蒙	205
菜油灯	罗铁鹰	208
憎 恨	绿 原	214
桑干河畔伏击战	陈 靖	217

陈 毅：记遗言

抗战诗人：陈 毅

> 某女同志渡江遇敌负伤，临殁，同辈皆哭。乃张目曰：革命流血不流泪，言讫而绝。余闻而壮其言，诗以志之。
>
> 革命流血不流泪，生死寻常无怨尤。
> 碧血长江流不尽，一言九鼎重千秋。
>
> 　　　　　　　　一九四〇年十月

　　2012年，中央文献出版社出版了新编《陈毅诗词集》，收入陈毅从1921年11月至1968年7月创作的355篇诗词，约700余首。作为新中国的开国元勋，我党、我军卓越的领导人，陈毅以杰出的诗才，抒写了民族解放的浪漫画卷。1955年5月，郭沫若在给陈毅的一首赠诗中说："一柱天南百战身，将军本色是诗人。"

　　断头今日意如何？创业艰难百战多。
　　此去泉台招旧部，旌旗十万斩阎罗。

　　南国烽烟正十年，此头须向国门悬。
　　后死诸君多努力，捷报飞来当纸钱。

　　投身革命即为家，血雨腥风应有涯。
　　取义成仁今日事，人间遍种自由花。

以笔为枪：重读抗战诗篇

陈毅（前排左二）与抗日民主人士在一起

战争年代，诗人创作了《梅岭三章》等脍炙人口的诗篇，表现了视死如归的英雄气概。而这首写于 1940 年的《记遗言》，同样显现出作者一以贯之的坚定革命的精神。1940 年 5 月，为积极落实中央提出的"放手发展抗日力量"指示，陈毅率领新四军转战苏北。同年 10 月初与粟裕共同领导，取得黄桥战役的胜利。10 月中旬，与南下增援的八路军先头部队在大丰市白驹镇附近会师。

由诗的题记得知，这是一个真实的故事。重伤的战士面对伤心的战友，"乃张目曰"：革命流血不流泪。这一壮如洪钟的誓言被作者写进诗中，接着，作者以不畏牺牲的豪情，把战士为国流尽的"碧血"比作浩浩荡荡的长江之水，表达了革命战士敢于牺牲的斗志。诗中的"一言九鼎"，是指追求革命理想的决心，而"重千秋"，说的是为革命而牺牲功在千秋万代。全诗洋溢着积极乐观的精神，体现了对人民的赤胆忠诚。语言质朴，直抒胸臆。

1944 年 1 月，陈毅经太行山转赴延安，途中写下长诗《过太行山书怀》。诗的末尾写道："人民革命军，狂潮如卷席。沛然谁能御？四海望宁一。辛勤四年来，收功在近纪。"同样表达了夺取抗战胜利、实现革命理想的豪迈诗情。

陈毅 1901 年 8 月生于四川乐至，1972 年 1 月辞世。陈毅兼资文武，博学多才。有多种军事、政治论著和诗词著作。

李根源：抗战三周年感赋

抗战诗人：李根源

1940 年 7 月，1905 年加入同盟会的李根源写了《抗战三周年感赋》七言绝句五首，发表在重庆《大公报》上。过了两个月，李根源收到了西安八路军办事处转来的朱德总司令和吴玉章同志的信各一封，并各附了五首和诗。

因学校只限收滇籍学生，当年，四川青年朱德投考云南讲武堂差点被拒之门外。适逢偶遇李根源，朱德终有机会入学。从此，师生情缘一辈子。

在抗战三周年之际，作者浮想

一、
三年血战挫天骄，杀气如云万丈高。
再接从今还再厉，会须入海斩鲸鳌。

二、
欧西法国夙称强，战未尽年竟败亡。
我抗东倭卅六月，神英诸将自堂堂。

三、
前方抗战后方同，西缅南交已伏戎。
我老据鞍犹矍铄，好偕袍泽赋秦风。

四、
攘夷大义秉春秋，雪耻争存报国仇。
痛饮黄龙一樽酒，从容收拾旧神州。

五、
中原父老望旗旌，说到倭夷愤不平。
努力齐心争后着，定摧顽寇奠新京。

一九四〇年七月

（编著者注：西缅南交：缅为缅甸，交为交趾，即越南。1941 年 12 月均被日军占领。）

以笔为枪：重读抗战诗篇

云南讲武堂炮兵在训练

叠园——李根源在腾冲县城的故居，1946年兴建

万千，"血战挫天骄"、"入海斩鲸鳌"两句，以宏大气韵开笔，声若洪钟。"赋秦风"、"报国仇"、"愤不平"，字字千钧，透射着坚定和热情。

"前方抗战后方同"，一句道尽李根源为抗战作出的不一般的贡献。那就是，他不遗余力地葬忠魂、祭国殇。

1932年一·二八淞沪抗战，隐居在江苏吴县的李根源，积极投身抗日救亡。他在苏州马岗山麓建"英雄冢"，安葬了78名烈士。

1937年八一·三淞沪抗战，李根源与苏州爱国绅耆提供后勤，组织红十字会赴前方抢救伤员，殡殓忠骸，在苏州藏书善人桥安葬抗战将士忠骨1200多具。

1942年夏，二〇〇师师长戴安澜之灵柩由缅归国，经怒江、抵腾冲。时为云贵监察使的李根源，亲自主持了迎接戴师长灵柩的公祭仪式，并同时向云南保山至安宁各县发出通电，令各县长率民众"敬谨郊迎，公祭忠烈"。

1945年抗战胜利，李根源辞去公职，回到家乡云南腾冲，即积极倡导修建腾冲国殇墓园。经过半年多的努力，国殇墓园竣工，忠烈祠、纪念塔、纪念碑，一切井井然，譬如整装待发的将士。

李印泉像（局部）国画 1943 年 徐悲鸿作

1943 年，徐悲鸿在重庆读到李根源所作这组"感赋"，并了解到作者在苏州两次为抗日阵亡将士披麻送葬，十分感动，当即补绘《国殇图》画卷。图中绘李根源执绋走在送葬队伍的前列，满怀悲愤，栩栩如生。徐悲鸿在图上题："三十二年六月十六日在化龙桥为李印泉先生造象，国殇中执绋者稿。"李根源在苏州期间，曾题诗说："霜冷灵岩路，披麻送国殇。万人争负土，烈骨满山香。"

吴县的小王山不会忘记：李根源在山中访古编志、共话桑麻，办农民学校、建公共浴室。石崖刻碑，播撒文明。满山的松树传说着这位"山中宰相"的故事。

云贵高原的红土不会忘记：1942 年 6 月，身负云贵监察使使命的李根源，站在一辆敞篷吉普车上，率领七十一军杀向了云缅抗日前线保山。神色庄严，美髯迎风飘拂，形如关公。

李根源，字印泉，1879 年生，云南腾冲人。新中国成立后，历任西南军政委员会委员、西南行政委员会委员、全国政协委员等职。1965 年病逝于北京，骨灰安葬于他的第二故乡苏州藏书小王山。遗著有《曲石文录》、《曲石诗录》、《雪生年录》等 20 余种。

以笔为枪：重读抗战诗篇

抗战诗人：郭小川

1940

郭小川：我们歌唱黄河
——为绥德二百余人的"黄河大合唱"演出而作

我们在河边上住了几百代，
我们对黄河有着最深的乡土爱，
我们知道河边上
　有多少村庄，
　　多少山崖；
我们知道
　什么时候浪头高，
　什么时候山水来；
　　我们歌唱黄河，
　　也歌唱我们的乡土爱。
来呀，
　今天这样好日子，
　为什么不唱起来！
来呀，
　今天这样好日子，
　你还把谁等待！
来呀，
　你们这脸上没有胡子的，
　　　额上没有皱纹的，
　　这正是我们歌唱的时代！
来呀，
　你们这和强盗厮杀的战士们，

　和浪涛搏斗的水手们，
　和土地拼命的农民们，
大胆地跳上舞台！

唱吧，
　今儿天上没有阴霾，
　我爱呼吸就呼吸个痛快；
　今儿天上缀满星星，
　给我们生命无限的光采；
　今儿这广大的黄河西岸
　　是你的舞台，
　　是我的舞台，
　　是大家的舞台。
唱吧，
　你敲家伙，
　　我道白，
　扬起你的歌喉，兄弟，
　泛起你的酒窝呀，朋友！
　我们唱出黄河的愤怒，
　　唱出黄河的悲哀，
　让我们集体的歌声
　　和黄河融和起来！

以笔为枪：重读抗战诗篇

唱吧，
　我们的歌声
不叫敌人过黄河！
唱吧，
　我们的歌声
　　不许我们周围有破坏者！

我们不停息地唱，
我们不停息地歌，
　直到这北方的巨流——
　　属于工人的河，
　　属于农民的河，
　　属于学生旅行的河，
　　属于青年人唱情歌的河，
　　属于将士胜利归来饮马的河……
那时候，我们站在河岸上
　静静地听
　黄河给我们唱
　最动人
　最快乐
　最幸福的歌。

　　　　　一九四〇年五月四日陕北绥德

建国后，当诗人把"公民"这个词写进诗歌中的时候，我们的心是敞亮的，诗人的歌喉是敞亮的。1955年、1966年，已调到中国作协的郭小川，陆续写下《向困难进军》、《在社会主义高潮中》、《闪耀吧，青春的火光》等以"致青年公民"为总题的组诗，其诗作进入了爆发期。谈及这段时期的诗歌创作，郭小川说："社会主义建设和社会主义革命的伟大号召已经响彻云霄，我情不自禁地以一个宣传鼓动员的姿态，写下一行行政治性的句子，简直就像抗日战争时期在乡村的墙上书写动员标语一样……"

在这首"为绥德二百余人的'黄河大合唱'演出而作"的诗歌中，诗人热情地召唤："来呀，/你们这和强盗厮杀的战士们，/和浪涛搏斗的水手们，/和土地拼命的农民们，/大胆地跳上舞台！"诗人以排比句铺陈诗意，情感跳跃而又灵动。"今儿天上没有阴霾，/我爱呼吸就呼吸个痛快；/今儿天上缀满星星，/给我们生命无限的光采……"欢乐之意溢于言表。

由光未然作词、冼星海作曲的《黄河大合唱》，是抗战时期影响巨大的一首歌曲，向全世界发出了中华民族最后的怒吼！作者深受这首性格分明、节奏铿锵的大合唱的感染，情不自禁地随着大合唱的节拍歌唱，仿佛是融进了大合唱的队伍。"我们不停息地唱，/我们不停息地歌，/直到这北方的巨流——/属于工人的河，/属于农民的河，/属于学生旅行的河，/属于青年人唱情歌的河，/属于将士胜利归来饮马的河……"作者在诗中的畅想瑰丽而多彩，自有一番憧憬革命胜利的豪情。把黄河当作"将士胜利归来饮马的河"，一如"黄河之水之天上来"的气派，更多了抗战将士、饮马黄河的时代气概。而诗的最后一句"那时候，我们站在河岸上/静静地听"，是感情宣泄之后的一个停顿，于雄壮之外多了一份婉转，一下子给全诗增添了浓浓的抒情色彩。一句"黄河给我们唱"，拟人手法之下，诗歌的意境显得更为壮阔。

郭小川1919年出生在河北省丰宁县。1933年，全家逃难北平。"一二·九"运动后，他加入党领导下的民族解放先锋队文艺青年联合会，积极投身抗日救亡的学生运动。1937年9月，郭小川参加八路军，被分配到一二〇师三五九旅。1941年至1945年，在延安马列学院、中央党校三部等单位学习。1948年到1954年，先后任冀察热辽《群众日报》副总编辑兼《大众日报》负责人。1962年10月，调任《人民日报》

郭小川的父辈、祖父辈及曾祖母（前排坐者为郭小川之曾祖母郭袁氏，后排站立者左一为郭小川之父郭寿麒）

1958年6月18日，茅盾（前排左六）与郭小川（前排左四）等来到哈尔滨第一工具厂，庆祝"萌芽"小组第二个生日

诗集《甘蔗林——青纱帐》插图　吴冠中绘

以笔为枪：重读抗战诗篇

郭小川、杜惠夫妇与孩子

特约记者，直到"文化大革命"开始。1970年，随中国作家协会到湖北咸宁五七干校劳动锻炼。1976年10月，在河南因故辞世，年仅57周岁。

郭小川为新时代贡献了诸多脍炙人口的作品。他的《甘蔗林——青纱帐》、《秋歌》，他的《林区三唱》、《团泊洼的秋天》等，都广为传唱。郭小川是诗词"革新能手"，独创"新辞赋体"，从我国古代辞赋中借鉴联辞结采的特点，大量使用铺饰、夸张、重叠、排比、对偶等表现手法，有效地增强了诗的情感浓度与语言力度。

"舒心的酒啊浓又美，千杯万盏也不醉"，"手捧美酒歌声飞，豪情胜过长江水"——这首激情洋溢的《祝酒歌》，时时都会让人们感受到作者燃烧的诗情。

柳　倩：礼赞——献给南路战死的士兵兄弟

抗战诗人：柳　倩

我仅是一个江南岸的哨兵
三年扼守在抗日的哨岗；
我对你们光荣的牺牲，
有高山的崇敬，有大海的怀望。

雨露是我们的醴浆，
让故国的田野将你们陪伴；
我们战斗会给你们快乐。
我们叫野炮给你们鸣唱！

深埋下的仇恨就让它生根，
请再听我们杀敌的呼喊；
我们坚决在扑灭日本法西斯暴徒，
把它深埋在这块秋海棠叶的版图上。

我们借黄土掩埋了战死的同志，
也掩埋上被敌人屠杀的群众。
他们无言地躺下了，躺在
自己争取自由，民主的国土上。

让我们把二十世纪的战歌，
谱出你中国士兵的勇敢；
蘸上我们圣洁的血，
写出你民族英雄的礼赞。

不是我们爱杀戮，爱战争，
喜欢打杀敌人。
我们为了全中国人要活，为了复仇，
国土一寸也不能让人侵占！

　　一九四〇年三月二十七日在广西上林

以笔为枪：重读抗战诗篇

柳倩（中）参观画展

《生命的微痕》书影

能够掩埋牺牲的战友继续前进的战士，斗志必然百倍地高扬。他们擦干眼泪，拿起钢枪，冒着炮火，冲向敌阵。

这首《礼赞》，起始段描绘了一个庄严的场面："我们借黄土掩埋了战死的同志，/也掩埋上被敌人屠杀的群众。/他们无言地躺下了，躺在/自己争取自由，民主的国土上。"简单的四句诗，把抗战将士为国捐躯、争取民族自由的光荣意义刻画出来。接着，诗人发出复仇的誓言："雨露是我们的醴浆，/让故国的田野将你们陪伴；/我们战斗会给你们快乐。/我们叫野炮给你们鸣唱！"对牺牲的战友而言，后来者前赴后继、坚持战斗是最好的礼赞。在死者和生者之间，在民族的危亡和生存之间，作者奉献了一篇血染的诗歌。诗的末尾，诗人歌唱和平，使诗作具有了更高的价值。

作者柳倩，早年就读于国立成都大学，1932年与穆木天、蒲风等人发起成立中国诗歌会，创办《新诗歌》杂志。1933年参加左联。1934年出版诗集《生命的微痕》。抗日战争爆发后，参加了中华文艺界抗敌协会，并经郭沫若介绍参加南方局领导下的文化工作委员会。上海"一·二八抗战"期间，以长诗《震撼大地的一月间》闻名。1940年5月，柳倩以壮美的笔调写下《假如我战死了》一诗，自喻为无名的哨兵，即使壮烈牺牲，也要埋在高山，"听江风呼啸，挟着民族的怒吼"。这首抗战之作与田间《假使我们不去打仗》等名篇有异曲同工之妙,尤其是"我像大星瞪着国土,再不许敌寇侵入"等句,比喻奇特而又妥帖,让人感佩。现抄录如下:

假如我战死了,

请把我埋在那险峻的高山,

山下蜿蜒着宽敞的道路,

白云悠闲地绕过那座严关。

让我听江风呼啸,挟着民族的怒吼,

让战友们唱着凯歌回来,践踏过我的白骨。

我像高山,像高山一样庄严、雄浑。

我像大星瞪着国土,再不许敌寇侵入。

让我这无名者永远是一个哨兵,民族的歌人,

整日在山岗上瞭望,

看着我们年轻的后代

在欢笑中过活,在自由中生长,

脸上销尽了从前千百代的耻辱。

1949年,柳倩参加了中国人民解放军。全国解放后,在上海军管会文艺处和华东文化部工作,曾任上海诗歌工作者协会副主席。

1957年,柳倩被划为"右派",后平反。

1942年,柳倩与王亚平、臧云远等人,在重庆发起成立春草诗社,以临江门茶馆为活动场所,开展诗歌活动。1978年10月,柳倩又与王亚平、楼适夷、萧军、姜椿芳、汤茀之等友人,在北京什刹海银锭桥畔萧军家成立了野草诗社。诗社编辑《野草诗刊》,收录了40多部诗词。从"春草"到"野草",可见柳倩写诗路上的"寻常之心"。其实,在进行诗歌创作的过程中,柳倩对书法艺术抱有极大的热情,善行草,为中国书法家协会创始人之一,并曾举办父女画展,2001年获中国书协"中国书法艺术特别贡献奖"。

2004年,柳倩辞世。著有《生命的微痕》、《无花的春天》、《自己的歌》等。

以笔为枪：重读抗战诗篇

方 敬：丰 收

抗战诗人：方 敬

九月的田野，
一片金黄的柔波里，
起伏着灰色的背影。
多少熟悉于枪杆的
粗壮的手
正在运用着镰刀，
一排排甘香的稻茎
欢语着丰收。

俯下身子去，

亲近这土地，爱这土地，
流一滴生产的汗，
去安慰养育我们好多代的
大地母亲。

多少这样肥美的土地
已先后沦为战区，
多少熟悉于镰刀的
粗壮的手
正在扳拨着枪机，
在这成熟的季节里，
冲锋的战号
捷报着丰收。

跪下，卧倒，
亲近这土地，爱这土地，
流一滴战斗的血，
去安慰养育我们好多代的
大地母亲。

有对炉火边母亲的深情回忆（《呈母亲》），有对南洋同胞的热烈拥抱（《月台》），方敬四十年代的诗歌多姿多彩。1914年出生于重庆市万州的方敬，除1933年步入北京大学学习外语外，大部分时间都在巴蜀山水间吟唱。抗日战争爆发后，方敬曾在四川大学借读，1938年在成都加入中国共产党，加入中华全国文艺界抗敌协会。大学毕业后，方敬到四川罗江中学任教。其后辗转于桂林、贵阳等地。

诗歌《丰收》，为抗战诗篇留下了一帧战斗者的剪影，背景是翻着麦浪的"肥美的土地"。第一节，在丰收的田野，"多少熟悉于枪杆的／粗壮的手／正在运用着镰刀"，描写的是一手拿枪一手种粮的抗战军民；一个"甘香"，一声"欢语"，烘托出收割的喜悦。第二节，倾吐的是劳动者对大地母亲的感情，"俯下身子"，是辛勤地去劳作，也是对土地的致敬。第三节，笔锋一转，丢失家园的人们奋起抗争，拿起刀枪，保家卫国。第四节，是以战士的姿态表达对脚下土地的热爱，甚至不惜流血牺牲。在诗人笔下，丰收已化身为飘着稻香的家园、沉甸甸的果实，他们的主人保卫属于自己的土地，因战斗而流血，因流血而坚强。诗歌语言精练，意象间的转换，不仅服从了创作的需要，还十分贴近现实生活，再现了军民团结、一心抗战的史实。诗人描述的"起伏着灰色的背影"，虽没有刻意去描绘抗战军民的具体形象，然而，在俯身、跪下、卧倒之间，我们分明能握着那"粗壮的手"，涌起并肩去战斗的热望。

诗的重庆突然空虚了

一位诗的前辈停止了行吟

今年的春天如此姗姗来迟

是不是在预报着一个寒冷的音讯

缙云山有积雪

嘉陵江有涛声

春风知别苦

不前柳树青

这是吕进为纪念方敬写的一首诗——《送别方敬》。在吕进的回忆中，方敬的《不用轻轻叩门》一诗结尾富有哲理："让后来者与前行人／同结一条长长的绳。"方敬曾说："诗就是我的名字，我的生命，我的一切。"正是几十年对诗的"真爱"，人们把方敬、何其芳、吴芳吉和邓均吾，尊称为重庆四大诗人。

1996年，方敬辞世。曾任四川省文联和作协副主席、重庆市文联和作协主席等。

以笔为枪：重读抗战诗篇

白　原：延　安

抗战诗人：白　原

延安，这是一个神圣的名字，
这是人类中的奇迹；
但是在这里，生活和斗争
不是神话，也不是传说；
为了一个真理我们打翻了天地，
这一切都是千真万确。

因此敌人要用毁灭来使我们屈服：
他们用炸弹炸毁我们的街道和房屋，
他们用恐怖来杀害生命，
他们要把我们的土地化作灰烬，

但是延安的战斗者不知道什么叫做屈服。

光辉的太阳照耀着起伏的山峦，
照耀着层层叠叠的窑洞，
照耀着那些不知道屈服的人们的生活。
他们在荒山上开辟田地，
他们锄去野草来播种小米，
在收获的秋天，
满山满谷的金黄的颗粒
在茫茫的山峦上摇荡，
凭着它，在这艰难的岁月
养育了无比倔强的人们。

在这里，没有一条沉寂的道路，
在这里，没有一处地方没有歌声，
人群奔流着像无尽的延河……
飞快的日子将生活和斗争连结在一起，
谁也没有去计算那道路的长短。

当落日的斜晖
在黄昏里投下最后的阴影，
一切声息都渐渐收敛了；
夜把深深的记忆

1940

留在这倔强的土地上；

山上的窑洞里闪烁着遍野的灯光，

像千万只执拗的眼睛；

这时候可以听见，

在夜里，那延河

带着无止的激情在奔腾歌唱……

一九四〇年四月于延安

《人间的春天》书影

  1938年除夕，白原和几个同学，举着心中的火把，从广西徒步前往延安。冲破重重阻碍，走了整整一年，1940年1月，他们终于到达了心中的圣地——延安。

  1914年生于广西合浦的白原，早在1935年就在广州参加了抗日救亡运动。高中毕业后，白原考入广西大学文法学院，作为"广西大学学生战时服务团"一员，到钦州、防城等抗日前线进行抗日救亡宣传工作。

  到达延安后，白原进入鲁迅艺术学院文学系学习。在1942年1月出版的鲁艺《草叶》双月刊上，白原发表诗作《一幅古老的图画》，逐渐成为延安有影响的诗人。

  在延安学习的日子里，诗人对边区的事物耳闻目染，所以在这首《延安》中，诗人以说理开篇，强调了"不是神话，也不是传说"的延安，是从不屈服于敌人炸弹、毁灭的抗战中坚。在诗人的笔下，延安的一切都是那样生机勃勃："光辉的太阳照耀着起伏的山峦，/照耀着层层叠叠的窑洞，/照耀着那些不知道屈服的人们的生活。/他们在荒山上开阔田地，/他们锄去野草来播种小米——"山峦、窑洞、田地，这些散发着泥土芳香的意象，一个个出现在眼前，引导读者进入了陕北那片神奇的土地。"在这里，没有一条沉寂的道路，/在这里，没有一处地方没有歌声，/人群奔流着象无尽的延河……"写到此，诗人以排

以笔为枪：重读抗战诗篇

1940年5月，人民武装自卫队　沙飞摄

比句式步入抒情节奏，并以"落日的斜晖"对应上段的"光辉的太阳"，以写实的手法，将延安的一天呈现在读者面前。倔强的土地、遍野的灯光、执拗的眼睛，这些意象的穿插运用，强化了抗日志士顽强的战斗精神。

诗人的情感是真挚的。同一年，诗人在延安写作了《担架》一诗，描写了一位女战士"在延安的医院里把孩子生下，正在出院回家的路上……"，诗人从边区平凡的生活中寻找到了积极向上的诗意。解放后，诗人长期在新华社工作，有一次，他乘京绥铁路火车到河北怀来县的新保安采访。在火车硬座车厢，同车厢乘客对新生活期待的热情，引起了诗人的兴趣，他难掩激动，完成了一篇计划外的采访——《京绥路上》。报道在《人民日报》发表后，第二天就在中央人民广播电台播出。一首诗歌、一篇通讯，都因作者饱满的热情和对人民的大爱，而显得更有价值。

白原先后在华北解放区《人民日报》、新华社华北总分社、北京《人民日报》、《内蒙古日报》、新华通讯社总社和《诗刊》等单位工作。从踏上革命的征途起，有61年没有回过合浦南康镇黄鹂窝村老家，直到1986年才有机会回乡。

白原著有诗集《十月》，通讯、散文及报告文学集《人间的春天》、《河山纪事》、《白原诗选》、《长路烟云——白原自传》等。

方　冰：山！山！

抗战诗人：方　冰

山！山！
一眼望不到边，
像大海的波涛，
起伏，连绵。

山连山，
山套山，
翻过一架山，
又是一架山……

插箭岭，
倒马关，
九曲连环鸟迷路，
七十二盘鬼破胆。

我们像
大海的鱼儿，
自由自在
浪涛里钻。

登高一呼，
万山响应，
草木听命，
山随人意转。

任凭你
撒下天罗地网，
日本鬼子！
管叫你网破船翻。

写于一九四〇年秋季反"扫荡"中

以笔为枪：重读抗战诗篇

老年方冰

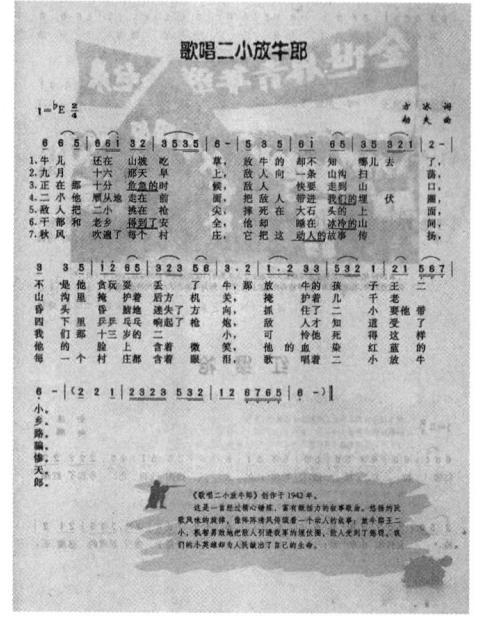

歌唱二小放牛郎

以两个"山"字作诗歌标题，可见山在诗人心中的位置。1938年冬，在陕北公学学习的方冰，来到华北敌后晋察冀边区打游击，同时担任宣传工作并开始写作。还与田间等人发起街头诗运动，负责编辑《诗建设》杂志。

诗人来到根据地，巍峨的群山如严阵以待的战士，"山连山，/山套山，/翻过一架山，/又是一架山……"，质朴的描写，交代了地理环境，也如一种象征。所谓"万山响应，/草木听命，/山随人意转"，是一种夸张手法，同时预示着敌后抗日武装正蓬勃发展。也许是身处战斗第一线，作者对抗战的感受越来越深，感情也为之跌宕起伏，全诗语句短促，如擂响的鼓点，显现出强烈的街头诗特征。

说起方冰，人们对他创作的《歌唱二小放牛郎》歌词更为熟悉。"牛儿还在山坡吃草，/放牛的却不知哪儿去了。"那如泣如诉的旋律，那被日寇摔死在石头上的小英雄，谁也不会忘记。抗战时期，诗人方冰和音乐家李劫夫在华北游击区的房东家门口聊天。两人有感于艰苦卓绝的战争中不少孩子作出了奉献，甚至献出了生命，决定即兴写一首歌曲。方冰在麻杆上扎上钢笔尖，蘸着红药水写下歌词，李劫夫当即谱上曲子。从此，这首感人肺腑的歌曲传遍了晋察冀、唱响了全中国。

1914年，方冰在安徽省淮南出生。新中国成立后，曾任大连市文化局局长、辽宁省作家协会副主席等职。著有《战斗的乡村》、《大海的心》等诗集。这位战火中成长的诗人，始终保持着淳朴的生活。在他的心目中，"诗是生活的结晶，是诗人辛勤汗水的结晶"。

1997年，诗人辞世。人们尊重他，称他为"二小的父亲"。

让我们重温《歌唱二小放牛郎》的歌词，在让人流泪的旋律中缅怀先辈们的故事：

牛儿还在山坡吃草，
放牛的却不知哪儿去了，
不是他贪玩耍丢了牛，
那放牛的孩子王二小。

九月十六那天早上，
敌人向一条山沟扫荡，
山沟里掩护着后方机关，
掩护着几千老乡。

正在那十分危急的时候，
敌人快要走到山口，
昏头昏脑地迷失了方向，
抓住了二小要他带路。

二小他顺从地走在前面，
把敌人带进我们的埋伏圈，

四下里乒乒乓乓响起了枪炮，
敌人才知道受了骗。

敌人把二小挑在枪尖，
摔死在大石头的上面，
我们那十三岁的二小，
可怜他死得这样惨。

干部和老乡得到了安全，
他却睡在冰冷的山间，
他的脸上含着微笑，
他的血染红蓝的天。

秋风吹遍了每个村庄，
它把这动人的故事传扬，
每一个村庄都含着眼泪，
歌唱着二小放牛郎。

以笔为枪：重读抗战诗篇

阮章竞：牧羊儿

抗战诗人：阮章竞

也许是黄土地的苍茫高远感染了诗人，也许是太行山根据地的巍峨群山激励着诗人，出生于广东省香山的阮章竞，在抗日战争和解放战争期间，所创作的诗歌、戏剧，大多属于长篇巨制，比如主要表现革命根据地人民抗日斗争和大生产运动的话剧《未熟的庄稼》、歌剧《比赛》，比如1947年创作的大型歌剧《赤叶河》和长篇叙事诗《圈套》。尤其是1949年创作的长篇叙事诗《漳河水》，讲述了太行山区漳河边上3个劳动妇女在新旧社会中婚姻爱情生活的

放羊儿过山坡，
青草儿，多又多。
羊儿长膘快，
掌柜笑，笑呵呵！

放羊儿出山壑，
饮羊儿，下漳河。
羊儿不吃草，
放羊儿，受折磨！

放羊儿过山坡，
青草儿，多又多。
掌柜的吃烙饼，
给我啃糠窝窝！

日头凶，风雨恶，
肚子饥，脚磨破！
八路军，过来了，
参军去，找哥哥！

一九四〇年九月，写于清漳河畔

不同遭遇，反映了她们在建立民主政权后为争取幸福生活所作的斗争。人物性格饱满鲜明，叙事抒情相得益彰。

选录在此的《牧羊儿》，是作者1940年所作的一首清新的小诗。共四段，每段四句。虽短，但依然包含了作者喜爱的戏剧元素，有场景，有人物，有冲突，是一幅雅致的小品。不变的是诗人一脉相承的古典诗韵与民歌民谣相结合的艺术风格，诗歌最后的"找哥哥"，不仅是说牧羊儿要去参军，找比他年龄大的八路军战士，而且把地方民歌的语汇用到诗歌中，"哥哥"是泛指，是爱情诗中的"情郎"，而在这里，却是指亲人八路军。

"放羊儿过山坡"，"放羊儿出山壑"，描写的都是牧羊人简单的生活。草肥羊壮，牧羊人和"掌柜"都相安无事。可一旦羊儿不肯吃草，牧羊人就会受到"掌柜"的折磨。生活中，"掌柜的吃烙饼，/给我啃糠窝窝！"不公平的现象，揭示了根据地有产者和无产者之间的矛盾，说明了建立民主政权后的根据地，生产关系中仍然存在一些冲突。诗人善于从身边生活中挖掘诗歌元素，一如他名闻遐迩的长篇叙事诗《漳河水》，呈现了抗战时期解放区人们的客观状态，为抗战诗篇贡献了多样的意

1937年，阮章竞（中排右二）参加全国歌咏协会筹备仪式

1946年，太行山剧团成员在焦作合影。
前排：张振亚、阮洪鹰、贾宗谊、李书勤；
后排：夏洪飞、康方印、阮章竞

1995年10月为太行山剧团团史编辑工作，与老战友合影。右起：苏云、阮章竞、武蕴、赵迪之、赵正晶、赵子岳、李娜

以笔为枪：重读抗战诗篇

1979年，阮章竞在平定县娘子关考察

象和情趣。

阮章竞1914年出生，13岁当徒工，20岁失业后到上海。1937年后历任游击队指导员、八路军太行山剧团团长。一直在太行山革命根据地从事文艺工作，并参加减租减息、土地改革等运动。出版的诗集还有《虹霓集》、《迎春橘颂》、《四月的哈瓦那》。1985年，《阮章竞诗选》出版。作品获冀鲁豫边区诗歌特等奖、中国儿童文学一等奖。

在太行山，阮章竞和剧团其他战士经常挑着戏装，提着马灯，背着乐器，驮着道具，到边区各地宣传持久战。多少年后，他回忆说："就像是穿着军装的山间送货郎。"正是经常沐浴着山野的风，贴近泥土，诗人的诗歌、戏剧、小说，才具有浓浓的乡土风味，口语化强，形象生动。正是置身于敌后抗战的火热生活中，诗人经常感到单一首诗不能尽情发挥，往往都以组诗来抒发胸中喷涌的诗情。

回忆这段生活，阮章竞曾经说："我第一次看见了长城。这一段长城属南长城。长城，作为中华民族的象征，正像中国一样，残缺不全，处于风雨飘摇中。长城这座世界奇迹，已丝毫起不到当初的筑造者耗费大量人力物力所要发挥的作用。""南长城留给我的印象，就像艰难的中国的命运一样，完全是一首凄凉而又悲伤的史诗。人民的富裕，国家的强盛，社会的进步，才是真正的万里长城。而这一切，唯有依赖于实现真正意义上的民主，即人民成为社会的主人，人民的利益高于一切。只有调动了人民的积极性，才能有保卫中国的真正的力量。"

2000年，阮章竞辞世。曾任中国作家协会党组成员，北京市文联副主席，北京市作家协会主席、名誉主席等。

井岩盾：冬夜之歌

抗战诗人：井岩盾

树木的叶子又已凋零，
入眠的土地上
又呼啸着寒冷的风；
在一切都睡去的夜晚，
这宇宙的音乐啊，
流浪的时候曾使我感到孤单，
而现在，
它使我感到了温暖和安宁。

我爱在这样的夜晚醒来，
听风的呼号，
听窗纸的跳动，

听和我拥挤着的
同志们轻轻地呼吸，
我感到温暖了，
我感到像在孩子时候，
睡在祖母身边一样舒适。
啊，我最初的甜蜜的记忆，
就是在寒冷的冬天，
狂风吹折树木的夜晚，
睡在祖母的身边，
看着通红的炭火，
听祖母用温柔的言语，
述说过去。

现在，
树木的叶子又已凋零，
入眠的土地上
又呼啸着寒冷的风，
在一切都睡去的夜晚，
这宇宙的音乐啊，
流浪的时候曾使我感到孤单，
而现在
它使我感到了温暖和安宁……

一九四〇年十一月于延安

以笔为枪：重读抗战诗篇

抗战时期的延安　加拿大　林迈克摄

在战争年代，在大半个中国经受战火洗礼的的时代，拥有一份温暖和安宁是多么的珍贵。有一群抗战诗人，他们在投身火热生活的同时，还把目光投射到土地、生存、情感等方面，拨开战争的硝烟，寻找着和平的阳光。这首《冬夜之歌》，写于1940年的延安，当时，许许多多的年轻人来到革命的圣地，他们渴望在晴朗的天空下畅快的呼吸，他们渴望赶走日寇后过上安宁的日子。

诗人把"呼啸着寒冷的风"比喻成"宇宙的音乐"，以大胆的想象予以冬夜某种象征的意味。"我爱在这样的夜晚醒来，／听风的呼号，／听窗纸的跳动，／听和我拥挤着的／同志们轻轻地呼吸"，诗人与战友同住一个屋檐之下，他熟悉这个集体，虽然窗外北风肆虐、黄叶飘零，他依然感受到与战友并肩作战是多么美好。年轻的诗人以童年记忆，回味着这温暖的冬夜。全诗洋溢着清新甚至有点甜蜜的味道，是战争时代的个人体验，让读者于炮火的轰鸣、号角的高昂之外，听到了"红星照耀中国"的一声清亮的笛声。

那年，诗人井岩盾20岁，刚从民族解放先锋队来到延安，在鲁迅艺术文学院文学部学习。抗战胜利后，他跟随陶铸同志到东北，参加了土地改革运动，后又到东北作家协会从事专业创作。1948年4月，井岩盾与刘炽、寄明、晓星、胥树人等人，奉命调入东北音乐工作团,创作了许多鼓舞斗志的歌曲。

抗美援朝战争中,井岩盾赶赴朝鲜前线从事战地报道。1954年出版的《临津江边的通讯》,真实记载了那场波澜壮阔的战争。上个世纪五十年代,井岩盾下放来到辽宁省东部的新宾满族自治县劳动锻炼,见这里山高水阔林茂土肥,生活在这片土地上的人们却欲温饱而不能,心生感慨,写下《新宾是个好地方》一词,并请同来新宾劳动锻炼的音乐家师田手谱了曲,发表在当时的县刊《苏水奔腾》上。

1951年4月,井岩盾(右一)与战友 摄于朝鲜战场临津江北九华里附近之葛云里

新宾是个好地方,
森林茂密河流长。
上好的土地到处是,
为什么不能多打粮食?

字字句句,足见诗人为民鼓与呼的真性情。当年,在新宾大跃进誓师大会上,上万人唱着这首歌走进会场——

因作此歌,井岩盾被打成右派,人们难以再听到那悠长的曲调了。

1964年,这位从山东东平走出来的年轻诗人辞世。曾任中国作家协会创作研究室副主任、北京中央电影局剧本创作所编剧。著有作品集《辽西纪事》、《在晴朗的阳光下》及诗集《摘星集》等。

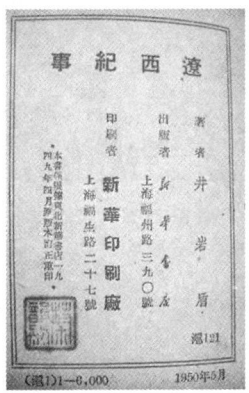

《辽西纪事》书影

《摘星集》书影

以笔为枪：重读抗战诗篇

李震杰：给日本士兵

抗战诗人：李震杰

李震杰诗作——《给日本士兵》，是抗战诗歌中少有的意象符号。全诗以樱花为喻，从对日本本土樱花的描写，衬托出日本士兵家中妻儿老少对前方亲人的挂念，由此转到对日本士兵的规劝。"当温煦的海风……吹抚着被你们炸毁的城乡／吹抚着浴血繁生的自由的花草／吹抚着你们伙伴的尸体／吹抚着你们忧郁憔悴的脸颊"，既揭示了侵略战争对中国人民沉重的伤害，又在告诫充当日本军国主义炮灰的日本士兵：非正义的战争将会让他们噩梦连连。

三月——樱花的季节

想此时

那遥远的岛国樱花

又复耀眼的繁华吧

徘徊樱花林下的岛国女儿

失去季节的狂欢

已三次樱花的开谢了

哀愁串络的泪珠

应是不比落花少

当温煦的海风

带着花香飞来中国

——这苦难的古老的土地

吹抚着被你们炸毁的城乡

吹抚着浴血繁生的自由的花草

吹抚着你们伙伴的尸体

吹抚着你们忧郁憔悴的脸颊

你们啊——

来自岛国的士兵

在夜里

该有一个怎样的梦

一九四〇年三月作

（原载一九四〇年《诗》新第二期）

反战是抗战诗歌的重要主题。作者落笔于针对侵入者的反战宣传，使这首诗作具备了不可类比的历史价值。在抗日战争早期，八路军总司令部以朱德、彭德怀的名义发布了优待俘虏六项命令，提出了抗日战争时期党的俘虏政策的基本精神。1938年，毛泽东在《论持久战》中又指出："对于日本士兵，不是侮辱其自尊心，而是了解和顺导他们的这种自尊心，从宽待俘虏的方法，引导他们了解日本统治者之反人民的侵略主义。"

1937年，广西学生军北上抗日

正确的对日俘虏的政策发挥了巨大威力。 1939年11月，在山西省辽县（左权县）麻田村八路军总部，由杉本一夫等日本士兵创建的"在华日人觉醒联盟"本部成立，这是在敌后抗日根据地成立最早的日人反战团体。随着抗战的深入，1942年6月，在延安的日本同志创立了"在华日本共产主义者同盟"。

第二届广西学生军在衡水换乘火车

特别值得研究的是，1942年8月15日到8月30日，在延安召开了华北日本士兵代表大会和华北日人反战团体大会。与会人员超过3000人，印度、朝鲜、荷印均派代表参加。大会主席森健致开幕词。朱德、吴玉章、高自立及印度援华医疗队巴素华、荷印朋友阿里阿罕、朝鲜义务军安仓顺、国民政府军委会联络参谋周励武等均上台讲了话，显示了世界反法西斯力量的强大。

而日本士兵代表大会，竟有19个日军部队的士兵参加，他们代表日军中所有的兵种，从二等兵起到少尉皆有，兵种齐全。这些从侵略战争中已经觉醒的日军士兵代表，讨论通过了《日本士兵要求书》。《日

以笔为枪：重读抗战诗篇

广西学生军途经灵川时的合影

本士兵要求书》共有228条，反映了日本士兵切身的利益和权利，如：向日本军部抗议，不服从非人道的命令，让士兵吃饱饭，不许打耳光等项内容。

"要求书"一经发出，在日军中激起强大反响。历史研究者称：延安日本士兵代表大会，标志着侵华日军中诞生了一支抗日武装。

与此同时，在华日人反战同盟华北联合会成立。到1945年8月，共发展建立了2个地方协议会、4个地区协议会、20个支部，盟员达1000余人。

我们注意到：1939年12月，在华日本人民反战同盟已在桂林成立了西南支部。这个时候，诗作者李震杰已于1938年参加广西学生军。这是一个新桂系组织的青年学生抗日军事化团体，学生穿军装，为军士待遇。广西当局前两次组织学生军分别是1936年6月和1937年10月，1938年冬是广西当局第三次组织学生军，规模最大，全军共4269人，编为3个团。根据时间推算，诗人参加的应该是第三次广西学生军。

了解这一历史背景，有助于读者对作者选择这一特殊题材的认识。正是由于作者具备了宽广的视野，并适逢其时置身于这一史实中，诗作就具有了不可替代的文献作用。

作者50年代从中国人民大学俄语系毕业后，长期从事金融和新闻工作。在《宁夏日报》工作期间，甘为嫁衣，热情提携文学新人。曾任宁夏作协名誉主席，1995年9月去世，享年74岁。著有散文集《老凤新声》、《把勺把子交给自己人》。散见的诗作有《城》、《春天》、《古庙三题》、《卖唱者》、《新的经典》、《你——北国的歌人》等。

常任侠：原　野

抗战诗人：常任侠

我爱祖国的原野，
我是在这原野生长的。
迈着健壮的脚步，
我走着，踏着每一块土壤，
都触觉着温暖，
仿佛与我融合为一片。

我的祖先都已化为这原野的泥沙，
让树繁茂，让谷粒生芽又结实，
让野花装饰曲折小径的边缘，

让细草铺满松软的毡子，
让小溪唱着歌流过，
让菜圃展开浓绿的嫩叶，
让高下回环的田畦，
摇着金黄的香稻。
而我也将化为这原野的泥沙啊，
我将与这里的一切同在。

我爱这原野的一切，
我向原野激动的呼喊，
带着无尽的渴望，
仰卧在原野上，
望着蔚蓝的远天。
原野也拥抱我，
以温柔的发，温柔的肢体抚慰我，
我的身体永远是属于这原野的。

我爱听这原野的声音，
这村犬的吠、鸡的啼叫、
和牛的鸣声。
或是一只野鸟，
一头虫子都能引我神往。

以笔为枪：重读抗战诗篇

而颜色又是这样美好啊，
在朴素中显出典雅与安闲。

我爱每一溪桥，
每一岩谷和村落，
甚至每一蜷卧的小丘，
都给我以可亲的容貌。

坐在山和山叠绕的，
田和田环曲的，
路和路区划的，
雾气蒙蒙的田野中，
我闻着而且喜爱着
那些不知名的干草香。

一九四〇年十二月三日在青木关农村中
（原载一九四一年一月重庆《新蜀报》）

作者附记中提到的青木关，今属重庆市沙坪坝区，处在重庆歇马镇、青木关镇和凤凰镇的交界地带。抗战期间那一带统称江北，那里关隘险阻、森林密布，绿色绵延。

1938 年春，常任侠到武汉国民政府军委政治部三厅，在周恩来、郭沫若领导下从事抗日文化宣传工作，并应茅盾、廖沫沙之邀，为《抗战日报》编副刊。年底随三厅转移重庆，任中英庚款董事会艺术考古员，兼任四川省立教育学院教授。

1939 年到 1941 年间，常任侠曾与郭沫若、卫聚贤、金静庵、胡小石等共同主持了重庆江北汉墓群的考古发掘。可能出于田野调查，诗人会经常到青木关访古探幽，那葱绿的山野代表了战时大后方片刻的宁静，农村田园风光抚慰着诗人敏感的心灵。

面对日寇侵略，诗人起笔直抒胸臆："我爱祖国的原野。"第二段写的是自然和生命的循环，在诗人眼里，化为泥沙的祖先，都已变成茂密的树、结实的谷粒和"装饰曲折小径的边缘"的野花。这种拟人化的手法，使读者与原野之间一下子亲近起来，并呈现出一幅生机勃勃的画面。虽然诗歌作于 12 月初，一方面源于山中的气候，另外一方面更源于诗人的美好想象，"菜圃展开浓绿的嫩叶"，"田畦摇着金黄的香稻"，恬静的农村景象、

1940

1937年春田汉、常任侠等南京文艺界友人聚会。站立者从右起：林幼时、阳翰笙，右五赵纯继、林维中、李剑华、田汉、张西曼、胡小石、常任侠，右十五何成湘；坐者自左起：李益智、程梦莲、红豆、胡萍、欧阳小华、唐棣华、田汉之女田野；前坐者：马彦祥（抱小孩）、田沅等

富足的农耕生活，依然在诗人笔下如画卷一般次第展开。紧接着，诗人以"音"配"画"，犬的叫声、鸟的啼音、牛的低鸣，都被诗人一一揽入到诗中。诗人写得很细腻，甚至"一头虫子都能引我神往"。

在远景、近景都作了色彩明快的勾勒之后，诗人给溪桥、村落、山丘等景物予以中景描写，层层揭示原野之美。

能在半壁焦土之外看到原野，并且因热爱而愿意化为这原野的泥沙，诗人以祖国山川自然之美，对抗战争的恶，讴歌炮火下顽强生长的绿色，这是诗人作为艺术家的别致所在。这是抗战诗篇中一朵带着原野露珠的花，以曲曲折折的抒情，坚定着一切热爱生活的人们的信心。

1904年，诗人出生于洪灾多发的安徽颍上，家贫母慈。1922年，考入南京美专。1927年加入北伐学生军。1928年入南京国立中央大学文学院。1935年赴日本东京帝国大

以笔为枪：重读抗战诗篇

与友人在东京合影，前排左二为常任侠

1938年4月，三厅同事合影。左起：吴作人、冼星海、田汉、洪深、胡萍、张曙、林维中、辛汉文、常任侠、吕霞光

左起前排：唐棣华、常任侠；二排：熊式一、阳翰笙；三排：田汉、白杨、王晋笙；后排：张西曼、王家齐、王熙春、高百岁

学文学院，研究东方艺术史和丝绸之路的文化交流，1936年底返国，在中央大学任教。1945年应泰戈尔之邀，赴印度国际大学讲授中国文化史。1949年应周恩来电召返国，任国立北平艺术专科学校特级教授。

诗人以诗明志，抗战时期，与孙望编辑出版了《现代中国诗选》，全面介绍了当时中国诗坛上全部诗人及其作品。诗人以言立身，长期从事东方艺术史、考古学的研究，并旁及中亚、东亚、东南亚诸国美术史以及音乐、舞蹈史的研究，对中国与印度、日本的文艺交流史研究作出了开拓性贡献。1996年10月在北京辞世，享年93岁。曾任中央美术学院教授、国家文物鉴定委员会委员、国务院古籍整理出版规划小组顾问等。著有《常任侠全集》（6卷）。

这位明朝大将常遇春的后人，一生以"勤能补拙，俭可养廉"为座右铭。1949年，奉召从印度回国之际，常任侠口占七绝一首："远离国土久飘零，雪压长松岁几更。初见红旗忽下泪，何人知我此时情。"爱国之情之意，铺满祖国的原野。

朱穆之： 拓 荒

抗战诗人：朱穆之

对面，
那耸峙在天空的山峰，
用高傲的神采向我们端详。
头顶上，
白云惊异地捷飞去。
他们好象在想：
看啊，
那一群强壮的人，
他们开拓了洪荒，
他们把原始的洪荒开拓了！

但我们无暇答理他们。
一种单纯的喜悦，
曾跃动在我们古代先祖的胸臆，

迷惑着他们开拓了无边原野，
又洋溢在我们的胸间，
我们轻快地把锄头高高举起，
深深翻转，
那解冻的草根和泥土，
没有什么能将我们拦阻。

汗水象油流着，
手掌磨得发肿，
但疲劳如蜜，
涂遍我们全身，
于是我们舒坦地躺下，
在我们开拓的原野上，
无梦地
酣然睡去。

刚刚翻起的土地，
散发出异样的清香，
深密的松林，
吼着永恒的呼啸，
我们敞开的胸怀，
深深地吮吸着太阳的温暖。

一九四〇年六月

（原载一九四一年七月一日《华北文艺》第三期）

以笔为枪：重读抗战诗篇

1938年9月25日，聂荣臻（中）在五台县金刚库同白求恩（左）一起接受广州《救亡日报》记者叶文津采访

80岁开始向孙子学电脑的朱穆之，在退下来之后，写过一首小诗："无妨霜雪满头，/但愿日新世道，/有力只顾往前走，/哪管走到何时了。"一句"有力只顾往前走"，代表了作者革命的一生。

1916年出生于江苏江阴的朱穆之，因姑父刘半农在北京当教授，早年来到北京求学。1935年，在北京大学读书时，朱穆之便参加"一二·九"抗日爱国民主运动，后加了中华民族解放先锋队。抗日战争爆发后，1937年至1939年，朱穆之先后到南京做《金陵日报》编辑，在山东聊城、临清专署任秘书。1939年至1941年任八路军第一二九师政治部宣传部副部长、统战部副部长。

这首《拓荒》就是作者在晋察冀根据地生活的一个写照。在诗人的笔下，根据地的高山也是多情的，"那耸峙在天空的山峰，/用高傲的神采向我们端详，……白云惊异地捷飞去"，所谓高傲、所谓惊异，都是拟人化的抒情，衬托了根据地人民轻松喜悦的心境。"一种单纯的喜悦，/曾跃动在我们古代先祖的胸臆，/迷惑着他们开拓了无边原野，/又洋溢在我们的胸间",这是从古代开天辟地的神话中引出的诗意。在抗战艰苦的时刻,解放区的人民节衣缩食支持前线,军民齐动手丰衣足食。作者写拓荒,自然联想起远古的"洪荒",作为中华民族的子孙,任何时候都保持着积极创造的干劲,这是一种快乐。

诗的第三段,以形象的比喻,如"疲劳如蜜,/涂遍我们全身",蕴含着辛苦和幸福两重意思。而诗的最后,从散发着清香的土地落笔,到松林、松涛,再到温暖的太阳,层层推进,诗意如画,展现了根据地一边战斗一边生产的喜人景象。

建国后,朱穆之长期担任党的宣传领导工作。1986年3月任文化部部长、党组书记。1980年9月至1988年2月任中共中央对外宣传小组组长。1990年3月至1992年11月任中共中央对外宣传小组负责人、组长。1991年4月至1992年12月任国务院新闻办公室主任。曾任中国对外文化交流协会会长,全国文联委员等。

著有《论新闻报道》《风云激荡七十年》等。对于新闻工作,作者曾以一幅自拟的对联加以总结:"辨别真假善恶美丑须当旁观者,事关国家社会群众不做局外人。"

2006年10月31日,朱穆之(左三)同夫人周萝重返西柏坡新华社旧址,同当地老乡合影

1936年在北大校园和同学合影。从左至右:王惠兰、刘火(刘济勋)、杨雨民、赵范(田价人)、魏伯(王经川)、吕荧(何佶)、董越千(董文羲)、朱穆之(朱仲龙)

1952年12月26日,政务院批准吴冷西任新华社社长,朱穆之为副社长。图为吴冷西正在处理稿件

以笔为枪：重读抗战诗篇

朱子奇： 杨家岭出太阳

抗战诗人：朱子奇

杨家岭出太阳，
每天照我窑洞前。
亮我双眼，
暖我心房。

杨家岭出太阳，
闪闪阳光射四方。
山山水水飞彩霞，
近处远处放光芒。

杨家岭出太阳，
把我把你都照亮。

不管风天雨天，
不分白日夜晚。

杨家岭的太阳，
驱逐寒冷和阴暗。
恐怖永不再临，
魔鬼无处躲藏。

杨家岭的太阳，
给迷路的人指方向。
给绝望的人以力量，
也给失足者以新生的希望。

把昏睡者摇醒呵，
变软弱者为坚强。
叫前进的人再前进，
呼唤掉队的人跟上！

在杨家岭的阳光照耀下，
花，按时开，
鸟，尽情唱，
万物茂盛生长，发热发光……

一九四〇年于延安文化沟

1940

鲁艺木刻工作团成立初期的艺术家们。左起：彦涵、华山、胡一川、罗工柳

从 1938 年 11 月到 1947 年 3 月，毛泽东等中共中央领导都在杨家岭居住和办公。这个离延安城两公里的地方，是当时的中共中央机关所在地。在这期间，中共中央继续指挥抗日战争敌后战场并领导了解放战争，领导了大生产运动和整风运动，召开了党的"七大"和延安文艺座谈会。

诗歌以《杨家岭出太阳》为题，歌颂领袖，歌颂解放。诗的前四段，都以"杨家岭出太阳"为起始句，然后再以比赋手段，抒写感佩之情。诗中所说的"昏睡者"、"软弱者"、"掉队的人"，也是一种象征，表示着一切在向前进的方向转化。全诗明白如话，代表了抗战时期解放区诗歌创造的一种倾向。

朱子奇，1920 年 4 月生于湖南汝城。1936 年加入南京左联、剧联下的磨风艺社，考入江苏省立农业专校，民族解放先锋队队员。1937 年到延安。1938 年入抗大学习。1942 年后考入延安大学、军委外语学院学俄文，1949 年 10 月 1 日，朱子奇陪同西蒙诺夫等苏联作家在天安门观礼台上亲历开国大典。同年 11 月初，调任任弼时秘书。

诗人以政治抒情诗见长，几乎在每一个历史时期，都会以饱满的热情予以讴歌。在

以笔为枪：重读抗战诗篇

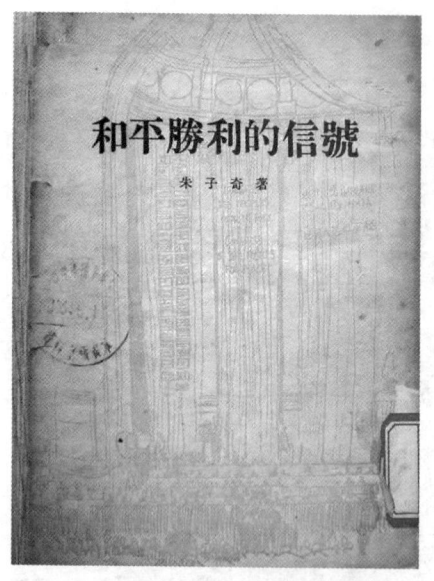

《和平胜利的信号》书影

《苏联歌曲选》书影

延安8年，创作了抒情长诗《我歌颂伟大的七月》、《延河曲》、《杨家岭出太阳》、《反投降进行曲》和《百团大战进行曲》等一大批歌颂党、宣传抗日救国与反法西斯斗争的诗作和歌词，其中《我的心飞向莫斯科》由萧三介绍到苏联发表。

解放战争期间，朱子奇同志发表了民歌体的新诗《民兵从前线回来了》、《张家口——新生第一城》和《朝霞烧红满天边》等。在隆隆炮声中，他与音乐家李焕之、张鲁等合作，创作了《老蒋打内战骑虎难下》、《野战军进行曲》和《参军花鼓》等，在部队和地方广为传唱。

建国后，他先后发表了《我漫步在天安门广场》、《北京——莫斯科》、《党的光辉高照下——迎接党的三十周年》等作品。1957年，他发表了长篇抒情诗《我看见了！我听到了！苏维埃卫星穿越云雾向前飞翔欢唱！》等。

2008年10月，朱子奇在北京辞世。曾任中国作协常务书记、中外文学交流委员会主任、中国诗歌学会副会长、《诗刊》编委等。著有诗集《友谊集》、《春鸟集》、《春草集》、《爱的世界》、《和平交响诗》、《星球的希望》、《心灵的回声——诗文集》和散文集《十二月的莫斯科》等。

刘令蒙：泥土的梦

抗战诗人：刘令蒙

泥土的梦是黑腻的

当春天悄悄来到北温带的日子
泥土有最美丽的梦

泥土有绿郁的梦
灌木林的梦
繁花的梦
发散着果实的酒香的梦
金色的谷粒的梦
它在梦中听见了

孩子们的刈草镰
和风车　水磨转动的声音

它在梦中听见了
潺潺的流水
和牝牛低沉的鸣叫
和布谷鸟催耕的歌
和在温暖的池沼
划着橘色的桨的白鹅的恋曲

我们从南方回来的漂亮的旅客

以笔为枪：重读抗战诗篇

太阳，正用它金色的修长的睫毛

搔痒着它

春风又吹着它隆起的乳房

它美丽的长发

它红润的裸足

吹卷着

它的宽大的印花布衫的衣角

一天夜里

旷野降下了滂沱的大雨

雨以它密密的柔和的小蹄

不停地吻着泥土

激动地摇拍着泥土

热情地抚摸着泥土

泥土从深沉的梦里醒来

慢慢睁开晶莹黑亮的大眼

它眼里充满了喜悦的泪水

看，我们的泥土是怀孕了

一九四〇年三月成都

    如果不是贴着泥土倾听大地的呢喃低语，诗人一定不会知道"泥土有最美丽的梦"。

    1920年生于江苏南京的刘令蒙，20岁的时候来到水好土好的成都平原，读完成都航空机械学校，又从四川大学文学院毕业。在川大时，他与孙跃冬等发起成立了"文学笔会"。而"笔会"宗旨就是："以文学团结青年，追求真理，共同进步"，"为争取中华民族的彻底解放而奋斗"。那时，他还参与创办成都华西文艺社，投身中华抗敌文协活动，在成都、重庆、桂林、昆明发表抗战文艺作品。

    诗人是多情的，而年轻诗人的抒情更为别致曲折、纯洁浪漫。《泥土的梦》，以"绿郁"一词为全诗定下"城春草木深"的基调，灌木林、繁花、果实的酒香、谷粒，都是生机勃勃的象征。而"孩子们的刈草镰／和风车水磨转动的声音"，又使这一切丰满起来。泥土在这里复活了，她可以有耳，听"潺潺的流水／和牝牛低沉的鸣叫／和布谷鸟催耕的歌"。在这样一种情景交融之中，诗人的心灵也被放牧，在宁静优美的自然环境中奔腾。

    视角调整后，泥土又变为羞涩的少女，长发、裸足以及"宽大的印花布衫的衣角"，在阳光的照射下，给了读者一个可以无限想象的侧影，"春风又吹着它隆起的乳房"，让这幅侧影增添了母性的意味。"滂沱的大雨"，有冲刷一切的意义，在这里，更像是一个

上世纪八十年代,"七月"诗人相聚北京。前排左起:鲁藜、曾卓;后排左起:徐放、刘令蒙、牛汉、冀汸、绿原、路翎

播散希望的播种者。诗人用"柔和的小蹄"来形容密密的雨,真是一种可爱的想象,是骚人墨客从没有用过的比喻,显示了诗人纯厚而灵动的诗性。雨又暗指了时代的使命,譬如现实的战火、民族的生存等,都在改变着我们的生活。"看,我们的泥土是怀孕了",这一句清朗的呼声,恰如神来之笔自然真实而又充满喜悦,传递出新生的春汛。

作者是运用意象构造诗意的高手,曾用"杜谷"为笔名,是对飞翔布谷的向往?艾青多次以作者另一首《春夜》为例,称赞刘令蒙:诗只要是形象的,就是难忘的。在《春夜》中,刘令蒙几乎是唱一样地写到:"明天阳光将要燃烧你的窗帘,/你会看见原野到处长满花的树。"多么灿烂的春夜。胡风也曾评价:"杜谷的向着对象徘徊、爱抚,原是由于他的切切低诉的心怀,因而使每一首都成了浑然的乐章……"

1949年1月,诗人加入中国共产党。1950年被选为重庆市文协理事。在中国青年出版社工作期间,担任文学编辑,先后邀请萧三主编《革命烈士诗抄》、魏巍主编《晋察冀诗抄》,并担任贺敬之的《放声歌唱》、郭小川的《雪与山谷》及公刘、白桦、顾工、梁上泉、张永枚、未央、胡昭、雁翼、周良沛等第一本诗集的责任编辑。

1961年,刘令蒙下放西安,隐姓埋名近二十年。1980年调任四川人民出版社副总编辑。1986年,出版迟到了四十余年的诗集《泥土的梦》。2005年出版诗集《好寂寞的岸》,并著有《杜谷短诗选》。

以笔为枪：重读抗战诗篇

罗铁鹰：菜油灯

抗战诗人：罗铁鹰

你昏黄的
浅秋的夜风戏弄的
菜油灯
我睽违已久的朋友呀
今晚
我又见到了你
如一个久别乡土的征人
乍然听见一声乡音

从那渺茫的昔日
你就照着人们——

你伴着
那悲哀的老妇
以纺车的单调的咒语
唤来晨鸡的一声长鸣
……

你望着
那皮鞭
那泥作的面孔
与滚沸的狞笑的声音
那捆缚的人

1940

悲愤的眼睛　　　　　　　　鲜红的记忆
那激动的影子　　　　　　　水壶在哼着雷同的调子
顽强的生命　　　　　　　　你结着美丽的花
　　　　　　　　　　　　　母亲制止我的挑剔
……　　　　　　　　　　　说是幸福的象征

一生　　　　　　　　　　　别离了你
一锅青菜汤　　　　　　　　别离了饥寒扼住的农村
一碗红米饭　　　　　　　　让马达的咆哮
一碗马铃薯　　　　　　　　填满我的耳根
熬过一生　　　　　　　　　我消磨了
你照着不幸的人们　　　　　十年青春的光阴……
熬过一生　　　　　　　　　十年繁嚣的日子
　　　　　　　　　　　　　一百一十伏　五十烛光
你昏黄的菜油灯呀　　　　　玻璃球明亮的眸子
你象征着　　　　　　　　　瞪着夜的心
古老的中国　　　　　　　　吞食美孚的生命的泉水
古老的中国往日的人民　　　白热的汽灯
昏黄的命运　　　　　　　　在夸耀自我的幸运

我顽强的大地之子呀　　　　如亚美利加
埋葬了我的童年　　　　　　夸耀自己的黄金
对着你菜油灯　　　　　　　霓虹
……　　　　　　　　　　　以妓女的妖冶的姿态

仍是没有褪色的　　　　　　招徕过客不安的心

209

以笔为枪：重读抗战诗篇

迅速的一闪

预言

资本主义末日的到临

——这是夜的世界

而这夜的世界里

有着火花的飞迸

与群众的骚音

——我爱那群众的骚音

与怒火的眼睛

载着一腔滚沸的热情

踏进这坍塌的古城

我又见到了你

啊 你昏黄的菜油灯

对着你昏黄的光焰

我毫不感到忧闷

我觉得你太可爱了

你代表着

中国可爱的农民

我有着炽热的心灯

如你用自己的血液

燃烧着我的心

啊 你 菜油灯

为了大地的苏生

为了一群可爱的孩子们

我将伴着你

摘去一段

最宝贵的光阴

啊 我睽违已久的朋友

你昏黄的 昏黄的

菜油灯

一九四〇年八月二十八日于云南鹿城

（原载一九四二年《金碧旬刊》）

淞沪抗战中,上海街头的"国难"标语

在抗战诗歌史上,罗铁鹰是彩云之南的一只雄鹰。

他高飞过,宽大的诗歌翅膀在西南的天空起舞;他低垂时,50多岁独自在小镇上学做篾匠。

1937年加入中国诗歌作者协会的罗铁鹰,抗战爆发后,与时任云南大学中文系主任徐嘉瑞和"左联"诗人雷溅波,共同创办了《战歌》诗刊。

这是抗战期间创办时间较长的一份诗刊。1938年8月创刊之初,纳入中华抗敌协会云南分会会刊,但办刊经费完全自筹,很长时间,由罗铁鹰东拉西凑,历经波折,坚持5年多,共出9期,每期多卷,每卷40余页。《战歌》以刊登反映抗战的诗作为主,兼顾一些译作、诗论。虽不定期出版,仍免费向全国读者赠阅,通过生活书店广泛发行。仰光、槟榔屿、吕宋等地华侨报刊也帮助其发行,使《战歌》扩大了在海外的影响。

这是聚拢了众多抗战诗人的一份诗刊。如著名作家茅盾、老舍,著名红学家俞平伯,教育家陶行知,新月派代表诗人闻一多,著名学者陆侃如,云南大学教授高寒(楚图南),中国象征派诗歌理论奠基者穆木天,著名女作家彭慧等,马子华、马耀、海燕、晓阳也经常给刊物提供稿件。还有延安和晋察冀诗人窦隐夫(杜谈)、史轮、盛超群、易河等人的

以笔为枪：重读抗战诗篇

作品。刊物也刊登一些华侨的诗作和译诗，世界语专家张镜秋几乎每期都为《战歌》翻译西班牙反法西斯战争的诗。

这是抗战期间有份量、有影响的一份诗刊。《战歌》诗刊出版了两期后，茅盾即在他主编的《文艺阵地》上评价到：《战歌》是"闪耀在西南天角的诗星"。袁水拍专门发表《战歌月刊》一文："这是一份难得的诗与诗论的定期刊……一种卓越的、新的、歌咏着反映着大时代的谣曲，正在长足的进步中。……像《战歌》月刊那样有着充实丰美的内容的专门的期刊，是非常可贵的了。"束胥评价说："全国的诗歌工作，需要有一个很好的集中。现在让我们看到的，则很自然地，在昆明的《战歌》，确已部分地担负起这个任务。也许因为人的集中，也许因为地理的适合，《战歌》是现在我们的一个非常充实的诗刊，一个全国集中性的诗刊。"

那年，罗铁鹰22岁，还在云南大学土木工程系读书。他执着地点燃诗歌之火，在编辑《战歌》诗刊的时候，还张罗出版了一套《战歌丛书》。第一集雷溅波《战火》；第二集罗铁鹰《原野之歌》；第三集徐嘉瑞《无声的炸弹》；第四集彭桂萼《澜沧江畔的歌》；第五集穆木天《号角》；第六集雷石榆《在战争中歌唱》；第七集罗铁鹰的《火之歌》。

据研究者宋炳龙介绍：罗铁鹰1917年2月出生于云南省洱源县，白族。12岁时，为求知开眼界，在家人陪同下，跋山涉水20多天到了昆明，就读于昆华工校。1936年考入上海同济大学物理系。上海沦陷后，他回到云南大学就读。

《战歌》停刊后，罗铁鹰先后到丽江中学、昆华女子中学任教。在李广田、刘思慕、雷石榆、雷溅波、冯至、李公朴等人的支持下，罗铁鹰又创办了《金碧旬刊》。整理、出版了《火之歌》、《海滨夜歌》两部诗集，翻译了《燃烧的世界》、《战争的形象》、《我的笔我的剑》等诗集。

在这首《菜油灯》诗中，诗人借普通意象描绘了民众的艰辛、国家的苦难。开头到"熬过一生"为第一层次，通过昏黄的"菜油灯"，照亮了不幸人们的"一锅青菜汤/一碗红米饭/一碗马铃薯"。第二层次到"——我爱那群众的骚音/与怒火的眼睛"，写出了古老祖国的落后，写出了西方对中国薄弱经济的侵蚀。最后一层，诗人愿与"菜油灯"相伴，为民众服务，奉献青春。全诗情感真挚，透射出诗人深深的思考，诗歌的空间感很好。意象运用，妥帖形象、对比自然。诗意的落脚处，体现了诗人投身现实生活的热望。

没想到，之后诗人命运多蹇。胡风事件中，面对审查，诗人以死明志，从五楼跳下，摔断了腰椎骨。最后组织对他的结论是："是个好人，并非反革命。"1957年1月，调昆明师范学院任教。后又被划为"右派"，判刑7年。1965年11月，罗铁鹰刑满释放，被押解回故乡洱源县管制劳动。在一间不到10平方米的小屋里，诗人学做篾匠，编织粪筐和烘笼子换取工分。

1980年，诗人获得平反，回昆明师范学院教书。1983年第一期《新文学史料》发表了罗铁鹰撰写的《回首话〈战歌〉》。他还笔耕不辍，选编了《天南星诗选》、《反法西斯侵略翻译诗选》。撰写了6万多字的论文《艺术形象论》。

1985年8月，罗铁鹰辞世。曾任中华抗敌协会常务理事、云南省文联编辑部主任等。著有诗集《海滨夜歌》、《原形毕露》、《诗论集》和论文《台湾文学诸问题的论争》等。1990年04期《新文学史料》发表魏荒弩《罗铁鹰同志五年祭》一文，文中的发问让人感叹：诗人罗铁鹰(1917—1985)逝世五周年了。五年来，一想起在昆明与他相处的日子以及他那坎坷的一生，心里就不能平静，总想写点文字来纪念他。只是杂务缠身，一直拖到了今天。但滔滔逝川载走逝者一生的"真谛"，我作为他的一个朋友，又能够解悟出多少呢？！

《战歌丛书》书影

《战歌》诗刊书影

以笔为枪：重读抗战诗篇

绿　原：憎　恨

抗战诗人：绿　原

不问群花是怎样请红雀欢呼着繁星开了，
不问月光是怎样敲着我的窗，
不问风和野火是怎样向远夜唱起歌……

好久好久，
这日子
没有诗。

不是没有诗呵，
是诗人的竖琴
被谁敲碎在桥边，

五线谱被谁揉成草发了。

杀死那些专门虐待着青色谷粒的蝗虫吧，
没有晚祷！
愈不流泪的，
愈不需要十字架；
血流得愈多，
颜色愈是深沉的。

不是要写诗，
是要写一部革命史呵！

一九四〇年十二月

绿原夫妇与胡风（中）

绿原《童话》书影

翻阅绿原早期诗作，那些带有忧郁的诗名仿佛都能硌着手指。《憎恨》（1940）、《给天真的乐观者们》（1944）、《站在伽利略面前》（1949）、《又一名哥伦布》（1954）、《重读〈圣经〉》（1970）、《母亲为儿子请罪——为安慰孩子而作》（1970）、《祈祷》（1971）等，叙述的都是人间的忧伤。也许，双亲早逝烙下的印痕，催熟了作者敏感的心灵。即使在歌唱的时候，他也是低调、沉稳的。

以三个"不问"作为诗作的开头，是常人所不能接受的。《憎恨》就这么做了，而且辅以长句子、多意象，让读者要细细品味，才能体会到诗人的苦心。第一句"不问群花是怎样请红雀欢呼着繁星开了"，群花不开繁星开，而满天的繁星一旦开了，那是多么壮观，何况还有红雀的欢呼。作者的设问、否定，是为了下句的肯定，强化了繁星"绽放"所带来的快乐。群花为人间、为现实，繁星为上天、为理想，这样来看，就知道诗人要挣脱现实的牢笼，飞往理想的天空。红雀作为群花和繁星之间的使者，其象征意义十分强烈。第二、三句的否定，其实是对自然发生的肯定，月光敲窗、风吹着野火向远夜，在作者来说都是规律，是不可否定的。紧接着，诗人以"竖琴"敲碎，"五线谱被谁揉成草发了"，交代了"这日子/没有诗"的缘由。联系起来看，就可以知道一个心怀希望而又被现实羁绊诗人的困恼了。

所谓杀死"蝗虫"，是诗人对一切丑恶、一切敌人的宣战。作者没有宽恕，意志坚定，表达了一个革命者对敌人的仇恨。所谓"革命史"，是诗人抛开幻想、抛开纸上的低语，

以笔为枪：重读抗战诗篇

希望投身血淋淋现实的决心。

绿原1922年生于湖北黄陂，父母早逝。1938年流亡重庆求学。1941年入复旦大学外国文学系学习，编辑《诗垦地》，在《希望》上发表诗歌。1942年出版第一本诗集《童话》，成为著名的"七月派"诗人。绿原曾有自述谈到该阶段的诗歌创作："我从20岁到30岁，生活在民族存亡、封建统治和白色恐怖之下；《童话》结束了暗淡童年的梦幻之旅，我的诗开始体现一个流浪青年对于受苦受难的平民的靠拢和归化，并在某种意义上成为我反抗不公正、不公平、不公道世界的武器。面对一个严峻的时代，我和同代诗人们只能服从民族和人民的律令。"这其实也是诗人《憎恨》的诗意所在。

解放后，绿原先后在《长江日报》、中宣部工作，出版诗集《从一九四九算起》。

1954年上半年，胡风撰写《关于解放以来的文艺实践情况的报告》，绿原曾参与讨论和提供意见，并因此受到长达7年的审查、关押。1962年6月，被安排到人民文学出版社编译所担任德语文学编译。文革中又历尽磨难。

1980年，绿原恢复中共党籍，次年出任人民文学出版社外国文学编辑室副主任，1983年任人民文学出版社副总编辑。

在《寻芳草集——绿原散文随笔选集》一书中，绿原说：诗对我从不是空洞的形式，不是僵硬的格律，不是有待满足的嗜好，不是取乐或牟利的工具；它随时随地对我只是一种自我监督、自我检验、自我鞭策、自我救护、自我突破、自我生成而已。"我和诗从来没有共过安乐，我和它却长久共着患难。"1981年，绿原在"二十人集"——《白色花》序言的最后写下一段流泪的文字："作者们愿意借用这个素净的名称，来纪念过去的一段遭遇：我们曾经为诗而受难，然而我们无罪！"

2009年9月，绿原辞世。著有《绿原文集》（6卷），含1948年诗集《又一个起点》、《集合》。曾荣膺斯特鲁加国际诗歌节"金环奖"、鲁迅文学奖优秀文学翻译彩虹奖、国际华文诗人笔会"中国当代诗魂金奖"、首届"中坤国际诗歌翻译奖"等。

人民文学出版社发表的讣告称："绿原同志家属表示：哀事恰逢国庆、中秋佳节，唯恐给各位领导、同仁和生前好友带来诸多不便，遂决定绿原同志丧事从简，不举行告别仪式，遗体将择日火化，祈望大家体谅。"

陈　靖：桑干河畔伏击战
——百团大战随记之一

抗战诗人：陈　靖

刚刚露面的晓阳，
染红了水畔山岗。
平静无波的水面，
映射出兴奋人心的波光。
等待在青纱帐内的勇士们，
慢慢地露出头来——
目不转睛！
盯着前方！
上好刺刀！
子弹上膛……

连长举着手上的小红旗，
再看了看民兵队长小张，
然后他的右手在天空一晃，
手榴弹发出了连珠巨响！
龙腾虎奔冲出青纱帐，
一个个都好像长上了翅膀——
杀入敌阵！
纵横冲闯！
刀光剑影！
山摇地晃……

十八分钟的疾风暴雨，
把一队万恶的鬼子全捲光，
三辆汽车五马分尸，
五十八个鬼子全见阎王。

一九四〇年九月于涿鹿龙王堂南沟

以笔为枪：重读抗战诗篇

长征到达延安后，1937年春《战斗剧社》、《战斗报社》部分成员留影。陈靖（前排左四）时任音乐队长

"长征是宣言书，长征是宣传队，长征是播种机。"当过草地的红军经过贵州瓮安的时候，16岁的苗族少年陈靖，便投身那滚滚洪流之中。68岁时，长征全面胜利六十周年之际，将军重走长征路，沿着5条长征路线，历时21个月，行程3600多公里。当他再次站在雪山之顶，回首硝烟弥漫的征途时，那曾经弹奏的琴弦，那挥笔写下的战歌，那用鲜血浸染的红旗，都涌现在这位老兵的笔端。

1997年9月，收录了作者长征路上、抗战岁月和解放战争时期的诗歌结为《吼声集》，由解放军文艺出版社出版。2015年5月，涉及各个历史时期的重要文献的《苗族红军作家陈靖作品选》，由中共党史出版社推出。翻阅历史篇章，那些纯朴的文字，至今有着滚烫的温度。

《桑干河畔伏击战》这首诗，忠实记录了"百团大战"中的一次战斗。桑干河流经河北省西北部和山西省北部，为永定河的上游，是海河的重要支流。相传每年桑葚成熟的时候河水干涸，所以得名。马可·波罗曾驻足桑干河下游描摹卢沟桥。1948年，丁玲小说《太阳照在桑干河上》蜚声文坛。抗战期间，晋察冀是八路军敌后抗日的主战场。此时，陈靖正带领"挺进剧社"随八路军120师，活跃在平西战场、桑干河畔。作者亲历战火，所写抗战诗歌皆具有很强的纪实特征。诗的第一节，描写了战前紧张气氛，晓阳、山岗、波光、青纱帐，自然之景成为抗战将士的好战场。在清晨的阳光下，全神贯注的战士正在等待一次漂亮的伏击。第二节从连长的"小红旗"写起，红旗挥舞，成群的手榴弹扔过去，成批的将士冲向敌阵。最后，诗人清点战果，以实实在在的数字，突出了抗战将士的骁勇。

在《吼声集》中，作者有系列诗作反映"百团大战"，如《北破争夺战》、《登灵山》、《杨小超》、《伏击倒拉嘴》等。百团大战是八路军在晋察冀边区，反击日军规模最大、持续时间最长的一次战役。陈靖从一个侧面记录了这场波澜壮阔的战役，热情讴歌了敌后抗日武装。在《白花山被困记》中，作者以细腻的笔法描写了一位支持抗日老大娘的形象，让人难忘。

　　五天来完全没有进一粒米，
　　全凭山果野草充饥。
　　一夜秋风吹黄了山顶的白花，
　　细雨薄霜送来一派寒气。

1966年，陈靖赴京参加空军创作会议前，与夫人翟羽佳在昆明留影

1949年开国大典时，陈靖（左一）和战友经过天安门

1986年冬，陈靖（右一）重走长征路时，在"黔东苏区"找到当年长征时留下的标语

以笔为枪：重读抗战诗篇

1987年，陈靖（前排右五）重走长征路，与瓮安县领导合影

岩畔闪现出李大娘的背影，

她悄悄地朝炊事班小屋走去。

轻松的身影消失在夜幕中，

留下一袋神秘物——米！

解放后，陈靖曾参加中央军委军战史编写，曾任过空军部队昆明指挥部政治部主任以及南京军区炮兵部队顾问等职。与黎白合著《红军不怕远征难》，小说《金沙江畔》改编成电影，影响巨大。并著有散文集《往事情深》、话剧《贺龙前传》等。离休后，诗人全身心致力于长征精神的传播和对优秀传统文化的保护，尤其是对苗族蚩尤文化的挖掘富有很强的建设性。1993年，全部用旧体诗或民歌民谣创作的《诗言史》出版。500多首诗作反映了作者三走长征路的整个历程，以长征亲历者的视角，为后来者留下了一份"千山万水"的记忆。

2002年，陈靖辞世，享年84岁。身后留下《实话长征——重勘长征路纪实》和《巡天坐地录——半世纪文艺生涯散记》两部书稿。

战士的歌声从不停息，就像诗人作词的《挺进剧社进行曲》中唱的那样：

时刻记着祖国民族的奇耻大辱

时刻记着四亿同胞的深重灾难……

1941

- 222　吕正操　桑园突围
- 224　阿　垅　街　头
- 228　陈子展　背牵歌
- 231　曾　卓　青　春
- 234　程光锐　你来自乌克兰的草原
- 238　严　辰　早　晨
- 242　魏　魏　蝈蝈，你喊起他们吧
- 245　黄宁婴　远天的木棉
- 250　老　舍　七夕有感
- 254　穆　旦　赞　美
- 259　任　钧　警　报
- 262　吴兴华　绝句三首
- 265　胡　征　打水人
- 268　魏荒弩　怀　念
- 271　何功伟　奴隶恋歌
- 275　徐　迟　中国的故乡

以笔为枪：重读抗战诗篇

吕正操：桑园突围
—— 一九四一年五月三日从十分区归来

抗战诗人：吕正操

桑园突围破晓间，战士奋战苦衣棉。
寇追情急急似火，春日昼长长如年。
马逸人散阵不成，往来冲突西复东。
天似有罗地似网，此起彼伏相呼应。
回支骁勇天下闻，有女如龙叱风云。
从容迫敌却追兵，过路入营日西沉。
就榻疲顿举足难，梦少神安醉黑甜。
翌晨欢庆青年节，人马一一散复还。
地下有道道有沟，是真罗网疏不漏。
倭寇纵有黔驴技，人民眼底一蜉蝣。

一九四一年五月

在《吕正操回忆录》中，"桑园突围"是将军难以忘怀的记忆：1941年4月，日军大举进攻敌后抗日根据地，实行抢光、烧光、杀光的"三光"政策。时任冀中军区司令员兼八路军第三纵队司令员的吕正操一日之内经历五场战斗，后转移到蠡县潘营村时，敌人从北、东两面包围过来。在警卫排的掩护下，吕正操只带了两个人，从村西口冲了出去。在战斗中，为掩护吕正操司令员，时任24团二连指导员杨兆卿和另外5名警卫员不幸牺牲。2012年12月25日，吕正操将军之子、冀中抗日研究会会长吕彤羽来到蠡县桑园镇潘西村，祭奠抗日烈士。

诗人笔下的冀中根据地，"战士奋战苦衣棉"，"就榻疲顿举足难"，条件艰苦。然而，抗日将士不怕苦难，不畏强敌，他们浴血奋战，敢于牺牲。这里还有一支骁勇善战的回民

晋察冀八路军将领合影。左起：朱良才、王平、刘道生、唐延杰、赵尔陆、舒同、杨成武、吕正操、聂荣臻、聂鹤亭

支队，带队的是一位女同志，这一真实的细节透露出全民抗战的历史信息。诗句"翌晨欢庆青年节"，讲述的是将军突围后的第二天，就赶回根据地参加庆祝五四青年节和三纵队成立三周年纪念活动。毛泽东曾为三纵队成立三周年专门题词："坚持平原游击战争的模范，坚持人民武装斗争的模范。"这从一个侧面说明：正是坚持了党的敌后积极抗战的政策，人民武装和根据地就能够得到壮大和发展。

2009年10月13日，开国上将吕正操辞世，享年106岁。最后一位开国将星陨落，宣告一个英雄时代的谢幕。

吕正操著有《冀中回忆录》、《吕正操回忆录》、《论平原游击战争》等。

抗战时期的吕正操一家

以笔为枪：重读抗战诗篇

阿垅：街头

抗战诗人：阿　垅

"沙刺，沙刺，……"
多雾的晨
锯匠们把生活锯成一片屑子。

　　而路边的花摊
红色的花，黄色的花，白色的花。……
照着和人脸一样没有表情的日光
闪烁着几滴冷淡的水珠，
卖花的，低下自己底头去寂寞地弄着手指
什么也不看

什么也不唱呢。

　　黑斑脸的孩子和妇人
蹲踞在一堆一堆的煤渣上
寻觅着，捡拾着，争夺着，……
为残余被弃的火种
为残余被忘的人生。

　　一个糖担子
向来往的人敲着破小锣，

1941

生活，不需要这一点甜味么？——
但是人是无视的
孩子们也不来
自己，同样有着一双无望之望的眼；
只有乱飞乱扑的苍蝇了。

　　拾荒的旧篮子像一只母猪底大乳房是太沉重了，
装满着蚌壳一样多的弹片，
死不了，
硬是活着！——

　　与其卑贱地活
不如高贵地死！——
人，有人的生活；
不是昆虫的，不是寄生植物的，
不是不带链子的奴隶们的！……

　　与其黯淡地活
不如光辉地死！——

人，有人的权利
为了命运，天空，土地，在我们是必须自由的……

从无畏的死
得不朽的生，
流十字架的血
击碎巴士底狱的铁门！

　　　于是——
木屑成金沙
愁苦的脸开了花，红色的花，黄色的花，
白色的花
……
煤渣第二次燃烧，炸弹永远消灭
生命辉煌照耀。……

　　　　　　　一九四一年五月二十九日重庆

以笔为枪：重读抗战诗篇

1953年阿垅与儿子陈沛在天津

炮火连天，一身戎装的阿垅，伏击在战壕，不停地向日寇射击。八一三事变中，这位88师的少尉排长，不顾负伤，在淞沪抗战中血战了70天。1938年8月，阿垅根据亲身经历撰写了《闸北打了起来》、《血，不会白流的》等报告文学，连载于大后方的《抗敌》旬刊，读者反响热烈。

阿垅1907年生于杭州，早年就读于上海工业大学，后从国民党中央军校第十期毕业。在胡风的介绍下，阿垅在武汉与八路军办事处取得了联系。1939年到达延安，在抗日军政大学学习。后在野战演习中受伤，经组织同意去西安治疗，创作了《南京血祭》。伤愈回延安为交通所阻，滞留国统区。通过黄埔同学关系，阿垅进入重庆国民党陆军大学学习，毕业后任战术教官，继续为党秘密工作。

阿垅在重庆六年，坚持主编《呼吸》诗刊，出版诗集《无弦琴》、诗论《人和诗》、报告文学集《第一击》，并在《希望》等刊物上发表了大量作品。晚年的胡风在回忆录中说："他(阿垅)把战争初期雄壮的东西和悲惨的东西都送给了读者，是抗战初期的忠实的记录之一。"

《街头》呈现的是抗战诗歌中难得一见的城市印象，是从"土地"创作母题之中独立出来的另一类诗歌。作者以深受战害的底层百姓的生活为对象，忠实地记录了侵略者的残暴、死难者的不幸、卑微者的无言、战斗者的抗争。诗作从"锯匠"锯声入画，拨开晨雾，呈现了城市底层民众的琐碎生活场景：寂寞的卖花人、脸上弄黑的捡煤渣的妇女和儿童、"敲着破小锣"的糖担子、捡弹片的拾荒的人。日寇的侵略使旧中国的城市更加百业萧条，民不聊生。为了"人，有人的生活"，为了"人，有人的权力"，诗人大声疾呼："与其卑贱地活/不如高贵地死！"、"与其黯淡地活/不如光辉地死！"，这是作者充满怒火的呐喊，这是作者决死的战斗誓言。作为一名与敌人刀枪直击的战士，诗人拍案而起，满纸血泪。人的生活、人的权力，是多么值得珍贵。从这一角度讲，阿垅的诗歌超出了一般意义的抗争，是要彻底地

1947年秋,南京栖霞山。自左至右任敏、路翎、黄若海、
冀汸、赵美佳、阿垅

砸烂旧世界的枷锁,正如诗中有言:"为了命运,天空,土地,在我们是必须自由的……"最后一段,是诗人对渴望新生的描述。"击碎巴士底狱的铁门"一句,借法国大革命中起义者攻打巴士底狱这一象征,彰显了诗人的战士本色。

1947年,因从事秘密工作,阿垅遭国民党当局通缉,被迫流亡到杭州、上海等地。

1950年3月,阿垅受鲁藜和芦甸之邀到天津市文协工作,虽是中年已双鬓斑白。期间,出版了诗论《诗与现实》、《诗是什么》、《作家的性格与人物的创造》等。

1955年因胡风案被捕,1967年因病辞世于狱中,1980年获平反。

阿垅是孤零零地去的,朋友们为怀念他,为他出版了《阿垅诗文集》。1980年,绿原、牛汉编了一本"二十人集"《白色花》(人民文学出版社,1981年第1版)。绿原在序中说:"本集题名《白色花》,系借自诗人阿垅一九四四年的一节诗句:要开作一枝白色花——/因为我要这样宣告,我们无罪,然后我们凋谢。"《街头》这首诗,也曾出现"白色花"。

纵观阿垅四十年代诗歌,题材和意象异彩纷呈,来自《圣经》、天文、地质、宇宙天体学乃至植物昆虫学,以及早期神话元素,都扑棱棱地在他的诗歌中穿行。有评论把阿垅比喻为"同黑暗天廷激战的诗歌的刑天",道出了诗人的刚毅。正如诗人所写的那样:"我可以被压碎,但绝不可以被压服。"

以笔为枪：重读抗战诗篇

陈子展：背牵歌
（仿民谣）

抗战诗人：陈子展

陈子展"五十年磨二剑"，一为《诗经直解》，一为《楚辞直解》，各百万字。作者曾自谓："一生微尚所在，初亦唯此二书。"其实，这是陈子展自谦而又带点戏谑的说法。早在上世纪30年代，陈子展即以《中国近代文学之变迁》、《最近三十年中国文学》而闻于世。而他结集为《蓬庐絮语》杂文，曾在《申报·自由谈》、《人间世》等报章上连载，以辛辣的讽刺而著称，惹得鲁迅也在纸上与他多次呼应。

在《蓬庐絮语》中，陈子展感叹道：

过了一湾又一湾，
湘江何止卅六湾？
傍着水，
绕着山，
大家一条饥饿线：
两岸风光当早餐！

过了一滩又一滩，
下滩容易上滩难。
稳着脚，
硬着肩，
大家一条挣扎线：
到岸终归有一天！

过了一关又一关，
三千里路万重山。
风又急，
水又湍，
大家一条生死线：
死里求生莫等闲！

（原载一九四一年 香港《大风》半月刊第八十一期）

"呜呼！今之白话诗果为亡国之音乎？焉得遍索音学家哲学家文学家社会学家而问之？"1935年元月，胡适乘机南游，空中俯瞰桂林山水，颇有感慨，写成新诗《飞行小赞》，载于4月7日《独立评论》，诗云："看尽柳州山，/看遍桂林山水。/天上不须半日，/地上五千里。/古人辛苦学神仙，/要守百千戒。/看我不修不炼，也凌云无碍。"这首诗一发表，立即受到评论界的称赞。陈子展先生说道："像《飞行小赞》那样的诗，似乎可说是一条新路。"又说："新路是只接受了旧诗词的影响，或者说从诗词蜕化出来，好像蚕已经变成了蛾。即如《飞行小赞》一诗，它的音节好像辛稼轩的一阙小令，却又不像有意模仿出来的。"

这首《背牵歌》可以说是陈子展关注新诗的一份"致敬之作"。短短三段，以纤夫为中心形象，号召民众克服万难，"死里求生莫等闲！"诗作用词极为精练稳扎，显示出作者深厚的治学功力。比如他以"傍着水，绕着山"形容行舟之难，以"稳着脚，硬着肩"形容拉纤之难，以"风又急，水又湍"形容前进之难，从饥饿线到挣扎线再到生死线，似波浪推进，直至推出一个深远的意境。

诗作发表于1941年香港《大风》半月

《蓬庐絮语》书影

刊，此刊为著名的太平天国史学家简又文1938年创办。简又文在发刊词《大风起兮》里这样提到创刊缘由："《大风》旬刊之产生，筹备之经过，简略报告，数言可尽。溯自卢沟桥事变发生，民族存亡之大决战开始。平津冀绥晋沪杭以及首都相继失陷。文化事业，最受摧残。我同人等既从事文化事业，何能袖手旁观而轻卸为国为民之责？"旬刊后改为半月刊，其作者多为由沪疏散到香港、重庆的学人，1941年日寇袭港时停刊。

生于1898年的陈子展，曾在南京东南大学教育系进修，后回湖南长沙，与早期

以笔为枪：重读抗战诗篇

共产党领导人多有接触。1927年"马日事变"后遭通缉，避居上海。1932年主编《读书生活》。1933年起任复旦大学等校教授。曾与知友章士钊、熊十力、柳亚子、田汉、杨树达等人创建的南国艺术学院，培养出一批包括廖沫沙、吴作人、郑君里、陈白尘在内的优秀人才。

1937年，复旦大学西迁重庆，本部在北碚黄桷树镇，分部设在重庆市郊菜园坝。由此可考察陈子展所作《背纤歌》当是战时所闻所见。

陈子展自称"湖南牛"和"楚狂老人"。当年齐白石自称：诗第一，字第二，印第三，画第四。陈子展一语讽之：以画抬诗。上个世纪50年代"院校调整"时，上面曾想让他调离复旦大学到安徽任教，他气得把所读之书送学校门口小贩，让他们把书一页页撕开包花生米卖。1957年，被打成"右派"，陈子展蓄起了长长的胡子，并发誓"不渡苏州河"。

1990年，陈子展以92岁高龄辞世。临终遗言：不发讣告，不开追悼会，不举行遗体告别仪式，骨灰抛到海里去。

抗战期间，长江上的纤夫

1941

曾 卓：青春——怀念一个人

抗战诗人：曾 卓

让我寂寞地

踱到寂静的河岸去。

不问是玫瑰生了刺

还是荆棘中却开出了美丽的花。

——我折一枝，为你。

被刺伤的手指滴下的血珠

揩上衣襟。

让玫瑰装饰你的青春，

血渍装饰我的青春。

一九四一年圣诞前夜，北碚

（选自一九四四年诗文学社版诗集《门》

原载桂林《诗》第四期）

"生活像一只小船，/航行在漫长的黑河。/没有桨也没有舵，/命运贴着大的漩涡。" 1936年，年仅14岁的曾卓写作了他的第一首诗《生活》，几乎涵盖了诗人一生的苦难。少年曾卓，父亲离家。武汉沦陷前夕，流亡到重庆继续求学，战乱中，相依为命的母亲失踪，成为诗人永远的痛。1939年冬，他的诗《门》在重庆《大公报》发表，诗的主旨在于说明进步文学之门决不会为叛逆者打开。《大公报》记者谢贻征对此诗倍加赞赏，并撰文称赞作者为"少年雪莱"。

1940年，诗人加入全国文协，与邹荻帆、绿原、姚奔、史放、冯白鲁等一批进步青

以笔为枪：重读抗战诗篇

1997年，曾卓、薛如茵夫妇（中）与孩子们

曾卓与红叶（高伐林摄于1996年10月22日）

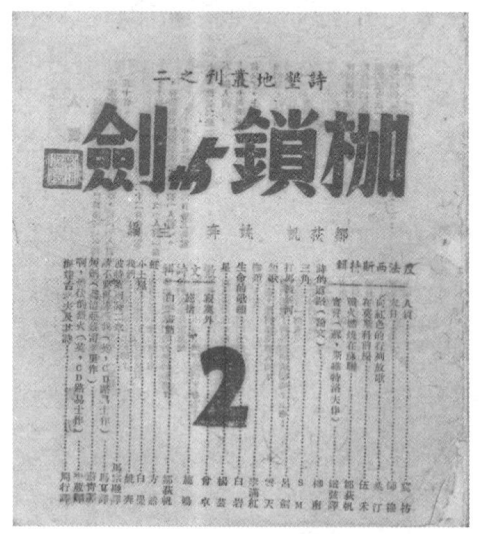

"诗垦地丛刊"书影

年相识，组织诗垦地社，编辑出版《诗垦地丛刊》。他以喷射的诗歌创作热情，与友人共取诗歌的温暖。这首《青春》，以带刺的玫瑰为意象，叙述了诗人渴望打破寂寞生活的心声。那"被刺伤的手指滴下的血珠"，是一种象征，在亲人离乱、战火蔓延、遍地疮痍的环境下，诗人的心在滴血。诗的最后两句："让玫瑰装饰你的青春，/血渍装饰我的青春"，作者以玫瑰祝福明天，愿以青春的热血投之于抗战的疆场。

1943年，诗人考入重庆中央大学历史系学习。在此期间，他不顾国民党特务的监视，积极组织"桔社"、"中大剧艺社"，定期出墙报；参加过艾青、田间诗歌朗诵会，演出过夏衍的《上海屋檐下》，老舍、宋之的合编的《国家至上》，契诃夫的《求婚》，以及鲁迅的散文诗剧《过客》；还于1944至1945年编辑《诗文学》。1947年毕业后，回武汉为《大刚报》主编《大江》副刊，以此为阵地，发表了大量抗战诗作，当时就有评论说："《大江》是武汉的一点光。"

在邹荻帆陪同下，曾卓两次拜访胡风。"简单的交往，几乎影响了我一生"，诗人的创作更加贴近现实的土壤，诗歌的战斗性得到加强，逐步成为"七月诗派"的

1984年,曾卓(左)、邹荻帆(中)、绿原(右)在长江诗会上

中间力量。一批为时代而歌的优秀诗篇,如《来自草原的人》、《母亲》、《铁栏与火》、《有赠》等应运而生。曾卓说过:"我知道,读者是不能欺骗的。他们首先区分真诗和非诗,然后才区分好诗和不好的诗。"1922年出生于湖北省武汉的诗人,一直像长江上的水手,苦守情感的航船,以鲜明的诗歌形象,抒写着对时代、对亲人、对命运的爱。

1950年,诗人任教于湖北省教育学院和武汉大学中文系。1952年任《长江日报》副社长,当选武汉市文联、文协副主席。1955年曾卓卷入胡风案,同年6月被捕入狱。1957年保外就医,1979年得到平反。

诗人从没有放弃对生活的歌唱。他依然笔耕不辍,并热心帮助研究"七月诗派"的学者挖掘史料、拜访友人。年近八十,仍西登武当,南游海南,不顾身患重疾,抱着一颗赤子之心,创作了许多精美的散文。其中,《听笛人手记》以诗化的语言解读世界名著,体现了诗人一如既往的真诚,富有睿智,给人启迪。

2002年4月,诗人辞世。著有《曾卓文集》3卷。

2003年,国际华人诗会将"当代诗魂金奖"授予这位真诚的诗人。人们赞誉曾卓:"三楚铸诗魂,五洲吟神韵。"人们将一直记住诗人在《有赠》中的吟唱:

你的含泪微笑的眼睛是一座炼狱,

你的晶莹的泪光焚冶着我的灵魂,

我将在彩云般的烈焰中飞腾,

口中喷出痛苦而又欢乐的歌声……

程光锐：你来自乌克兰的草原

抗战诗人：程光锐

夏季暴雨刚过的日子，
在龙门，
我第一次看到你：
你来自乌克兰的草原，
你生着美丽的金发的
乌克兰人。
我以久久蛰伏在内心的
倾慕的微笑迎接你，
我以毫无隔阂的
国际的爱情招呼你，

你不是也在微笑吗？
而且你还闪着挚热的目光
望着我呀！

你是从第聂伯河岸劳动的土地上来的，
你是飞过中国西北高原的群山，
渡过黄河两岸的
大风砂的海洋来的。
今天，你以异国的旅程
所给予你的无限的愉悦
又向那为浓烈的战争的气息
所沉湎的襄河岸走去。
我们被笨重的卡车载着，
在泥泞的公路上
艰难地爬行着。
我们驶过
那摇动着谷类丰美的叶子的田野，
我们绕过
那为战争的风暴所摧毁的桥梁，
我们驰过
无数的山脉、河流和村庄。
那些以亲密的爱情

1941

互相拥抱着的

中国的山脉、河流和村庄呀，

对于你是多么陌生而有趣呵！

我们的卡车

在泥泞的公路上颠簸着，

在旷野的绿色海洋上颠簸着，

我们以激越的情绪

向着旷野的边缘驰去，

这无边无际的旷野呀！

这在战争的日子里 1727

急剧的蜕变的土地呀，

它会使你忆念起

你今天也为战争的光焰

照耀地透明的第聂伯河，

使你忆念起第聂伯河岸

轰响着战斗歌声的

辽阔的乌克兰的草原吗？

一九四一年夏，洛阳—老河口途中

这是一个跨度很大的诗人。他对乌克兰草原的歌唱、对异域女子的赞美，让我们品尝到抗战诗篇的另一类甜蜜。

1918 年，作者程光锐出生于江苏省睢宁县。1937 年从安徽省立蚌埠乡村师范毕业后，就参加了中华民族解放先锋队。随后在徐州加入第五战区文艺宣传队，开赴鄂北抗日前线。李宗仁担任该队名誉队长，作家姚雪垠、臧克家、碧野都曾被聘请为该队临时教员。

1936 年 10 月 19 日，鲁迅逝世。在师范读书的程光锐写下一首《十月的风》，刊登在 10 月 27 日出版的《皖北时报》副刊上。诗中写到："十月的风，/ 吹来不幸的消息……/ 在中国，/ 在劳苦大众的群里，/ 在民族解放的阵线里，/ 一颗亮的星，/ 拖着——/ 最后的光线，/ 熄灭了。"那年，诗人 18 岁。2010 年，抗日战争胜利 65 周年之际，在三峡博物馆承办的"重庆岁月———海峡两岸抗战文物展"上，程光锐在《商务日报》做编辑时用的一只棕箱作为抗战文物，与抗战时期重庆市民进入防空洞躲避轰炸的入洞证、董必武任联合国代表的委任状等，一起见证那段光辉的岁月。

以笔为枪：重读抗战诗篇

"三友诗派"合影：刘征（左）、臧克家（中）、程光锐（右）

时任《人民日报》记者的程光锐（右）、颜世贵在南京采访留影

诗作写于1941年，其时作者正颠簸在抗日救亡的路上。应该是偶遇，当年轻的诗人"被笨重的卡车载着，/在泥泞的公路上／艰难地爬行着"，遇到"美丽的金发的乌克兰人"，作者丰富的联想由此展开，"那些以亲密的爱情／互相拥抱着的／中国的山脉、河流和村庄呀，/对于你是多么陌生而有趣呵！"读着这些爱意朦胧的诗句是多么美妙，能在命运飘摇的战争年代怀念爱情，更加让人怀想生命的可贵！全诗抒情浓郁，"我以毫无隔阂的／国际的爱情招呼你，/你不是也在微笑吗？／而且你还闪着挚热的目光/望着我呀！"异域女子的热烈，跳跃在眼前。作者从"倾慕的"的女子眼里出发，想象她们"从第聂伯河岸劳动的土地上来"，想象她们"飞过中国西北高原的群山"，让人把中国抗日战场和世界反法西斯战场联系起来。那响着战斗的歌声、辽阔的乌克兰草原，成为诗人梦中的草原。

几十年后，以国际友谊为题材的诗作在诗人笔下再放光彩。诗人曾自述：1957年秋天去苏联记者站，那时到了一个新的地方感到新鲜，使我又拿起了笔。以后因我一直搞国际宣传，同时又因这个时期，亚非拉各国人民争取独立解放的斗争风起云涌，激起了我创作情绪的高涨，写了不少国际题材的诗作，像《黎明之歌》《自由》、《南方海燕》、《密西西比河岸的歌声》，以及《和马雅可夫斯基谈话》、《伟大的普通一兵》……上世纪70年代，程光锐和首届中国音乐金钟奖终身荣誉勋章获得者、作曲家晓河合作，创作了《独立之歌》。1975 年 7 月 5 日，佛得角共和国从几内亚比绍独立出来，成为了两个国家，这首歌曲自然成为了两个国家的国歌。而诗人与钟立民合作的《保卫古巴》一歌，广为传唱。

想象空间巨大的诗人，其诗作注定传得更远。诗人长期在《人民日报》工作，在报道火热生活的时候，写下了许多时代鲜明的诗作，如《黎明鸟》、《雷雨颂》、《黎明之歌》、《自由》、《笑声滔滔》、《海祭》等。诗人写给张志新烈士的诗，题目叫《不朽的琴弦》，这之后，诗人把自己的诗作以同名结集出版。诗人以孜孜不倦的追求，实现着永远的歌唱。

上世纪 80 年代初，诗人与臧克家、刘征三人合集古体诗《友声集》出版，对当时的古体诗词与朦胧诗之争起到了发聋振聩的作用，同时也标志着"三友诗派"的确立。

2000 年 5 月，诗人在《中华诗词》上发表《沁园春——咏铜奔马》词：

腾雾凌空，横驰万里，踏燕追风。

是绿耳归来，飞扬欢跃，黄巾曾跨，陷阵冲锋？

矫矫英姿，骁骁神采，巧手雕成意态雄。

两千载，竟长埋幽壤，瑰宝尘蒙。

春来故园重逢，问满眼风光是梦中？

诧高楼遍地，渺无汉阙；长桥卧波，不是秦宫。

一觉醒来，人间换了，日耀山河别样红。

重抖擞，送风流人物，跃上葱茏。

臧克家写信给诗人说："《东汉铜奔马》一到眼，如美梦初醒，心情激动，往事冲胸，不能入睡。你的这首词，如此动我心，大有无此词皆空(之感)。当年我喜心难抑，抄给茅盾，他也说好。"那马踏飞燕的"铜奔马"，莫不是诗人对汉文化浓郁的故乡的思念？莫不是想，再踏着当年唱遍全国的《勘探队之歌》的旋律，在大地上飞翔？

2013 年 10 月，诗人辞世，享年 95 岁。曾任《报告文学》杂志副主编、《诗刊》编委等。

严 辰：早 晨

抗战诗人：严 辰

早啊，延河！
当我抹着朦胧的眼睛，
用农夫去早耕那么鲜健的心情，
跑到你身边的时候，
你也早醒过来，
在揭开轻纱般的雾幔了；
一股清新的气息，
从河面扑来，
欢迎着，并且拥抱着我。

雾慢慢散去，

各处显现出来闪动的人影，
我才知道，在这儿
我并不是起来得最早的一个。

河埠头，
毛驴竖着长耳朵，
驮去了满桶清水；
靠河水的照映，
女孩子们早擦净了脸，
梳顺了乌亮的头发，
蹲在光滑的石头上，
在搓洗成堆的衣衫了。

一群群青年，
好比早晨的雀鸟，
跳跃着，歌唱着，
那么愉快又活泼，
他们挟着那些光辉的书籍，
和爬满整齐的小字的笔记本，
在匆匆地赶向礼堂去听报告。

山沟里，
牧童赶着牛犊，

1941

——那像土地一样赭黄,
和土地亲切合作的牛犊,
去到茂盛的草地;
在坡上,
牧羊人吹起嘹亮的口哨,
羊群就昂着头,鸣叫着随声拥去。

那灰白的大路上,
响过来一串铃铛,
大队的骡子,
抖动着和新嫁娘一样
装饰得非常漂亮的缨络,
宽阔的背上,
驮运来远近四方的产物。

尘头起处,
将军疾驰而过,
他的菊花青,
四蹄腾空地奔跑,
它跑过田野,跑过沙滩,跑过湍急的河流,
背后卷起一阵尘土,
向望不到边的远方消逝。

早啊!
你活泼的女孩子们,
你毛驴、牛犊和羊群,
你充满生命力的青年,
你牧人和村童,
你朴实而英勇的将军……
你们都好啊!
你们这样辛苦和忙碌,
你们的精神就像早晨一样蓬勃!

那边——
在接连的山岗后面,
光芒万丈的太阳起来了;
太阳照亮天空,
太阳照亮田野,
太阳照亮亲爱的延河,
在太阳的照耀里,
大地像含露的春花一样新鲜而美丽!

让我们歌唱吧!
有了这些太阳的儿女们的
艰苦的创造和开拓,
在这河边,
将展开来
一幅无比辉煌的新世纪的图景……

一九四一年
(选自《中国新诗选 1919—1949》
中国青年出版社,1956 年第 1 版)

以笔为枪：重读抗战诗篇

1958年，严辰与茅盾（中）、郭小川（右）在黑龙江哈尔滨合影

全国第一届新诗诗集评奖委员合影

除了《早晨》外，严辰还有《塔》、《路》两首收录于《中国新诗选》（1919—1949）。在《中国四十年代诗选》中，诗人的《马会》、《阿拉川》、《没法为你们立一支墓碑》也恭列其间。细细品味诗人的呕心之作，常有甜甜的味觉在萦绕，那些色彩明丽的画面、那些绽放笑脸的意象、那些镌刻忠诚的战士，在诗人笔下鲜活地奔跑着，从那个炮火纷飞的年代一直绵绵不断到今天，还将通向未来。

1914年12月，严辰生于江苏武进。1927年秋，入吴江乡村师范。1935年毕业于上海正风文学院。上世纪30年代在《现代》、《文学》上发表诗作，创办《当代诗刊》。

抗战初期，诗人流亡于武汉、重庆，参加中华全国文艺界抗敌协会。1941年到延安在"文协"写下第一支对革命圣地的颂歌《延河恋歌》和其他一些诗作。1942年后深入农村和部队体验生活。抗敌胜利后，在晋察冀华北联合大学文学系任教。

描写边区的风景，歌颂心中的圣地，每一个延安诗人都会唱出不同的歌。严辰"并不是起来得最早的一个"，却多了一份清新和欢乐。《早晨》从"揭开轻纱般的雾幔"开始，描写了五幅精致的图画，第一幅：河边梳妆的女孩，以及驮水的毛

根据地儿童团

驴;第二幅:去听报告的青年;第三幅:"吹起嘹亮的口哨"的牧羊人;第四幅:"运来远近四方的产物"的骡队。第五幅:"疾驰而过"的将军。分开来看是一幅幅寻常的生活场景,合在一起,就是根据地壮美的图画,那么井然有序,那么生机勃勃,那么健康明朗。在政治抒情诗创作队伍中,严辰以自然的状态,亲切地、轻轻地合着时代的节拍,坚定地走在队伍中。他习惯于把情感的抒发蕴藏在简单的叙述之中,引领读者拾阶而上步入佳境。

诗的后半幅,"光芒万丈的太阳起来了",不仅提亮了整个诗的意境,而且强化了诗歌的主题,表现了诗人对革命领袖无限的热爱,展现了"太阳的儿女们"光辉的未来。在诗人的另一首《我来了》中,我们依然能够深深地感受到诗人一直向上的真诚:"我来了,/带着默默的骄傲,/和发自心底的/不可遏止的欢笑……"

建国后,严辰先后任《人民文学》编辑部主任、《新观察》主编、《诗刊》副主编等职。1951年参加抗美援朝。1957年到黑龙江,任黑龙江省文联副主任、作协黑龙江分会副主席、《北方文学》主编。1977年回北京,任《诗刊》社主编。

以笔为枪：重读抗战诗篇

魏　巍：蝈蝈，你喊起他们吧

抗战诗人：魏　巍

战斗了一夜一早晨，战士呵，
用满挂露水的刺刀，
割一枝红酸枣吃下你便睡了！

睡得这样甜呵，
树影在你的军衣上绣起了花朵，
大红枣跳到子弹带上你也不知道。

螳螂，你这个勇敢美丽的昆虫，
你站在战士的脚上，触须轻轻舞动。
你可是在偷看他们的梦？

你可曾看见，在他们的梦里：
手榴弹开花是多么美丽，
战马奔回失去的故乡时怎样欢腾，
烧焦的土地上有多少蝴蝶又飞上花丛！

呵，蝈蝈，你喊起他们吧！
在升起笔直的青烟那边，
早饭已经熟了。

一九四一年九月二十四日于易县铁管沟门
反"扫荡"中
（选自《黎明风景》，
人民文学出版社1955年版）

"在朝鲜的每一天,我都被一些东西感动着;我的思想感情的潮水,在放纵奔流着;我想把一切东西都告诉给我祖国的朋友们。但我最急于告诉你们的,是我思想感情的一段重要经历,这就是:我越来越深刻地感觉到谁是我们最可爱的人!"这是作家魏巍在《谁是最可爱的人》一文开头写的文字,富有感情而又亲切。1951年6月,朝鲜战争爆发,魏巍受命赴朝采访,深入前线,向世界奉献了一组最可爱的人的经典形象。

近距离地贴近写作对象是魏巍创作的一个显著特点。在这首《蝈蝈,你喊起他们吧》诗歌中,诗人以细腻的笔法,刻画了一群从战场上凯旋战士的形象。下笔之精妙,联想之丰富,有力地烘托出诗歌的主题。

诗歌的第一节:诗人描绘了一个动人的画面:战士"用满挂露水的刺刀,/割一枝红酸枣吃下你便睡了!"用露水"修饰"刺刀,一刚一柔,画面鲜明。其含义还有:说明硝烟已经退去,战士深夜归来,一场战斗已经结束。接着,诗人以细节衬托抗战将士的辛劳,一个是"树影在你的军衣上绣起了花朵",另一个是"大红枣跳到子弹带上你也不知道",这个大红枣也许还是战士刚从树上摘下来的,也许刚送到嘴边战士

1945年,魏巍(右)在冀中平原

1952年,魏巍(右)在朝鲜三登野战医院访问志愿军模范护士罗克贤

《黎明风景》书影

以笔为枪：重读抗战诗篇

就累得睡着了。露营战士酣睡的可爱形象就这样逼真地呈现在读者面前。

蝈蝈，农村春夏季节最常见的昆虫，成为诗人抒情的载体，这可能是抗战诗歌史上最美丽的一只昆虫了。"你可是在偷看他们的梦？"拟人化的手法，让"触须轻轻舞动"的蝈蝈富有灵性，似乎还见证了战士的胜利。而蝈蝈的叫声与战士的安睡，形成了一动一静的对比，诗艺之巧、意象选择之到位，显示了作者长期坚持一线创作的功力。

作为一起抗击敌人的战友，全诗洋溢着诗人浓浓的情谊，那份细心、那份体贴、那份关爱，让人感动。诗的最后，诗人别出心裁地让蝈蝈喊醒战士，一句"早饭已经熟了"，是那么自然，又是那么恰到好处。

诗后的小注，交代了写作的背景：1941年，侵华日军华北方面军总司令冈村宁次集中了13万以上的兵力，分兵13路对晋察冀抗日民主根据地北岳区进行空前的大"扫荡"。然而，我抗战军民没有被日寇杀光、烧光、抢光的残酷吓到，而是积极抗战，发起"百团大战"，给日寇沉重的打击。易县杖管沟门反"扫荡"就是敌后抗战的一个侧影。

作者一贯以"诗人、战士"的责任要求自己。在他的心目中，"他们的品质是那样的纯洁和高尚，他们的思想是那样的坚韧和刚强，他们的气质是那样的淳朴和谦逊，他们的胸怀是那样的美丽和宽广！"谁是最可爱的人？这首诗已有赞美。

魏巍1920年3月出生于河南省郑州，中共党员。1937年12月在山西加入八路军。1938年，进入延安抗日军政大学学习。1942年以长诗《黎明的风景》获晋察冀边区文联颁发的"鲁迅文艺奖金"。

《谁是最可爱的人》在全国产生广泛影响后，作者热情高涨。1957年魏巍参加编写《华北解放战争史》。1978年创作完成了抗美援朝题材长篇小说《东方》，获首届中国人民解放军文艺奖、首届茅盾文学奖。其后，他创作的《地球的红飘带》获"人生的路标"奖及人民文学奖。

2008年8月，魏巍因病于北京辞世。

有评论说："在魏巍身上始终具有革命诗人的那种气质：敏锐的感应，饱满的激情，并在他的文、小说、杂文、通讯创作中，始终弥漫着一种诗的气息，即构思时诗的意境，行文时诗的语言。"

黄宁婴：远天的木棉

抗战诗人：黄宁婴

（木棉树开花 结实
木棉絮满天飘扬
你 昔日
追拾木棉絮的孩子呀
也随木棉絮满天飘扬吗）
我有木棉枝
一样脆弱的情感
我有木棉絮
一样洁白的胸怀
我更有比木棉花
点燃得更红的心呵

往年木棉花开的时候
在清晨
我爱攀登屋顶
叫自己长成屋后的
木棉树那么高
然后唱一支清丽的歌
让歌声绕过木棉林
惊散了林中的雀鸟
让雀鸟扬起棉絮飞
那时 更远更远的
木棉林梢
正挂上一轮耀目的朝阳

往年木棉花开的时候
在傍晚
当我们放学归家
横过一片用木棉树镶边的
广阔的旷地
一朵朵的木棉絮
象小雪球
在天空飘
在地上滚
于是谁都丢掉了书包
脱掉了累赘的外衣

以笔为枪：重读抗战诗篇

在东风里追逐着
争拾这可爱的东西
喧嚷与欣跃
象夺回已逝的一度春光
要不是木棉絮涨满了口袋
谁肯先回去呢
等到木棉花落尽了
木棉树长满青青的嫩叶
木棉絮已变成我的软枕
夜夜为我绣着梦花

我爱木棉
为了她是我最厮熟的伴侣
我爱木棉
为了她有不甘落后的雄心
我爱木棉
为了她是我故乡的名字啊

然而 在木棉树
秃立着的一个秋天
风暴从海上卷来
敌人从海上卷来
炮火灼焦了大地
血污涂遍了大地
就是那一个秋天呀
我们飘扬四方

象木棉絮

如今 木棉树下
拴着敌人的战马
木棉花
映着狰狞的醉脸
木棉絮呀
木棉絮将化作春泥……

我呼唤你
英雄树呀
昔日追拾木棉絮的孩子
今日已是擎枪的战士
他们满布在山的那边
他们满布在河的对岸
他们正以生命
换取你的自由

我呼唤你
英雄树呀
当胜利的日子到来
敌人为风暴卷下了海
我将为你唱一支壮歌
叫朝阳更耀目
木棉花开得更红

一九四一年一月廿六日，桂林

广州荔枝湾园惨遭日机轰炸,图为被中华救护队收殓起来的死于战火中的儿童

从1937年8月31日首次空袭广州起至1938年10月21日广州沦陷,日寇共对广州进行了长达14个月的狂轰滥炸,其轰炸密度仅次于当时的陪都重庆。空袭广州的日机共有近百批900多架次,共炸死居民6000多人,砸伤近8000人,毁坏房屋4000多间,毁坏船只近百艘。最为惨重的是1938年5月、6月间的大轰炸,仅仅一个多星期,日军共出动飞机14批100架次。从1937年8月31日至1941年底,广东共遭日机19281架次的轰炸,投弹33857枚,死伤18991人。

日军进入广州后,铁蹄所至,村庄成废墟,人尽变鬼魂。1937年11月24日广州公布的人口共有121.6万人,到1943年9月15日,全市只剩64.3万人,人口减少了将近一半,其中相当部分是被日本飞机炸死、遭日本军队屠杀或折磨死的。

高大的木棉树是南国的象征。而木棉花也常被人称为英雄花,象征着艳而不俗的品格。宋代诗人杨万里曾有诗赞曰:"姚黄魏紫向谁赊,郁李樱桃也没些。却是南中春色别,满

以笔为枪：重读抗战诗篇

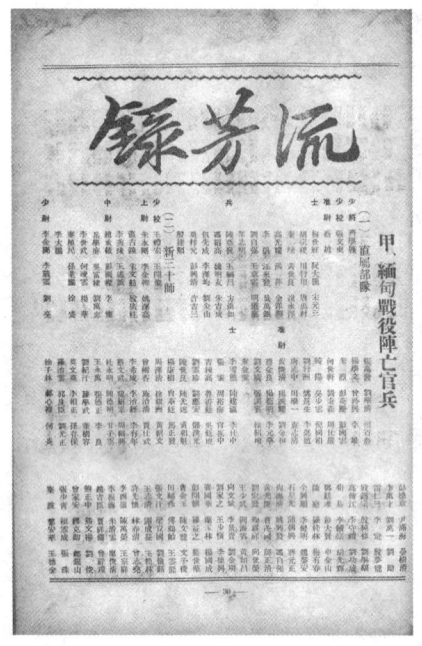

1945年夏，中国驻印军新一军凯旋回国，并继续保持着原有的称号，准备配合盟军攻势，进攻广州湾，打到东京去。8月，日本无条件投降，第二次世界大战终于结束。9月6日，中国驻印军新一军奉命改赴广州，接受日军投降。这是载有新一军印缅作战阵亡将士名单的《流芳录》

城都是木棉花。"

出生于广东省台山的黄宁婴，难忘家乡的风景，以极其细腻的手法，借木棉花抒情抒意，为抗战诗篇的浪漫长卷贡献了一朵别致的"火红"意象。

诗歌以三个"我有"开篇，以质朴的情感强调了孩童时代特殊的记忆，接着，诗人以两句"往年木棉花开的时候"，给我们描摹了一幅幅美好的画面，和木棉树比高，给木棉树唱歌，放学后，"在东风里追逐"木棉絮。场面生动活跃，如近在眼前。"横过一片用木棉树镶边的/广阔的旷地"，一个"横过"，说明了一群放学少年不规矩走路的样子；一个"镶边"，说明大地周围都是木棉树。这个"镶"是动词，但却富有色彩，让人联想到空旷的地面上，长着一圈圈绿意茵茵的木棉。诗人对木棉树、木棉花的爱，是从记忆深处掘起的一眼清泉。"等到木棉花落尽了/木棉树长满青青的嫩叶/木棉絮已变成我的软枕"，在这里，诗人又化身为一个孩子，依偎着用木棉絮做成的软枕，这是多么纯净的情感。

"我爱木棉／为了她是我故乡的名字啊"，透露出作者引木棉花为骄傲的喜悦。以木棉代之以故乡，亲近的情感、奇特的想象，是那样自然，读后，全身温暖。

抗战前后，黄宁婴一直是广州诗坛社、《广州诗坛》杂志的中坚力量。1936年，他与陈残云等人出版《今日诗歌》、《诗场》。1938年他从中山大学经济系毕业，1940年辗转桂林、柳州、广州各地。1945年先后任香港"文协"理事和《华商报》影剧双周刊编辑。

这位1932年就写诗的学子，始终以诗歌为伴，坚持面向大众，投身火热生活。《远天的木棉》后半段，控诉了战争的炮火撕裂了家乡的美景，呼唤木棉化身为抗敌的"英雄"，充满了战斗的豪情。"风暴从海上卷来／敌人从海上卷来／炮火灼焦了大地／血污涂遍了大地"，作者为我们呈现了一幅简约的南国抗战画卷，一句"木棉树下／拴着敌人的战马"，表示了对故乡的哀叹。"昔日追拾木棉絮的孩子／今日已是擎枪的战士／他们满布在山的那边／他们满布在河的对岸／他们正以生命／换取你的自由"，诗中的"你"，是木棉，也是故乡，是诗人誓死要保卫的家国。

全诗意象鲜明，一气呵成，不觉冗长。

70年代，黄新波（左一）、陈残云（左二）、黄宁婴（右一）等合影（黄元供图）

木棉花

清新的风格，为作品增添了不少亮光。

解放后，诗人主要从事戏曲创作和文艺领导工作。曾任中国剧协广东分会副主席、中国作家协会广东分会副主席、《作品》副主编。著有《九月的太阳》等。

以笔为枪：重读抗战诗篇

抗战诗人：老 舍

老　舍：七夕有感

抗战今开第五年，男儿志在复幽燕。
金陵纵有降臣表，铁甲终辉国士天。
斜汉双星休乞巧，西风万里且争先。
多情最是卢沟月，犹照英雄血色鲜。
——一九四一年重庆

旅居山城数年，目睹抗战风云，从小出生在北京小羊圈胡同8号（现小杨家胡同）的老舍，在七夕传统节日，仰望星空：北京的卢沟晓月，一直悬挂在这位早有文名的作家心头。

1986年，老舍夫人胡絜青为《老舍在北京的足迹》一书做序时说："老舍和北京分不开。没有北京，就没有老舍。老舍生在北京，长在北京，死在北京，他的一切都属于北京……"

老舍1899年2月生，北京满族正红旗人。现代著名作家，杰出的语言大师，新中国第一位获得"人民艺术家"称号的作家。老舍是一位"劳动模范"，一生创作了1000万字作品，代表作有《骆驼祥子》、《四世同堂》、《茶馆》。仅旧体诗就约300首，12万字左右。朱光潜曾说："据我接触到的世界文学情报，全世界得到公认的中国新文学家也只有沈从文与老舍。"一家之言，仅为备考。

1938年，老舍被选为中华全国文艺界抗敌协会常务理事兼总务部主任，对内主持日常会务，对外代表"文协"，并全面负责总会的领导工作。同年7月，随"文协"西迁重

以笔为枪：重读抗战诗篇

成都"文协"合影

文协时期的老舍

抗战文艺丛书《三四一》书影

庆。抗战八年中，对文艺界的团结抗日多有贡献。他写于抗战时期的作品，也多以直接为民族解放服务为题旨。战争初期，他热情提倡通俗文艺，写作宣传抗日的鼓词、相声、坠子等小型作品，供艺人演唱。随后，转向直接向群众宣传的话剧创作，连续写作《残雾》、《张自忠》、《国家至上》等10余个剧本，颂扬民族正气，表彰爱国志士，批判不利于团结抗日的社会弊端，在当时起了积极的宣传作用。"文协"还提出了"文章下乡，文章入伍"的口号，对鼓励作家深入现实生活和实际斗争产生了积极的作用。"多情最是卢沟月，犹照英雄血色鲜。"以老舍大手笔，这份才情、豁达真是信手由来，却又字字见血。

1966年8月，由于受到文革迫害，这位天才艺术家含冤自沉于北京太平湖。胡风说过："舍予是经过了生活底甜酸苦辣的，深通人情世故的人，但他底'真'不但没有被这些所湮没，反而显得更凸出，更难能而且可爱。所以他底真不是憨直，不是忘形，而是被复杂的枝叶所衬托着的果子。他底客客气气，谈笑风生里面，常常要跳出不知道是真话还是笑话的那一种幽默。现在大概大家都懂得那里面正闪耀着他底对于生活的真意，但他有时却要为国事，

1941

1961年，老舍、胡絜青夫妇

为公共事业，为友情伤心堕泪，这恐怕是很少为人知道的。"可见，同样受迫害的胡风是懂老舍的。

老舍原名舒庆春，含庆贺春来、前景美好之意。上学后，自己更名为舒舍予，含有"舍弃自我"，亦即"忘我"的意思。

抗战时期，一直喜欢民间曲艺创作的老舍，创作过一段贯口，由后人默写整理而出。现在读来，别有一番滋味。

卢沟桥头洒遍壮士热血，宛平城内填满健儿头颅；山河变色，满地硝烟。国民奋起，齐挥鲁阳之戈；将士用命，怎能黔驴技穷？敌人飞机大炮虽多，不能胜我大刀白刃；倭寇战舰铁牛虽利，不能克我铁臂铜头。倭以铁来，我以血往。黄浦江边英雄壮烈传千古，吴淞口岸豪杰伟绩永千秋。保山城杨子清将军英灵不瞑；古北罗吉田团长忠魂长在；佟麟阁赵登禹为国身亡着先鞭；郝梦龄刘师长抗敌牺牲继后效。自全面抗战以来全民气沸腾。前方将士冒枪林浴弹雨与敌人周旋炮火之间，后方民众捐金钱送给养毁家纾难走救亡之路……

以笔为枪：重读抗战诗篇

穆 旦：赞 美

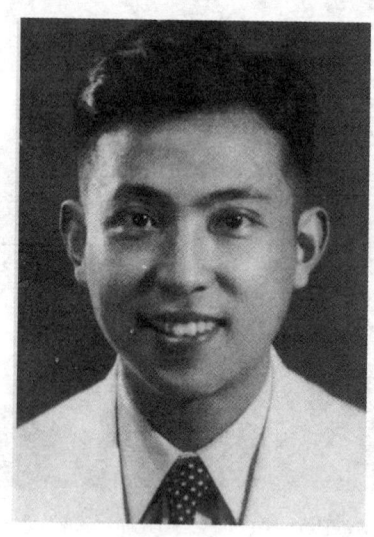

抗战诗人：穆 旦

走不尽的山峦和起伏，河流和草原，
数不尽的密密的村庄，鸡鸣和狗吠，
接连在原是荒凉的亚洲的土地上，
在野草的茫茫中呼啸着干燥的风，
在低压的暗云下唱着单调的东流的水，
在忧郁的森林里有无数埋藏的年代。
它们静静地和我拥抱：
说不尽的故事是说不尽的灾难，沉默的
是爱情，是在天空飞翔的鹰群，
是干枯的眼睛期待着泉涌的热泪，

当不移的灰色的行列在遥远的天际爬行；
我有太多的话语，太悠久的感情，
我要以荒凉的沙漠，坎坷的小路，骡子车，
我要以槽子船，漫山的野花，阴雨的天气，
我要以一切拥抱你，你，
我到处看见的人民呵，
在耻辱里生活的人民，佝偻的人民，
我要以带血的手和你们一一拥抱。
因为一个民族已经起来。

1941

一个农夫，他粗糙的身躯移动在田野中，
他是一个女人的孩子，许多孩子的父亲，
多少朝代在他的身边升起又降落了
而把希望和失望压在他身上，
而他永远无言地跟在犁后旋转，
翻起同样的泥土溶解过他祖先的，
是同样的受难的形象凝固在路旁。
在大路上多少次愉快的歌声流过去了，
多少次跟来的是临到他的忧患；
在大路上人们演说，叫嚣，欢快，
然而他没有，他只放下了古代的锄头，
再一次相信名词，溶进了大众的爱，
坚定地，他看着自己溶进死亡里，
而这样的路是无限的悠长的
而他是不能够流泪的，
他没有流泪，因为一个民族已经起来。

在群山的包围里，在蔚蓝的天空下，
在春天和秋天经过他家园的时候，
在幽深的谷里隐着最含蓄的悲哀：
一个老妇期待着孩子，许多孩子期待着
饥饿，而又在饥饿里忍耐，
在路旁仍是那聚集着黑暗的茅屋，
一样的是不可知的恐惧，一样的是

大自然中那侵蚀着生活的泥土，
而他走去了从不回头诅咒。
为了他我要拥抱每一个人，
为了他我失去了拥抱的安慰，
因为他，我们是不能给以幸福的，
痛哭吧，让我们在他的身上痛哭吧，
因为一个民族已经起来。

一样的是这悠久的年代的风，
一样的是从这倾圮的屋檐下散开的
无尽的呻吟和寒冷，
它歌唱在一片枯槁的树顶上，
它吹过了荒芜的沼泽，芦苇和虫鸣，
一样的是这飞过的乌鸦的声音。
当我走过，站在路上踟蹰，
我踟蹰着为了多年耻辱的历史
仍在这广大的山河中等待，
等待着，我们无言的痛苦是太多了，
然而一个民族已经起来，
然而一个民族已经起来。

一九四一年十二月
（初刊一九四二年二月十六日《文聚》
选自诗集《旗》1948年）

以笔为枪：重读抗战诗篇

我相信：25岁的穆旦行进在中国远征军的行列中，那一直挂在脸上的微笑，肯定是一颗最亮的星。1942年2月，穆旦以翻译之长，从西南联大应召入伍，以中校翻译官的身份随军进入缅甸抗日战场。同年5月至9月，亲历滇缅大撤退。

在一首广为流传的《森林之魅——祭胡康河谷上的白骨》（见《穆旦诗文集》第146页）诗作中，穆旦悲壮的歌声仿佛还在野人山的密林里回响："在阴暗的树下，在急流的水边，/逝去的六月和七月，在无人的山间，/你的身体还挣扎着想要回返，/而无名的野花已在头上开满。"入缅参战的10万中国远征军，除1万多战斗减员外，有5万多人因恶劣环境，永远留在了异国他乡。

1918年2月生于天津的穆旦，来自于浙江海宁一个望族。1929年入南开中学读书。1935年考入清华大学地质系，半年后改读外文系。早年即有诗名，面对日寇的侵入，他以《哀国难》警醒世人："眼看祖先们的血汗化成了轻烟，/铁鸟击碎了故去英雄们的笑脸！/眼看四千年的光辉一旦塌沉，/铁蹄更翻起了敌人的凶焰！"

七七事变后，诗人随校南迁长沙，后又徒步远行至昆明西南联合大学。同年在香港《大公报》副刊和昆明《文聚》上连续发表《合唱》、《防空洞里的抒情诗》、《从空虚到充实》、《赞美》、《诗八首》等具有代表性的作品。1939年，诗人系统地翻译了拜伦、奥登、雪莱

中国远征军在渡河

穆旦、周与良夫妇。

等诗人作品,所作诗歌充满了迤逦瑰丽的现代主义色彩。1940年,诗人留在西南联大任教,在叙永分校接待新生。

《赞美》写于1941年,第一段,以广角镜头,描绘了灰色天空下的山峦、河流、草原,是一种广泛的抒情,能够明确的中心意象就是广袤的农村。有两个具象的物件如骡子车、槽子船,还能透露出一丝北方的味道。"在耻辱里生活的人民,佝偻的人民,/我要以带血的手和你们一一拥抱。"表达了诗人一种投身民众的姿态。

诗的第二、第三段,刻画的是一个"永远无言地跟在犁后旋转"的农夫形象。他象征了古老的中国社会,象征了生命的轮回。在作者别致的抒情中,农夫"是一个女人的孩子,许多孩子的父亲",是历史长河中的摆渡人。"在春天和秋天经过他家园的时候,/在幽深的谷里隐着最含蓄的悲哀",这悲哀是农夫的,也属于多难的故国。

结尾段有三个"一样",以"沼泽、芦苇、虫鸣和乌鸦"为意象,展现的是寂寞的现实、"枯槁"的感情。"我踟蹰着为了多年耻辱的历史/仍在这广大的山河中等待,/等待着,我们无言的痛苦是太多了",这里沉淀了诗人太多的感奋和无言的痛楚。

以笔为枪：重读抗战诗篇

1938年在昆明的穆旦

穆旦翻译的《欧根·奥涅金》，1957年初版

让人感怀的是，在诗的每一段结尾，诗人都以"一个民族已经起来"为号召。在作者心中，这份感怀持续了一生。拖着病躯、从野人山累累白骨中回到祖国的穆旦，继续着他的诗歌梦想。1945年创办沈阳《新报》，任主编。同年9月，诗人以入缅作战的经历，向我们奉献了中国现代主义诗歌史上著名诗篇——《森林之魅——祭胡康河上的白骨》。1948年，诗人在联合国世界粮农组织救济署和美国新闻处工作。1949年8月自费赴美留学，入芝加哥大学攻读英美文学、俄罗斯文学。1952年6月毕业于芝加哥大学，获文学硕士学位。1953年初，诗人和妻子周与良一起回到天津，任南开大学外文系副教授。

1958年，诗人被指为历史反革命，调图书馆和洗澡堂，先后十多年受到管制、批判、劳改，停止诗歌创作，坚持翻译。1975年恢复诗歌创作，一举创作了《智慧之歌》、《停电之后》、《冬》等近30首作品。

1977年2月春节期间，穆旦因心脏病突发辞世，享年59岁。有《穆旦诗全集》。1979年平反。

后人把穆旦与辛笛、陈敬容、杜运燮等具有现代主义诗歌倾向的九位诗人称为九叶诗派。1981年，《九叶集》问世。其实，这些对诗人已不重要了。去世前，穆旦在《冥想》的诗中，已经向热爱他的人们作别："但如今突然面对着坟墓，／我冷眼向过去稍稍回顾，／只见它曲折灌溉的悲喜，／都消失在一片亘古的荒漠。／这才知道我全部的努力不过完成了普通生活。"不同的是，诗人"曲折灌溉"的诗篇，不会消失。

任 钧：警 报

抗战诗人：任 钧

"生孩两月去慈怀，十岁桩残命运乖；怅望南洋长挥泪，双亲骸骨葬天涯。"中学时代，任钧写下这首怀念母亲的诗。1909年，任钧出生，月余丧母，祖母将他从遥远的印度尼西亚里伯斯岛带回原籍广东省梅州。1928年，任钧到上海复旦大学学习，后在日本早稻田大学文学部留学，与叶以群等筹划成立"左联"东京分盟。

1931年，任钧在日本留学，有感于日本飞机轰炸东北，写下《我听见了飞

一声尖锐而悠长的汽笛，
在天空放射出
　仿佛闻得到血腥的信号，
——空袭警报又发出来了！

警报——
诚然带来了恐怖和震惊，
但同时也好象在敌我中间
　划下了一条红线，
使得双方的界限更加分明！

可不是吗？——
在那惊心动魄的长啸声中：
　用同样的动作，
　　同样的心情，
千万人都同时靠拢在一边，
　　同时感到共通的命运！

　　　一九四一年初，写于重庆
　　（选自《闻一多全集·现代诗抄》）

以笔为枪：重读抗战诗篇

战时重庆大轰炸照片之一

机的爆音》："我确信，总有一天，那同样颜色的飞机，也将在这里投下同样的杀人武器：也将投到工厂中，也将投到农村里，把老百姓大批炸死……"诗作编入日本反战人士诗集，引起较大反响。

这首《警报》是诗人1941年旅居重庆时所写。抗战期间，从1938年2月18日到1943年8月23日，日寇对重庆进行了长达5年半的战略轰炸，出动9000多架次的飞机，投弹11500枚以上，造成了万人以上的伤亡。尤其是1941年6月5日的大轰炸，引发了震惊中外的六五隧道惨案，数千人因踩踏、窒息死亡。诗中的"血腥的信号"，就是指战时重庆人民所遭受的苦难。诗的第二段"划下了一条红线"，其实是对日寇刻下更深的仇恨。最后，诗人把警报当作同仇敌忾的口令，号召民众同命运、共呼吸，"在那惊心动魄的长啸声中"奋起抗争。诗人曾说："诗人应该从正面去把这血淋淋的现实作为他作品的血肉，去产生他的坚实犀利的诗歌，然后再用那样的诗歌去催促和鼓励全国给敌人蹂躏践踏剥削得遍体鳞伤的大众，为着正在危亡线上的民族和国家作英勇的搏斗。"

1936年初，任钧参加了中国文艺家协会，并出版《冷热集》，所收诗作多以讽刺、揭露黑暗为主,被称为"中国第一本讽刺新诗"(阿英)。其后,又出版了《战歌》、《后方小唱》、《为胜利而歌》等。

建国后,任钧先后在上海音乐学院、上海师范学院任教。抗美援朝期间,他和司徒汉合作的歌曲《当祖国需要的时候》,唱遍了大江南北。文革中诗人遭关押。平反后的诗人没有停止歌唱,创作了一大批讴歌时代之作。正如诗人在《新诗话》中说得那样:"真、善、美的诗篇,一定是由诗人用生命、和血、和泪去写出来的,决不是用'笔'去'做'出来的","热爱生活、热爱人类、热爱世界——诗人便是比一般人更能热爱生活、人类、世界的人"。

2003年,诗人在上海辞世。有《诗笔丹心——任钧诗歌文学创作之路》等。

这位参加过太阳社、中国诗歌会的抗战诗人,始终以真诚对待人生、对待诗歌。那首《我歌唱》让人记忆犹深:"我歌唱——我是一口大钟,要用洪亮的声音/去唤醒沉迷的大众;/让大家——为着自己,为着民族:向前冲锋!……我歌唱——我是一只海燕,要替被压迫者/带来暴风雨的信号!我是一只乌鸦/要替吮血动物们/唱一支黑色的葬歌!"

战时重庆大轰炸照片之二

战时重庆大轰炸照片之三

《发光的年代》书影

吴兴华：绝句三首

抗战诗人：吴兴华

（一）

黄昏陌上的游女尽散向谁家
追随到长巷尽处不识的马车
一春桃李已被人践踏成泥土
独有惜影的红衣掩映在长河

（二）

高揖马鞭于熙来攘往的路歧
万户千门垂杨下我伫足沉疑
一夜的西风长安为落叶之国
不得不珍惜多年无尘的素衣

（三）

断肠于深春一曲鹧鸪的声音
落花辞枝后羞见故山的平林
我本是江南的人来江北作客
不忍想家乡此时寒雨正纷纷

（原载于一九四一年九月二十日《燕京文学》）

隐身在唐诗宋词里的吴兴华一定不寂寞，他以一口流利的外语，携手李商隐等一批婉约派诗人往来于山水间，还经常跨越时空，以隽秀的汉字对话意大利诗人但丁。

生于1921年11月的吴兴华，天津塘沽人，少有文才，记忆超群。1936年，吴兴华的诗作《歌》，发表于吴奔星在北平主编的《小雅》诗刊第2期，这是他的处女作。1937年，不满16岁的吴兴华考上燕京大学西语系，当年即以一首无韵体长诗

《森林的沉默》名震诗坛。他是中国现代文学史上的一个孤本,不仅是指他身处沦陷区,更主要的是,他以学贯中西的学养,融现代主义诗歌手法、传统诗词古典意象于一炉,为完整的抗战诗歌谱写了一章传统文化复兴的传奇。

吴兴华、谢蔚英夫妇

第一首绝句,可以转化为:陌上游女向谁家/长巷尽处不识马/一春桃李踏成泥/独有红衣映长河。这么来看,就是一篇红衣女子春天里的思亲之作。

第二首也可以这样读:高揖马鞭于路歧/万户千门足沉疑/一夜西风长安落/珍惜多年无尘衣。这里描绘的是彷徨于路途的男子,胸怀大志,却又难披征衣。

第三首绝句,简单来看:断肠深春鹧鸪音/落花辞枝见平林/本是江南来江北/家乡寒雨正纷纷。深春应该是满目繁花,为何诗人断肠在天涯?寒雨是指境况不同,心里觉得寒冷。

《吴兴华诗文集》书影

三首短诗可以独立成片,也可连缀在一起。一些传统诗词的意象,在诗人纤手编织下,化为绕指柔。新的阅读体验随之而来,新鲜的诗歌之风迎面吹来。作者化古为今,于一步一境中求得曲曲折折的表达。

吴兴华其他诗作,如《群狼》、《在黄昏里》、《火花》、《吴王夫差女小玉》等,都好像是唐人在欧洲的吟唱,融入了西方现代诗歌的特点。吴兴华主修英国文学,熟练掌握意大利文、法文和德文。作为翻译家,吴兴华是第一位把《尤利西斯》引进到中国来的人,他翻译的《神曲》和莎士比亚戏剧《亨利四世》被后人推崇为"神品"。

以笔为枪：重读抗战诗篇

战时的北平，远去的驼队

诗人父亲曾留学日本，早年行医，不幸夭亡。家道中落，身为家中长子，吴兴华很早就担起抚养八个年幼弟妹的责任。抗战胜利后，他考取了哈佛和牛津两所大学的全额奖学金，但因为家庭负担和身体患病而作罢。曾经教过吴兴华的英籍导师谢迪克回忆说："他是我在燕京教过的学生中才华最高的一位。"王世襄也说过："如果吴兴华活着，他会是一个钱钟书式的人物。"

1957年，因与苏联专家英文教学方法有不同意见，吴兴华被划为"右派"，从二级教授降为四级教授，被禁止授课及写作。1962年"摘帽"后又遇文革，吴兴华被归入"劳改队"。

1966年8月，吴兴华在"劳改"过程中，被红卫兵灌下从化工厂污水沟里排出的污水，中毒不治。年仅44岁。1978年，诗人得到平反。后有《吴兴华诗文集》出版。

啊这可悲的空间！我们所惊奇的，

不过是一点微尘，她或许看见过，

直觉的感受过什么，以至相形下，

一切都像是长流水，她则是岩石。

这首《给伊娃》是诗人1941年以西施为抒情对象的一首诗。也许，诗人就是那立于流水中的一块奇石，精巧之处还待更多的研究者细心挖掘。

胡　征：打水人

抗战诗人：胡　征

在井台上绞动
那骨碌骨碌的音响
催唤起黎明了

打水人呵
没偷过懒
大风雨的夜
落雪的清早
扛着辘轳上井台

打水人呵
从来不叫困难
踏着冻滑的山路走过去

打开冰锁的井口
担起满挑温水
唱着山歌走回来

他唱着受苦人的歌
黎明的歌
刘志丹在黎明前
给受苦人打天下的歌

打水人的歌
赶走了夜
打水人的歌
是黎明的歌

打水的人
天没亮就起来
他用粗壮的双手
握紧辘轳的铁把

以笔为枪：重读抗战诗篇

他用这歌声

教我们

去打天下

他用老实的工作

赶走了夜

唱起黎明

我们呵

在打水人的歌声中

跃起

来迎接

受苦人的黎明

　　一九四一年四月六日于延安

　　　　1917年生于河南省罗山的胡征，2007年1月在西安辞世，享年90岁。他一直以战士的姿态挺立在文坛上，接连而来的厄运从不能击倒这位坚强的诗人。胡征说："只要生命允许，我不会停下手中的笔。"

　　　　1938年，来延安之前，胡征已经发表、出版了十余种长诗、短诗、格律诗、诗论、小说和散文。等到了革命圣地之后，胡征不仅入了党，而且激发出更高的创作热情。在抗大学习时，与同学魏巍、侯亢等参加了"抗歌社"，视诗歌为革命的武器。1945年秋，他离开延安来到晋冀鲁豫边区，为根据地火热的生活所感染，写出了反映农村斗争的诗歌《主席台》和表现战争题材的《战汤阴》等。

　　　　在延安八年，胡征流连在宝塔山和延河水之间，他从延安百姓日常生活入手，在"延安诗稿"系列形象中，增添了一个新鲜的意象——"打水人"。诗人以"打水人的歌"起调，能够"赶走了夜"的歌一定是充满阳光的歌。接着，诗人给了一个特写："他用粗壮的双手／握紧辘轳的铁把"，根据地人民健康、快乐的形象一下子展现在读者的面前。诗人写了打水人的勤劳，写了打水人的艰苦，更写了打水人的歌"催唤起黎明"，这在抗战最艰难的时刻有着一番象征意义，展现了边区人民在黎明前具有的乐观的精神风貌。听着打水人唱的"山歌"，诗人想得更远："他唱着受苦人的歌／黎明的歌／刘志丹在黎明前／给受苦人打天下的歌"，这里不仅显露出所唱山歌的陕北风味，而且拓宽了诗的意境，歌是为打天下，歌是为天下受苦人。

诗歌最后的"迎接受苦人的黎明",强化了诗意的表达,指向了抗战最后的胜利。诗人没有堆砌意象,只是在单一的叙述中反复歌咏,语言平实,以一个常人不注重的视角切入,营造了一种纯净的诗歌氛围。

全国解放后,胡征在西南军区文化部任专业创作员,后调北京总政文化部编辑《解放军文艺》。上世纪50年代初,胡征依据随军记者的经历,创作出《七月的战斗》和《大进军》两部长诗,描绘了刘邓大军转战南北、迎接解放的历史壮举。胡风事件中,胡征被捕入狱,下放到陕西省宝鸡市陇县,蒙冤25年。

1980年平反后,胡征任陕西省社会科学院研究员,进入了他一生中的第二个创作高峰期,相继出版《诗的美学》、《胡征诗选》、《鲁西南会战》、《文心集》等八部著作。正当胡征倾心创作时,1995年,爱写诗的次子胡宽因病去世。四年后,长子胡胆因保护国有资产在家中被歹徒杀害。不久,伤心欲绝的老伴又离胡征而去。

谈到胡征,陈忠实说:"早在三四十年代的新诗界,胡征先生的创作就已如日中天,1949年建国后,他创作的长诗《七月的战斗》和《大进军》饱含着热情和诗性,在文坛上产生了强大的影响。他不但是中

胡征(前右一)家庭合影,次子胡宽(后右一)、长子胡胆(后右中)。

《七月的战争》书影

国现当代文学中卓有建树的伟大诗人,对于革命和党的事业,忠诚而富有激情。虽然,由于历史上的种种误会造成了极大的错误,让先生封笔封喉多年,然而当他重获写作自由后,又以近80岁的高龄创作了反映刘邓大军以少胜多的长篇纪实文学作品《鲁西南会战》,令人感动,当时省作协为胡老召开了研讨会,先生虽曾蒙受冤屈却胸怀宽大,他身上洋溢的激情以及痴心写作的精神更是令人钦佩。"

以笔为枪：重读抗战诗篇

魏荒弩：怀 念

抗战诗人：魏荒弩

在阴沉而窒息的天宇下
我怀念北方的蓝天
和我家门前的白杨树
那在十里开外
便能看见的高大的躯干
在树影婆娑中
我仿佛看见了
母亲那泪眼模糊的容颜……

在阴沉而窒息的天宇下
我怀念北方的蓝天

和自己的故乡
那横亘冀中平原的
波涛汹涌的滹沱河的两岸
在一片青纱帐里
我仿佛瞥见了那出没敌后的乡亲们
看他们的身影是何其矫健……

在阴沉而窒息的天宇下
我怀念北方的蓝天
和活跃在那里的
我的那些同窗伙伴

1941

他们像一粒粒火种
撒在了大河南北
在漫天大风沙中
我仿佛听见了他们在急切地呼唤……

在阴沉而窒息的天宇下
我怀念北方的蓝天
我怀念亲爱的母亲
怀念我的乡亲们和少年时代的伙伴

如今我被囚在病房的牢笼里
铁栏似的群山外，我的关乡梦远
我殷切地盼望着，明天我能乘风归去
去寻找那每个生灵都可以进入的伊甸……

一九四一年贵阳西郊青山坡疏散区

（录自《中国四十年代诗选》，重庆出版社1985年版）

一大批杰出的翻译家，从上世纪初开始，以饥饿的心态，以一己之力，在风雨飘摇的时代，努力做中外文化的摆渡人。他们醉心于汉字改革，倡导白话文，甚至不遗余力地推广世界语。在汉字与一切外语交流中，他们吸取异域的文化，追寻不一样的文学、科学、民主和自由。魏荒弩以一生的努力，默默前行在这样的一支队伍中。

1918年生于河北省无极的魏荒弩，又名魏真。从1938年起在贵阳的《中国诗艺》、《贵阳日报》副刊《革命军》和《中央日报》副刊《前路》、桂林《文艺生活》和《诗刊》发表诗文和译作。1940年毕业于遵义外国语专科学校俄文专业。1943年任教于昆明东方语专，与邱晓崧合编《枫林文艺》和《诗文学》，与常任侠、包白痕、葛白晚等人结为"百合诗社"。1944年参加中华

《俄语文法初级教程》书影

以笔为枪：重读抗战诗篇

快乐的民兵正准备埋地雷

全国文艺界抗敌协会昆明分会。1950年任北京大学教授，1989年离休。主要译著有：《爱的高歌》、《捷克诗歌选》、《捷克小说选》、《伊戈尔远征记》、《俄国诗选》、《十二月党人诗选》、《涅克拉索夫诗选》、《涅克拉索夫初探》等。

涅克拉索夫是俄罗斯的伟大诗人，他以带有民歌特色的叙事、抒情诗，描绘了俄罗斯底层人民的生活。如《祖父》、《俄罗斯妇女》、《同时代的人们》、《最后之歌》以及《谁在俄罗斯能过好日子》等。作为长期翻译俄罗斯文学、涅克拉索夫研究专家的魏荒弩，早期这首《怀念》诗作，带有俄罗斯诗歌叙事、抒情的特点，以清新语言、清朗的意境，表达了追求和平与自由生活的愿望。全诗四段皆以"在阴沉而窒息的天宇下／我怀念北方的蓝天"开头，强化了抒情气氛。第一、二段从思念母亲开始，描写了在滹沱河两岸、在一片青纱帐里与敌人战斗的乡亲们。而后两段，则以战友的呼唤映衬诗人迫切参加抗击日寇行列的心情，虽然"关乡梦远"，作者依然希望"乘风归去"。

2006年12月，魏荒弩在北京辞世。除40多种译作外，他还著有散文集《隔海的思忆》、《渭水集》、《府藏胡同纪事》、《枥斋余墨》等。在北京大学外国语学院举行的有关纪念会上，人们用"默默者存"四个字来怀念魏荒弩，许多人用涅克拉索夫著名的诗句"你可以不是诗人，／但是应该是一个公民"来比喻魏荒弩。

何功伟：奴隶恋歌

奴隶们不是没有恋爱，而是有着更热烈更纯洁的恋爱

抗战诗人：何功伟

亲爱的，
让我轻轻把你纽扣解开，
看他们的皮鞭，
今天又打伤你哪一块。
亲爱的，
你刚才把眼泪吞向肚里，
不愿在他们面前抛洒，
现在对着我，你可以哭个痛快。
人家总叫我们忍耐，
但是——
到底我们这一辈子，
还能不能够把头抬。

亲爱的，
我替你把伤裹，我替你把泪揩；
我们不能尽是痛苦，
更不能尽是悲哀。
亲爱的，
你再受了他们的欺侮，
就回到家来，
家里你是幸福的，因为有我在。
亲爱的，
你饿了一天，
这里还有一点剩饭剩菜；
——你吃吧，
我少吃一顿，还可以忍挨。
亲爱的，
你累了一天，
我替你把枕席安排，
我给你唱歌，
你在我身边先睡下来，
愿你在梦中随着歌声，
走到一个自由世界；
我还要坐一会，
我还要看那东方的虹彩。

一九四一年十月六日狱中作

以笔为枪：重读抗战诗篇

1941年，许云抱着刚满月的儿子在重庆留影
（刘丽群翻拍）

这是一首从黑暗牢房里传出的爱情之歌。

诗人何功伟，也叫何彬，1941年1月皖南事变后，在湖北省恩施，被国民党顽固派杀害，年仅26岁。在他牺牲后，党在延安为他举行悼念仪式。《解放日报》为此刊发社论《悼殉难者》。

在利诱、严刑拷打失败之后，敌人拉来何功伟的父亲到狱中劝降。烈士给父亲留下一份诀别信："儿献身真理，早具决心，苟义之所在，纵刀锯斧钺加诸颈项，父母兄弟环泣于身前，此心亦万不可动，此志亦万不可移。""当局正促儿'转变'，或无意必欲置之于死，然揆诸宁死不屈之义，儿除慷慨就死外，绝无他途可循，为天地存正气，为个人全人格，成仁取义，此正其时。"在给妻子许云的诀别书中写道："告诉我所有的朋友们，加倍的努力吧！把革命红旗举得更高。好好地教养我们的后代，好继续完成我们未竟的事业。"

这首《奴隶恋歌》以恋人间的对白为主要内容，在一问一答之间，真实再现了抗战将士受到国民党顽固派迫害的事实。在诗人的记忆中，恋人即战友，他们互相安慰、包裹伤口、谦让食物，彼此鼓励。"我给你唱歌，/你在我身边先睡下来，/愿你在梦中随着歌声，

/走到一个自由世界；/我还要坐一会，/我还要看那东方的彩虹。"透射着诗人对胜利的渴望和坚定的信念。

在恩施方家坝监狱地窖里，诗人心中充满光明。他谱写《狱中歌声》、《汨罗怨》、《清江颂》、《清江谣》等歌曲，创作了《奴隶恋歌》、《清江大合歌》等诗歌。"我热血似潮水的奔腾，心志似铁石的坚贞。我只要一息尚存，誓为保卫真理而抗争……"在狱中，战友们经常唱起诗人谱曲的这首《狱中之歌》，并利用一切可能的机会，与敌人作不屈的斗争。

1915年，何功伟出生于湖北省咸宁，中共党员。历任上海青年抗日救国服务团组织部长、湖北省工委农委委员、武昌区委书记、中共湖北省委委员、中共鄂南特委书记等职。"一二·九运动"后，少年何功伟来到武昌从事抗日救亡运动，他曾站在武昌司门口街头，向路人散发自己翻印的《田中奏折》，声泪俱下演讲，以激昂的语调控诉日寇妄图侵我中华的野心。

2000年4月初，何功伟烈士夫人许云（中）和儿子何继伟（左二）、儿媳谭徽，以及何功伟的弟弟何功倍、何功传，在五峰山陵园为烈士献花

以笔为枪：重读抗战诗篇

版画 他并没有死去 黄新波 1941年作

七七事变后，受党指派，何功伟来到上海，加入了青年抗日救国服务团。

1938年3月，调任武昌区委书记。6月，任中共湖北省委委员。7月，省委派他回鄂南，开辟鄂南抗日游击根据地。1939年8月，他到达重庆，向中共中央南方局汇报鄂南工作。9月，中共中央南方局派他到鄂西工作，先任中共湘鄂西区党委宣传部长（机关设在宜昌）。1940年2月，接任湘鄂西区党委书记职务。他跋山涉水，往来于宜昌、巴东、建始、恩施一线，发展党的组织。1940年6月，日寇进犯宜昌，中共中央南方局决定在宜昌的工作人员分批撤往巴东、恩施。8月，他到达恩施，根据南方局指示，湘鄂西区特委改组为鄂西特委，何功伟任书记。

临刑前，诗人拖着沉重的脚镣坚定地走向刑场。一曲《国际歌》在青山间久久回响。《奴隶恋歌》后来被带到重庆，在《新华日报》上发表，并被译成世界语，传播到世界。

徐 迟：中国的故乡

抗战诗人：徐 迟

黄帝的子孙：
我们还记得吗？
我们知道吗？
中国的故乡在那儿？

中国的故乡在西北，
——我们的故乡，
文化的故乡，
在秦陇盆地，
陕西和甘肃。
在那儿，大地的门户
跟天空一般的高，

在那儿，寒冷的风
挟着黄色的尘土，
吹在高原地的山峰。

怎末，黄帝的子孙，
你们都忘记了故乡？
千年来，忍心让故乡
沦为一平千里的荒凉？
忍心让广阔的田野
自己糟踏了自己？
更忍心让万里长城
自己坏掉让敌人来张望？

我们应该回到
这荒凉的故乡，
去居住去生活。
假若你说西北是穷地方，
啊，那你一定是从东南来的。
在大自然比人类更丰富的时候，
那些靠着海洋的省份，
因为土地富而富有了，
今日却是人类一定能
战胜大自然的时代，

以笔为枪：重读抗战诗篇

最富有的区域
就在大陆的深处。
我看见西北的命运，
不久它就是大工业区。
黄帝的子孙要回去，
回去文化的摇篮，
回去中国的故乡。

城头底下有城，
枕头底下有金。
千里的牧场
大队的牛羊。
手伸出来
把玉石采，
回到故乡去
和大自然挑战。
只要做两件事：
在地面上造森林，
在地底下开矿产。
打开所有的矿
采煤，铁，盐，石油……

如果我们离开兰州
向西凉一带前进，
（让山川缩小在我的诗歌里）
我们经过了金矿，

经过了产驴的原野，
产药材的山峰，
经过了煤矿区，
经过了号称"塞北江南"的田地，
经过产羔羊皮区，
经过了产马名区，
经过雪水灌溉的沃壤，
经过流川和酒泉，
经过一望无边际的荒郊，
那是产石油的区域。
石油是那么丰富的，
从陕西，到甘肃，
从新疆，到苏联，
与苏联的油田相接连，
新生代地层，古生代地层，
三层，四层，五层，层层的油。
石油是那么丰富的。

我们抗战的根据地在那儿？
在西北，在中国的故乡。
我们反攻的条件在那儿？
在西北，在中国的故乡。
我们胜利的基础在那儿？
在西北，在中国的故乡。

徘徊在殷商的废墟，

空想象秦汉的风气,
千万不要做这样的傻子,
凭吊沧海桑田是感伤,
建设新的西北、崇高的欢乐。

我们要高声的唱:
"到西北去,"声入云霄地唱:
"到西北去,回故乡去。"
我们要唱,直到
黄帝的子孙,染上了
浓厚的,不能医治的
怀乡病,怀念中国的故乡。

(选自《最强音》,白虹书店
一九四一年十月初版
《新诗选》上海教育出版社 1979 年第 1 版)

自从与徐玉诺、徐志摩、施蛰存等人相识后,徐迟一生与诗意的命运结缘。即使他 82 岁时从武汉一处高楼纵身一跃的时候,他也在寂寞着、精彩着,在中国文学史上书写着一个纯净的、理性的而又狂热的人生。

徐迟生于 1914 年 10 月,原名商寿,浙江吴兴(今湖州)人。1936 年夏,作为男傧相参加诗人戴望舒婚礼。9 月,和诗人路易士一起协助戴望舒创办《新诗》。抗战爆发后,曾与戴望舒、叶君健合编《中国作家》(英文版),协助郭沫若编辑《中原》(月刊)。建国后,曾任《人民中国》编辑、《诗刊》副主编、《外国文学研究》主编、湖北省文联副主席、省作协名誉主席等职。

他是一位把自己交给时代的诗人,坚持到第一线的创作原则,在现实、科学、自然的世界,用通讯、报告文学等文体追寻大写的诗意。

抗战期间,1940 年 2 月,他远赴广西到昆仑关抗战前线采访。

抗美援朝战争中,1950 年,徐迟作为《人民中国》记者两次到朝鲜战场采访,写了《平壤被炸目击记》、《走过那被蹂躏的土地》等战地通讯。

思想解放之初,1977 年 10 月,在《人

以笔为枪：重读抗战诗篇

徐迟、陈松夫妇与女儿徐津

《江南小镇》书影

民文学》发表报告文学《地质之光》后，紧接着又于1978年1月，发表报告文学《哥德巴赫猜想》。

1992年4月，78岁的徐迟访问希腊雅典，回国后开始重新翻译荷马史诗《伊利亚特》。而这之前，老人已经学会用电脑写作，正编辑长篇自传《江南小镇》和多卷本《徐迟文集》，出版游记《美国，一个秋天的旅行》。

诗人跋涉不止，他对一切新生的事物和未知的世界充满一种崇拜式的探险态度。正如，1945年8月，他在重庆《新华日报》公开发表《毛泽东颂》诗作一样，而全然不顾敌人的迫害。上世纪四十年代末，他翻译《瓦尔登湖》，把美国作家梭罗对自然的独语介绍到中国。

这首《中国的故乡》，是抗战诗篇中难得一见的"诗地理"之作，全诗聚焦西北宽厚的土地，却把着眼点系于"中国的故乡"，探寻华夏文化之根源、探问中国发展之路径，显示了诗人不一样的视角。作者在诗中提出了文化的故乡、生活的故乡相关概念，尤其是关于西北富饶资源的描写，"城头底下有城，/枕头底下有金"。更让人们看到了大西北蓬勃发展的可能。

"新生代地层，古生代地层，/三层，四层，五层,层层的油。/石油是那么丰富的。"这样一种现代工业的气息是抗战诗篇中少见的。临近结尾,诗人发出三问:我们抗战的根据地在那儿?我们反攻的条件在那儿?我们胜利的基础在那儿?这是基于自然辩证法基础上的科学发问,显示了作者不同常人的世界观。

检录徐迟抗战诗篇,他既创作了《毛泽东颂》,又写了《人民颂》:

我颂扬人民的海洋,
用诗歌和譬喻来颂扬。
升腾的海洋——人民的世纪,
这是赢得战争与和平的时期。

在《持久坚强冷静》一诗中,作者告诫人们要有"远大的眼光","从重庆看到伦敦,/从扬子江看到莱茵河","从纽约看到莫斯科,/从南极看到北极/从苦痛的今天看到光荣的未来"。这不仅是对抗战将士的鼓励、对抗战前途的瞭望,更是心系未来,将古老中国置于世界之林。在战乱图存的年代,诗人站在荒凉的大地上眺望未来之中国、富强之中国、文明之中国,这般巨人情怀有谁能知?

徐迟注定要与报告文学结缘,他没有办法在一个变革时代拒绝新鲜的世界。2002年,中国报告文学学会设立的学会

徐迟夫人陈松

以笔为枪：重读抗战诗篇

秦牧（右一）、徐迟（右二）、黄宗英（左一）、陈景润（左二）、周明（后排右一）、王南宁（后排左一）

奖——"徐迟报告文学奖"，是对这位孜孜以求者最好的回报。他所报告的两个典型，一为地质领域的李四光，另一为数学领域的陈景润，获得极大的成功。这一方面缘于科学春天的到来，另外一方面在于诗人对科学世界的热情拥抱。他穿透岩石的坚毅目光、他穿越未来的思想，以及燃烧自己的那把火焰，感染了世界。

2014年10月，在徐迟诞生100周年纪念日，谢冕撰文说：在中国作家中，徐迟是富有自然科学知识的学者型的作家。八十年代他呼唤中国的现代化，其中包括了他的科学精神和环境保护意识。他写了数学家陈景润之后，接着写植物学家蔡希陶，就是出于这种对绿色的关怀。…………徐迟那时有惊人的精力，他为了采访那些科学家，再远再难都拦不住他的脚步。他把诗歌的灵感和想象力融汇于自然科学的王国中。在伟大的新的文艺复兴中，他想的不光是文艺的再生，而是以科学精神荡涤现代迷信。他想的比别人更远，更前卫。

诚哉斯言。

1942

春 鸟	臧克家	282
榴 花	冀 汸	286
肉 搏	蔡其矫	288
我用残损的手掌	戴望舒	292
嘉陵江上	端木蕻良	297
给诗人	力 扬	300
义侨逃亡曲	林焕平	303
炼 狱	彭桂萼	307
泥 土	鲁 藜	312
守 夜	许幸之	314
春 雷	彭燕郊	317
列车奔驰在原野上	吕亮耕	321
我为少男少女们歌唱	何其芳	325
请让我也来纪念我的母亲	化 铁	328
为祖国而歌	陈 辉	333
鄂尔多斯草原（节选）	牛 汉	338
队 伍	孙 望	343
浣溪沙	沈祖棻	350
哭亡女苏菲	高 兰	355

以笔为枪：重读抗战诗篇

抗战诗人：臧克家

臧克家：春　鸟

当我带着梦里的心跳，
睁大发狂的眼睛，
把黎明叫到了我的窗纸上——
你真理一样的歌声。
我吐一口长气，
拊一下心胸，
从床上的恶梦
走进了地上的恶梦。
歌声，
像煞黑天上的星星，
越听越灿烂，
像若干只女神的手
一齐按着生命的键。
美妙的音流，
从绿树的云间，
从蓝天的海上，
汇成了活泼自由的一潭。
是应该放开嗓子
歌唱自己的季节，
歌声的警钟，
把宇宙
从冬眠的床上叫醒，
寒冷被踏死了，
到处是东风的脚踪。

你的口
歌向青山，
青山添了媚眼；
你的口
歌向流水，
流水野孩子一般；
你的口
歌向草木，
草木开出了青春的花朵；
你的口
歌向大地，
大地的身子应声酥软；
蛰虫听到你的歌声，
揭开土被
到太阳底下去爬行；
人类听到你的歌声
活力冲涌得仿佛新生；
而我，有着同样早醒的一颗诗心，
也是同样的不惯寒冷，
我也有一串生命的歌，
我想唱，像你一样，
但是，我的喉头上锁着链子，
我的嗓子在痛苦地发痒。

　　　　一九四二年五月二十二日晨万鸟声中

以笔为枪：重读抗战诗篇

1979年1月20日，在北京的文艺界著名人士70多人举行迎春茶话会。臧克家与作家曹禺（左）在茶话会上交谈

臧克家（右一）在向青年学生介绍他的写作生活

唯有想象力奇异的诗人才能"把黎明叫到了我的窗纸上"。

1942年5月的早晨，臧克家在万鸟声中，由枝头跳跃的鸟儿联想到万物生长的春天，"你的口歌向青山，青山添了媚眼；／你的口歌向流水，流水野孩子一般；／你的口歌向草木，草木开出了青春的花朵；／你的口歌向大地，大地的身子应声酥软"。战火纷飞的年代，作者于灰暗的现实中，寻找到一抹春天的亮色，实在是难能可贵的。作者是以春鸟作比喻，抒发的是"真理一样的歌声"。

当年，作者在河南叶县寺庄创办《文艺丛刊》，宣传抗日，刊物竟然遭到国民党反动派的查封。诗的结尾"我的喉头上锁着链子，我的嗓子在痛苦地发痒"两句，就是作者当时真实心境的写照。然而，这一切挡不住诗人追求和平与自由的脚步，"歌声，像煞黑天上的星星，越听越灿烂，／像若干只女神的手，一齐按着生命的键"。通感和拟人手法的运用，使作者的歌唱，婉转之中嵌入前进的力量，悠扬之处可见生动的节拍。

1905年生于山东省诸城的臧克家，是中国现当代著名的诗人。1927年初考入中央军事政治学校武汉分校，参与北伐。

1942

臧克家、郑曼夫妇

1933年,臧克家第一部诗集《烙印》出版,因真挚朴实地表现了中国农村的破落,农民的苦难、坚忍与民族的忧患,使这部诗集获得了广泛而深远的影响。1938年,加入中华全国文艺界抗敌协会。他曾三赴台儿庄前线采访;率第五战区战时文化工作团深入河南、湖北、安徽农村及大别山区,开展抗日文艺宣传和创作活动;组织"文艺人从军部队",赴随枣前线从事抗日救亡的文化宣传工作。这期间,创作和出版了长篇报告文学《津浦北线血战记》和《从军行》、《淮上吟》、《随枣行》等诗集及散文集,歌颂抗日军民的事迹。

1930年,臧克家投考青岛大学,闻一多因喜欢臧克家的才华而收他为学生。闻一多曾说:"克家的诗,没有一首不具有一种极其顶真的生活的意义。"臧克家的《三代》、《有的人》皆是这样富有哲理的佳作。

解放后,臧克家任中国作家协会书记处书记、中国诗歌学会会长、《诗刊》主编等职。文革中,臧克家遭受迫害,停止创作,被下放到湖北咸宁"五七干校"。文革后复出。1990年8月,主编《毛泽东诗词鉴赏》,获全国图书"金钥匙"奖和第五届中国图书奖一等奖。2002年10月,被世界诗人大会和世界艺术文化学院授予荣誉人文学博士。同年12月,获第七届国际诗人笔会颁发的"中国当代诗魂"金奖。2004年2月,于北京辞世,享年98岁。著有《臧克家全集》。

以笔为枪：重读抗战诗篇

冀 汸：榴 花

抗战诗人：冀 汸

血一样的鲜丽

火一般的亮

青枝与绿叶

有了战斗过来的骄傲

佩挂了英雄底勋章

和标枪上底缨络比一比

和号角上底流苏比一比

和飘飞在天空的旗帜比一比

和小姑娘底圆脸比一比……

呵，你们都红得一样美丽

一九四二年五月十一日

（选自《诗垦地》丛刊之四，

一九四三年三月一日出版）

"战士和诗人是一个人的两个化身，只有无条件地作为人生的战士，才能成为艺术中有条件的诗人。人生的战士是正直的人、勇敢的人、说真话的人。"历经沧桑的冀汸，在人生的秋天，依然那样裹有激情。92岁，依然能够熟练地用着孙辈给他买的笔记本电脑。

这朵火红的《榴花》，是诗人献给根据地战士的一个精致的礼物。它可以是"英雄底勋章"，还可以"和标枪上底缨络比一比／和号角上底流苏比一比／和飘飞在天空的旗帜比一比／和小姑娘底圆脸比一比……"诗虽然短小，想象的空间却是巨大的。瑰丽的比喻，象征着解放区晴朗的天空,是美好的类比,让读者于残酷的战争缝隙,觅到了绽放的花朵。那招人怜爱的花朵,"血一样的鲜丽/火一般的亮"。

1918年12月,冀汸出生在印度尼西亚爪哇岛,原湖北省天门人。1947年毕业于复旦大学历史系。1939年11月,冀汸将刚写完的一首三百行长诗《跃动的夜》寄给《七月》。胡风不仅给作者回信,而且帮助修改。待冀汸以同名诗结集出版时,胡风予年轻的诗人以热情的评价:冀汸的诗"是纯洁的乐观、开朗的心怀以及醉酒一样的战斗气魄。在诗人的面前,一切都现出友爱的笑容,一切都发出亲密的声音,罪恶和污秽都销声匿迹了"。上世纪50年代初,时任清华大学中文系教授的王瑶,在大学课堂首次开设现代文学专业,讲课中首次评说《跃动的夜》,说此诗"歌颂劳动和收获的愉快,写出中国在抗战中健壮的生命。诗中有'听/鸡声四野/已经唱出了黎明',对中国的明天寄予了热望。他的诗艺是声音响亮,句子有力,摄取题材的范围比较广"。

晚年,冀汸参与创办《江南》杂志、创作回忆录《血色流年》。2013年,作为"七月诗派"最后的代表之一的冀汸,在杭州

1947年夏,冀汸在武昌黄鹤楼遗址

1980年代与友人于杭州千岛湖合影,自左至右:杨友梅、薛如茵;后排:绿原、冀汸、罗洛、曾卓、胡天风

辞世。著有《冀汸文集》。

在《我不哭泣》诗中,诗人说,"鞭子是你的/意志是我的";在《今天的宣誓》诗中,诗人说,"我可以流血地倒下/不会流泪地跪下"。

"诗人必须是战士。"冀汸的誓言,依然在耳边回响。

以笔为枪：重读抗战诗篇

蔡其矫：肉 搏

抗战诗人：蔡其矫

白色的阳光照在高高的山上，

在那里，剧烈的战斗正在进行。

近旁，那青铜的军号悲壮地响起，

冲锋的军号，以庄严的声音，鼓舞我们的士兵。

一个青年，我们团里的一个新兵，

飞似地前进，子弹在脚下扬起缕缕烟尘。

而在山岩后，一个日本军曹迎上来。

于是开始了惊心动魄的肉搏战！

1942

军号还在吹,山谷震响着喊杀声……
交锋几个回合,那青年猛力刺了一刀,
敌人来不及回避,也把刺刀迎面刺来,
两把刺刀同时刺入两人的胸膛,
两个人全静止般地对峙着,呵!决死的斗争!

只因为勇士的刺刀比日本人的刺刀短几分,
才没叫颤栗的敌人倒下来,
我们的勇士没有时间思索,有的是决心,
他猛力把胸膛往前一挺,让敌人的刺刀穿过脊梁,
勇士的刺刀同时深深地刺入敌人的胸膛,
敌人倒下,勇士站立着。山谷顿时寂静!

第二年,在那流血的地方来了一只山鹰,
它瞰望着,盘旋着,要栖息在英雄的坟墓上;
它仿佛是英雄的化身,不忍离开故乡的山谷。
过路的士兵呀!请举起你的手向它致敬。

一九四二年,晋察冀

(选自《回声集》,作家出版社 1956 年版)

以笔为枪：重读抗战诗篇

抗战将士在练刺杀

战士以炽热的胸膛对着敌人的刺刀，以必死的信念与敌人肉搏。

"青铜的军号悲壮地响起"，诗人仿佛是在和战士们一起冲锋。透过诗人的描绘，战场上最残酷的细节呈现在读者眼前："两把刺刀同时刺入两人的胸膛"，"我们的勇士没有时间思索，/有的是决心，/他猛力把胸膛往前一挺，/让敌人的刺刀穿过脊梁，/勇士的刺刀同时深深地刺入敌人的胸膛，/敌人倒下，勇士站立着。/山谷顿时寂静！"在这生死一瞬间，空气凝固了，读者的呼吸屏住了，诗作的感染力全部凝聚在此，为国捐躯的勇士，就这样站立、站立！站立在历史的硝烟处，闪现在人们永远的记忆中。

在晋察冀边区华北联大教书的蔡其矫，于1941年的根据地，在漫长的抗战画卷上书写了一个英雄的形象，这无疑是全体浴血奋战、保家卫国将士的象征，代表了不屈的民族精神。"请举起你的手向它致敬"，饱含了作者对烈士无限的敬意。全诗没有铺陈，开门见山，像透过放大镜一样，一下子把读者带到特定的意境。最后，作者以"瞭望着、盘旋着"的山鹰做象征，一句"不忍离开故乡的山谷"，是一声哀婉的悼念，更是一圈又一圈的泪花，编织的无限思念。

一生抒情的诗人，凭借这首动人心魄的《肉搏》闻名。他翻译惠特曼、聂鲁达作品，把他们豪迈的歌唱植入到中国的土壤。从40年代起，每个时代，蔡其矫都有佳作问世，从《雾中汉水》、《川江号子》到《祈求》，再到对80年代朦胧诗人的鼎力支持，一直保持对生命爱恋之情的蔡其矫，无论生活在哪一个角落，总能从心里捧起一汪叮叮咚咚的泉水。

他1918年12月出生于福建省晋江市，幼年随家迁居印尼泗水。家境宽裕的青年蔡其矫，1938年奔向延安。

他是新时期中国诗坛的先驱人物，愿意提携新人。即使在极左的60年代，仍然大声呼喊："让我高举订盟的酒杯，为永驻的春天欢呼；太阳万岁！月亮万岁！星辰万岁！少女万岁！爱情和青春万岁！"

他从不被生活压倒，1985年，67岁的高龄，壮游山水，沿着偶像李白的诗路，潇潇洒洒地寻找他理想的"艳遇"。所以，人们喜欢朗诵他音节明快的诗作，那里有诗人不断的"爱情"。

有评论说得好，蔡其矫比安贫乐道的惠特曼走得远得多，他用自己一生穿越近百年中国的苦难，九死而不悔。他对任何形式的权力结构保持警惕，毫不妥协，从而跨越一个个历史陷阱：在金钱万能的印尼，他离家出走；在革命走向胜利时，他弃官从文；在歌舞升平的时代，他书写民众疾苦；在禁欲主义的重围下，他以身试法；在万马齐喑的岁月，他高歌自由；在物质主义的昏梦中，他走遍大地……

2007年1月，蔡其矫于北京辞世。曾任福建作家协会副主席、中国诗歌学会副会长。著有《蔡其矫诗歌回廊》等15种。

以笔为枪：重读抗战诗篇

抗战诗人：戴望舒

戴望舒：我用残损的手掌

我用残损的手掌
摸索这广大的土地：
这一角已变成灰烬，
那一角只是血和泥；
这一片湖该是我的家乡，
（春天，堤上繁花如锦障，
嫩柳枝折断有奇异的芬芳）
我触到荇藻和水的微凉；
这长白山的雪峰冷到彻骨，
这黄河的水夹泥沙在指间滑出；
江南的水田，你当年新生的禾草
是那么细，那么软……现在只有蓬蒿；
岭南的荔枝花寂寞地憔悴，尽那边，
我蘸着南海没有渔船的苦水……
无形的手掌掠过无限的江山，
手指沾了血和灰，手掌粘了阴暗，
只有那辽远的一角依然完整，
温暖，明朗，坚固而蓬勃生春。
在那上面，我用残损的手掌轻抚，
像恋人的柔发，婴孩手中乳。
我把全部的力量运在手掌
贴在上面，
寄与爱和一切希望，
因为只有那里是太阳，是春，
将驱逐阴暗，带来苏生，
因为只有那里我们不像牲口一样活，
蝼蚁一样死……那里，永恒的中国！

一九四二年七月三日
（选自诗集《灾难的岁月》）

以笔为枪：重读抗战诗篇

戴望舒全家合影

戴望舒撑着一把油纸伞，带着一丝忧愁，带着一些惆怅，走到读者面前。

"撑着油纸伞，独自／彷徨在悠长，悠长／又寂寥的雨巷，／我希望飘过／一个丁香一样的／结着愁怨的姑娘。"被称为"雨巷诗人"的戴望舒，凭借一首忧伤的独唱，伴随着天下有情人。

1905年11月，诗人出生于杭州，祖籍南京。1922年8月，他与张天翼、施蛰存、叶秋源、李伊凉及马天骚等在杭州成立兰社。1923年秋入上海大学文学系。

在香港沦陷前，戴望舒就携全家移居到此地，担任《星岛日报》副刊编辑。1941年，香港当局向日寇投降。1942年，诗人因在报纸上编发抗战诗作被日寇逮捕。在狱中，遭受酷刑而不屈服。待叶灵凤将诗人保释出来时，诗人身体已受到极大摧残。

《我用残损的手掌》写于诗人出狱后不久，"残损"是一种写实，暗指诗人在现实中受到的伤害；更是一种象征，表达了身处恶劣环境下的诗人渴望光明的心境。"摸索"一词极为准确，是从狱中伸向窗外之手、是从黑暗伸向光明之手。"残损的手掌"这一意象，在抗战诗歌中是独一无二的，他以血淋淋的事实控诉了战争的罪恶。对一个诗人而言，坚强地活下去，比死还不容易。可以这么说，从那以后，抒情的戴望舒远去了，战斗的戴望舒复活了。

诗歌充满了对祖国山山水水的依恋。起始两句是概括:"这一角已变成灰烬,/那一角只是血和泥。"接着,诗人以无形的手,从长白山的雪峰到黄河的浊水、江南的水田,从岭南的荔枝到南海的渔船,一一抚摸、感受,在缓缓的叙述中完成情感形象的塑造。括号中的两句诗:"春天,堤上繁花如锦障,/嫩柳枝折断有奇异的芬芳",是对往昔美好事物的回忆,也是一种对比,更加突出了日寇蹂躏下的故国破败凋零。

而对"辽远的一角",诗人触摸到的是"温暖,明朗,坚固而蓬勃生春",诗人"把全部的力量运在手掌/贴在上面",是从心底的拥抱,因为对那"辽远的一角","寄与爱和一切希望"。在写作本诗之际,诗人还创作了《断指》、《狱中题壁》等,在这里,诗人郁积的感情得到了倾吐。一句"那里,永恒的中国",是感情的升华,寄托了作者对抗战胜利的全部希望和祝福。

1932年11月,诗人赴法国留学,先后在巴黎大学、里昂中法大学学习,掌握法语、西班牙语和俄语等,是首个将西班牙诗人洛尔卡的作品翻成中文的人。在这样一种文化交融中,戴望舒构造纷繁复杂的诗歌意象更加娴熟,并把传统诗词中的

《戴望舒名作欣赏》书影

以笔为枪：重读抗战诗篇

1935年，罗大冈（后排左二）和戴望舒（前排左一）在画家常书鸿（后排左一）的巴黎寓所合影

韵律发展为诗歌的音乐美，给抗战诗歌注上了一个"人文关怀"的韵脚。他之所以被奉为中国现代诗歌的一个领军人物，还在于他基于现实题材的创作，并一直贯以浓郁的爱的情感。

1950年，诗人因病在北京辞世，年仅45岁。诗集有《我的记忆》、《望舒草》、《望舒诗稿》、《灾难的岁月》、《戴望舒诗选》、《戴望舒诗集》，另有译著多种。

在北京西山脚下，茅盾书写了墓碑："诗人戴望舒之墓"。

在法国里昂大学的校园内，有一块纪念牌，上面用中文写着："纪念中国诗人戴望舒——里昂中法大学学生"。牌旁，丁香花幽幽地生长着、开放着。

1944年秋，旅居香港的戴望舒到浅水湾凭吊好友萧红，他口诀一首《萧红墓畔口占》：

走六小时寂寞的长途

到你头边放一束红山茶

我等待着，长夜漫漫

你却卧听着海涛闲话

诗人早已远行，梦中可有"海涛闲话"？

端木蕻良：嘉陵江上

抗战诗人：端木蕻良

那一天，

敌人打到了我的村庄。

我便失去了我的田舍、家人和牛羊。

如今我徘徊在嘉陵江上，

我仿佛闻到故乡泥土的芳香。

一样的流水，一样的月亮，

我已失去了一切欢笑和梦想。

江水每夜呜咽地流过，

都仿佛流在我的心上。

我必须回到我的家乡，

为了那没有收割的菜花，

和那饿瘦了的羔羊。

我必须回去，

从敌人的枪弹底下回去；

我必须回去，

从敌人的刺刀丛里回去：

把我打胜仗的刀枪，

放在我生长的地方！

（文汇书店一九四二年十一月初版）

以笔为枪：重读抗战诗篇

端木蕻良（右）与萧红　摄于1938年

　　1939年春末，正是草深水涨时刻。在重庆北碚复旦大学夏坝分部教书的端木蕻良，经常在晚饭后和妻子萧红漫步嘉陵江畔。两个才情横溢的年轻人，在最好的年华相遇相爱，演绎了现代文学史上一段唯美的爱情故事。

　　然而，战争使这些同为东北老乡的作家群充满无尽的乡愁。从九一八《我的家在东北的松花江上》，到诗人的这首《嘉陵江上》，都回荡着缅怀黑土地、打回老家去的时代强音。这首诗以"那一天"为开笔，看似平常，其实说明思乡之情一直萦绕在诗人脑际，就这么忽然涌上心头。敌人打来，烧杀抢夺，诗人失去了一切。面对"一样的流水，一样的月亮"，诗人思绪万千，他"仿佛闻到故乡泥土的芳香"，然而因日寇的侵入，使诗人"失去了一切欢笑和梦想"。接着，诗人以大意象"江水"为背景，以呜咽的江水为抒情主体，对家乡的菜花、羔羊等小意象进行歌咏，衬托出诗人"从敌人的枪弹底下回去"的决心。

　　最后两句："把我打胜仗的刀枪，/放在我生长的地方！"寓意深广，不仅是指作者要打回老家去，而且要继续以刀枪守护可爱的家乡。诗人在这里实现了角色的转变，即由离乡的游子，成长为归来的战士！这种转变，是特殊时代所促成的。这份责任，是每一个失去家园的人所应该承担的。

诗作问世后,贺绿汀又将它谱写成一首独唱曲,加强了诗歌的战斗力、感召力。一经传唱,很快流行开来,成为一首为大众熟知的抗日救亡歌曲。诗中质朴的语言、亲切的意象、对家乡无限的怀念,让每一个吟唱者都深受感染;加上所谱之曲,深沉婉转,抒情殷切,散发出巨大的艺术感染力。

端木蕻良、钟耀群夫妇

1912年9月,诗人出生于辽宁省昌图县一户满族家庭。1928年入天津南开中学读书。1932年考入清华大学历史系,同年加入"左联",发表小说处女作《母亲》。1933年开始创作长篇小说《科尔沁旗草原》,1935年完成,成为上世纪30年代东北作家群中产生重要影响的力作之一。

1940至1942年,端木蕻良陪同病中的萧红在香港休养,主编《时代文学》和《大时代文艺丛书》。萧红在香港病逝后,端木蕻良分葬了爱妻的骨灰,独自旅居桂林,后又辗转于重庆、上海和香港等地。之后几十年,端木蕻良几乎每年都要为萧红扫墓,题诗作赋,寄托思念。

家乡、土地等乡土意象、情节是端木蕻良不能够忘怀的创作母题。诗人曾写过一篇著名的散文——《土地的誓言》,其中写到:"土地是我的母亲,我的每一寸皮肤,都有着土粒;我的手掌一接近土地,心就变得平静。我是土地的族系,我不能离开她。在故乡的土地上,我印下我无数的脚印。"1985年,诗人携妻子钟耀群回到了家乡,他把家乡的黑土视为最珍贵的礼物。端木蕻良曾说:文学"要顾及乡下人",文学的未来是"歌颂人民的领袖、人民英雄、各阶层人民生活"的"人民的文学"。

1996年10月,那个最爱萧红的诗人,那个喜欢穿鹿皮夹克的才子,因病辞世。在一篇题为《故乡永远是我的》散文中,诗人感慨地说:"人来自土地、也回土地去……"

以笔为枪：重读抗战诗篇

力 扬：给诗人

抗战诗人：力 扬

请不要过分地被世俗的感情所激动，

你要看出——

哪些是由衷的欢笑

哪些是由衷的眼泪

但也不要过于爱惜你的热情

当你应该哭，笑的时候

你就得和大家一起欢乐

一起流泪……

请不要被那虚荣的桂冠所迷惑

当你刚一戴上的时候

人们就会投给你以永恒的唾骂

如果那桂冠是罪恶编成的

但也不要怯于接受那桂冠

如果它是标志着人类的真和善

——即使它是荆棘编成的

树叶上面染有战斗者的血迹

请不要忘记人类底悲苦和灾难

当你那些亲密的兄弟

为我们明天的幸福而战斗着的晚上

你能守住你的妻子对着炉火安眠？

你必须比他们起得更快，起得更早

拿起你的竖琴——你底剑

冒着袭来的风雪，英挺地

歌唱着走在兄弟们行列的前面

一九四二年二月

（选自诗集《我底竖琴》）

《射虎者及其家族》以四代农民苦难历史的长篇叙述，构成了抗战诗歌一组饱满的复仇农民的形象。虎，为象征，代表深重不平的命运、恃强凌弱的外敌。

作者力扬，1908年12月出生于浙江省青田，中共党员。1929年入西湖艺术院学习绘画。1931年在校组织同学开展抗日救国运动，后赴上海。1932年一·二八事变后，因参加为东北义勇军募捐和进步文艺活动被逮捕判刑。1935年1月，与李岫石、艾青等一起被移送苏州反省院，至秋天被保释出狱。

"七七事变"后，力扬于1938年4月赴武汉参加国民党军委会三厅和改组后的文化工作委员会，辗转长沙、衡阳、桂林等地，于1939年5月到达重庆，任《文学月报》编委。1942年春返回重庆，经党组织介绍到陶行知主持的育才学校任教，同时任中华全国文艺界抗敌协会重庆分会理事和重庆《新民报》编辑。

这段时间是诗人创作的高发期。《给诗人》一诗，以自我诗歌创作实践为基础，抒发的是一名革命战士的责任。诗作第一节，谈的是诗歌艺术的"真"。在作者心目中，"当你应该哭，笑的时候/你就得和大家一起欢乐/一起流泪"。诗人始终把反映现实

1946年10月，力扬（后左一）在重庆与臧克家（前左二）、王亚平（前左一）

力扬、牟怀真夫妇（1960年代初摄于北京大学）（季嘉供图）

以笔为枪：重读抗战诗篇

为己任，倡导鲁迅提出的"直面人生"的文学主张。此时，正值中国抗战进入最艰苦的时刻，诗人大声疾呼："不要怯于接受那桂冠"，"——即使它是荆棘编成的／树叶上面染有战斗者的血迹"，"为我们明天的幸福而战斗"。力扬诗歌中一脉相承的战斗性，在这首诗中得到了充分的体现：他给前行者以力量，给彷徨者以激励，给同行者以号角。诗的最后，以"对着炉火安眠"、"袭来的风雪"营造了一个对比的意境，形象地表达了"拿起你的竖琴——你底剑"、"歌唱着走在兄弟们行列的前面"的诗歌主旨。

力扬是一个善于思索的作者。据力扬之子季嘉回忆：力扬重视诗歌理论的探索，观点鲜明。1956年2月，力扬在中国作协创委会诗歌问题讨论会上，肯定了现代派诗歌"在艺术上对现代诗歌创作的发展仍是有贡献的"。1958年6月，力扬较早地撰写了《评郭沫若的组诗〈百花齐放〉》的评论，虽延迟到1981年才在《诗探索》上公开，但也可以看出作者独立思考的可贵。结合这一史实可见，力扬诗作《给诗人》，是作者早年对诗人社会责任的诗化思考，与作者在解放初发表的《关于诗的民族形式》一文同源。

1948年冬，在组织安排下，力扬由香港至晋察冀根据地，入马克思列宁主义学院学习。

1953年春，力扬到新成立的文学研究所工作，其间，出席了全国第三次文代会。

1964年5月5日，力扬在北京辞世。著有《枷锁与自由》、《我底竖琴》、《射虎者及其家族》、《给诗人》四本诗集。

"诗情似火射虎歌虹"是后人对诗人的评价。而诗人1933年在上海法租界监狱写的诗句，让人长久怀想：

在那辽远的异乡

娇慵无力的少妇般的西湖，

我曾经孤独地以深红的色彩，

图绘着金沙港上红树底颜容。

林焕平：义侨逃亡曲

抗战诗人：林焕平

十二月八日
这历史的日子
太平洋骤起空前的骇浪——
敌人的飞机大炮向
南洋群岛轰击了！
任是有如东方纽约的百载繁华
任是有如蜂巢般的军事堡垒
天堂般的香港哟
忽儿变成了恐怖的地狱了！
港币二元换一元军票
炮弹轰断了商业的命根；

街头鬼子随便举枪杀人
直视侨胞当作苍蝇！
象饿虎搜寻食物
日日夜夜上门讨
花姑娘；
看银钱财物
象月儿一般亮
劫掠了机器五金和汽车
又把数月米粮搬光，
三元买不到一斤米
空场僻巷满添了尸堆！

以笔为枪：重读抗战诗篇

沉重的空气窒塞着我们的呼吸，
凌迟的恐怖威胁着生命的安全，
我们哪能长此忍受
我们哪能长此忍受
我们宁愿回到自由的祖国
做叫花子
不愿在魔窟般的沦陷区
当顺民
万千义侨便开始了逃亡。
年稚婴孩父母挑
老弱长者儿女（用手车）推
断臂残足的废人
也借朋友的两条腿
踏上光明的征途；
养尊处优的书生

弱不禁风的姑娘
也不落后过劳力的员工；
虽被绿林土匪
给自己换上一身破衣裳
燃烧的愤火
掩盖了栖风宿露的痛楚，
蕃薯当牛扒
煽起全身的生命力
由九龙到惠阳
三百里路当家常便饭一样。
踏着自由的大地
祖国象慈母一般的温暖
欢迎我们回来
重新靠拢抗战的阵线。

　　后记：一九四二年一月十五日由港脱险，二月七日抵老隆乘车赴韶，车坏，停在牛背脊二天，复停在忠信修理三天仍未毕，十二日晨，于雨雪下成此诗，四月十五日改正于桂林大埠。

　　（作者补注：当时把香港同胞，亦称华侨。一九八〇年三月十四日。）

诗歌记录历史。它不仅记住了历史的真实，而且还记住了历史的细节；因为诗歌这一特殊的体裁，字里行间必将留下作者情感的颤音。从这个意义上讲，林焕平的《义侨逃亡曲》，是一份战争备忘录，真实再现了香港沦陷区民众的苦难，反映了沦陷区人们奔向祖国、重回自由怀抱的急迫愿望。

作者林焕平，1911年出生于浙江省台山一个穷苦人家，靠乡亲们的支持读完小学、中学。1930年2月，他来到上海，考上中国公学大学部中文系。经白薇介绍，加入中国左翼作家联盟。1931年，转入上海暨南大学，开展抗日救亡活动。1933年，林焕平赴日留学，任左联东京支盟书记。1937年5月，被日本政府以"反日作家"罪名驱逐出境，回到上海。这之后，林焕平辗转于广州、香港、桂林等地，任教于广州美专、广东国民大学香港分校等。

太平洋战争爆发后，在香港从事抗日救国活动的林焕平撤离香港，于1942年2月抵达桂林。在当时的广西大学和桂林师范学院从事教学、文艺理论研究、翻译、文学创作、日本问题研究等文化活动。

《义侨逃亡曲》描写了诗人逃亡路上的见闻。在"敌人的飞机大炮"下，"天

林焕平（右二）与沙少海、冯振、彭泽陶，林志仪等合影

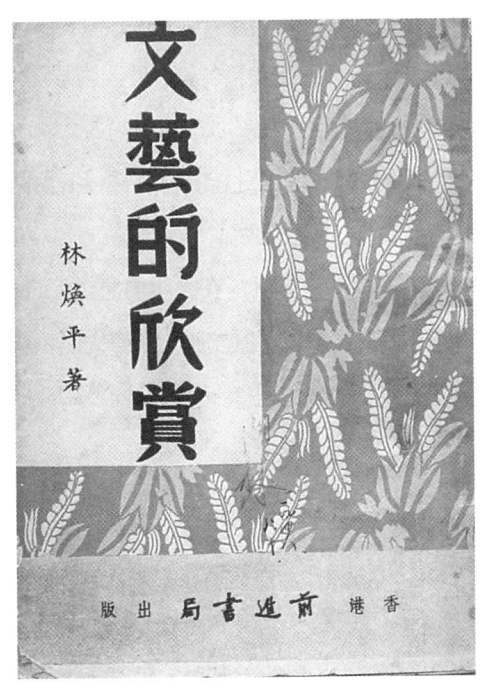

《文艺的欣赏》书影

以笔为枪：重读抗战诗篇

堂般的香港哟 / 忽儿变成了恐怖的地狱了！"在揭露日寇残杀百姓、到处施暴的同时，诗人还罕见地写到："港币二元换一元军票"，"三元买不到一斤米"，以生活中常见的物件，一针见血地指出日寇发动战争的背后是大肆进行经济掠夺，进而揭穿日寇所谓建立"大东亚共荣圈"的阴谋。诗作后半段，诗人以种种比喻手法，描写了逃亡民众渴望新生的心声。其中有句："断臂残足的废人 / 也借朋友的两条腿 / 踏上光明的征途"，给人深刻的印象；"借腿"一词，很少听说，在战争年代，在诗人笔下，当可以理解。"蕃薯当牛扒"，蕃薯是山芋的学名，南方人叫蕃薯，潮汕地区多食用。据《闽书》载：番薯，万历中闽人得之外国。在诗中，一是指逃亡路上的辛苦，另外一层含义恐怕是指逃难人回到了大陆。诗末，逃亡者踏上自由的大地，他们不是简单地归来，而是要"重新靠拢抗战的阵线"。一个"靠拢"，突出了抗战力量的壮大。

建国后，林焕平主要在广西师范大学从事文艺研究。著作、译著总字数近千万，有《文学论教程》、《活的文学》、《学习鲁迅札记》、《马克思恩格斯论文学与艺术》、《林焕平译文集》、《山水文化颂桂林》、《抗战文艺理论集》、《改革开放与文艺发展》等30余种。近年，作者与茅盾、叶圣陶等现代文学大家的通信，凡154人、510余封，已结集出版，留下了一份珍贵的史料。

2000年，诗人辞世。曾任广西师范大学教授、中文系主任，广西文联副主席，中国作协广西分会名誉主席。

"我的一生，就是在光明的照耀下努力奋进的一生。尽管在漫长的人生道路上，风风雨雨，曲折坎坷，但光明还是像太阳一样照耀着我前进的道路。"在回忆录《理想，指引我走过20世纪》中，诗人的这段话，尽显赤子之心。

1942

彭桂萼：炼　狱

抗战诗人：彭桂萼

战火熊熊在烧着！

它使塞北的麦田，
撤去了青纱帐；
江南的湖水，
不再漾绿波！
它从芦沟桥引发了火药，
乘着欧西侵略的风势，
溯长江，
上黄河，
快延烧进昆明湖，

延烧到科不多。
它使中华的原野
遭受了空前的惨祸，
几年来，
多少人失去了安乐窝！

战火仍然在烧着！

哦哦，
它不是罪恶的火药，
它是洗涤罪恶的净火！
几年来，
它烧毁了我
十里洋场，
却也烧去了
妖魔加在我们身上的
重重的枷锁！
腐朽的林木在毁灭着，
无边的野草在新生着。
古老的祖国，
精华很多，
废垢残渣也充满
每一个角落。

以笔为枪：重读抗战诗篇

正该投进滔天的烈火中，
才会炼成金刚，
开出自由平等的
灿烂的花朵！

战火越烧越闪灼！

去哟去哟！
唱着革命的高歌，
大踏步，
从火焰山头跨过！
这边是崎岖的坎坷，
那边是自由的王国；
这边是黑暗的地狱，
那边是绚烂的天河；
这边是奴隶的深窖，
那边是主人的宝座！
去哟去哟！
咬紧牙关，
握紧钢枪，
去通过熊熊的净火！

听！净火在高唱着战歌！

一九四二年写于云南边疆
（选自诗集《怒山的风啸》）

身处边疆、心系天下，彭桂萼抗战期间的文化建设将为民族永远铭记。那些带着西南风味的文字，为整个抗战诗歌增添了耀眼的光芒。

彭桂萼1908年出生在云南省临沧（古称缅宁）。1927年春，18岁的彭桂萼，步行1000多公里到昆明考入云南省立第一中学。毕业后，考入东陆大学预科第八班。1936年到双江省立简易师范任教，主编丛书、校刊多种。1940年任省立缅云师范学校校长。此时，他创作了许多反映边疆生活的诗文，向《警钟》在内的国内报刊踊跃投稿，并与郭沫若、王亚平、臧克家、老舍、舒群、孟十还、赵景深、闻一多、穆木天、征军、蒂克等，建立了广泛联系。

西南联大迁至昆明，彭桂萼一一登门拜访名家，被中华文艺界抗敌协会昆明分会选为理事，也被广州中国诗坛社吸收为会员。雷石榆在《我的回忆》中评价彭桂萼的抗战诗歌时说："富有澎湃的热情与飞翔的想象力。"

据彭桂萼研究专家叶舟介绍，诗人曾在《我怎样走向诗歌之路》一文中写道："我意识到虽不能即刻跃马横戈，冲赴疆场，也得煽起后方抗敌的热情，以充实前方力量。在有智力出智力的分工原则下，我于是选定了兴趣所趋的时代诗歌作武器，放开粗喉，拼命高呼。"他接着说："驱逐倭寇，重整河山，这是中华民族目前的一桩最重大最有意义的事业……诗歌，是精神战斗的一种最尖锐的榴弹匕首……我们每一个矢志使用诗歌武器的文艺兵，应该更坚强地站稳自己的哨岗，握紧枪笔，充分施展出这榴弹匕首的威力，配合其他文艺枪刀，把全国大众呼送上大革命的浪涛前头。"

《炼狱》全诗以"战火熊熊在烧着"为感情主线，层层递进。第一节，作者放眼"塞北的麦田"、"江南的湖水"，再从昆明湖到科不多（疑为科布多，在西北），到处都是日寇燃起的战火，诗人为"中华的原野／遭受了空前的惨祸"而悲切。第二节的重心在这四句："正该投进滔天的烈火中，／才会炼成金刚，／开出自由平等的／灿烂的花朵。"作者视战火为"炼狱"，期待百姓在敌人的欺凌下觉醒，民族在这场战争中得到重生。第三节以"去哟去哟"为号召，以崎岖的坎坷对自由的王国，以黑暗的地狱对绚烂的天河，以奴隶的深窖对主人的宝座，连续三个对比，一气呵成，鼓动力极强。全诗意象丰满，气韵生动，透露出作者耿直的性格。这是从祖国边疆

彭桂萼（左）1948年与原双江县县长李文林在昆明海埂合影

擂响的战鼓，它跨越了千山万水，加入了全民族抗战的合唱。

诗人曾为缅云师范学校创作校歌《竖起文化长城》，其歌云：

祖国遭苦难，
大家齐起救危亡！
有笔的拿笔，有枪的拿枪。
我们是教化边民的前锋，
把岗位建在怒山顶上。
学而不厌，诲人不倦，

以笔为枪：重读抗战诗篇

竖起文化长城，

开发那万里边疆。

掀起澜沧江涛，

吼出解放的歌唱：

复兴民族，还我河山。

在战乱时代，诗人不顾边疆条件艰苦，克服信息封闭的困难，以一己之力，独扛民族文化建设大旗，避难于一隅，多有建树。特引录如下，以志纪念。

边疆论著有《双江》、《西南边城缅宁》、《边地之边地》、《收回双江勐勐教堂运动》和《天南边塞耿沧澜》5种。

论著有《怎样研究国文》、《怎样阅读读物》；新诗集《震声》，郭沫若题签，马子华序(1938年出版)；《边寨的军笳》，老舍题签，雷石榆序(1941年出版)；《澜沧江畔的歌声》，穆木天题签并序(1945年出版)。

编辑的刊物有：《缅宁旅省学生会会刊》3期；《双江简师丛书》1部10种；新诗集《天海歌声》1册；《双江校刊》5期；《警钟》季刊6期；《警钟丛书》4种。

尤其是作者积6年之功、撰写的《西南边城缅宁》，是一部有着重要价值的史志著作，1938年付印出版。包括：《西南极边六县局概况》、《双江的茶业》、《云南西南缅宁》、《顺镇沿边的濮曼人》、《耿马土司地概况》等内容，对民族学、社会学研究均有文献价值。谈及该书的创作，作者坦言："抗战要取得最后的胜利，军事的发动固然重要，而政治经济文化诸方面的总动员也同样的必要；前方的奋勇杀敌自然不可少，但后方的安定建设仍可增强抗战的实力。在悠长的全面持久抗战的程途中，呈露一个地方的实情，加紧一个地方的建树，作抗战图存的一个最小基本单位，依然是有意义的工作呵！"

1952年，在"镇反"运动中，彭桂萼蒙冤受难，时年44岁。1983年，得到平反。著有诗集《震声》、《澜沧江畔的歌声》、《边塞的军笳》、《怒山的风啸》等。

"八一三"淞沪抗战，诗人凭栏远眺，奉献了一首温暖的诗篇——《你的名字比玫瑰还芳香》：

1942

"八一三"淞沪会战要图

八一三,

永恒的太阳,

……

从黄浦江边,

照亮到澜沧江畔。

……

八一三,

新中国的乳娘,

……

从俯首贴耳中昂起头,

仰望着高高的宵汉。

……

沐浴着你永恒的太阳,

我们踏稳横断山头,

用笔杆架着机枪,

吸着你甜蜜的乳浆。

我们守在滚弄江边,

用红血搅合酸汗,

誓赶走跨海而来的虎狼,

还我河山无恙。

给你的名字,

永远在民族解放的史页里,

比电闪还雪亮,

比玫瑰还芳香!

以笔为枪：重读抗战诗篇

鲁藜：泥土

抗战诗人：鲁藜

老是把自己当作珍珠
就时时有怕被埋没的痛苦

把自己当作泥土吧
让众人把你踩成一条道路

（原载一九四二年秋延安《解放日报》）

1938年夏，年轻的鲁藜来到延安，进入抗日军政大学学习，毕业后被分配到陕甘宁边区"文协"。延安边区的一切对诗人来说都是新鲜的，他文思泉涌，写下数十首新诗，歌颂边区生机勃勃的生活。第二年的12月，这些诗稿被寄给远在武汉的胡风。他从中选出10首诗歌，以《延安散歌》为题发表在《七月》杂志首卷，延安火热的生活和战斗精神得到了广泛的传播，人们也由此知道了鲁藜的名字。

善于从日常事物中提炼出哲理，并通过诗化的手段予以艺术的表达是鲁藜诗歌的一大特点。诗人创作的《泥土》，以珍珠为对比物，以人生的价值为叙事轴心，表达了一个革命战士，在前进的道路上愿为铺路石的决心。

鲁藜，1914年生，福建省同安人，中共党员。童年时随父母侨居越南，1932年回国。1934年到上海参与左翼文学活动，后到延安。抗日战争爆发后，鲁藜奉命离开上海，前往安徽安庆、湖北武汉等地，继续从事革命文化工作，"生命因劳苦而芬芳，因战斗而神采"

（《片言集》）。陆续出版《醒来的时候》、《星的歌》、《锻炼》等诗集。1949年随军到天津，任天津市文学工作者协会主席，主编《文艺学习》月刊。

真诚地歌唱，是诗人一以贯之的风格。对鲁藜，艾青曾有言："风风雨雨、坎坎坷坷，经漫长岁月冶炼，你属于纯金。"解放初，鲁藜以饱满的激情出版诗集《毛泽东颂》、《红旗手》、《英雄的母亲》等。1954年，诗人与作曲家舒模合作，创作了《我爱北京》一歌，语词清新，旋律优美，问世后被许多人喜爱。谈及自己的创作，鲁藜曾说："我这17年间所写的诗歌与散文报告等，绝大部分是……为祖国的命运而呐喊的，为民主根据地工农兵的英雄斗争而讴歌；也有一部分倾诉革命知识分子在时代的洪流里，在革命的熔炉里的内心的表现。"

1955年，诗人因受"胡风事件"蒙冤入狱26年。1981年平反。

《晋察冀文艺史》有记载说："鲁藜诗作中经常有对牺牲者的礼赞，在边区诗人中，如此笔墨集中而强烈地礼赞牺牲者，鲁藜是第一个。"

1999年元月，85岁的鲁藜辞世。

河岸被山影压着
有星流过旷野去

鲁藜在海风文学艺术沙龙上发言

木刻：破交去　石坚刻

我感觉到，万物还在沉睡
只有我是最初醒来的人

这是鲁藜在《一个深夜的记忆》写的几句诗。作为"最初醒来的人"，诗人如今又在哪里歌唱呢？

以笔为枪：重读抗战诗篇

许幸之：守　夜

抗战诗人：许幸之

我守夜在谷间
周围尽是黑暗
疏星在晚空惺忪着睡眼
群山成了营帐的摇篮

我守夜在山林
　一切全已安静
只闻花草在地下私语
松柏在高岗上谈心

我守夜在水边

同志们早已入睡
流泉滔滔地向群石宣传
群石对流泉鼓掌欢呼

我守夜在月下
　枪刺在我肩上闪光
谁敢闯进我的岗位啊
谁就会在我刺刀下死亡

（选自《文艺生活》二卷四期
一九四二年六月十五日印行）

1942

许幸之是一位艺术通才，从上世纪20年代起，他始终保持旺盛的创作活力，冲锋在时代的浪尖，在电影、绘画以及诗歌等诸多领域，为硝烟弥漫的大地涂抹了希望的色彩。

1935年，他在上海导演了以抗日救亡为主题的电影《风云儿女》，影片主题歌由田汉作词、聂耳作曲，这首激动无数中华儿女前赴后继的《义勇军进行曲》，后来成为中华人民共和国国歌。

1937年"八一三"事变中，为拍摄《中国万岁》纪录片，他和吴印咸冒着炮火，攀登到楼顶，用电影胶片记录抗战将士"四行仓库保卫战"的牺牲壮举。同时还拍摄了"台儿庄大捷"与"平型关大捷"的镜头。

皖南事变后，他听从党的号召，奔赴苏北根据地，参与鲁艺华中分院的建设，为新四军设计了新的徽章。他不辞劳苦，担当起文学、戏剧、美术三个学科的教学工作。

抗战期间，他改编了《阿Q正传》、《天长地久》等多幕剧，出版了《不要把活的交给他》、《小英雄》等剧作，导演了《雷雨》、《日出》、《原野》、《爱与死的搏斗》、《一年间》等话剧。

以昂扬的斗志创作了叙事长诗《卖血

1978年，许幸之与诗人艾青（右）、画家阳太阳（左）同游北京西郊

《阿Q正传》（原著：鲁迅　编剧：许幸之　光明书局1949年版）书影

以笔为枪：重读抗战诗篇

的人》和《大板井》；抒情长诗有《扬子江》、《万里长城》、《打起你的战鼓吧，同志！》、《春雷》、《飓风》、《不平等的列车》等。其中的《卖血的人》和《大板井》两篇诗作，真实再现了中国农民苦难的面貌。蔡若虹曾有诗《西江月》称赞许幸之："六十年前左翼，五星旗下专家；一身三朵向阳花，能演能诗能画。妙手玲珑多面，丹心灼烁无暇；雄歌一曲献中华，留得千秋佳话！"

《守夜》描写了根据地战士站岗放哨的生活。作者设置了山谷、山林、高岗、水边、月下等情景，表明无所不在的战士，正日夜守卫着祖国的山山水水。在诗人笔下，夜是静谧的，战士与周围环境的对话也是静静的，全诗的抒情也在这样的语境下逐步完成。最后两句："谁敢闯进我的岗位啊/谁就会在我刺刀下死亡"，表达了战士坚决消灭来犯之敌的意志。诗人具有美术之长，这使诗作的每一节都具有了绘画之美，而其中的花草私语、群山欢呼，又使我们如闻其声。"枪刺在我肩上闪光"，是写实，更从视觉上增添了诗歌的艺术感染力。

1904年4月生于江苏省扬州的许幸之，1916年随吕凤子学画。1919年进上海美专，1923年在上海艺术研究所进修，后赴日本东京美术学校学画，与在东京的郭沫若、成仿吾、郁达夫等交往甚密，发表了抒情长诗《牧歌》。1927年大革命时代，许幸之应郭沫若电召回国，在北伐军总政治部工作。30年代参与发起"左联"，组织"时代美术社"，被推选为左联"美联"主席。

建国后，许幸之导演了电影《海上风暴》，并长期坚持在高校和生活中从事美术教育、绘画创作。历任上海电影制片厂导演、科教电影制片厂副厂长、中央美术学院教授。作品有《巨手》、《海港之晨》、《红灯柿》、《伟人在沉思中》等。出版有《许幸之画集》。论文有《时代美术社宣言》、《新兴美术运动的任务》、《法兰西近代画史》、《罗丹的雕刻》等。

1991年，许幸之辞世。赵朴初怀念许幸之时说："幸之同志是值得大众永远怀念的艺术家，他曾为中国人民的解放事业作出了宝贵的贡献。他虽然离开了我们，但他的功绩和他遗留下来的诗情画意将永远鼓励后代人前进。"

彭燕郊:春　雷

抗战诗人:彭燕郊

春雷驾着厉声的载重列车
从潮湿的云间
无阻隔地辗滚而过
——把天空
　　当大鼓敲锤

生命觉醒
土地蒸腾出强烈的气息
刺鼻的气息

浓郁的气息

原野
被各种各样的气味充满了
充满了牛蒡和酒糟的气味
染料和脓血的气味
酵菌和脓血的气味
头发和骨灰的气味
所有这许多气味
都被生命的热血所温暖
又被生命的急促呼吸所煽动
都这样
声音一般地颤抖着
向发出雷鸣的高空
竭力地呼喊着呵

阴云壅塞
大雨将临
好象有什么突然而来的打击
　　使大地突然地震颤了一下
　　于是,风呼啸
　　城市苍白着
　　村落低头

以笔为枪：重读抗战诗篇

帆下降，锚落下
黄狗乱窜
蝴蝶折翅
鸟雀归巢
花落地，叶飘飞
门窗紧闭
烛火熄灭

电光闪闪
比十五六岁的少年的眼锋
还要锐利地
向烟尘、雨雾
　翻卷在旋风里的乱草和败叶
横劈过来

酝酿着空前的大变动
土地的氛围
畜棚般骚臭
人可以看出
土地
是怎样紧张地
咬着牙，切着齿
横着眉，皱着鼻
捏紧双拳

象一个满身浴汗的劳苦者
渴望着一瓢凉水从头顶淋下来一般
在等待着
大雨的降临呵

急速而又熟练地，象撕着破布
闪电腰斩了阴云
春雷扬起雨滴的尘埃
大地沉浸在雨雾里

响应觉醒的土地
感知了生命的召唤
情热蓬勃地从地层里
象艰苦地破土而出来到的虫群一样
我们
以人民的手拆除了封锁
唱着第一次在人民中间
大声地唱起来的歌
喜冲冲地
奔走在
大雷雨的天空下——
抛掷着
阔大的步伐呵

　　　　　　（原载一九四二年《文艺生活》）

14岁登上开往厦门的轮船,彭燕郊从此踏上了一条浪漫的诗歌之路。多年以后,这位80多岁还笔耕不辍的诗人,依稀记得家乡福建省莆田的莆剧那悠扬的曲调。

结束在厦门集美师范学校学习后,1938年,彭燕郊参加新四军,曾在皖南新四军政治部战地服务团工作。从1939年开始,先后在《七月》、《抗敌》、《现代文艺》、《文化杂志》等刊物上发表了许多抗战作品。1941年至1946年,诗人辗转到桂林,参加中华文协桂林分会,任《力报》副刊编辑,1946年至1949年任《广西日报》副刊编辑。

参加新四军前夕的彭燕郊(左)

抗战期间,诗人热情勃发,创作长诗《春天——大地的诱惑》和《冬日》、《岁寒》、《雪天》等。一组反映中国农村和农民生存状态的诗作,如《小牛犊》、《殡仪》、《村庄被朔风虐待着》等,给读者留下深刻印象。

彭燕郊(右)与贾植芳

《春雷》以雷霆之势,泄感情长洪,表达了作者渴望新生、唤起民众觉醒的斗志。诗歌第一部分,以春雷"把天空/当大鼓敲锤"开笔,落到"土地蒸腾出强烈的气息",这包裹着"脓血"、"骨灰"的气味,其实是指黑暗的现实。第二部分:电闪雷鸣之际,"土地/是怎样紧张地/咬着牙,切着齿/横着眉,皱着鼻/捏紧双拳",在这里,土地是旧时代的象征。最后一部

以笔为枪：重读抗战诗篇

份写"觉醒的土地"，诗人"感知了生命的召唤/情热蓬勃地从地层里/象艰苦地破土而出来到的虫群一样"。写到这儿，作者灵光乍现，一句"唱着第一次在人民中间/大声地唱起来的歌"，成为抒情的高潮。在那个动荡的年代，"大声地唱起来"，预示着解放和自由。至此，我们就能理解作者采用"阶梯式"分行形式的原因，那一波紧一波的感情抒发，那譬如高尔基在《海燕》中对暴风雨的呼唤，显示了作者奔放的才情。

建国后，彭燕郊长期在湖南大学教书育人。1955年受"胡风事件"的影响被下放劳动，直至1979年才得到平反。

1979年3月，彭燕郊被聘请到湘潭大学，进入创作的高发期。出版有诗集《彭燕郊诗选》、《彭燕郊诗文集》、诗论集《和亮亮谈诗》。主编《诗苑译林》、《犀牛丛书》、《现代散文诗译丛》、《散文译丛》等，主持了《世界诗坛》、《现代世界诗坛》等杂志的编辑等。

在创作、编辑、教学之际，彭燕郊十分重视民间、民族文艺研究。先后出版过《湖南歌谣选》、《五更阳雀啼》、《湖南谚语》，主持整理土家族古歌《摆手歌》，创办主编湖南民间文艺杂志《楚风》，创办湘大民间文学研究室，组织湖南民间文艺、民俗的调查、研究，主持编撰《湖南民间文学丛书》等。

更为可贵的是，作者在80岁高龄，还撰写了长诗《混沌初开》、《五位一体》，反响热烈。在与研究者易彬的对话录中，彭燕郊说："我不能不探索。"正是这种锲而不舍的精神，成就了作者长青的诗歌生命。

2008年3月，诗人辞世。曾任湖南现代文学研究会会长、中国民间文学研究会湖南分会副主席等职。获中国散文诗终身成就奖、"诗歌与人"奖等。

1942

吕亮耕：列车奔驰在原野上

抗战诗人：吕亮耕

黄昏临近了——
那渐渐浓郁起来的暮霭
已经从鸭蛋青色的天空
和苍郁的远山之间
升腾上来了。
列车，以它规律性的节拍
敲响着钢铁的琴键
仍然是无限奔忙地
向原野的彼端驰去……

原野的景物已开始
为暮色所靛染而模糊，
田畦，池沼，灌木丛
都披上了郁暗的衣裳；
列道树在晚风中摇曳着
车厢慢慢地加剧了摆动；
列车，究竟要飞驰到哪儿去呢？
——在车厢里
多少人把头伸挤在窗口
把茫然的眼色
抛在薄暮的原野里
抛在无限远的远处
都显出那般凝滞的神情
是在思索着什么吧
也许是为暮色勾起了感触
也许有人正拾起深沉的乡愁
也许有人正梦想一个壮大的远行
但列车究竟是驰向哪儿呢？
前面，那个站口也许正是谁的家乡
遥遥的入望的灯火
爆裂出黄金样的希冀，
透示出无比的温暖
也许驰过了不是家乡的前站

以笔为枪：重读抗战诗篇

离乡人乃突感到更行更远！
暮霭愈聚愈浓了——
它已经迷糊了
山的轮廓，树的轮廓
无数片田畴的轮廓……以及
那遥遥的地平线
直到整个的天空……
天边：开始有疏星在耀眼了
这给予人们以闪烁的灯火
同样清醒而朦胧的感觉
是温暖的但又清冷的……
这时原野铺开了无上的静寂
只列车的轮子滚过钢轨
敲打出宏健的音符
但那音符
显得多么单调而空洞啊！
像一个没有感情人物底
机智的独白
执拗而絮聒的独白
有谁愿意倾听它呢？！
但　为什么　那些人那些人

依旧挤拥在列车窗口
向天外探首
眼瞳空定地瞧着原野
如同瞧着心爱的恋人
一般欢喜！
究竟是什么东西
这样牢牢地
牵系着他们的心呢？
看　暮色愈聚愈浓
夜已封藏野外的景物
列车犹自疯狂地
如脱座的流星曳奔而去！
而他们依旧驼伏在窗口
象祈祷者那样虔诚的
面着空旷的原野
和莽苍苍的夜色
让瞳子作着辛勤的守望
连头也不肯回一回……

（原载一九四二年三月十五日《文艺杂志》
　　　　　　　　　　　第一卷第三期）

许多朋友都在怀念吕亮耕。1989年,《吕亮耕诗选》出版时,孙望回忆说:亮耕是一个质朴淳厚、热爱乡国、热爱社会主义的诗人,然而浪迹一生,坎坷没世,这究竟怎么解释呢?难道造物对于善良的人就这么苛刻无情吗?终于,我只好这样想:"天实为之,谓之何哉!"

徐迟评价道:"他满溢的激情喷涌而出。他决不作干嚷。他写的是诗,今天读起来还令人激动,如《望金陵》、《不死的记忆》、《望江南》、《一面敌旗》等等。在纪念抗战四十周年的今天,他这些战斗的诗篇依然多多地激发了当年的同仇敌忾,也召回来许多记忆。它们是不朽的诗篇,因为写过这些诗,他是永生的诗人。"

1914年11月,吕亮耕生于湖南省益阳县。在杭州求学时,诗人就与丽妮、黎央等创办《现代诗草》专刊,1937年在《新诗》发表诗歌,由此结识戴望舒、施蛰存、卞之琳、废名等诗人。

1938年夏,吕亮耕与孙望等接替力扬、常任侠,合编长沙《抗战日报》副刊《诗歌战线》,发起组织中国诗艺社,出版《中国诗艺》月刊,提出"诗歌要面对现实"及"内容与艺术并重"的主张。《抗战日报》由田汉创办,廖沫沙任总编。《诗歌战线》

吕亮耕诗集一

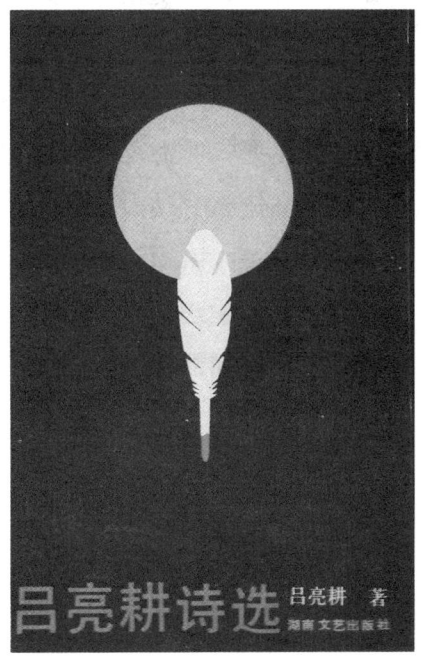

吕亮耕诗集二

以笔为枪：重读抗战诗篇

副刊因"宣传抗日，鼓励士气"，得到了许多读者的欢迎。

1942年至1947年，诗人先后担任耒阳《国民日报》、衡阳《大刚报》、《中华时报》、汉口《大华晚报》、九江《型报》等报纸的副刊编辑、总编辑、主笔，极力提倡新诗并从事创作，诗歌、散文、小说散见于香港及内地30余种报刊杂志。

这首《列车奔驰在原野上》，是抗战诗歌史上不可多得的一个诗歌意象，象征着战争年代国人的命运。从第一节开始到"列车，究竟要飞驰到哪儿去呢？"止，描写了"暮霭"中的列车前进时车外车内的景象；"列车，以它规律性的节拍/敲响着钢铁的琴键"，富有想象力，既是"敲响"，也是一种穿透，使首节诗歌营造的画面灵动起来。从第二节开始到"有谁愿意倾听它呢？！"结束，其中所言："这时原野铺开了无上的静寂/只列车的轮子滚过钢轨/敲打出宏健的音符"，有两层含义，一是指生活的寂寥和无奈，"静寂"而没有变化；二是指生命中规律性的东西总是在"敲打"、在推动整个社会向前发展，"宏健"意味着生命力的旺盛。第三节从"但 为什么 那些人那些人/依旧挤拥在列车窗口"开始，写出了坐车人的迷茫和困惑，写出了他们"向天外探首"的努力和挣扎。艰苦卓绝的抗战，有振臂奋起的战斗者，有低眉摇尾的投降者，有犹豫不前的彷徨者，更有历来忍受的默默者，诗人以乘车为喻，把笔触投向抗战的中间阶层，显示出作者思维的独到。作者巧借飞驰的列车和无助的乘客这一对关联的意象，把当时笼罩在许多人心头的迷雾撕开来、亮出来，透露出作者对前途的深深思考。

在朋友的追忆中，作者当时仅20多岁，平素喜欢穿长褂、布鞋，跑起路来背着双手，话不多，眼中透出忧郁。也许是诗人的气质，让他于微尘中看到了一些民众的心思。

解放后，吕亮耕一直潜心在衡阳教书。1957年被错划为"右派"，1974年辞世，1979年平反。著有诗集《金筑集》、《吕亮耕诗选》。在儿子吕宗林眼中，父亲言辞不多、善良温和但内心却热情似火，这从他的诗歌特别是抗战诗歌中可以得到印证。他总是以忧天下的情怀为祖国的前途担忧，为血与火的现实歌唱。诗人尽管命运坎坷，但信仰始终坚定不移。可喜的是，吕宗林为父亲收集诗歌作品之际又与缪斯结缘，创作亦有收获，父子两代诗人，诗之血脉得以延续。

何其芳：我为少男少女们歌唱

抗战诗人：何其芳

我为少男少女们歌唱。
我歌唱早晨，
我歌唱希望，
我歌唱那些属于未来的事物
我歌唱正在生长的力量。

我的歌呵，
你飞吧，

飞到年轻人的心中
去找你停留的地方。

所有使我象草一样颤抖过的
快乐或者好的思想，
都变成声音飞到四方八面去吧，
不管它象一阵微风
或者一片阳光。

轻轻地从我琴弦上
失掉了成年的忧伤，
我重新变得年轻了，
我的血流得很快，
对于生活我又充满了梦想，充满了渴望。

一九四二年初

选自《中国新诗选 1919–1949》
（中国青年出版社，1956 年第 1 版）

以笔为枪：重读抗战诗篇

何其芳全家福，1953年摄于燕东园

那种对新生活的渴望喷薄而出，那股青春的气息扑面而来。

在西北角那片晴朗的天空下，深受传统诗词熏陶的何其芳，在党的怀抱中，在边区宽松的环境下，在昂扬的抗战精神中，以鲜亮明媚的笔触描绘未来，为抗战诗歌增添了几许轻盈和灵动的神韵。

上世纪30年代，何其芳、李广田、卞之琳三位大学同学，借郑振铎编辑出版"文学研究会创作丛书"的机会，合文为集，受读书之所"汉花园"名字影响，为诗集取名《汉园集》。历史记住了他们第一次也是唯一的一次合作，汉园三诗人的名字从此蜚声文坛。在这个年轻的行列中，何其芳表现的是一位燕园学子常有的说不清的理想、浅浅的忧伤。

1912年2月，何其芳生于重庆万州。1931年入北京大学哲学系学习。《汉园集》出版后，他又把旖旎的青春涂抹在散文集《画梦录》中，1937年出版后获得《大公报》文艺金奖。大学毕业后，诗人先后在天津、山东、重庆等地任教。1938年，到延安鲁迅艺术学院任教，同年加入中国共产党。

当诗人用纯净的歌喉喊出第一声"我为少男少女们歌唱"时，他的心里充满阳光。在诗人眼里，希望是"未来的事物"和"生长的力量"。第二节，歌声所指，"飞到年轻人的心中"，使哲理性的抒情有了具体的指向。紧接着，"快乐或者好的思想，/都变成

镌刻在墓碑上的"何其芳诗抄"

声音飞到四方八面去吧",拓展了诗歌的空间,使一人的歌唱变成了众人的合鸣,恰似带读者步入一片光芒的大地。诗的末尾回到抒情主体,"失掉了成年的忧伤"是一种情感的升华,是不到30岁的诗人对自我蜕变的一种期盼。在抗战的艰苦时刻,在民族的危急时刻,诗人身居一地,心怀未来,可知特殊时代对一个年轻灵魂的塑造,那份自由、那份康健、那份抒情,透出一个时代、一群追求幸福的人的精神。这让我们想起作者另一首嘹亮的歌《生活是多么广阔》:"去以自己的火点燃旁人的火,/去以心发现心,/生活是多么广阔,/生活又是多么芬芳。"

沙鸥评价诗人说:诗是写给少男少女的,但真正的主体是"我"。通过全诗,读者看到了诗人鲜明的形象,听到了他深情的歌声。他是如此真诚,又是如此激动地在歌唱。诗人把他的一片赤忱之心捧给了我们。

后来,作者奉命到重庆,历任中共四川省委委员、宣传部副部长,《新华日报》社副社长等职。建国后,主要担任文艺界领导工作,从事文学批评,文学理论研究(红学)以及教学等。历任中国文学艺术界联合会委员、中国作家协会理事和书记处书记、中国社会科学院文学研究所所长等职。

1977年7月,何其芳在北京辞世。著有《何其芳文集》。

以笔为枪：重读抗战诗篇

化　铁：请让我也来纪念我的母亲

抗战诗人：化　铁

但我的母亲却是愚蠢的。

她没有被染上诗人的金色的智慧，
也更没有梦想她的儿子在用诗篇纪念她。
——我的母亲
　　是愚蠢的。

她是从另一个世界里爬出来；
从肥皂泡沫里爬出来
从浆硬的衣裳堆里爬出来
从富人们替她造好的窄门里爬出来

用她自己的那双粗糙而裂缝的佣人的手
　茧！
我的母亲。

她还从战争的这头到那头里，
用她农民的纯朴想念已往；
向她的儿子诉说一些诚恳的废话。
但同她共度那些岁月的儿子
　　却不得不走了。
——她应该痛哭流涕吗，
唔，

1942

我的可怜的
　伟大的
母亲?

怎能不痛哭流涕呢?
那应该痛哭流涕的
　太多了呀,

昨天,
她给我来信说:——

　百物高涨。
　但这里并没什么人能欺侮我,
　我自己过活得很好。

你四舅昨天夜里独自跳江死了;

到第二天别人才把他捞起。
我哭着,又伤心着;
伤心着又哭着。

大家都知道他的仇人是谁,
　邻人们都瞧着尸体,
没　有人敢讲话。

　…………

请让我也来纪念我的母亲吧!
　(你古老的国土,
　你的人民的光辉呀,)
但她的唯一的儿子应该拿什么给她呢?

　　　　　一九四二年七月九日夜
　　　　　　　　选自《白色花》

以笔为枪：重读抗战诗篇

风走在前面，前面。

现在，云块搬动着。
从天的每个低沉乌暗的边隙，无穷尽的灰黑而狰狞的云块的轰响，
奔驰而来；
以一长列的保卫天的真实的铁甲列车
奔驰而来，更压近地面，更压近地面，
以阴沉的面孔，压向贫苦的田庄，压向狂啸着的森林，
无穷尽的云块的搬动，云块的破裂，
奔驰而来，从每个阴暗的角落里扯起狂风的挑战的旗帜。

这是化铁1942年写的一首力作——《雷暴雨岸然轰轰而至》的开头段，以对暴风雨的歌颂，渴望打破一个旧的世界。全诗大气磅礴，充满激情洋溢的战斗力。诗中所表现的坚韧意志，贯穿了诗人苦难的一生。

1958年，因"胡风事件"而被开除军籍的化铁，为糊口，报名参加拆除南京城墙。古老的城砖用糯米汁、桐油与石灰做黏结剂。顾不得对皮肤的腐蚀，化铁凭一双手搬砖拆墙，挖着、抠着，化铁发现了一具南京保卫战中中国军人的骸骨，还有钢盔、刺刀、水壶和枪支。当诗人的手触摸到抗战忠魂时，沉寂已久的诗心不再平静，一首《不朽的城墙——南京屠城的63周年》从笔端流淌出来，在抗战胜利55周年之际，辑入诗集《不屈的城墙》首篇。诗的末尾，化铁写到：

树一块纪念永远和平的碑石吧
就在抠出我骨骸的地方
像城墙一样挺立起胸和腰
在这一片曾经流过血的土地上
再也不要战争应该树立人的尊严
要有爱
要有永久的安宁与和平

化铁，原名刘德馨，四川省奉节人，1925年10月生于武汉，幼年丧父，十多岁时就到钢铁厂做投料工。在火红的化铁炉旁，这位苦难少年接触到《七月》杂志上滚烫的文字，结识路翎、绿原等一批诗人。从此，那些有温度的文字撑起一个底层少年的梦想。

1943年，化铁到重庆沙坪坝中央工业专科学校读书，在《希望》杂志上发表诗作，并拜访胡风。1947年，化铁从南京中央气象局调到上海，在上海西南郊龙华机场从事气象工作。

《请让我也来纪念我的母亲》是化铁怀念母亲的一首力作。诗的上半段到"我的可怜的/伟大的/母亲？"为止。开头很突兀的一句"但我的母亲却是愚蠢的"，这个"愚蠢"是诗人模拟一些所谓"达官贵人"的嘴说的，是诗人对权贵的嘲讽。1944年，诗人写过一首《他们的文化》，"他们的文化已经喂了狗/他们的美术做了商店的招牌/他们的音乐只是在卖淫的酒席间演奏/他们的科学只是杀人/他们的哲学制造着战争/他们的女人生着孩子/他们的文艺被人强奸/他们的水手们死在深水里/他们的士兵死在刑台上/他们种田的人/没有饭吃/他们的小孩子都做了强盗//他们的元首哭泣/他们底最后时辰已到了。……"可见，这个"他们"是与"愚蠢"对立的。理解了这个"愚蠢"，就能够明白诗人对母亲的深情。母亲"从肥皂泡沫里爬出来/从浆硬的衣裳堆里爬出来"，这样一种卑微的生活、这样一双"粗糙而裂缝"的手，都是那些"富人们"造成的。在此，作者表达了对旧社会的愤恨。但即使这样，母亲"还从战争的这头到那头"，"用她农民的纯朴想念已往"，日寇的侵略战争对本已残破人生的撕裂，是诗人说不出的伤痛。诗的下半段，以两个"痛哭流涕"开始，以母亲的来信开始，勾画了"百物高涨"、民不聊生的现实生活。"四舅昨天夜里独自跳江死了"，是一个噩耗，更是一个控诉，也是一种无奈，由此，诗人描绘了战争状态下卑微的一群人的命运，诗人最后无可奈何的发问，表现了寂寞的心境和对黑暗现实的奋争。

建国后，化铁成为人民解放军空军气象人员。在"胡风事件"中，化铁被捕失去公职，青凤回忆说：那时的化铁，"在南京城郊一个住着几十户人家的大杂院里栖身，做过拆城墙的砖工、装卸工，钢笔厂的笔坯压制工、浴室里的沙发修理工、菜场里的拖菜工。"平反后，化铁被安排到南京蔬菜公司上班，他默默忍受着一切磨难，时常骑着一辆自行车，

以笔为枪：重读抗战诗篇

南京城墙、鸡鸣寺

到报社送诗稿。冯亦同在《缅怀化铁》一文中说："他不仅在长达27年的蒙冤生活中坚守着清贫的人格，更在1981年平反后重新回到文学队伍里，焕发出老诗人创作生涯的第二个春天。"

2000年，诗人第二部诗集《生命中不可重复的偶然》由作家出版社出版。书中收录诗人自述《逆温层下》，在这篇长文中，引胡风写给诗人的信，信中有言："你和劳苦人民共生活，这可算是不幸中的大幸。不知仍写诗否？……"彭燕郊评价道："化铁的诗，是用自己温暖的血哺育着他的诗，是真诚的声音，他的语言散发朴素的香气，泥土的香气。"

2013年9月，化铁辞世。早在1949年2月，诗人怀着对胜利的憧憬，挥笔写下热情洋溢的《解放》一诗，提前庆祝祖国的新生："这是怎样的欢腾的世纪啊！／这是怎样的开花的季节啊！／每一片土地与每一片土地，连结了起来了呀！／每一座村落与每一座村落，都站立起来了呀！"人们在对诗人的怀念中，一定会默默地记起那些动人的颂歌。那些"百炼成钢化为绕指柔"的诗句，是诗人化铁在苦难中吐露的"白色花"。

陈　辉：为祖国而歌

抗战诗人：陈　辉

我，
埋怨
我不是一个琴师。

祖国呵，
因为我是属于你的，
一个大手大脚的
劳动人民的儿子。

我深深地

深深地
爱你！

我呵，却不能，
像高唱马赛曲的歌手一样，
在火热的阳光下
在那巴黎公社战斗的街垒旁，
拨动六弦琴丝，
让它吐出震动世界的，
人类第一首

以笔为枪：重读抗战诗篇

最美的歌曲，
作为我
对你的祝词。

我也不会
骑在牛背上，
弄着短笛。
也不会呵，
在八月的禾场上，
把竹箫举起，
　轻轻地
　轻轻地吹；
让箫声，
飘过泥墙，
落在河边的柳林里。

然而，
当我抬起头来，
瞧见了你，
我的祖国的
那高蓝的天空，
那辽阔的原野，
那天边的白云
悠悠地飘过，
或是

那红色的小花
笑眯眯地
从石缝里站起。
我的心啊，
多么兴奋，
有如我的家乡，
那苗族的女郎，
在明朗的八月之夜，
疯狂地跳在一个节拍上，
（你搂我的腰，
我吻着你的嘴，
而且唱：
——月儿呀，
亮光光）……

我们的祖国呵，
我是属于你的，
一个紫黑色的
年轻的战士。

当我背起我的
那支陈旧的"老毛瑟"，
从平原走过，
望见了敌人的黑色的炮楼，
和那炮楼上

1942

飘扬的血腥的红膏药旗，
我的血呵，
它激荡，
如同关外
那积雪深深的草原里，
大风暴似地
疾驰而来的，
祖国的健儿们的铁骑……

祖国啊，
你以爱情的乳浆，
养育了我；
而我，
也将以我的血肉，
守卫你啊！

也许明天，
我会倒下；
也许
在砍杀之际，
敌人的枪尖，
戳穿了我的肚皮；
也许吧，
我将无言地死在绞架上，
或者被敌人投进狗场。
看啊
　　那凶恶的狼狗，
　　磨着牙尖，
　　眼里吐出
　　绿色荧荧的光……
祖国呵，
在敌人的屠刀下，
我不会滴一滴眼泪，
我高兴
因为呵，
我——你的大手大脚的儿子，
你的守卫者，
他的生命，
给你留下了一首
无比崇高的"赞美词"。
我高歌，
祖国呵，
在埋我的骨骼的黄土堆上，
也将有爱情的花儿生长。

一九四二年八月十日，初稿于八渡。
选自《革命烈士诗抄》
（中国青年出版社，1959年第1版）

以笔为枪：重读抗战诗篇

烈士的头颅被敌人挂在树上，烈士的躯体被敌人丢给恶狗。1945年2月，在河北省涿州韩村，面对日寇和伪军的包围，身为武工队政委的陈辉，毅然拉响最后一颗手榴弹，和敌人同归于尽，年仅24岁。

陈辉原名吴盛辉，1920年生于湖南省常德。1938年他辗转到延安，先后入延安抗大、晋察冀抗大学习。毕业后，被分配到晋察冀通讯社当记者。1940年，来到涞（水）涿（县）工作，担任县青救会主任、区委书记、武工队政委。在战友的回忆中，拿起钢枪的诗人就是一位钢铁战士，"一次在冬天见到他，他仍穿着那件又旧又破的大棉袄，腰里系着麻绳，头上扣着毡帽子，脚穿露着脚趾的布鞋，一张又黑又瘦的干巴脸，乍看就像当地的小羊倌。但是，他那睿智有神的眼睛，却闪烁着坚毅、明亮、自信的光芒"。

在战火纷飞的日子里，陈辉创作了战斗性极强的街头诗、诗传单，不仅发表在《诗建设》上，而且撒到敌人的碉堡里。据彭正湘介绍：新中国成立后，作家出版社从陈辉的战友戈枫等同志手中，收集到陈辉的上万行诗的遗作，集为《十月的歌》出版。田间在诗集序言中说："陈辉是'十月革命的孩子'，他手上拿的是枪、手榴弹和诗，他年轻的一生，完全投入了战斗，为人民、为祖国，为世界写下了一首崇高的赞美词。"

《为祖国而歌》前三小节，抒发诗人对祖国的爱。作为一名战士，诗人不愿意弄笛举箫，他更渴望变成"高唱马赛曲的歌手"、战斗在"巴黎公社"的堡垒旁。面对"那高蓝的天空，/那辽阔的原野，/那天边的白云"，诗人心里涌起无限的爱意。那在八月之夜舞蹈的"苗族的女郎"是诗人忘不掉的家乡记忆，更是一种象征，代表美好的生活。这段优美的抒情，交代了诗人为祖国战斗的原因。

走向战场的诗人，心潮澎湃，面对敌人"血腥的红膏药旗"，他以"祖国的健儿们的铁骑"为喻，表现了冲向敌阵、保家卫国的无畏的战斗精神。"祖国啊，/你以爱情的乳浆，/养育了我"，则以一种大爱说明了这战斗精神的根源。诗歌的最后一段，作者直面战斗的残酷，枪尖、绞架、狗场、屠刀等意象，都暴露了敌人的凶残，更加烘托了作者"不会滴一滴眼泪"的凛然正气。3年后，当诗人牺牲、躯体被恶狗吞咬时，再读这些刀刻一般诗句时，没有人不为诗人舍生取义的壮举而流泪。"祖国啊/在埋我的骨骼的黄土堆上，/也将有爱情的花儿生长。" 1959年3月，萧三在《革命烈士诗抄》序言中特地提

手捧地雷的敌后武工队队员

到诗人这鲜血浸润的诗句,并深情地写道:"是的,烈士同志们!全中国的每条路上、每堆土上今天都生长着无数鲜艳的爱情的花、幸福的花。让烈士们安息吧!我们永远纪念他们,向他们学习。"

在抗战即将取得胜利的时候,诗人倒下。然而,他年轻的生命、战斗的诗篇,却长青不朽,为抗战诗稿增添了生命的份量。"一个大手大脚的劳动人民的儿子",回到土地怀抱,他的身躯长成山丘、化为桃林,换来祖国满目的春色。魏巍在《陈辉传记》序中赞曰:"陈辉不愧是一个英雄的诗人和诗人中的英雄,是我们那个时代知识青年的典型。"

1944年11月,陈辉曾经为牺牲的战友赋诗:"英雄非无泪,不洒敌人前。/男儿七尺躯,愿为祖国捐。/英雄抛碧血,化作红杜鹃/丈夫一死耳,羞杀狗汉奸。"在陈辉牺牲的地方,人们为能文能武的英雄筑墓纪念,并把诗人这首《祭诗》刻在石碑上。再次读这首诗,耳边回响起烈士的铮铮誓言:"一个战士,把子弹打完了,就把血灌进枪膛里。"

牛　汉：鄂尔多斯草原（节选）

抗战诗人：牛　汉

…………

…………

二
亲爱的读者
昨天
我还听见
草原在悲泣……

在囫囵的
大风沙囚禁的草原上
我低哑地歌唱着
那是
多么苍白的悲嘘呵

我歌着：
"草原
悲哀的
鄂尔多斯草原
是人类的
太阳底第一个儿子
而草原是灰色的
太阳也永远是沉抑的呵……"
　　　——引自旧作《草原牧歌》

从远古
这草原
便渴望着更浓的阳光
草原被太阳摒弃在
寒冷的北回归线上
于是
悲哀便系在草原上

1942

生活底流
沉聚在冰冷的日子里

那滚滚的黄河
在北中国
寂寞的湍流着
琥珀色的泪痕
像古骑士底一张长弓
静静的
扔在草原上
但,草原的绿色
也曾哺乳过
人类饥饿的生命
草原上
生活底歌
也曾像黄河的长流
泛滥过……

嘿,远古
这草原上的骑士
一只骄傲的
上帝底响鞭
从鄂尔多斯

向西
打过亚西亚高胸
马蹄
耕拓着迢迢
中亚底黑色的平原

而以后
这草原和草原上的骑士
衰老了……

草原
像老牧人干枯的发
痉挛地飘着……
像乌梁素海的深水;
生命
是一道干涸的沙窝
…………

…………

一九四二,二月尾,天水。
(原载《诗创作》一九四二年七月第十四期,
署名谷风)

以笔为枪：重读抗战诗篇

1923年出生在山西省定襄县的牛汉，高大的身体里流淌着蒙古人的血，从上世纪四十年代开始，他常以鹰的形象骄傲地飞翔在诗歌的天空。早期诗作如《山城和鹰》、《鹰的归宿》、《鹰如何变成星的童话》和《一只跋涉的雄鹰》等，透露出作者内心无比的坚强和搏击长空的热望。

抗战期间，诗人以长诗《鄂尔多斯草原》亮相。原诗共五节，今选录其第二节，从中可以一窥作者豪迈诗风。在把"绿色的鄂尔多斯"比喻为"绿色的生命乳汁/绿色的生活底海/绿色的战斗的旗子"之后，作者以鄂尔多斯草原为一巨大的意象，描绘北中国悠久的历史和遭遇的苦难。诗人曾有旧作《草原牧歌》，其中"太阳底第一个儿子"等诗句再次引用到这首《鄂尔多斯草原》中，强化了诗人粗犷、奔放的诗风。诗人的想象奇特而挺拔，富有张力，如山顶站立的鹰，俯视着梦中的草原。在他的笔下，"草原被太阳摒弃在/寒冷的北回归线上"，"那滚滚的黄河"，"像古骑士底一张长弓/扔在草原上"。这不是简单的诗中有画的美学呈现，而是在巨幅图画中藏着高远的灵魂，藏着诗人拥抱大地的情怀。诗人的目光投向远古：那里先辈是无畏的骑士，那里有英雄策马扬鞭，那里有横跨亚欧的征尘——然而，昔日的荣光到今天却"衰老了……"。"生命/是一道干涸的沙窝"等诗句，透射着诗人对故国的悲哀。

年轻的牛汉，在抗战全面爆发后，已经饱尝了流亡的痛楚。随父亲流亡到陕西后，他在西安卖过报纸、学过绘画，后又徒步攀越陇山到达天水，进入一个专收战区流亡学生的中学读书。在那里，他第一次见到艾青，从此与艾青成为亦师亦友的相知。写诗之初，牛汉就显示了杰出的诗才，其中的形象都挺直着脊梁，象征着诗人倔强的性格。在这首《鄂尔多斯草原》的第四节，诗人以明快的笔调歌颂从草原上奋起的人们：他们"在战斗的血流里打滚/他们地生活/闪着血红的光芒"。

草原上
牧民
在战斗的血流里打滚
他们地生活
闪着血红的光芒

1942

牛汉等在鲁迅艺术学院开学典礼上，1985年

今天
他们已知道
在战斗里
奴隶的血
会澄清了
澄清得
能照清鄂尔多斯草原
新的生命底像
澄清得
能照清他们自己

嘿，鄂尔多斯草原
牧民底血

开始澄清了呵——

这是从辽远的草原上传来的抗战歌声，透着一个民族坚韧的底色和彪悍的血性。

1955年5月，因"胡风事件"，牛汉受到拘捕审查，后被长期下放劳动。谈及与胡风的交往，牛汉在《我仍在苦苦跋涉——牛汉自述》）一书中说："他的审美的情怀是土地一般温暖而博大的。内心的激动比我几十年前作为一个练习写诗的青年，从苍凉的伏牛山区寄诗给《希望》主编胡风时还要惶惶不安，期待的心情也是相同的。"

平反后，牛汉担任《新文学史料》主

以笔为枪：重读抗战诗篇

编等职，在拨乱反正之际，他能够以辩证眼光待人待事，始终以诗人的真诚和良知，以及坦率而接近耿直的性情，传递着文坛上的如烟往事，在归来者和后来者之间搭起了宽宽的桥梁。1980年秋，他与绿原合编了《白色花——二十人集》，并为每一位入选者配发了小传。1981年第1次印刷，就达12500册，像在刚刚复苏的大地上，播散了许多春天的种子。在《蝴蝶梦》中，牛汉曾经写道：

> 那些年
> 多半在静静的黎明
> 我默默地写着诗
> 又默默地撕了
> 撕成小小的小小的碎片
> （谁也无法把它复原）
> 一首诗变成数不清的蝴蝶
> 每一只都带有一点诗的斑纹
> （谁也休想把它破译）
> 它们乘着风
> 翩翩地飞到了远方

2013年9月，牛汉辞世，享年91岁。生前任《中国》执行副主编，中国作家协会全国名誉委员、中国诗歌学会副会长。他创作的《悼念一棵枫树》、《华南虎》、《半棵树》等诗广为传诵，著有《牛汉诗

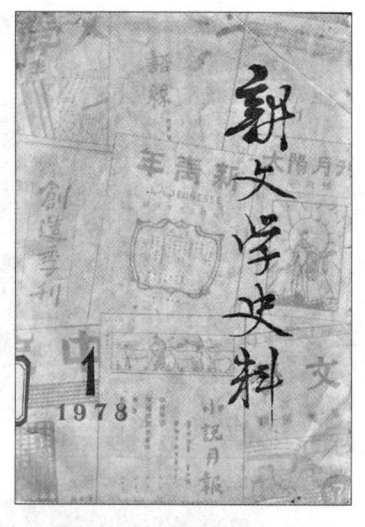

牛汉参与创办的《新文学史料》创刊号

文集》多种。十余首诗文入选中学语文教材。2003年5月，获马其顿作协颁发的"文学节杖奖"。2004年获首届"新诗界国际诗歌奖·北斗星奖"。

> 它只向前飞奔
> 浑身蒸腾出彤云似的血气……
> 流尽了最后一滴血
> 用筋骨还能飞奔一千里

在这首《汗血宝马》诗中，牛汉以"汗血精神"自喻。他说："我只能不歇地奔跑，不徘徊和不停顿，直到像汗血马那样耗尽了汗血而死。这也可以说就是我这个人和我的诗的性格吧！"也许，诗人已经回到故乡的草原，正与梦中的"汗血宝马"一起奔驰。

1942

抗战诗人：孙　望

以笔为枪：重读抗战诗篇

孙 望：队 伍

队伍开过村庄。
队伍像一条磁铁，
吸住了
那些老百姓的
朴实而热情的视线。

绿杨树，
排着行列，
从远处拥到村边。
围起蓝布裙子
而也梳着发髻的
年轻的农妇，
藏在绿杨树的
丛密的阴影下。
她把一头牝牛
系在树桩上。
牝牛侧转两只弯角，
想啜饮溪水；
而它的眼睛，
却在啜饮着
开过村庄的队伍。

"帝帝打……
打打帝……"
绿油油的原野上，
灰色的行列
于是随着号声
缓缓地伸长。

老农夫
放下他的秧苗，
伸长了脖子，
用他忠厚于田地
　一样忠厚的心，
兴奋地，目送
这蜿蜒的行列。

甚至于
在溪边洗东西的
裹着花头巾的村姑，
她不察觉
筐子里的油菜
已经给水流卷走了；
因为她的视线，

1942

正被吸住在
那灰色的行列上。

"帝帝打……
大大打……"
这号声,顷刻间
传遍了村庄,
传遍了原野。

甚至于坐在灶前
正在烧着午饭的
白头发的老婆婆,
也赶到大门外面,
瞧望这灰色的行列。
你看,不是那烟囱
已停止了喷吐炊烟?
甚至于
田塍上打瞌睡的农夫,
甚至于
聚在牛栏里的孩子,
甚至于
坐在草屋里
织布的妇人,
甚至于
赶着羊群的小女孩,

甚至于
卷着水藻的汉子,
甚至于……
他们都欢喜地瞧望,
他们都被号声感动了!

队伍穿过了村庄,
绿油油的原野上,
灰色的行列
渐渐地移得更远,
而且,那号声,
也渐渐听不分明起来。

但是,这些老百姓们
却仍然
　靠在大门口,
　蹲在溪边,
　站在村头,
　站在田塍上,
　藏在绿杨树的浓荫下。
在眺望
开向前线去的队伍,
这灰色的行列。

一种悲壮的热情,

以笔为枪：重读抗战诗篇

前排左起常任侠、艾青，后排左起孙望、林咏泉

使老百姓们兴奋得
几乎流出了眼泪。
他们目送着，
直到原野上
只剩下了
一道像烟雾一样的
飞扬着的灰尘。

一九四二年四月廿二日于重庆
早期见于诗集《煤矿夫》
（本编录于《孙望选集》，
南京师范大学出版社 2002 年第 1 版）

孙望俊朗清瘦的身影，似乎一直在诗国文苑中跋涉。他走在中国现代新诗拓荒者的行列，左手格律古诗，右手现代新诗。他把古诗文研究提升到一个高度，左手《全唐诗补遗》，右手《宋代文学史》。他以身作诗、人诗合一，直到生命的尽头。

求学之初，孙望就钟情于缪斯。1929年，刚入苏州中学高中，便与同学合编出版《菲菲集》。转学到南京中学商科后受老师汪静之等影响，组织蔷薇、残渣文艺社，1932 年 6 月，洪荒文艺社编印出版《残渣》诗集，内选 23 位作者、39 首诗作，孙望不仅有 3 首新诗收录其中，而且以本名"孙自强"为诗集作了编后记。1934年,孙望与金陵大学同学程千帆、沈祖棻以及汪铭竹、常任侠、滕刚等诗友组织"土星笔会",出版《诗帆》半月刊,1934年9月创刊,1937年6月停办。期间,孙望发表数十首新诗,后编为《小春集》。如1934年写于家乡的《感旧——以此纪念先大父静涵公》,淡淡古意,浓浓亲情,读来让人感动。

束发潜攻的代价呢?
四十余年的伏案,
寒秀才是无补于事的。

纸窗前夜夜有红烛,
也夜夜剔着烟花,
那呓吟声全是辛苦的。

朱砂圈圈在试帖上,
殷红正如功名心,
一个圈,费一回沉吟。

浓密的思想凝结在
浓密的雾里,平仄
就许在烟筒里调好了。

一根香烟烧尽又一根,
人影在窗前疲倦,

孙望与霍焕明结婚照,1943年

在红墙小院,孙望与学生交流诗艺

钱君匋设计的《小春集》封面

以笔为枪：重读抗战诗篇

人影也在窗前衰老。

而今四十伏案的
　　祖公已经弃世了，
　　功名怕还在朱砂圈上。

明远楼凋残了举子梦，
　　几箱古书尘封着，
　　尘封着正如墓下的祖公。

抗战期间，孙望以诗记史。在长沙工作时，他与朱自清、闻一多、徐特立、田汉、廖沫沙等人相识，与吴奔星、李白凤、吕亮耕诸多诗友，以《抗战日报》主办的《诗歌战线》周刊为阵地、出刊《中国诗艺》单行本，创作了大量抗战诗歌。1938年11月12日长沙大火，孙望因前一日"奔永州，得免于难"，第二天，诗人难掩心中悲愤，挥笔言志：

半夜长沙火，熏天炙月宫。
瓦灰飞比县，烈焰卷云空。
焦土民何罪，弃城敌未逢。
伤心南楚地，回首一墟风。

1940年5月，孙望回重庆，他积极参与创办"中国诗人节"，复刊《中国诗艺》，并与常任侠合编抗战期间编选时间最早的新诗选本之一的《中国现代新诗选》（南方书局出版）。孙望还将自己创作的51首新诗结为《小草集》、《煤矿夫》两集出版。其中最引人注目的是600行长诗《城》，以城为喻，"等着吧，城／等着我们胜利的一天／等着我们打回老家的一天。"表达了作者抗战必胜的信念。1944年，孙望自费编选出版了《战前中国新诗选》，对上世纪三十年代诗歌作了一个系统检录，极富文史价值，为抗战的最后胜利吹响了号角。

在《队伍》诗作中，孙望以饱满的热情、明亮的诗风，歌颂了奔向前线的抗战将士。作者从民众目送的角度入笔，通过插秧的农夫、洗衣的村姑、烧饭的老婆婆以及牛栏里的孩子等众多形象，描写了抗日队伍的远行，反映了百姓对抗战将士的拥戴。最为精妙的是这一节："牯牛侧转两只弯角，／想啜饮溪水；／而它的眼睛，／却在啜饮着／开过村庄的队伍。"视角出人意料却又生动传神。诗人从绿杨树开始，描写了一系列农村意象，勾勒出一幅炊烟袅袅的生活画面。而那"帝帝打……大大帝……"的号声，使整个画面立体呈现，我们仿佛看到将士们正与父老乡亲挥手告别，他们脚步是那么矫健，他们的目光透着坚毅。作者把乡村描写得越美，越能在读者心中激起保卫家乡的热望。

1942

1943年，粟裕率军在苏北车桥歼日军一千多，其中包括毙伤日军三泽大佐以下460余官兵

  1912年生于江苏省张家港的孙望，解放后长期从事高等教育和传统文化研究。自1952年全国院系调整起，他任南京师范大学中文系主任29年。程千帆在《孙望选集》"序"中说："先生为人仁恕，有玄圣所云求仁得仁之风。为学则厚积薄发，非有定论不轻出。"孙望诚邀徐复、唐圭璋、吴奔星、许汝祉等名师到校任教，广罗珍籍建设系资料室，为学校购买国宝级文物敦煌经卷三册。文革后，孙望忍辱负重尽全力保存薪火，在他的支持下，一份名叫《文教资料简报》内刊，把七十年代、八十年代、九十年代……的文脉，悄然相连。拨乱反正之后，他不顾病体，精心培养唐宋文学研究人才。1983年，他倡导并负责南京业余文科大学创办，为许多大龄青年提供了宝贵的学习机会。包忠文说："孙望的诗作集中表现了他'文雄百代、品重千秋'的人格精神。……他的诗情和师心，同学生的心灵是相通的。"

  1990年6月，孙望辞世。"天竺路边是我家，红墙小院腊梅花。"在女儿孙原靖印象中，父亲好像还在用蝇头小楷编撰《蜗叟杂稿》、校正研究生论文。那雅致的小院还留有师生的欢笑，那越过冬天的腊梅还在吐露无言的芳菲。

沈祖棻：浣溪沙

客有以渝州近事见告者，感成小词

抗战诗人：沈祖棻

岁岁新烽续旧烟，人间几见海成田，新亭风景异当年！
如此山河输半壁，依然歌舞当长安，危阑北望泪如川。

莫向西川问杜鹃，繁华争说小长安，涨波脂水自年年。
筝笛高楼春酒暖，兵戈远塞铁衣寒，尊前空唱念家山。

辛苦征人百战还，渝州非复旧临安，繁华疑是梦中看。
彻夜笙歌新贵宅，连江灯火估人船，可怜万灶渐无烟。

1942

程千帆、沈祖棻 1936 年春于南京玄武湖畔

轻翻《沈祖棻创作选集》（人民文学出版社，1985 年 6 月第 1 版），默读发黄书页上的短篇小说、新旧诗词，女诗人穿越时空的才情，如泣如诉，像一束智慧的明光，烛照着千年故园、一个时代和无数心田。

在透着深深情意的《序》中，舒芜说得好："她热爱的，不仅是幸福富饶的祖国，而且是灾难贫穷的祖国，不仅是光荣文明的祖国，而且是黑暗血腥的祖国，不仅是她作为千百万不愿做奴隶的人民之一和千百万人一同转徙流离的祖国，而且是她被当作罪人家属孤立于解放了的人民之外领受着烈日般的炎威和冰霜似的冷眼的祖国。"

据程千帆在亲笔撰写的《沈祖棻小传》中的回忆："一九四二年到一九四六年，祖棻先后在成都金陵大学和华西大学任教。在抗战后期，国民党反动派真卖国假抗日的丑恶面目逐渐暴露，纸醉金迷和啼饥号寒两种截然不同的生活，使得女诗人万分愤慨，她拿起笔来战斗了。在这一时期的词中，她忠实地写出了当时政治社会生活的某些侧面。这四年是她创作最丰富的时期。"

以笔为枪：重读抗战诗篇

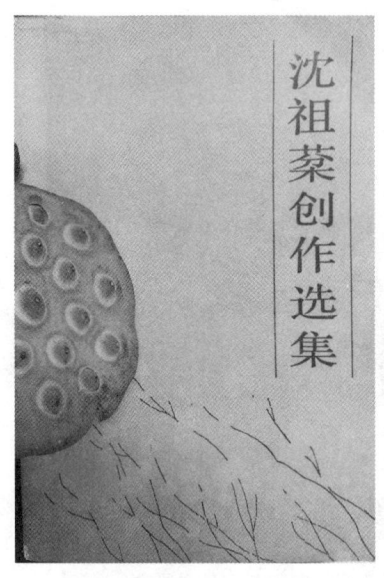

《沈祖棻创作选集》书影

此组《浣溪沙》共三首，前后为一体，写于1942年前后。此时，抗战进入最艰苦时刻，仅重庆等地，饱受日寇无差别轰炸之苦。而河南等地又遭大旱，饿殍无数。民不聊生之际，却有歌舞升平之丑陋。词牌下的小注"渝州近事"，一定是山河破碎之下百姓的离乱，一定是战火摧残下家园的消失。国难当头，沈祖棻悲愤出词。

第一首，作者有感于时事变换、沧海桑田，指出连年战乱之下，大好山河因日寇入侵已丢失一半。民族处于危难之际，国民党反动派却把"陪都"当"首都"，作者眺望已经沦陷的北国，思念的泪水长流不止。阑，同栏。

第二首中的西川为古地名，相当于四川中西部一带。一句"涨波脂水自年年"，有"商女不知亡国恨"之意，控诉了一种腐败的苟且偷生。"筝笛高楼春酒暖，兵戈远塞铁衣寒"两句，以鲜明对立的意象，揭露了抗战时期真实的社会现状。面对手持滴血屠刀的强盗，面对残缺而麻木的人生，作者悲愤之情，点点滴滴，洒满心间。

第三首词以"临安"这一南宋的"陪都"为喻，讽喻现实，所谓达官贵人、所谓醉生梦死，都是镜中花、水中月。作者心系苦战的将士，遥望一江灯火，为硝烟中痛失家园的苍生一哭。

整组诗篇，在婉转中有沉痛的哀叹与愤争，表达了诗人忧国思民的不尽情怀。冯亦同有《翰墨千秋故人情》（见《红叶诗话》，远东出版社，2002年10月第1版）文，记载说，台静农曾亲手抄录该词"莫向西川问杜鹃"篇，并在抄件旁附注："此沈祖棻抗战时所作，李易安身值南渡却未见有此感怀也。"据冯亦同研究考证，程千帆、沈祖棻伉俪在1942年前后，与台静农未曾谋面，台静农抄录该词恐为《沈祖棻创作选集》出版流传后的事。可见，这组《浣溪沙》影响之广。

1942

沈祖棻

程千帆

　　沈祖棻 1909 年生于江苏省苏州，家学优厚。1931 年入南京中央大学。上世纪 30 年代就发表了一系列"富有奔放的热情和飞腾的想象"的短篇历史小说。1940 年以《微波辞》出版新诗。期间，转为作词，纤手巧编锦绣词章 17 年，至建国前共创作 500 多首词，后结集为《涉江词》。其中，抗战期间所作词作占八成。如 1944 年 8 月的衡阳之战，与日寇血战的守城战士喊出了"来生见"的誓言，沈祖棻听闻"长歌当哭"，以《一萼红》词奏响抗战强音："乱笳鸣，叹衡阳去雁，惊认晚烽明。伊洛愁新，潇洒泪满，孤成还失严城。忍凝想，残旗折戟，践巷陌，胡骑自纵横。浴血雄心，断肠芳字，相见来生……"《涉江词》印行后，好评如潮。汪东评价："诸词皆风格高华，声韵沉咽，韦冯遗响，如在人间。一千年无此作矣。"黄裳则说："高出于三百年来的女词人。"

　　作者长期任教于江苏师院、南京师院和武汉大学。1957 年，丈夫程千帆被划为"右派"；文革中，夫妇二人同时遭打击。逆境中，沈祖棻以柔静对强压，以沉默对喧哗，以诗词对无序，古典诗词研究卓有大成。她的《涉江词》与李清照《漱玉词》可媲美，她与程千帆的爱情故事，可和李清照、赵明诚的爱情一比，处乱世而甜蜜。她所著述的《宋词赏析》、

以笔为枪：重读抗战诗篇

中国空军

《唐人七绝诗浅释》等，一再刊行，风靡学界。所以，世人常以"当代李清照"称赞沈祖棻。

1977年6月，沈祖棻因车祸辞世。女儿程丽则回忆说："30多年前那个酷热的夏天，我父亲承受心灵的巨创和身体的伤痛，在珞珈山下那个简陋潮湿的平房里挥汗如雨，日夜伏案，为我母亲整理遗著。母亲去世后，父亲最大的心愿就是让她的作品存世扬名，因为这是对我母亲最有价值的回报和纪念。"

人们常忆沈祖棻，为她绵绵不绝的才情所感动。1932年，上大二的沈祖棻，耳闻"九·一八"事变、"一·二八"淞沪抗战的炮声，心潮难平，以一首《浣溪纱》表达了年轻学子对危难中祖国的忧患：

芳草年年记胜游，

江山依旧豁吟眸。

鼓鼙声里思悠悠。

三月莺花谁作赋？

一天风絮独登楼。

有斜阳处有春愁。

从此，"沈斜阳"的美誉不胫而走。那斜阳挂在故国的窗口，那春愁已化作长江水，从珞珈山到紫金山，滚滚流。

高　兰：哭亡女苏菲

抗战诗人：高　兰

你哪里去了呢？我的苏菲！
去年今日
你还在台上唱"打走日本出口气"！
今年今日啊！
你的坟头已是绿草萋迷！

孩子啊！你使我在贫穷的日子里，
快乐了七年，我感谢你。
但你给我的悲痛
是绵绵无绝期呀，

我又该向你说些什么呢？

一年了！
春草黄了秋风起，
雪花落了燕子又飞去；
我却没有勇气
走向你的墓地！
我怕你听见我悲哀的哭声，
使你的小灵魂得不到安息！

一年了！
任黎明与白昼悄然消逝，
任黄昏去后又来到夜里；
但我竟提不起我的笔，
为你，写下我忧伤的情绪，
那撕裂人心的哀痛啊！
一想到你，
泪，湿透了我的纸！
泪，湿透了我的笔！
泪，湿透了我的记忆！
泪，湿透了我凄苦的日子！

孩子啊！

以笔为枪：重读抗战诗篇

我曾一度翻着箱箧，
你的遗物还都好好的放起；
蓝色的书包，
红色的裙子，
一迭香烟里的画片，还有……
孩子！你所珍藏的一块小绿玻璃！
我低唤着苏菲！苏菲！
我就伏在箱子上放声大哭了！
醒来夜已三更，月在天西，
寒风阵阵传来
孤苦的老更人遥远的叹息！

我误了你呀！孩子！
你不过是患的疟疾，
空被医生挖去我最后的一文钱币。
我是个无用的人啊！
当卖了我最值钱的衣物，
不过是为你买一口白色的棺木，
把你深深地埋葬在黄土里！

可诅咒的信仰啊！
使我不曾为你烧化纸钱设过祭，
唉！你七年的人间岁月
一直是穷苦与褴褛
死后你还是两手空空的。

告诉我！孩子！
在那个世界里，
你是否还是把手指头放在嘴里，
呆望着别人的孩子吃着花生米？
望着别人的花衣服
你忧郁的低下头去？

我知道你的灵魂漂泊无依，
漫漫的长夜呀！你都在哪里？
回来吧！苏菲！我的孩子！
我每夜都在梦中等你。
唉！纵使山路崎岖你不堪跋涉，但我的胸
怀终会温暖
你那冰冷的小身躯！

当深山的野鸟一声哀啼，
惊醒了我悲哀的记忆，
夜来的风雨正洒洒凄凄！
我悄然的披衣而起，
提起那惨绿的灯笼，走向风雨，
向暗夜，向山峰，
向那墨黑的层云下，
呼唤着你的乳名，小鱼！小鱼！
来呀！孩子！这里是你的家呀！
你向这绿色的灯光走吧！

1942

不要怕!
你的亲人正守候在风雨里!

但蜡泪成灰,灯儿灭了!
我的喉咙也再发不出声息。
我听见,寒霜落地,
我听见,蚯蚓翻地,
孩子,你却没有回答哟!
唉! 飘飘的天风吹过了山峦,
歌乐山巅一颗星儿闪闪,
孩子! 那是不是你悲哀的泪眼?

唉! 歌乐山的青峰高如云际!
歌乐山的幽谷埋葬着我的亡女!

孩子啊!
你随着我七载流离,
你随着我跨越了千山万水,
我却不曾有一日饱食暖衣!
记得那古城之冬吧!
寒冷的风雪交加之夜,
一床薄被,我们三口之家,
吃完了白薯抱头痛哭的事吧!

但贫穷我们不怕,

因为你的美丽像一朵花
点缀着我们苦难的家。
可是,如今叶落花飞
我还有什么呀!

因为你爱写也爱画,
在盛殓你的时候,
你痴心的妈妈呀!
在你右手放了一支铅笔,
在你左手放下一卷白纸。
一年了啊!
我没接到你一封信来自天涯,
我没看见你有一个字写给妈妈!

我写给你什么呢?
唉! 一年来,我象过了十载,
写作的生活呀!
使我快要成为一个乞丐!
我的脊背有些伛偻了,
我的头发已经有几茎斑白,
这个世界里,依旧是
富贵的更为富贵,
贫穷的更为贫穷;
我最后的一点青春与温情,
又被你带进了黄土堆中!

以笔为枪：重读抗战诗篇

我写给你什么呢？
我一字一流泪！
一句一呜咽！
放下了笔，哭啊！
哭够了！再拿起笔来。

姗姗而来的是别人的春天，
鸟啼花发是别人的今年！
对东风我洒尽了哭女的泪，
向着云天，
我烧化了哭你的诗篇！

小鱼！我的孩子，
你静静地安息吧！
夜更深，
露更寒，
旷野将卷来狂飙！
雷雨闪电将摇撼着千万重山！
我要走向风暴，
我已无所系恋，
孩子！
假如你听见有声音叩着你的墓穴！
那就是我最后的泪滴入了黄泉！

　　　　一九四二年三月 青木关山中

　　诗人走上舞台、诗人走向街头。他们用声音为诗歌插上翅膀，他们用双臂拥抱每一位听众——抗战期间，诗的朗诵和朗诵的诗成为诗人战斗的武器。通过这一喜闻乐见的艺术形式，抗战诗篇赋予了更强的时代色彩，抗战诗人走向了更为广阔的生活海洋。

　　在视觉艺术转为听觉艺术的朗诵诗运动中，1909年出生的高兰无疑是一位富有成效的践行者。他在燕京大学读书期间，有感于九一八事变，参加北平学生卧轨南下的爱国请愿，投身抗日宣传活动；毕业后，直接参加北平义勇军指挥部工作。后来，高兰与妻子刘景秀从北平到天津教书，又从天津流亡到汉口。抗战全面爆发后，高兰诗风有了很大的转变，他与冯乃超、光未然、徐迟、蒋锡金等人一起，倡导"用活的语言，作民族解放的歌唱"，从而在大后方掀起了诗朗诵的高潮。1937年10月，在武汉纪念鲁迅先生逝世一周年大会上，王莹朗诵了高兰的诗《我们的祭礼》。1939年1月，《大公报》举办高兰诗歌朗诵晚会，高兰登台，激情澎湃地朗诵了自己创作的300行长诗《我的家在黑龙江》："就在那山岗！那田野！那冰川！那高粱红了的青纱帐！一个，两个，十个，百个，千个，万个，……抬起了头，挺起了胸膛！"对此，茅盾评价说："这是新诗的再解放运动。"

1984年，高兰向来访的吕进介绍说："最好的朗诵是闻先生的朗诵。"高兰的诗常常由电影演员白杨、张瑞芳、舒绣文等朗诵。在吕进的回忆中，文质彬彬的高兰，很早就是山东大学一级教授。而一谈到当年在重庆举行的诗歌朗诵，高兰抑制不住地激动。

1941年，高兰7岁爱女苏菲病亡，诗人悲痛欲绝，含泪在歌乐山下堆起新坟。面对丧女之痛、面对破碎山河、面对贫困苦闷，一年后，诗人挥笔而泣，把对爱女的思念、对现实的抗争融为一体。每每朗诵这首《哭亡女苏菲》，朗诵者和听众莫不泪流满面。

"去年今日／你还在台上唱'打走日本出口气'！／今年今日啊！／你的坟头已是绿草萋迷！"这是多么伤心的一幕，一个小精灵迷失在战火、病痛之中。"我的苏菲！"亲人的一声呼唤，彻心彻肺。

第一部分，以"寒风阵阵传来／孤苦的老更人遥远的叹息！"为结句，作者写尽了女儿去世的一年间的悲痛。"春草黄了秋风起，／雪花落了燕子又飞去；"悲从

高兰在读书

上世纪70年代，高兰夫妇与张志甫（右）在梅园新村合影

《高兰朗诵诗选》书影

以笔为枪：重读抗战诗篇

左五为高兰先生

景来。

第二部分，以"一床薄被，我们三口之家，/吃完了白薯抱头痛哭的事吧！"为结句，在描写贫困之际，完成了对黑暗现实的控诉。他们因战火而逃难，在逃难中失去稳定的生活，说到底，是强盗杀害了可爱的苏菲。

第三部分，以浓郁的父女情动人，凄美哀婉，"一字一流泪！/一句一呜咽！"泪眼间，女儿是永远的精灵，轻舞于父母心尖。一声"小鱼！我的孩子"，让人心碎。最为动人的是诗的结尾："孩子！/假如你听见有声音叩着你的墓穴！/那就是我最后的泪滴入了黄泉！"以泪敲门，多么沉重。

动乱年代，身世飘零。铁蹄之下，几无完卵。抗日救亡路上，民众遭受的痛楚，国家历经的磨难，真是数不胜数。诗人以真挚的哀歌，拨响了国破家亡人们的心弦。那份湿漉漉的共鸣，不但出于同情或者良知，而且还有大时代下的同病相怜、同情相依。战时大后方的艰辛，有许多记载。然而，就是在这样一种艰难困苦下，抗日救亡的歌声从没有割断，抗战诗人的精神从没有萎靡，他们舔着伤口，抹去眼泪，依然以不懈的斗志，向一切敌人投以长矛。

诗人原名郭德浩，黑龙江省瑗珲县人，因喜欢前苏联作家高尔基、法国作家罗曼·罗兰两位作家，所以取名为高兰。祖国北端，一个《中俄瑗珲条约》，留下了历史的伤口。1921 年入黑龙江省立第一师范学校读书，1928 年考入燕京大学国文系后，师从冰心、许地山、俞平伯等。

1938年春夏两季，高兰相继推出两部《高兰朗诵诗集》。在《给姑娘们》中，诗人说："我们只有誓死抵抗，希求真正的民族解放。"他放下晏殊、晏几道词的研究，在郭绍虞、郑振铎指导下撰写《李后主评传》，"意借李煜的亡国之痛激励国人奋起抗日。"(《李后主评传序》)爱上朗诵诗后，高兰经常参演群众文艺集会，到电台录音。其朗诵诗进入一个高发期，先后创作了《展开我们的朗诵诗歌》、《迎一九三九》、《夜行》和《咱们，立下最后的誓言》等诗篇。以声情并茂的朗诵为特色，成长为一个抗战诗歌史上的代表性诗人，被称为"钢铁的喉咙"。高兰朗诵自己的诗，也朗诵郭沫若、闻一多、马雅可夫斯基等人的诗。1987年，汪静之回忆说："抗战时期高兰的诗朗诵很风行。"

纵观来看，大后方诗朗诵运动与延安等解放区街头诗、传单诗、诗报告等运动遥相呼应，皆以诗歌即武器为出发点，服务抗战。充沛的感情、鲜明的意象、晓畅的语言以及略带夸张的修辞手法，动员了队伍、振奋了精神。随着抗战形势的发展，有一部分抗战诗人进入了根据地，两股洪流汇合，朗诵的艺术交融，迸发出更强的战斗力。

解放后，高兰出任山东大学中文系教授、系副主任、山东省文联副主席、作协山东分会副主席等职。耕耘讲坛的时候，高兰始终坚持站着授课，他以朗诵者的姿态教书育人。在"反右"、文革中，高兰受到冲击，响亮的歌喉停止了歌唱。据吴开晋回忆："文革"后，高兰既不诉苦，也不怨恨，总是很宽厚、很平静、很简单地说过去的事情。说到自己劳动改造的日子，他还替别人说好话。1982年,73岁高龄的高兰加入了中国共产党。在入党的当日，他激动地写下了《入伍吟》："莫道桑榆晚，发白心愈坚。有幸终入伍，矢志效春蚕。"在他的提议下，山东大学设立了全国第一个现代诗歌硕士点。晚年编定《诗的朗诵与朗诵的诗》一书，填补了诗歌研究方面的一项重要空白。

1987年6月，高兰辞世。著有《李后主评传》及诗集《高兰朗诵诗选》、《朗诵诗新辑》、《用和平力量推动地球前进》等。

那个在诗中反复吟唱家乡大兴安岭的诗人走了，自从走上抗日救亡的大路，他再也没有回过那片肥沃的黑土地。那个呼唤着女儿小名——小鱼的父亲走了，他与苏菲山城送别，他与苏菲泉城相会。

1943

- 363 贺敬之 南泥湾
- 367 芦甸 沉默的竖琴
- 369 莎蕻 塞外诗草——长城
- 372 刘岚山 致北方
- 375 方然 骨
- 378 孙艺秋 蔚蓝的日子……
- 382 林基路 囚徒歌
- 385 朱英诞 归
- 388 臧云远 起点
- 391 赵瑞蕻 初夏
- 396 高加索 弟弟·灯
- 401 禾波 战斗情曲

贺敬之：南泥湾

抗战诗人：贺敬之

花篮的花儿香，
听我来唱一唱，
唱一呀唱——
来到了南泥湾，
南泥湾好地方，
好呀地方。
好地方来好风光，
好地方来好风光——
到处是庄稼，
遍地是牛羊……

往年的南泥湾，
处处是荒山，
没呀人烟……
如今的南泥湾
与往年不一般，
不呀一般
如今的南泥湾呀
与往年不一般——
再不是旧模样，
是陕北的好江南……

以笔为枪：重读抗战诗篇

1943年春节，延安鲁艺秧歌队在边区政府门前表演《歌唱南泥湾》
徐肖冰摄

陕北的好江南，
鲜花开满山，
开呀满山——
学习那南泥湾
处处是江南
是呀江南。
又战斗来又生产，
三五九旅是模范——
咱们走上前，
鲜花送模范……

　　　　　一九四三年，延安

能够在时代的高处放声歌唱是幸福的。从踏上革命征程那一天起，贺敬之就一直贴近现实的脉搏，以充沛的热情，创作出一曲曲动人的颂歌。

1938年，在流亡的路上，诗人创作了长诗《北方的子孙》和抒情诗《夜，是深沉的》。1943年，《在延安文艺座谈会上的讲话》发表后，诗人为《南泥湾》、《翻身道情》两歌作词。1944年，诗人与丁毅一起执笔，创作了歌剧《白毛女》。艺术经典，流传永恒。

抗战进入战略相持阶段，日寇重兵围

剿共产党根据地，国民党顽固派也对陕甘宁边区进行封锁。1942年底，党中央提出了"发展经济，保障供给"的方针，毛泽东题词"自己生产、丰衣足食"，大生产运动如火如荼地开展起来。在这其中，"南泥湾"成为大生产运动中的一面旗帜。有资料表明，1941至1943年，"南泥湾"每年上交给边区政府一万石公粮，并坚持以农为主，全面发展，先后开办纺织、皮革、造纸工厂13个，成立盐业、土产、运输等公司，开办饭店、商店、军人合作社和各种加工小作坊等，形成军民兼顾、公私兼顾、多层次的生产经营形式。

年轻的贺敬之

南泥湾是延安的南大门，约100平方公里，虽地广人稀、草木丛生，但土质肥沃、水源充足。1941年3月，120师359旅的将士，以"一把镢头一只枪、生产自给的保卫党中央"的雄心壮志，"背枪上战场，荷锄到田庄"，开进了南泥湾。1942年7月，朱德邀请谢觉哉、徐特立、吴玉章、续范亭四老同游南泥湾，赋诗《游南泥湾》云："……平川种嘉禾，水田栽新稻。屯田仅告成，战士粗温饱。……薰风拂面来，有似江南好。"

1943年春节，延安鲁艺以新秧歌《挑花篮》慰问359旅将士，贺敬之应邀为秧歌中的插曲《南泥湾》创作歌词。歌词通俗晓畅，洋溢着劳动的喜悦。以对比点出"如今的南泥湾"，"是陕北的好江南"的主题。第二段，含义丰满，既有"鲜花送模范"的赞美，又有"学习南泥湾"的动员，同时还把"又战斗来又生产"时代旋律唱了出来。同时，配以西北地区流传的、以增添婚嫁喜庆气氛的"挑花蓝"舞蹈和曲调，歌词传播的环境、背景就更为广阔和欢快，艺术的感染力得到加强。

1924年，贺敬之生于山东省枣庄。13岁在台儿庄战役的炮声中进入兖州简师学习。流亡的路上，常读艾青和田间的诗。几十年来，一直以抒写政治抒情诗见长，

以笔为枪：重读抗战诗篇

贺敬之、柯岩夫妇

被誉为"时代的歌手、人民的诗人"。翻开他的诗集，《放声歌唱》、《雷锋之歌》、《中国的十月》、《"八一"之歌》，每一首都充满革命的豪情，抒情、议论、意象的塑造，都得到了和谐的统一。他是时代的缪斯，是潮流的歌者。"几回回梦里回延安，双手搂定宝塔山"，以《回延安》为代表的一大批诗作，从民间获得了艺术养分，因服务人民而获得永生。

文革结束后，诗人重新放歌。1977年贺敬之被任命为文化部副部长。1980年2月，贺敬之兼任中宣部文艺局局长；同年8月，离开文化部就任中宣部副部长，1987年离任。1989年复出，兼任文化部代部长。1996年，出版《贺敬之诗书集》。2002年12月，贺敬之、艾青、臧克家、郭小川等被第7届国际诗人笔会授予"中国当代诗魂金奖"。2003年，世界诗人大会、世界文化艺术学院授予贺敬之荣誉文学博士。

2015年7月，贺敬之欣然为《以笔为枪——重读抗战诗篇》题词"以笔为枪、投身抗战"，表达了老诗人对峥嵘岁月的殷殷深情。

芦甸：沉默的竖琴

抗战诗人：芦 甸

我懂得，
你为什么起得这样早，
为什么在我的小窗下
低唱着凄婉的歌；

为什么把你的小弟弟
逗进我室内？
为什么
凝望着远远的天……

原谅我，
我不能给你留下什么
甚至我的名姓。

因为
我是一个亡命的"过客"，
像你门前的水，
流过了，
永远不会折回来……
我只能以沉默的竖琴
弹奏我的祝福：
我愿花朵属于你，
荆棘属于我……

我即将远去，
后有马蹄的追赶，
前有人群的召唤……

一九四三年成都

以笔为枪：重读抗战诗篇

在1981年出版的"二十人集"——《白色花》中，诗人这首《沉默的竖琴》以及《大海中的一滴水》、《我活得象颗树了》等诗作，都是那么低声，意象的选择都是弱小的事物。

1920年，芦甸出生于江西省贵溪。1930年前后辍学离家。1934年考入贵溪县训练班，后考入教导总队。抗战的爆发，触发了这位爱国青年的诗情，他开始以芦甸为名，在胡风主编的《七月》和《希望》杂志上发表诗文。南京陷落，他随校迁至成都，军校毕业后，任空军士兵学校少尉区队长，并积极和党的地下组织接触。1942年，他辞去军校的职务，参加"现实文学社"的活动，还与杜谷等人创办了成都"平原诗社"。

在残酷的斗争中，芦甸弹奏起这把"沉默的竖琴"。诗的上半段，以竖琴为感情的倾吐对象，描写了一位憧憬光明青年的苦闷，"原谅我，/ 我不能给你留下什么 / 甚至我的名姓。"这里指的是国统区黑暗势力对进步人士的迫害，尤其结合到作者个人情况，当时他还不能公开放歌，他心里的这把"竖琴"还不能拿到阳光下弹拨。所谓"沉默"，是默默承受现实的压迫，是渴望爆发前的沉默。而在诗人眼里，他无限地渴望光明："我只能以沉默的竖琴 / 弹奏我的祝福：/ 我愿花朵属于你，/ 荆棘属于我……""我即将远去，/ 后有马蹄的追赶，/ 前有人群的召唤……"全诗以情动人，诗歌的节奏把握得很好，意象虽然隐晦，但整体指向明确，忠实记录了心灵。

诗人后赴上海，避难于邹获帆家中，并在党的上海有关办事处编辑《群众》杂志。1947年初，芦甸和妻子终于到达晋冀鲁豫解放区，并加入了共产党。解放后，芦甸任天津文联的秘书长。1950年，诗集《我们是幸福的》被辑入《工作诗丛》出版。这是诗人的唯一一本诗集。

1951年，芦甸随阿英调北京筹建华北文联，创作了反映妇女解放的剧本《女难》。1954年，此剧改名为《第二个春天》，正式出版。1955年，受"胡风事件"影响，芦甸被逮捕。1965年，释放出狱时，诗人已不认识不离不弃的妻子。

1980年12月，芦甸在天津被恢复名誉。1982年6月23日，芦甸和阿垅的追悼会，在天津举行。人们把芦甸称为"我国无产阶级的文艺战士和著名诗人"。有《芦甸诗文集》。

莎蕻：塞外诗草——长城

抗战诗人：莎 蕻

狂啸着驰过，
塞外的沙漠，草原，山野……
像射出的箭，
消失在广阔的天边。

塞外苦难的人们，
在长城边，
一代一代的生活着……

而今，
长城在风雨里倒坍了，
残留的城垛，
像无数坟墓，
夕阳抹过长城，
余下淡淡的光辉，
老鹰兀立坟顶，
烧红的眼睛，
流出来忧伤的泪水。

远古的年代，
暴君统治的世界里，
奴隶们一批批倒下去，
从他们消失了的血迹里，
人们能辨出他们的纪念物——长城。

乌云布满天空，
大风暴起来的时候，
长城，
这红色的战马啊，

骑着枣红马，
长城的儿女们，
戴着皮帽，
穿着长袍，

以笔为枪：重读抗战诗篇

散发出草原气息，
酥油，牛乳的香味，
吹响了哨子，
端起枪，
从长城驰过。

黎明
东方漆着白濛濛的雾气，
牧羊女，
带领羊群，
踏过长城，
微风里荡漾着悠长的胡笳声。

太阳滚过长城，
塞外留下火红的光辉……

（原载一九四三年五月二十日《文艺杂志》
第二卷第四期）

　　莎蕻诗作《塞外诗草》共三章，前两章为《沙漠》、《草原》。本编选录的是第三章——《长城》。作者雄浑的诗风，开辟了抗战诗歌一个辽阔的空间，以沙漠、草原、长城等为代表的北方意象，英雄般地站立在人们面前，向人们描述了北国的历史风云。

　　诗歌开笔，诗人就把笔锋对准"奴隶们"，奴隶是创造历史的主人。"从他们消失了的血迹里，/人们能辨出他们的纪念物——长城。"这样的赞美，生动地把历史与人民相连。其后，诗人所说的乌云、大风指的是时代的转换。在时事的变迁中，长城像"红色的战马"、像"射出的箭"，形象的比喻的背后，是诗人心中燃烧的热情，代表了保家卫国者的意愿。

　　接下来是一段忧郁的抒情。在塞外，人们过着苦难的生活，倒塌的长城，在夕阳下"余下淡淡的光辉"。在这幅苍凉的画面上，老鹰兀立，兀立的是在坟顶，民众的牺牲就这样被诗人不经意地交代出来，更让人伤悲。"忧伤的泪水"，在默默流淌。

　　然而，现实的血迹掩埋不了复仇的火焰。"散发出草原气息"的队伍，"吹响了哨子，/端起枪，/从长城驰过"。诗人笔下的"枣红马"是一个象征，代表了面

1938年春，长城插箭岭战斗，八路军指挥所　沙飞摄

对外敌奋起抗争的人们。"驰过"，形容骑马队伍身手矫健，给人英武之感。诗人最后呈现的是"大漠孤烟直"般的画面，在宽大的背景上，"白濛濛的雾气"中走来的是赶着羊群的牧羊女，"胡笳声"在微风中荡漾。这是祖先留给我们的家园，这是靠战斗抢回来的家园，诗人以对美的描绘，呼唤抗战的胜利。诗的结尾，描绘的是"长河落日圆"的景象，"火红的光辉"，象征着飘扬的旗帜，再也没有淡淡的忧伤了，有的只是对美好明天的渴望。

1923年出生的莎蕻，山西省安泽人。中共党员。1937年参加革命工作，历任牺牲救国同盟会协助员、中华全国文艺界抗敌协会会员。1939年毕业于民族革命艺术学院文学系。后长期在陕北公学、边区文协、冀察热辽军区和延安鲁艺等单位工作。建国后，曾任武汉作家协会名誉主席、湖北作家协会顾问等。著有《莎蕻文集》。

莎蕻，读 Shā Hóng，前字为附根而生的草，后字一般指菜薹，也作茂盛解。

上个世纪70年代，诗人曾出诗集《奉节的彩云》，其中有赞美"白帝城"诗句："欲去大江寻梦，黎明说：这儿已耕出彩云……"诗人虽自比小草，但诗风依然是那样壮阔，瑰丽的想象让我们无限向往。

以笔为枪：重读抗战诗篇

刘岚山：致北方

抗战诗人：刘岚山

路过高原山国的南风，
请带去我们心的语言：
向战斗在北方的弟兄们，
我们从铁狱发出同志的致敬！

镣铐锁住了我们的双脚，
身子被关在阴暗的古堡，
苦难在我们额上打下无数印记，
但我们的头颅永远是昂得高高的！

铁狱关不住向往自由的心，
最深的黑暗总是消失在黎明的前面，
我们的心参加了你们每一次战斗，
这里每次斗争也都得到你们的支援。

我们就要从铁狱底爬起，
把阴森的牢门打碎；
去参加你们光荣的进军，
来解放这哭泣的土地！

一九四三年秋在重庆集中营

1943

这是一份向遥远的北方致意的特殊问候。在奔赴延安受阻后,诗人刘岚山的回程路上,也是一波三折。先是被抓进"西北青年劳动营",一年后到重庆,又被关进国民党在抗战后期设立的"重庆战时青年训导团"集中营。在狱中,作者以一颗"向往自由的心",表达了与"北方的弟兄们"并肩战斗的热望。

1919年生于安徽省和县的刘岚山,中共党员。1939年从南京钟南中学结束学业后,就走上了寻求救国之道的路途。他接连报考了中央陆地测量学校、陆军第二预备师军官队,等终于有机会上场杀敌的时候,却在行军衡阳的路上被派往广西。在自己第一本诗集《漂泊之歌》的序言中,诗人一腔忠诚依稀可见:"生命跟着时代的跃进,前年我舍离了可爱的家乡,漂泊在西南半壁里。战争的狂热,燃炽碰上我青春的火苗;我爱祖国,我爱家乡——爱我所爱的一切;我要为她们去拼命在沙场,作亿万人中无名英雄之一个。"多年后,女儿夏晓虹回忆说:"父亲身上具有那个时代热血青年的基本素质。而接下来的人生经历,竟恍如父亲用他出版的第一本诗集《漂泊之歌》的命名做了预告。"

漂泊也许是诗人的命运,而战斗却是

刘岚山、夏虹夫妇

《乡下人的歌》书影

以笔为枪：重读抗战诗篇

战士的本色。身陷囹圄，诗人请风捎信，自然妥帖。诗的第二段，看似描写敌人监狱的黑暗，其实揭露了国民党压制进步青年、抑制抗战力量的实质。然而，面对这一切，诗人"头颅永远是昂得高高的"。接下来的两段，诗人进一步抒发了同仇敌忾的意志，一句"最深的黑暗总是消失在黎明的前面"，把"黎明前的黑暗"这一耳熟能详的意象，加以灵活地运用，"总是消失"显示了诗人的坚定的信心。最后，诗人抒发了渴望打碎牢笼、与同志们一起战斗的情怀，以实写虚，以近写远，扩大了诗作的艺术张力。

抗战胜利后，刘岚山终于来到中原解放区，并在大别山山麓的大悟山根据地参加了新四军。1946年7月，诗人来到上海，编辑《新民报》副刊《夜光杯》，与袁水拍等人结下了深厚的友谊。期间，他在报上发表了10篇《中国作家访问记》，留下了一份珍贵的文史资料。

建国后，刘岚山跨入了抗美援朝行列。以《和英雄相处的日子》、《和平的前哨》两部诗文集，讴歌了那段光辉的岁月。后到人民文学出版社工作。

文革中，诗人受到诬陷，到五七干校劳动。平反后，诗人重返编辑岗位，勤勤恳恳，为人作嫁。2004年，诗人辞世。曾任人民文学出版社整理科长、稿件科长、编辑组长、编审等。著有《乡下人的歌》、《乡村与城市》、《领路的人》和《人生走笔》等。

诗人的骨灰撒回到了家乡。早在1982年11月，诗人就曾以《遗嘱》为名作诗，200多行的诗句处处流淌的是对故乡一草一木的深情：

故乡呵，我的故乡，
让我为你的土地补一撮肥吧：
我是从岚龙山来的，
把我的骨灰送回去，
撒在母亲曾经割过草、
嫂嫂、姐姐都曾割过草、
而我也曾放过牛、唱过歌的，
又高又长如一条龙的岚龙山上。

也许在青山之上，刘岚山还在吟听童年时最喜欢学唱的山歌。

方　然：骨

马路边立着一块大碑：
"这里埋着
为抗战而战死的。
同志们，敬礼！"
为何埋在这里？
是为着使我们能看着
无数后来者从坟前走过。

开荒的同志
一锄头掘出一颗头颅骨。
"换一块地吧，
这怕是战士骨呀！"
"行，就让骨头成为肥料，
养育我们底土地！
战士底一切
都是为着抗战的！"

节选自《边城草》（原载一九四三年七月一日
桂林《文学杂志》创刊号）

以笔为枪：重读抗战诗篇

根据地的"街头诗"

中华抗战先锋队

依然找不到诗人一张清晰的照片，47岁的生命就这样淹没在历史的长河中。然而，战斗者的誓言依然回响，在战火纷飞的年代，提醒着胜利者，抗战胜利靠的是"战士底一切"。

1940年，经组织疏散，到成都考入金陵大学中文系的方然，一定忘不掉1938年赴延安陕北公学学习的那一段的日子。作为"七月诗派"的重要作家，方然这首短诗《骨》，以多少年之后为起始，有点时空倒置的意思，以虚拟的对话，勾勒出"死的伟大"，这"死"是为民族大义，甚至死后也可以化作"肥料"。因为，在作者的心中，"战士底一切/都是为着抗战的！"这掏心掏肺的一句，让人们记住了诗人的名字。

1942年诗人与杜谷、芦甸等人成立平原诗社，出版《平原》诗刊。

1947年诗人与阿垅、倪子明共同创办文艺刊物《呼吸》。

1950年，方然加入中国共产党，调任浙江省文联编审部部长，后调入中共浙江省委统战部。

1955年，方然被列为"胡风反革命集团骨干"而遭逮捕。

方然1919年出生，安徽怀宁人。在文

1943

英勇向前的八路军战士

坛出名时才 20 多岁，被捕时 35 岁，1966 年，方然被迫害自沉于水渠，年仅 47 岁。"文革"结束后，方然获得平反，杭州市委统战部为他举行了追悼会。

方然不仅是诗人，还是一位翻译家和文学批评家。译有拜伦《哈罗尔德的旅行》、雪莱《沈茜》和《解放了的普罗米修斯》等。他认为批评不是"提虚劲，打空拳"，而是从"苟安、萎靡中，抬起头来，看一看人生的高大目的与艺术的高大目的"（《新文学史料》）。

在写给母亲诗作《安慰》中，他说："我怎样安慰你呢？你哭瞎了眼睛的母亲呵！我的肩上放着你颤抖的手，我听着你手杖触地的声音。"

在写给妻子诗作《哀歌》，他说："一个吹箫人，/ 叫我听他在月夜里 / 低低吹着箫，/ 他说：/ 听呀，/ 落水的水鬼们，/ 在那池边柳树下，/ 呜呜地哭了，/ 为着找到的替身，/ 又是自己的亲人！/…"

在写给战友诗作《报信者》中，他说："如果敌人的枪弹 / 穿透我底胸膛，/ 我一定还是紧紧地 / 搂住你的颈项，/ 用尽最后一口气，/ 你要掉头飞快地把我背回来。"

三段挠心的文字，让后来者叹息。而诗人以遗骨肥田的形象，久久挥散不去。

以笔为枪：重读抗战诗篇

孙艺秋：蔚蓝的日子……

抗战诗人：孙艺秋

当我走过异乡的田野，
在暮色中怅望着远处的天空。
那江水，唱着一段异乡的别离，与当年
　　那些蔚蓝色的日子……

离别又算得了什么！
哪一只鹰鸟不飞向天空，
哪一瓣花朵不离开故枝？
何况一个旅人，
　　只不过正要继续他的奔驰。

在这江边的日暮，
黄昏在林中微语。
我在送行的小桥边，
折一枝刚发芽的柳枝。
它象岁月一样清香，
也象岁月一样柔丽。
我用它鞭打过行人的瘦马，
我用它做过我怀念的凭据。

那时，流水照过我的欢笑，
那时，我在浪尖上题诗。

1943

那些月色听过我深夜絮语,
那些星光见过我默默的沉思。
我常常在江边徘徊,
看那些远方的白帆,
　　与群鸟归飞疾。
我的心常常驰向远方,
　　在山那边,水那边,
　　　　不在这里!

战士的心上没有花朵,
　　　只有一个自由的梦想,
　　　只有一个简单的希望。
在这蔚蓝的日子里我有悲苦,
因为云烟遮没了我的光芒,

这浅狭的泥沟见不到风浪。

这蔚蓝的日子我不愿回首,
但在这黄昏的江边
却有一丝留恋,一点别愁。
拣一块石头,
我又闻到了这块泥土的气息,
因为我爱这块土地,
它才成为我心灵的牢狱。

黄昏的暮色中我怅望远天,
江水正唱着一段异乡的别离,与当年
　　那些蔚蓝色的日子……
(原载《大公报》副刊《战线》第963期)

以笔为枪：重读抗战诗篇

诗人孙艺秋曾有一句很空灵的诗："我心如水，与白云相往返"，古风泱泱。作为一位把毕生精力奉献给唐诗宋词元曲研究的专家，却对新诗情有独钟。据研究者毛岸波介绍：1942年，孙艺秋的第一部诗集《泥泞集》出版，被收为《诗创作丛书》之一，还被当年的美国《读者文摘》杂志作了介绍。

这首《蔚蓝的日子……》的底色非常清亮，即使漂浮着忧郁的音符，节奏也是轻快的。前两段诗，是一个旅居在异乡游子的吟唱，暮色中的江水、飞向天空的鹰鸟、故枝上的花朵，都是旅人容易伤感的意象，作者以行者的视角予以观察，一动一静之间，穿插了几许惆怅。

诗的三四段为一层意思：那是旅人的回忆，"折一枝刚发芽的柳枝"，是借古人折柳送友的寓意，表达朋友间的离别。可在作者的想象下，这送别友人的柳枝，却可以"用它鞭打过行人的瘦马"，"用它做过我怀念的凭据"，这就从朋友送别转为一种恋人的送别，增添了相思的味道。接着，诗人笔锋一转，还是借友说自己，"那些月色听过我深夜絮语，那些星光见过我默默的沉思"，把一个易于忧患的青年形象逼真地刻画出来。

诗的最后三小节，突出了诗人追求自由、希望高飞的愿望。"战士的心上没有花朵，/只有一个自由的梦想，/只有一个简单的希望。"作者彷徨、犹豫，留念"蔚蓝的日子"，所谓蔚蓝是指舒适的过去。因为"闻到了这块泥土的气息"，诗人更加想到那辽远的土地。诗人是矛盾的，在眼前和远方之间，在安适和动荡之间，在忍受和抗争之间，诗人"怅望远天"，忧愁像一江春水流。

1918年，孙艺秋生于河南省安阳。1943年毕业于陕西城固西北联合大学中文系，曾做过记者，当过编辑、刊物主编，参加过中国人民解放军，并三次荣立三等功。后在兰州大学、西北民族大学教书育人，成果斐然。1999年，《甘肃当代文艺五十年》出版，对孙艺秋作出如下评价："孙艺秋主要从事文艺创作，对古典文学颇有研究。他对唐诗、宋词和元曲，有着非常精到的评述与分析，深得同仁和社会各界的好评，其特点能从哲理与人生两个角度同时开掘，既不同于纯理性的分析，也不同于纯感性的鉴赏，可以说是一个饱经沧桑的诗人与学者对人生与艺术的总结。"

在胡风事件、"反右"以及文革中，诗人都受到不公正待遇，后平反。对此，诗人曾有诗笑云：

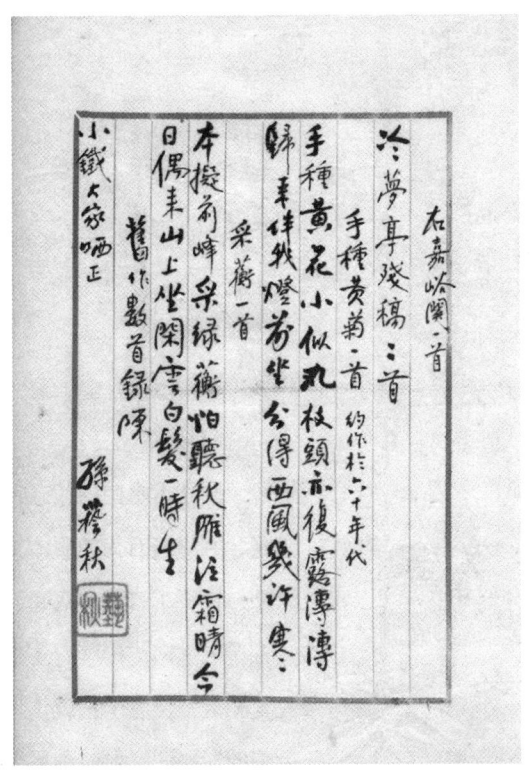

孙艺秋手迹

庆幸我不曾有过幸福,向流水我能说些什么?

庆幸我有无数的灾祸,曾经几百次被谎言折磨。

庆幸我不曾幻想天堂,因为除了痛苦就一无所有。

庆幸我曾居住过鬼窟,所以我才能过这人世的生活。

1998年,诗人辞世。曾任"兰州诗词学会"(后改名为"甘肃诗词学会")副会长等。著有《唐宋诗词精选》、《泥泞集》、《待宵草》等。遗稿《冷梦亭残稿》经后人重新编辑、整理,以《梦与真》书名于1999年出版。在诗人的家乡,人们喜欢把他和当年在河南的张百驹、姚雪垠、魏巍称为"四大才子"。在《离别》诗里,诗人有言:我有许多许多的眼泪,/流向时光的尽头。——我有许多许多的遗憾,/所有的梦都不拣时候。

林基路：囚徒歌

抗战诗人：林基路

我噙泪低吟民族的史册，
    一朝朝，一代代，
    但见忧国伤时之士，
    赍志含忿赴刑场。
血口獠牙的豺狼，
    总是跋扈嚣张。
哦！民族，苦难的亲娘！
为你那五千年的高龄，
    已屈死了无数的英烈。
为你那亿万年的伟业，

还要捐弃多少忠良！
铜墙，困死了报国的壮志，
黑暗，吞噬着有为的躯体，
镣链，锁折了自由的双翅，
这森严的铁门，囚禁着多少国士！
豆萁相煎，便宜了民族仇敌。
无穷的罪恶，终要叫种恶果者自食，
难闻的血腥，用噬血者的血去洗。
囚徒，新的囚徒，坚定信念，贞守立场！
砍头枪毙，告老还乡；
严刑拷打，便饭家常。
囚徒，新的囚徒，坚定信念，贞守立场！
掷我们的头颅，奠筑自由的金字塔，
洒我们的鲜血，染成红旗，万载飘扬！

一九四三年于迪化（今乌鲁木齐）第四监狱东院五号
（选自《革命烈士诗抄》中国青年出版社，
一九四三年第一版）

抗战诗人的鲜血洒遍祖国的山山水水，他们的歌声飞向远方，又从远方传来。林基路所作《囚徒歌》，是诗人洒在新疆敌人监狱中一腔热血，是从黑暗时代传递过来的一束光亮。录此诗，是为了记住遥远边疆的抗战将士，怀念他们在广袤大地上种下的自由的花朵。

林基路，原名林为梁，1916年4月出生于广东省台山。1934年春，赴日本留学，成立东京文化支部，组织留日学生开展爱国活动。1935年加入中国共产党。1937年"七七"事变前，回到上海投身抗日救亡。后赴延安，进入中共中央党校学习。不久，林基路被派往新疆开展抗日统战工作，先后任新疆学院教务长、阿克苏地区教育局长、库车县长和乌什县长。1942年春，林基路被反动军阀逮捕，在狱中经受了严刑拷打，坚贞不屈，写下了气吞山河的《囚徒歌》。1943年9月，林基路与陈潭秋、毛泽民一起，惨遭敌人秘密杀害，年仅27岁。

这首《囚徒歌》抒发了诗人爱国之志，表达了一位"忧国伤时之士"为国杀贼、为国尽忠的决心。诗人以民族成长的历史为参照，以"屈死"的英烈、忠良为榜样，渴望获得新生，重新回到抗日的战场。"豆萁相煎，便宜了民族仇敌"一句，以曹植《七

《林基路的故事》书影

以笔为枪：重读抗战诗篇

1938年，林基路（右二）在新疆学院与祁天民（左一）、
杨梅生（左二）、许亮（右一）合影

步诗》为典，呼吁反动军阀不要再做亲者痛仇者快的事情，要从共同抗战的大局出发，一致对敌。面对"森严的铁门"、"严刑拷打"，诗人坚贞不屈、豪气满怀："掷我们的头颅，奠筑自由的金字塔，/洒我们的鲜血，染成红旗，万载飘扬！"其壮烈、其诗情与恽代英"已摈忧患寻常事，留得豪情作楚囚。"（《狱中诗》）同为革命者的绝唱。

曾与林基路同时关押在反动派监狱的方志纯，特在《革命烈士诗抄》中撰文介绍烈士事迹。方志纯说："这首'囚徒歌'，是我们当时在狱中经常唱的一首歌，对于鼓舞被捕同志的斗争意志，是起了很大作用的。"

家乡的人们怀念烈士。在台山江门市都斛镇，当地政府拨款，远在美国、香港等国家和地区的乡亲积极捐款，建起林基路纪念公园。

新疆的人民更加忘不了烈士。虽在新疆时间不长，林基路一心为民族团结做事。他整治县政府，开除作恶的警察；他鼓励农民开荒，减免税赋；他修坝筑桥，当地人民亲切地用烈士的名字来命名；他积极宣传抗日，凝聚汉、维两族力量；他重视教育，不仅在偏远之地办起汉族学校还办起维族学校，甚至还为自己刚出生的孩子取了一个维族名字。

朱英诞：归

抗战诗人：朱英诞

上世纪 30 年代初，毕业于清华大学中文系留校任教的林庚，到北平民国学院兼课，碰到两个诗情横溢的学生：朱英诞和李白凤。三个钟情于古典文学的年轻人，从此诗词唱和，在日寇染指华北时期、在那片灰暗的天空下，都曾婉转歌唱，都曾如石缝间的新绿竞相绽放。然而，命运如叶，各自飘零，各有色彩。

朱英诞 1913 年 4 月生于天津，1932 年从天津汇文中学考入北平

温柔的足音
沉醉
长林的甬道那边
有穸门的光亮

孩子们坠着秋千
我走过去
葡萄熟透在无花的路上
石像永远是孤单的

汽车的红箭指过去
袅袅的遍绿的街间
多高的红树上才有梦寐
晚来的露台上没有远眺
当流浪归来
濛濛中
吹起一道
码头的长笛

（录自一九四三年北京《中国文艺》
第八卷第二期，署名庄损衣）

以笔为枪：重读抗战诗篇

《李长吉评传》书影

民国学院。抗战期间，在北京大学任教，主讲新诗，并编选《中国现代诗二十年集（1917——1937）》。上世纪60年代，调故宫博物院明清档案馆工作。一生与诗词结缘，抗战期间常以庄损衣为名，发表朦朦胧胧的新诗，至1983年12月辞世前，共创作、结集达25种之多，加上其它散篇、残稿，共计3000多篇。

曾经为朱英诞授课的废名，在《林庚同朱英诞的新诗》一文中说："在新诗当中，林庚的分量或者比任何人要重要些，因为他完全与西洋文学不相干，而在新诗里很自然的，同时也是突然的，来一份晚唐的美丽了。而朱英诞也与西洋文学不相干，在新诗当中他等于南宋的词……"废名诗意的评价是有一份自己的影子的，正如他小心翼翼地走在鲁迅的锋利和周作人的阴柔之间一样，一批沦陷区作家如废名、朱英诞、吴兴华、丁景唐、刘荣恩等，在两难中寻找着精神上的故国。

这首《归》是倦鸟的低鸣吗？诗的第一、二段描绘的是一幅绿意沉沉的画面，"温柔的足音"是别人的，而"甬道那边"、"穿门的光亮"是自己的，诗人徜徉其间，看孩子们荡秋千，看熟透的葡萄，他心里的孤寂如路旁的石像。第三段，在偶尔有汽车驶过的绿荫中，诗人一句多情的发问"多高的红树上才有梦寐"，让我们触摸到作者的苦楚了。接下来，"晚来的露台上没有远眺"，是从苦楚到绝望的一种象征，更加渲染了诗人百般无赖的心境。最后，诗人渴望流浪，想象着人生的长河中应该有热热闹闹的码头，沉睡的岁月有催人警醒的长笛。

与同录于《中国沦陷区文学大系》"诗歌卷"中的《十五夜》、《再见与别离》、《疯女情诗》等篇目相比，《归》这首诗作的指向较为明确，意象妥帖而无肆意地游离，音韵舒缓富有节奏。全诗好比雨后空廓的花园，绿荫无语，绿意沉郁，诗人心中的小鸟只是在枝头跳跃而没有高飞。

废名说朱英诞的诗"不可解，亦不求甚解，仿佛就这样读读可以，可以引起许多憧憬似的"。废名是懂他的。牛汉为朱英诞诗集《冬叶冬花集》题词时说："诗的新或旧，主要体现在诗的审美意境与诗人的情操之中，所谓意境与情操与现实的人生是决不可分隔的；而不是学外国诗才能写出新诗，学中国诗的传统就必定成为旧的诗。不能这么绝对地论定。废名先生于半个世纪前论述《冬叶冬花》作者朱英诞的诗时，曾提出这个观点。我以为这个观点今天仍然值得我们深入地去思考。朱英诞的许多诗直到现在并没有陈旧的感觉，诵读起来还是很新很真挚的。"此论颇为公允，可作为朱英诞诗歌欣赏的一座路标，并有望于研究者充分挖掘朱英诞诗歌宝库，从而一睹抗战诗歌多样性的风貌。

以笔为枪：重读抗战诗篇

臧云远：起　点

抗战诗人：臧云远

民族的生存与危亡从来都是激发诗人慨然而作的重要原因。1938年，已移往重庆的中华全国文艺界抗敌协会，考虑到内迁诗人纷至，设立了诗歌组，方殷为组长，就诗歌与抗战、诗歌的大众化等问题，经常进行研讨。1941年4月，在张家花园一次座谈会上，方殷建议把端午节定为诗人节，得到与会者积极响应。一份由臧云远起草，郭沫若、冯玉祥、田间、臧克家、杨骚、臧云远、方殷等53人联名的《诗人节宣言》公布于众。

把过去的欢乐和痛苦都锁起来，
从今天划一道线
放在记忆的箱子里别再打开。
站起来，站在一九四三年的前边，
快扑拉掉路上讨厌的飞土，
告诉我为什么你来到这世界？

是为了痛苦上再增加点悲哀？
还是为了大家的欢乐你才肯来？
你知道眼泪不能洗脸，
冰雪才害怕春风吹来……
举起手呵看看这时代
是多么伟大的世界的起点。

一九四二年除夕
（录自一九四三年一月二日《新华日报》）

1943

设立诗人节的倡议得到了郭沫若等人的支持。1942年元旦,郭沫若以天才般的热情,仅用10天就创作出五幕历史剧《屈原》,树立了一个崇高的爱国诗人形象,表达了为抗强敌而至死不渝的精神。一经公演,轰动山城,"屈原"成为抗战时期诗人们的一个理想,也好似"诗人节"的形象大使,成为抗战诗人们的一个时代的榜样。

在那段倍加艰辛但斗志高昂的岁月里,随处可见臧云远高大的身影。他与罗烽等人积极为《新蜀报》"蜀道"副刊撰稿,还和王亚平等人组织春草诗社,参与创办《春草诗刊》和"诗家丛刊",身体力行抗日救亡。陈振国回忆上世纪80年代多次拜访诗人经历时说:臧老是文艺界的老前辈,1933年参加中国共产党,一生历经坎坷,抗战前后,他与郭沫若、田汉、郁达夫等作家交往过从,参与过"左联"北京和日本东京支盟等组织的活动,经历抗战,发表过多篇回忆文章,出版过散文集《文苑拾影》,对研究"左联"和新诗发展的历史提供了珍贵的资料。

《起点》是一首迎新之作。面对即将来到的1943年,诗人号召人们"把过去的欢乐和痛苦都锁起来",所谓过去,对抗战而言,敌我力量对比发生转变。1942年

1945年在重庆。左起:前排:王亚平、臧克家;后排:力扬、臧云远、柳倩、王渭

臧云远(左)、杨苡(中)、赵瑞蕻(右)在南京

臧云远(左)、孙望(中)、赵瑞蕻(右)在南京

以笔为枪：重读抗战诗篇

1月1日，中、美、英、苏等26国代表签订了《联合国家宣言》，世界范围的反法西斯同盟正式形成，6月，日本海军在中途岛战役中惨败，太平洋战争出现拐点。7月至11月，苏联红军取得斯大林格勒保卫战的胜利，揭开反攻的序幕。在世界反法西斯战争中，中国抗战同样步入一个新的阶段。在这样一种背景下，诗人笔触略显轻松，他眺望前方，满怀希望。"快扑拉掉路上讨厌的飞土"是一声劝慰，意在一切抗战人士要抛掉任何困扰抗战的不利因素，轻装向前。接着，诗人以"眼泪不能洗脸"、冰雪害怕春风浅显的比喻，富有哲理地指出胜利之道。那"伟大的世界的起点"诗句，充满抗战志士的欢乐和豪迈。

1913年，臧云远出生于山东省蓬莱，1932年开始发表作品，同年参加中国作家左翼联盟，出版诗集《炉边》、《云远诗草》，创作诗剧《苗家月》等。1933年冬留学日本，曾任东京《杂文》、《质文》文艺刊物编委。回国后在汉口主编《自由中国》。抗战期间，多才多艺的诗人，还与王云阶合作，创作了大型歌舞剧《法西斯的丧钟响了》。不知喜欢朗诵的诗人，有没有登台高歌？因同为山东老乡，诗风接近，人们喜欢把诗人与臧克家尊称为"二臧"。

1952年，全国高等学校院系大调整，臧云远担任南京艺术学院副院长兼党委书记。臧云远又创作出了大型歌剧《秋子》。上世纪80年代，应周小燕的邀请，臧云远创作了大型歌剧《太湖帆影》，出版了《臧云远诗选》，担任了江苏省作家协会顾问。

1991年，写过《延安灯火》、《红岩九歌》的臧云远在南京辞世。这位大力主张"国防诗歌"的诗人，在最后岁月最不能忘怀的，是家乡蓬莱那一抹"海空唇彩"。

1943

抗战诗人：赵瑞蕻

赵瑞蕻：初　　夏

当薰风拂过这苹果形的星球时，
野生蒲公英向蓝天飞散鹅白的种子，
似向人间传递季候变换的消息。
明净的窗玻璃上爬着，爬着沉思的金蝇，
嗡嗡的昼午夜入了远方故园的梦里，
仿佛在沉沉的院落听梁上清脆的呢喃。

啊，初夏是有娇滴滴的新娘子的香味的，
牛乳、茴香、罂粟花，婴儿肌肤的香气；
你不相信吗？你嗅，闭上眼睛！

生命的酵母酿成了一瓮浓烈的酒，
蔷薇和红蛇莓醉得满脖子的绯红；
羊齿植物在幽径炸裂了紫色的胞囊，
晴空回响着鸽子的温暖的风铃；
田野是新婚的床，稻秧编成翠绿的流苏。
这时候，人们的思绪染上欢快的色彩，
季节缔结了快感和热情的婚盟。
郊外是辽阔的，心灵是希望的家，
初夏迷惑的风采，如赛尚的水彩画。

有一个穿水绿罗衫的年轻的女郎，
撑着遮阳伞，从槐花深处走出来：
"明儿见，你瞧，多恼人明媚的天气！"
不知何处已经有悠长的蝉鸣了。

一九四三年

1943

薄薄的晨雾中,刚从西南联大外文系毕业的赵瑞蕻来到了嘉陵江畔,登上一条长长的带蓬的木船,赶往国立中央大学泊溪分校。那是1942年的冬天,瘦瘦的赵瑞蕻自己扛着铺盖卷迎风而立,流淌的江水、乡野的绿色以及简朴、幽静的校园,都让这位斯斯文文的年轻人倍感亲切。在竹编泥糊的房子里,在罐头盒做的油灯下,赵瑞蕻捡得难得的安宁,潜心教学翻译。

1915年11月,赵瑞蕻出生于浙江省温州。1935年温州中学毕业,在校刊上首发诗作《雷雨》。抗战后入西南联大外文系,师从吴宓,组织"南湖诗社",写长诗《永嘉籀园之梦》等100余首,1983年结集为《梅雨潭的新绿》出版。

救亡路上,从西南联大到中央大学,赵瑞蕻像许多莘莘学子一样,身处郊野,孜孜以学,于迷离的战乱中,仍奋力维系着文化的传承。1944年,他把法国司汤达的名著《红与黑》连同那些经典的、触及到灵魂的心理描写,第一个介绍到中国。那些法语文学、英语文学

《多彩的旅程》书影　　　　　《离乱弦歌忆旧游》书影

以笔为枪：重读抗战诗篇

1941年，赵瑞蕻和杨苡在在昆明西南联大

1997年，赵瑞蕻和杨苡在北京三里河

中的温情，使诗人这首《初夏》，在喃喃低语之际，呈现出一片生机勃勃的景象。"薰风拂过"星球，是指季节的转换，诗人从野外的蒲公英入手，再到窗玻璃上的金蝇、梁上呢喃的小鸟，以可爱小精灵织起一幅生意盎然的图画，于细微处抒发了诗人万千思绪。

诗的第二节，前五句以茂盛的植物为抒情对象，"生命的酵母酿成了一瓮浓烈的酒"，是对生命矫情的礼赞，含着诗人快乐的心情。在诗人的描绘下，蔷薇绽放，那裹着绒绒细毛的蛇莓也是火红一片，羽片状的羊齿植物，顶着一粒粒饱满的胞囊，在幽深的小路上，仿佛都可以听到胞囊在暴裂，旺盛的生命真是无所不在。接着，诗人以鸽哨入画，"夐辽的风铃"，是指风玲声远远的。夐，读 xiòng，作远解，夐辽，通辽远。最后，诗人以"心灵是希望的家"为中心，左手描着一幅水彩画，右手请出一位丽人，以满树的槐花为背景，畅想着最美丽的邂逅。这是一种宽广的爱情，是对生命的热爱，是年轻学子渴望对祖国新生的拥抱。

在赵蘅的回忆中，父亲赵瑞蕻执教中央大学时，常"远眺江上风帆和隔岸山色"，附近是"幽径，竹林，三月里油菜花香四溢"。

一生治学不倦，即使到高龄，仍然要在国外搜寻《红与黑》插图绘本，以希望再完善这本名著的翻译。

解放后，赵瑞蕻一直在南京大学任教。1953年至1957年曾去莱比锡大学做访问教授，讲授"中国现代文学史"、"鲁迅研究"等课程。1962年以后着力于比较文学，著有中外文学比较论文多篇。最受称道的是《鲁迅〈摩罗诗力说〉注释·今译·解说》，资料丰富翔实，见解精辟。并著有《西诗小札》、《诗歌与浪漫主义》以及译著弥尔顿的《欢乐颂》、《沉思颂》等。赵瑞蕻夫人、著名翻译家杨苡曾评价："这是一个如此热爱生活的人，一个从小迷上了《爱的教育》并想为之奋斗一生的理想主义者；一个被朋友戏称为'不食人间烟火'的、不谙人情世故的幻想家；一个进了课堂便滔滔不绝，愿为年轻人倾注他所有知识的好老师。"

抗战胜利五十周年之际，赵瑞蕻、杨苡夫妇同时获得中国作协颁发的"以笔为枪、投身抗战"奖牌，这份对伉俪诗人的奖励包含着历史向一位女诗人的致敬。1938年，昆明文协主办的的《战歌》（雷石榆、罗铁鹰主编）杂志，分别在9月、10月号发表了杨苡《九一八纪念日》、《破碎了的铁鸟》两首诗作。诗歌呼呼勿忘国耻、欢呼

赵瑞蕻（右二）杨苡（右三）夫妇，以及杨苡哥哥杨宪益、戴乃迭与战友萧亦五，于南京国立编译馆院内

中国军队击落敌机的胜利，感情真挚有力，受到了沈从文等人的关注。在炎热的南京，94岁的杨苡向编著者回忆说：民族危亡时刻，无数学子以寸心报国，这是一份神圣的责任。

在遗著《离乱弦歌忆旧游》中，诗人曾说："翻译永远是不可缺少的很有意义的工作，只要有人类存在，就有交流。地球上有40亿人，三千多种语言，我们的工作要永远做下去。"

一个永远，指向的是不朽。

以笔为枪：重读抗战诗篇

高加索：弟弟·灯

抗战诗人：高加索

——小弟弟哭泣在黑夜里，
我替他点亮了灯。

一

小弟弟
不要哭，不要哭
让我擦一根火柴……

喵
你再不怕黑了吧

你看
那些黑影子
都躲起来了，都躲起来了吧

呵呵
你笑了
你看见了灯，看见了火
你笑的
象小河
你的笑是一支歌呀
是一支小河的歌呀

二

小弟弟，小弟弟
你怎地老是
痴望着灯，痴望着亮呀

灯，也被你感动了
感动得，瘪起了嘴
感动得，留下了泪

亮，也为你笑了
笑的，摇着头

1943

笑的，勾着腰

火，也为你开着花
开着，红的花呀
开着，白的花呀

三

呵呵
你的小苹果脸
也红了啦
你的小眼睛
也亮了啦

呵呵
小弟弟
你是幸福的呀——
在黑夜里
你看到了灯，看到了火
你是幸福的呀

你不知道
这世界上
还有多少怕黑的小弟弟们
看不到灯，看不到火
他们将一直哭泣……

四

小弟弟
不要自私，好不好
我们自己
有了灯火
这不算，这不算
我们还要
把火种
带给他们，带给他们……

要是有一天
世界上的人
都有了灯，都有了火
世界上
没有黑夜了
小弟弟们
都不怕黑了
大家拍手，大家唱歌
那该多好呀
小弟弟

此诗一九四三年曾发表于前线日报副刊，一九四七年修改后发表于《诗创造》上，（选自《秋天里的春天》1985年3月第1版，江苏人民出版社）

以笔为枪：重读抗战诗篇

高加索剪影（剪纸，朱红作）

高加索（左）与画家吴谷虹合影，1947年于南京

喜欢俄罗斯文学的吕健军，在白色恐怖的年代，为自己取了一个充满异域风味的笔名——高加索，从此，这个名字就响亮地回荡在诗坛上，1942年开始诗歌创作，1947年推出了第一本诗集——《花开满地又是春》。而生活中的吕健军，却只能用一些化名，在南京为党的地下组织做工作。在地下党员张一锋、马常卿的领导下，诗人打入国防部政工局下属的出版社当校对，传递情报、发展党员。多少年后，重又焕发创作活力的高加索任南京政协《爱国报》主编，总喜欢戴一顶深色的鸭舌帽，走到那儿都像一位和蔼的邻家老人，其言其行，简单而平和，很少提及那段难忘的地下斗争岁月。

这首《弟弟·灯》，诗风亲切而温和，一如诗人低调的人生。诗的第一节，以"擦一根火柴——"为起始，写了"黑影子""躲起来了"，写了"看见了灯、看见了火"的弟弟"笑了"。诗的第二节，好似弟弟与灯的对话，赋予了灯活的形态。第三节，以"看到了灯、看到了火"的小弟弟，联想到"看不到灯、看不到火"的小弟弟，诗意得到了推进。而第四节，诗人展望"世界上的人／都有了灯，都有了火"，遥指世界一片光明。全诗模拟孩童的口吻，以简单的意象,表达了作者追求光明的意愿。根据诗人自注,该诗最初于1943年发表在《前线日报》副刊上,此时,作者年仅19岁,以一颗清纯之心看世界,清朗之风拂面而来,赢得了许多读者。1947年,该诗修改后又发表在《诗创造》上,1982年,该诗被收录在《黎明的呼唤》一书中。数十年间,一首接近童话风格的诗作,为历代读者喜爱,源于诗人在抗战最危急时刻不忘初心。值得指出的是,诗人亲哥哥与诗人走的是不同的道路,所以,诗中的"弟弟",也许就是诗人的自喻,是以"弟弟"的"清"劝诫哥哥的"浊",表达了诗人抗日救亡的决心。

高加索1924年出生于安徽省宁国,1946年,在南京秘密加入中国共产党。解放后任南京市委宣传部干事、南京市政协学习办公室副主任、《爱国报》主编。华和平在《诗国忠臣——高加索》一文中回忆到:高加索先后参加了"南京诗歌工作者联谊会"和《人民诗歌》的编辑工作。"面对沸腾的社会主义建设事业,放声歌唱。他的第一本个人诗集'江南谣'就是这个时期出版的,后被编入了江南诗丛。"1955年,诗人因曾给胡风写信,在狱中被审查了近一年。1957年,又因他参加南京文艺界"江南诗社",被打成"右派",被发配到南京郊区一个小煤窑劳动了3年。1965年,文革中,诗人遭审查,全家下放到苏北泗县农村劳动。

十一届三中全会后,诗人得到平反,诗歌创作进入一个高发期。1985年3月,出版诗集《秋天里的春天》,获得"金陵文学奖"首届诗歌一等奖,其后他与"莫愁诗社"诗友合集出版的《正午的瞳孔》又获得"金陵文学奖"第二届诗歌奖。1986年,诗人离休,然而却好像离诗更近。他走上青春文学院的讲台,为文学路上逐

《高加索诗文选》书影

以笔为枪：重读抗战诗篇

高加索在中日文化交流活动中（1985年前后）

梦的年轻人讲课、改稿，《诗的眼睛》、《诗的衣裳》、《诗的翅膀》、《诗的探问》等系列文稿，透露出诗人不懈的追求。诗人曾有诗云："一颗半侧的苍老的头颅／给透明世界涂了一团黑影／后脑勺翘起几撮刺毛／钢盔压了多少年也没压平／尽管借助于一副镜架／看人间事也还是模糊不清／似在沉思，似在遐想／半截子灵感燃烟尚未燃尽／手指头仍然向前半屈半伸／似在回忆／似在憧憬／瞳孔变焦对准正午的风景／老姜抽芽白发吟罢黑发生。"为这一份诗的执着，书法家萧娴曾为高加索书写了"诗国忠臣"四个大字。而在这背后，是诗人甘于清贫的大半辈子。冯亦同回忆说："记得他（指高加索）在《诗刊》上发表过一首《羡慕》，诗中提到不羡慕珠光宝气的华屋、不羡慕灯红酒绿的生活，诗人恪守着"家徒四壁"中的精神追求和心灵富有——正是从这些抒怀明志的诗文里，我才感受到他脸上常带着笑容的深刻内涵，也找到了他不叫苦、不伸手的真实答案。"

1998年7月，高加索辞世。朋友们为了怀念他，众人出力，为他编辑了一本《高加索诗文选》。文革后，刚刚复出的诗人，接连在《诗刊》上发表了《白发吟》、《泪花吟》和《生命吟》三首长诗。如今，诗人早已回归到皖南一个叫太平乡的故乡，那里的青山绿水拥抱了诗人多难的灵魂。1946年，诗人曾写过一首《奴隶，奴隶儿子的母亲》诗作，其中说："中国的土地是沉默的，／妈妈的沉默胜过了中国的土地。／可是，在她沉默的心田的深处，暗暗地抽出了希望的幼芽，／她想着一个幸福的日子，／将会来自儿子的手里。"那些通向未来的诗句，还会通向更远的未来。

禾 波：战斗情曲

抗战诗人：禾 波

我希望你不要朝夕为我盼望
请你抽掉那根爱情的红线
更不要因远隔而忧伤
连睡梦中有时你也哭泣
    谁不愿象那奋飞的鹰隼无忧
    快活地翱翔在浅蓝色的天宇

我希望你不要沉溺在感情的大海
请你用欢乐赶跑心底的忧郁
更不必回忆到爱情的甜蜜
连饮食也毫无兴趣

谁不知只有爱情的品价最高
除了它我们还有甚么更大的鼓励

我希望你珍惜眼泪像明珠
不要让它为忧思而洒滴
更不要让愁苦深嵌在你的面颊
人们见你憔悴会暗中太息

    谁不知道祖国的爱情比海还深
    为了她的受难因此我们忍心分离

我希望总有那么好的一天

以笔为枪：重读抗战诗篇

我们胜利了唱着凯歌回来
我轻叩着你惯常斜倚的门窗
因久别的重逢我们以至流泪
　　让你的眼泪象秋水洗净我的征衣
　　我将战斗的故事销溶你的怀念

那时候我们永不分离
我陪伴着你去绿野中幽叙
我们去看对对的燕子衔泥
去看双双的天鹅在浅汀上游戏
　　我们把可怕的战争认作恶梦
　　也感谢战争将我们磨炼

假使我闯到不幸我也欢快
请你不要为我光荣的战死而悲哀
顶好你将我埋葬在村前的那座高山
我就做个历史上光辉的明证
　　我好听朴素的歌谣缭绕在山腰
　　看你去选撷青芜日夜经过我的墓地

　　　　　　　三十二年九月二日
（原载《诗激流》一九四六年八月第二期）

　　于战火中歌唱爱情，是对生活的热爱，是对生的向往。

　　禾波的《战斗情曲》，从一个即将出征的将士写起，细致地刻画了恋人之间缠绵的爱情。将士在生与死之间，对恋人那种欲吐还休、欲退还进的感觉，都一一道来。"我希望你"："不要朝夕为我盼望／不要抽掉那根爱情的红线／不要因远隔而忧伤"，连续三个"不要"，是为了让恋人放心，然而越是这么说，越会增加恋人之间的挂念。为了劝慰恋人，诗人笔锋一转，以辉煌的理想鼓舞对方，"我希望总有那么好的一天／我们胜利了唱着凯歌回来／我轻叩着你惯常斜倚的门窗／因久别的重逢我们以至流泪"。这里所营造的意境，是一种假设，想象着出征将士凯旋之后与恋人的重逢。一句"斜倚的门窗"，让人想起唐朝诗人崔护的《题都城南庄》，其"去年今日此门中，人面桃花相映红"的诗句，衬托出同样的意境。不同的是，一个是"人面不知何处去"，另一个是"久别的重逢以至流泪"。

　　1920年5月出生于四川省荣县的禾波，1937年县中毕业后在一所小学当老师。在相对平静的教学过程中，阅读了大量文学作品。抗战爆发后，诗人在荣县任歌咏团团长，并发表了大量抗战的作品。

冲锋的抗战将士

"青山下，流水边，/秋风一阵紧一阵。/姐在洗衣低声吟，/歇歇双手松松劲。/天上白云飘，/船在水中摇，/宿鸟归飞急，/夕阳火烧长堤的芳草。去年欢聚流水边，/今朝独归早，/幸喜传来消息好，/江南天天有捷报。"这是诗人歌颂新四军的一首诗作，经徐厚仁谱曲后，以《青山下》为曲名，在大后方广为传唱。

错落有致的意象、加上反反复复的抒情，成为诗人创作的一大特色。《战斗情曲》的后两段，燕子衔泥、天鹅游戏以及"去绿野中幽叙"，叙述着恋人"永不分离"的情缘。为保卫这一份爱情，即使"光荣的战死"，即使"埋葬在高山"，诗人的歌唱也永不停息。"我好听朴素的歌谣缭绕在山腰 / 看你去选摘青芜经过我的墓地"，青芜是指杂草，而"缭绕在山腰"的歌谣则是诗人的化身，是战士祝福的灵魂。以情意款款的画面，留住了读者注视的目光，仿佛有爱的歌声传来，让我们驻足聆听。

诗人以一种牺牲精神投身抗战。1941年来到重庆，参加中华全国文艺界抗敌协会。与沙鸥、屈楚等人在重庆编辑《诗家丛刊》，与夏渌、赵无眠编辑过《诗激流》丛刊，并出版了《诗人》、《诗家》、《不调的花》等，默默耕耘，贡献巨大。

抗战胜利后，诗人为民族解放而鼓与呼，并不顾恶劣的生存环境，创作了《祖国三部曲》、《红鼻梁王老大》、《生命的火光在流烧》、《年青的铁匠》等一大批优秀作品。

以笔为枪：重读抗战诗篇

1936年12月，绥远抗战前线，晋绥军机枪手。方大曾摄

建国后，诗人先在重庆做《大众文艺》编辑，后又到北京任《北京文艺》编辑。诗人长期坚持到工厂、矿山、农村体验生活，去过许多炼钢厂、炼铁厂、炼焦厂和煤矿。1957年，禾波来到三门峡水利建设工地，为祖国翻天覆地的变化而激动，创作了长诗《黄河之歌》，发表后，被中央人民广播电台采用，连续广播达半年之久。1958年，1963年，诗人先后出版了《创造者》、《煤海浪花》两本诗集，满腔热情地为新中国放歌。

文革中，诗人受到残酷迫害，左眼近乎失明。1977年，诗人又拿起笔，写成长达10万字的《学诗笔记》。1993年后，诗人陆续出版《禾波诗选》、《战斗情趣》、《抒情诗选集》、《生活短歌》、《禾波八行诗》等，虽身患顽疾，仍纵情歌唱。1995年7月，《文艺报》等单位为禾波举行作品研讨会，人们热烈鼓掌，感谢诗人用一生镌刻诗碑。

1998年，禾波因病辞世。

第三编
1944 — 1945
投降 | 胜利

每一次投降他们都不会道歉

到现在还把那些鬼子供在神社里

这是密苏里号签字现场

热爱和平的人们

请不要忘记虎视眈眈的豺狼

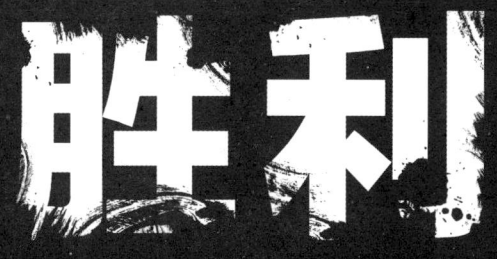

每一场胜利我们都用血染红

欢呼冲向云霄,一个民族屹立东方

这是民众走上街头的现场

五千年的文明从黄土地上挺起了脊梁

中国,中国,你的名字比玫瑰芳香

1944

409　丁　芒　寒　村
413　李少石　寄　母
415　宋槐芳　孤儿行
417　包白痕　兵车行
420　胡　适　和杨联升诗
424　晏　明　郝　穴
428　周昌歧　生　命
430　刘荣恩　江雨中
433　邹荻帆　乡村剧团
437　朱自清　昆明五华中学校歌

丁 芒：寒 村

抗战诗人：丁 芒

寒风吹得
水冻了，
泥白了，
树枝抖了，
虫儿们藏了。

早晨，霜复在
菜上，
麦苗上，
车篷上，

和草垛上。

有三五只母鸡，在
土场角，
太阳里，
爬搔着泥沙。

孩子们穿得
象树桩，
象爆竹，

以笔为枪：重读抗战诗篇

聚挤在朝阳的土墙角。

村妇走去，

用木桶

碰破一池冰肤，

提一桶浓浓的水，

去烧一锅

稀薄的玉米粥。

一九四四年十二月八日

此诗刊《江北日报》副刊《诗歌线》。后载入《中国四十年代诗选》

1943年，丁芒从南通中学毕业

从上世纪四十年代写下《秋桐》一诗开始，91岁的丁芒笔耕已七十多年。这位新四军老战士，始终以清新的诗句记录着时代的风云、家国的变化以及真挚的情愫。

朱寿桐主编《丁芒文集》，其"新诗卷"共六辑。第一辑：我想教你一支歌；第二辑：洗去硝烟洗去泥泞；第三辑：早晨，我要把你留住；第四辑：雪，火烫的；第五辑：歌风台；第六辑：啊，无言的戈壁。在战场拼搏的硝烟中，在迎接解放的曙光中，在遭受迫害的抗争中，在安享和平的阳光中，丁芒以诗筑城、以情泼墨，在江海的烟波中抒写着诗意的人生。

捡录抗战诗歌，丁芒亲荐这首《寒村》。这是家乡的冬天，在诗人心目中如一幅朴素的小画，寥寥几笔，生动如心底的歌谣。诗的语言简洁而传神，"泥白了"，这个"白"，把盐碱地冻得结结实实的质感表现了出来。在诗人笔下，冬天早晨的霜，覆盖了一切，随着太阳的升起，母鸡在土里觅食。孩子们穿着臃肿的冬衣，在墙角晒太阳取暖；"象爆竹"句，意指冬衣之破烂，如放完炮、外皮绽开的爆竹。主妇们用木桶碰破河面的结冰，打水

1944

丁芒、樊玉媛夫妇

回家做饭。诗的末尾——"稀薄的玉米粥",是贫穷人家赖以糊口的普通食物,透露出抗战时期中国农村普遍的一种生存状态。其时,抗战进入最为关键的时刻,江淮大地,敌我力量呈拉锯状态,作为一名进步青年,诗人冒着被反动派屠杀的危险,积极投身抗日救亡,写下了《石桥颂》、《池塘之夜》、《暮色里的火》等诗作,从寻常生活中获得灵感,植根于泥土,为百姓命运悲喜。

丁芒1925年9月生于南通,原名陈炎。中共党员。1946年参加新四军。建国后,他在海军部队工作,在《人民文学》杂志上发表了《红色信号兵》、《勇敢》等诗作。1955年调解放军总政治部,任《星火燎原》编辑,曾为罗荣桓、刘伯承等撰写回忆录。文革中受打击到工厂劳动,历经生活的磨难。1975年平反。1979年调江苏人民出版社任文学编辑室副主任。十一届三中全会后,诗人创作热情勃发,相继出版诗集《怀念》、《更流集》、《枫露抄》、《我是一片绿叶》、《军中吟草》以及小说集《开在枪口的鲜花》、散文集《酿熟了的怀念》、《丁芒散文集》等。1987年离休后,在老伴樊玉媛精心照料下,丁

以笔为枪：重读抗战诗篇

丁芒在盐城纪念新四军成立七十周年大会上讲话

芒再次焕发出青春般的活力，连续推出了《丁芒新诗选》、《苦丁斋诗词》，诗论集《当代诗词学》、《诗的追求》、《丁芒诗论》(一、二集)、《丁芒诗词教学点评》等。其中《苦丁斋笔记》系列获 1990 年金陵文学奖。1999 年，丁芒获"二十世纪国际桂冠诗人"荣誉称号。2002 年，推出 600 万字的《丁芒文集》。

2015 年 7 月，为纪念抗战胜利七十周年，诗人特赋诗一首：

云霞拥处忆烽烟，

血洗河山恨八年。

百万英躯填破国，

枪挑落日马头悬。

在老诗人心中，革命烽火是永不褪色的记忆。那里，红旗漫卷，战歌如霞；那里，山河破碎，壮士流血；那里，战马嘶鸣，终克顽敌。

李少石：寄　母

抗战诗人：李少石

赴义争能计养亲？时危难作两全身。
望将今日思儿泪，留哭明朝无国人！

　　　　　　　　　　一九四四年

动荡的年代给母亲写一首诗，任何质朴的语言都是感人的。

而诗人本身的故事更让人再三感叹：

爱情故事：李少石原名李铮，1906年出生于香港，少时在皇仁书院读书，后随家人迁居广州，入岭南大学。相貌英俊，才华初溢，与廖梦醒是同学。廖梦醒是廖仲恺、何香凝的女儿，热烈地爱着诗人，不顾母亲的坚决反对，毅然与诗人成婚。当诗人的女儿阿湄一岁多时，何香凝对女儿一家的态度才有所好转。

革命故事：诗人1925年加入中国共产主义青年团，1926年参加中国共产党。长期为党在香港、上海做秘密交通工作。1934年2月被捕入狱，先囚于南京监狱，次年转解苏州反省院。在狱中，脚被打伤，肺部被打坏，他却吟出"死得成仁未足悲"、"英雄含笑上刑场"的诗句，作好为革命而牺牲的准备。"七·七"事变后，国共合作，诗人出狱，到香港、澳门为党工作。

以笔为枪：重读抗战诗篇

廖梦醒（左三）和宋庆龄等合影

李少石、廖梦醒夫妇

遇难故事：1943年春，诗人奉调重庆，公开身份是《新华日报》记者兼编辑，实际在八路军驻渝办事处外事组任周恩来的英文秘书。1944年与来渝的柳亚子熟识，常以诗文唱和。1945年10月8日，送柳亚子回程途中，车子碰伤国民党士兵，竟被伤兵用国际禁止的达姆弹开枪射中，受伤不治，辞世时年仅39岁。此时，毛泽东在重庆谈判，枪击事件离国共两党"双十协定"签字仅两天。置于这一敏感时期，诗人之死引起轰动，死因扑朔迷离。

1945年10月12日，毛泽东为诗人题词："李少石同志是个好共产党，不幸遇难，永志哀思"。

廖梦醒为诗人编辑出版《少石遗诗》。萧三编辑《革命烈士诗抄》选诗人诗作17首。

在一篇题为《寄内》的诗中，诗人写道：
一朝分袂两相思，何日归来不可期。
岂待途穷方有泪？也惊时难忍无辞。
生当忧患原应尔，死得成仁未足悲。
莫为远人憔悴尽，阿湄犹赖汝扶持。

"望将今日思儿泪"和"莫为远人憔悴尽"两句，竟然成为诗人一生的绝唱，天若有泪，当作倾盆雨。

宋槐芳：孤儿行

抗战诗人：宋槐芳

天昏地暗陇头荒，日寇残酷胜虎狼，烽火连天兵不解，硝烟蔽日剑如霜。

敌骑深陷归不得，官兵败绩只为防，万千壮士迎头击，辽阔山河困兽场。

只是家乡深受害，可怜稚子远离乡！

闻道难童经此地，胸中滚滚灼如汤。群儿不是我弟即我侄，安忍饥寒相迫逃远方。

天黑举火相迎接，腹空举炊果其肠。

愧未挥戈杀敌首，疚无雄文迫虏降，济困扶危应尽责，励行勉志事平常。

童子殷忧能启志，国家多难可兴邦，真理之军定胜利，不义之师必败亡。

试看今日孤儿谁敢侮，未来兴邦建国是栋梁。

我今激昂歌起舞，欲除妖魔鬼怪天下始安康。

一九四四年秋于资兴渡头司

以笔为枪：重读抗战诗篇

常德会战中，中国军队冒着炮火前进

　　《孤儿行》原是汉乐府诗歌中的一首作品名，流传于河南一带。宋槐芳笔下的孤儿，早已不是受兄嫂冷眼的形象了，他象征着因日寇侵入而国破家亡的人们。

　　渡头司即湖南省资兴一古镇，作者在原诗前有一注讲：1944年秋，诗人奉命随部南撤驻守资兴渡头司，听闻数里外有一大群少年儿童逃难过境，缺住少食。"余闻之恻然！立派数人举火把驰往迎接。"并倡议同人用配发的粮食接济他们，还为逃难的少年安排了住处。为感谢带队齐新"为祖国后代的艰辛工作"，作者还邀请易祖洛在第二天早晨为他们设"薄食淡酒"，"以壮其行"。易祖洛，其时为薛岳秘书，颇有才学，后被尊为"湘中大儒"。诗人一句"群儿不是我弟即我侄，安忍饥寒相迫逃远方"，至今让人温暖。

　　以苦难历史中的细节，记录一个时代的篇章，诗人的诗心独具、诗情洋溢、诗德昭然。

　　宋槐芳，湖南湘阴人，1918年生，2006年辞世。著有《寸心吟草》集。曾为中华诗词学会会员，湖南诗词协会顾问，长沙市楹联家协会顾问。1979年与吴淑羽在长沙创办嘤鸣诗社，1981年创办《嘤鸣》诗刊，唱和者常有数百人，诗友遍及德国、美国、加拿大、朝鲜、日本、新加坡、马来西来、印尼等国以及港澳台地区。诗人有描写家乡的《远浦归帆·湘阴县城》二首，其一云："浦口秋高水接天，一双塔影待归船。千年犹唱灵均调，神鼎飞云汨水烟。"那份历史磨难中突显的卓越才情，依然年轻。

包白痕：兵车行

弟兄们
歌一支长征的曲子
让多情的引擎
驮我们驶向远方

边地的烽火更紧
几千万的人民
遭受着从未有过的劫难
我们就这样去
一杆枪
一柄手榴弹
和一颗灼热的心

我们的祖先
曾策马挥剑
征服横蛮的流寇
如今我们也有这个机缘
怎不值得引吭高歌

狂风卡车飞驰
掀起阵阵曚眼的尘土
无须回盼走过的艰险路
在不远的前面
正有人向我们行列招手

（原载一九四四年四月
《诗焦点丛书·牧笛》）

以笔为枪：重读抗战诗篇

1944年，中国军队伞兵部队在昆明

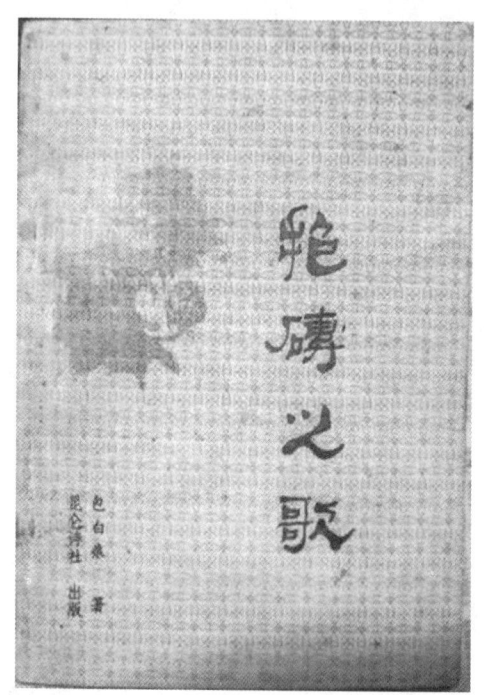

《抱砖之歌》书影

初看诗名，很容易让人想到杜甫的同名诗作《兵车行》。那种"车辚辚、马萧萧，行人弓箭各在腰"的战场气氛，一下子扑到读者的面前。在这首诗中，诗人包白痕描绘的"兵车行"，没有杜甫诗中对战争的哀怨，而是充满抗战将士争取胜利的信心。与其他描写抗战将士奔赴前线不一样的是，这首抗战诗歌，展现的是滇缅公路抗战将士的形象，他们乘坐汽车行军，多少透露出一些现代战争的气息。

作者又名包崇章，1917年生于浙江省宁海县，1936年9月1日入中央军校第十三期工科一队，别号竹天。1939年参加中华全国文艺界抗敌协会。据朱汝略研究：包白痕与临海郑为邦、陈启銮、黄岩黄璧玕、朱有源、陈芳元、温岭张雅山、仙居朱先发等皆为黄浦同期，与临海岭根村陈成溙同队。1938年9月16日毕业，派往滇缅公路工作。1949年冬，包白痕被云南绥靖公署下令逮捕，以共产党间谍、企图推翻政府罪名判处死刑。12月9日，国民党将领周祖晃发动云南起义，获释的包白痕参加了起义。

诗人既为军校工科毕业，又曾在滇缅公路工作，他描绘的《兵车行》就具备了真实生活的影子。第一节，"让多情的引

1945年1月,中国军车驶上重新开通的滇缅公路

擎/驮我们驶向远方",表明了出征将士的心声。第二节,"边地的烽火更紧",这个边地是泛指,也是实指,作者由西南边塞、滇缅公路想到了辽远的抗战前线,而"一杆枪/一柄手榴弹/和一颗灼热的心",代表抗战将士不畏条件艰苦,毅然决然奔赴前方的行动。诗人在第三节,以"策马挥剑"的祖先为荣,是对民族英雄的一种仰慕,为今天的"引吭高歌"作了抒情的铺垫。作者视眼前的战斗为一种"机缘",把血洒疆场作为报效国家的良机,显示了崇高的境界。而最后,飞驰的卡车、"矇眼的尘土",一幅急行军的画面又呈现在读者面前,这是对诗歌开头的呼应,也是一种艺术的渲染。"在不远的前面/正有人向我们行列招手",使这幅画面立体生动起来,留下了想象的空间。全诗语言精练,情感抒发自然有序,有一股慷然正气。

诗人1946年后参与编辑《火星文艺》、《诗播种》。著有诗集《无花果》、《布谷鸟》、《惨痛的世界》、《火山的爆炸》等。1955年,在"胡风事件"中,包白痕因同学替他签了一个名,被隔离审查,一年多后被送到劳改农场,在押20余年。

上世纪80年代,诗人恢复创作。曾在鲁藜、沙驼、海笛、米斗等于天津创办的《昆仑诗选》上,发表了《故乡情》、《透明度》两首诗。1992年,历经磨难的包白痕出版了叙事长诗《抱砖之歌》,反映出诗人对厄运的感慨和反思、对人生的回顾和对艺术的追求。人们把他称为云南文苑上空的一只"布谷鸟"。

以笔为枪：重读抗战诗篇

抗战诗人：胡 适

胡　适：和杨联升诗

雪霁风尖寒彻骨，

打头板屋似蜗庐。

笑君也有闲情思，

助我终朝捆破书。

祖国大劫千载无，

暴敌杀掠烧屋庐。

可怜你我忒煞不长进，

雪地冰天还要下乡收烂书。

一九四四年十二月二十六日

（选自《胡适全集》第10卷，安徽教育出版社2003年版）

　　幽默、温和的胡适，在抗战期间写的诗作，不乏战斗的锐利，也不失生活本来的意味。选录的这首《和杨联升诗》，描写了大后方知识分子一些日常场景，铭记的是，一代大师在炮火硝烟之中，绵绵不断的文化努力。

　　题目中的杨联升，是美国汉学专家。上世纪40年代，胡适卸任驻美大使后，任教于哈佛大学，与周一良、杨联升相知，极为推崇他们的人品与学养。1944年，胡适在6月29日的日记中记述："喜见新黄到嫩丝，悬知浓绿傍堤垂。虽然不是家园柳，一样风流系我思。戏改杨联升的《柳》"，虽然步的是杨一人的诗作，胡适却把这首唱和之诗寄给了杨联升、周一良两个人，表达了真诚邀请两位学友到北京大学任教的情意。

　　在胡适的"遗嘱"中，他指定杨联升为他的英文著作整理人，可见他对杨的信任。之前，

以笔为枪：重读抗战诗篇

胡适、江冬秀夫妇

他与杨信函往来频繁，谈诗论文，后人据此整理出版了《论学谈诗二十年——胡适杨联升往来信札》一书。

1944年年底，杨联升曾陪同胡适下乡，买回一位老传教士留下的一批中国旧书。对此，杨联升曾写诗记录："才开寿宴迎佳客，又冒新寒到草庐。积习先生除未尽，殷勤异域访遗书。"

胡适的这首《和杨联升诗》也许就是与这次买书相唱和的一首诗。诗的开头交代了时间、地点：雪停了，但风依然刺骨地寒冷，抬头看见一间很小的板屋。"打头"原指带头，这里作抬头解。三、四两句，写杨联升陪同作者下乡收书。至此，作者笔锋一转，"祖国大劫千载无，／暴敌杀掠烧屋庐。"揭露了日寇侵我国土、烧我房屋、杀我同胞的罪恶行径。行文看似突兀，却符合诗人的思绪。胡适担任驻美大使，一个重要的任务是争取美国对中国抗战的援助，可以说，疮痍满目的故国始终让作者难以忘怀。诗的最后两句带有一种自嘲的语气，这里的"可怜"有自责之义，"忒"、"煞"为太、很之义，"不长进"是没有上进心，总体是说作者嫌弃自己太没有上进心。诗作通篇明白晓畅，在与朋友的私语中完成主题的抒发。

五四以来的新文化运动，胡适无疑是一位走在前列的领袖级人物。胡适，1891年12月生于上海，安徽省绩溪人。1906年考取中国公学。1910年留学美国。1915年入哥伦比亚大学哲学系，师从于约翰·杜威。1917年在《新青年》上发表《文学改良刍议》。1919年接办《每周评论》，发表《多研究些问题，少谈些"主义"》，主张改良主义，挑起问题与主义论战。

1942年3月至5月，胡适（中拿礼帽者）在美国、加拿大等地巡游演讲场面

1926年游历英国、法国、美国、日本诸国。1929年在《新月》杂志上发表《人权与约法》一文。1930年4月10日在《我们走那条路》中提出："要铲除打倒的是贫穷、疾病、愚昧、贪污、扰乱五大仇敌。"

1938年任中华民国驻美国大使。1945年代表国民政府在旧金山出席联合国制宪会议，后以中华民国政府代表团首席代表的身份，在伦敦出席联合国教育、科学及文化组织会议，制订该组织的宪章。

在政治方面，胡适有左右摇摆的一面。而在文化研究方面，他是中国现代史上的一位集大成者。胡适一生守护传统文化但从不守旧，反对文言文而大力倡导新诗、白话文。在文学、哲学、史学、考据学、教育学、伦理学、红学等诸多领域都有深入的研究。著有《白话文学史》、《胡适文存》、《尝试集》、《中国哲学史大纲》等。

1962年2月，胡适因病于台北辞世。

以笔为枪：重读抗战诗篇

晏 明：郝 穴

抗战诗人：晏 明

我来了，来了，
我伫立在你旁侧的堤岸之上，
我微笑着，快乐地用巡视的眸子
向你冷落的街市瞭望，
向你青青的周围的田野瞭望……

你秀绿的战争的土地呵！
你的清澈的池塘散发着荷香，
风吹抚着你被枪弹洞穿的胸膛，
你昏黄的溪水，混合着污浊的
敌寇的血流。

呵，郝穴，你扬子江北岸的草原的宠儿，
你这般安静而有时又喧嚣地
躺在扬子江的左臂。
你沿岸木船的桅杆，不及往日
交织与竖立的繁多……

今天，我来了，
披着破烂的草绿的衣衫，
披着山城的糜烂的气息，
以奔赴战斗的热狂的爱情
和亲切地渴望地拜访你。

阳光逐走了阴晦的雨天，
把橙黄的紫色的野花，
一丛丛撒满你的身旁，
你长长的绿草的繁盛，
你洼边的竹林丰茂。
小巧的子规唱歌了，
辛勤的布谷唱歌了，
天空显得如此蔚蓝而明媚……

你，呵，郝穴，
你周围的一切充满了

1944

浓烈的爱的诱惑，
我是这般贪婪地喜悦地
以火热的眼光，拥抱你，亲吻你。

我是被诽谤与饥饿放逐而来的，
我是被血流的激荡与平原的搏斗
引诱而来的，
我是脱去了羞辱与忧伤的外衣
而来的呵！

郝穴，你身经百战的小镇，
你的街市埋藏着炸药，
你的湖泊安放着鱼雷，
你的心脏深处围绕着无数的

猛烈战斗的人民，
你是如此结实而粗壮呵！

今天，我抚摸着自己胸脯的跳动，
为你战斗的骄傲与荣耀而放歌，
我把我快乐的诗句撒播在你的田野，
呵，郝穴，你小小的市镇，
你血腥混合着牛粪的土地，
你扬子江北岸的草原的宠儿呵！
我爱你，颂你……

一九四二年六月湖北江陵郝穴
（原载一九四四年十二月四川三台山谷社
《诗帖》丛刊）

在作者深情的叙说中，郝穴这样一个小地名一定会在抗战诗歌中大放异彩。

晏明诗中的郝穴，位于湖北省江陵县荆江北岸，是一个"百家茶楼百家馆，百家店铺和行栈"的古镇。抗战时期，江陵是日军进攻我大西南抗战后方的军事战略要地，也成为国民政府捍卫鄂西大后方抗战基地和对抗日本侵略军的前沿阵地，更是新四军游击队抗日救亡、打击日军的重要活动地带。据研究者金祖文介绍：因为战略地位显要，原来只有1万人左右的郝穴镇，战时一下子增加到近3万人，人们形容为"日有千人拱手，夜有万盏明灯"，时有"小汉口"之称。1941年至1943年间，日寇在飞机轰炸的同时，从地面6次进攻郝穴，造成极大破坏，镇内人口由3万余人骤降至3500余人。

1920年12月，晏明出生于湖北省云梦县郭家墩。上世纪40年代初，晏明在重庆加入抗敌文协，主编《诗丛》，不久到鄂中抗日前线编辑《胜利报》，随后到湖北恩施《武

以笔为枪：重读抗战诗篇

晏明、北野夫妇合影

汉日报》任文艺副刊主编。这首讴歌家乡的诗作，写于日寇对郝穴疯狂的进攻之际。诗歌开头包含丰富的信息："草原的宠儿"是指郝穴水草丰美，"沿岸木船的桅杆"时多时少，指的是小镇曾经的繁荣。"你这般安静而有时又喧嚣地／躺在扬子江的左臂。"一个"躺"字，抒情中带有爱怜。第二节是写诗人来到郝穴，亲切而又哀怨，"草绿的衣衫"和青青的田野，不相连的两个意象竟是那么和谐，突出了乡野的味道。"披着山城的糜烂的气息"，指的是陪都重庆的腐败。第三节是对日寇的控诉，对来之不易胜利的讴歌。诗的第四节是一笔抒情的浓墨，底色却是"蔚蓝而明媚"，绿草、竹林、子规、布谷等意象都带有泥土的芳香。

诗歌上半段的吟唱至此作了一个修整。接下来的抒情更为浓郁，诗人"以火热的眼光，拥抱你，亲吻你"，表达的是一份崇高的敬意："你的街市埋藏着炸药，／你的湖泊安放着鱼雷，／你的心脏深处围绕着无数／猛烈战斗的人民"，作者对家乡的赞美、对"身经百战的小镇"的赞美、对抗战军民的赞美，譬如赤子对母亲真挚的讴歌。"呵，郝穴，你小小的市镇，／你血腥混合着牛粪的土地"，"——我爱你，颂你"，结尾余音袅袅，让人情不自禁地怀想那片土地。用"血腥混合着牛粪"来修饰土地，是多么奇特，而又多么切合时代。

才情横溢的诗人,一碰到家乡的土地,那浓郁的感情化也化不开。晏明曾把自己诗集取名《故乡的栀子花》,那份沁人心脾的清香,弥久而悠长。

建国后,晏明先后担任北京《新民报》、《大众诗歌》、《北京日报》、北京出版社及《十月》的编辑工作。他主持编辑出版的《老作家文集》(集外集),包括了郭沫若、夏衍、巴金、老舍、曹禺、臧克家、周立波、田间、刘白羽、郭小川、徐迟等一批名家,其作品、评论大多来源于上世纪50年代的各地报刊,可谓不辞辛苦,功在文史。

文革后,晏明执着于现代山水诗的创作,成就斐然。他创作的组诗《黄山,奇美的山》发表后被香港作曲家谱写成大型合唱诗篇,在北京、港台地区、东南亚诸国、日本、美国等公演,引起轰动,曾获台湾两项金鼎奖。

2006年9月,晏明在北京辞逝,享年86岁。著有十余种诗集。

在一首《故乡的春天》诗歌中,诗人曾说:"严寒中久久酣睡的爱情,/在云与梦中,被春风拂醒。"云梦县是诗人的故乡,诗人没有酣睡,他是去云游了。

晏明《故乡的栀子花》书影

以笔为枪：重读抗战诗篇

周昌歧：生　命

当熟透了的果实坠落地上
当飞蛾扑死在暗夜的烛光里
当灯花爆炸最后的光焰而熄灭
当星子抢着流泻的光辉而陨落
……
还有什么值得吝惜的呢
当我们的生命应该闪光的一瞬

（原载一九四四年《诗前哨》
丛刊第二辑《收获之歌》）

　　哲理是诗歌的灵魂，当诗歌面向一些永恒主题的时候，那些警言妙句就如诗人头顶的灵光，悄然闪现，划破夜空，长留心间。

　　作者周昌歧，上世纪与穆静等同为《诗前哨》编辑。生卒年不详。从这首《生命》来看，诗作短小精悍，意象组织颇有象征主义诗歌风格。

　　诗人连续用了四个生活中常见的意象，如果实坠落、飞蛾扑死、灯花熄灭、星子陨落，把自然界的现象，化为一幅幅凄美的画面，即使是果实熟透，诗人也看着是一种坠落和死亡。

　　1944年，抗战已经进入最后关键阶段，一方面是日寇疯狂进攻，中国东线抗战战场全面溃败，另一方面是敌后抗战转为局部反攻，世界反法西斯战争向有利于中国战区的方向发展。在敌我胶着状态之下，诗人发出惊世一问：还有什么值得吝惜的呢／当我们的生命应该闪光的一瞬。"一瞬"，是指生死攸关的一刻，在作者心中，那应该是生命闪光的神圣时刻。全诗虽没有正面触接到抗战，但在那样一个特殊的历史时期，这就是诗人的战

1944

"飞虎队"队员奔向战机

斗誓言。一直为漫漫长夜笼罩的人们，看见诗人用心血点燃的烛光，怎么能不举之如前进的火炬呢？

编著者愿意把这首小诗，当作抗战诗歌中的无字碑，纪念一些无名的抗战诗人。

在《中国四十年代诗选》中，还有周昌歧的一首《月》，抄录如下以作纪念：

冲出云阵

给在黑夜里发锈的日子

一点光亮

让流浪者借你一只

发光的柔手

去解开黑夜的密网

歌声冲破天

夜行人有了方向——

以笔为枪：重读抗战诗篇

刘荣恩：江雨中

听见的是船的轳辘声；

近岸有渔船的火，鬼灯笼……

在江水声中

十一月的夜雨下

在甲板上走——

在异域人的船上

走末一里祖国的水路。

扬子江的夜雨中

在夜底甲板上

放逐人走着，来回的走着；

惦念着在雨中哭，

看不见的故国的水村。

（录自一九四四年六月北京《艺术与生活》
第 38、39 期合刊）

上海陈子善和北京的陈晓维分别以《刘荣恩：迷恋古典音乐的新诗人》、《好书之徒·刘荣恩诗集》两篇文章，介绍了诗人刘荣恩的一些情况。诗人曾在沦陷时期的天津组织新诗社，创办并主编《现代诗》季刊。从 1938 年到 1945 年，他先后印过 6 本新诗集，即《刘荣恩诗集》（1938）、《十四行诗八十首》（1939）、《五十五首诗》（1940）、《诗》（1944）、《诗二集》（1945）和《诗三集》（1945），洋洋大观，却掩埋在历史的尘埃中。其原因，一是诗人每本诗集都限量 100 本发行，岁月更替，存量已极少。二是

1944

1948年诗人就赴牛津大学访学，后定居英国，专注于中国古典文学翻译，出版《六出元杂剧》等书，痴迷于水彩画，似乎一下子割断了与新诗的脐带，连女儿刘陶陶在家也找不到那些诗集的样本。

可以确认的是，特立独行的刘荣恩，1908年生于浙江省杭州，后移居上海。1930年毕业于北平燕京大学英文文学专业，即执教天津南开大学。沦陷时期执教天津工商学院，抗战胜利后又执教南开大学西洋文学系。

《中国沦陷区文学大系》"诗歌卷"收录刘荣恩5首诗作，《江雨中》是其中一首。钱理群在《中国沦陷区文学大系》总序中说：这一部分沦陷区作家的作品，从表面上看，是远离时代与政治的，但因为其对"战争"中人的生存困境的特殊关注，而同样成为一种"时代的艺术"。

那么，在诗人曲曲折折的语言之中，我们能感受到些什么呢？

《江雨中》首先给读者一幅雨夜的图画，渔火、灯笼闪烁处，"船的轳辘声"远远地传来，在江雨中，"在甲板上走——/在异域人的船上"，人在画中，面目却是模糊的。谁在走？走在谁的船上？诗人都没有明说。而"异域人"三个字，把船的主人说清楚了，指的是，外国船横行在中国的江面。接着，诗人把甲

刘荣恩《诗二集》书影

以笔为枪：重读抗战诗篇

板上走的人称为"放逐人"，放逐意味着被驱赶或逃离，一句"来回的走着"，写出了"放逐人"失去家园的痛苦，那雨中的哭，不仅是为了"看不见的故国的水村"，而是到处流浪、无家可归的象征。也许，诗中没有硝烟，诗人手中也没有钢枪，然而，那一份淡淡的忧伤却遍布全诗，诗人无言的呜咽像江水一样流淌。

《中国沦陷区文学大系》"诗歌卷"还收录诗人《十四行》、《长安夜》两首诗作，最后的结尾都颇有意味。《十四行》说：没有辞别，走得很快，上了船，/几时才能看我北国的云和我的萌。《长安夜》说：有长安的妓女扶着笑/回家烂醉豪唱的诗人。把这些诗歌联系起来看，身处沦陷区的刘荣恩，于抗战时期所唱的歌声，在缥缈之外就有了一些现实的质地。

2001年，刘荣恩辞世。定居英国的那些年，诗人时用新诗表达对西洋古典音乐赞美。研究者发现，诗人曾为《悲多芬：第九交响乐》、《"维也娜森林故事"》、《圆舞曲》、《Tchaikovsky：Symphony No.4》、《Sonata in F Minor（"Appassionata"）》（即贝多芬《热情奏鸣曲》、《莫扎脱某交响乐》）等多首名曲写过欣赏的诗歌，涉及莫扎特、贝多芬、柴科夫斯基、施特劳斯等古典音乐大师。诗人醉心于古典音乐，是希望那些天上飘来的神曲，抚慰自己的灵魂吗？

从1948年去国，到离世，整整53年，诗人没有回过一次国。家和国分离得太久，两者都在一种迷离的视线中。刘荣恩曾说自己的性格如同多愁善感的先知耶利米，是"忧郁的森林，没有抗战还是一样的这样忧郁"。这，也是一种人生。

邹荻帆：乡村剧团

抗战诗人：邹荻帆

他拉开了幕布缝
向台下看，
空着一排凳子又一排凳子……

他举起了手：
"吹打呵！"
长颈的喇叭和大鼓
象送葬的抬着棺木，
这个蒙着幕布的舞台
要葬送到哪儿？

昨天一晚，
他赶练着三幕浪漫悲剧。
那是一个少年
爱着他自己的表妹，
他父亲却许给他一个乡下缠脚女。

今天
他忙着化装，
他剃光了还有一片铁青的胡须，
他扑着粉涂着油，
要演那个风流的男子。

以笔为枪：重读抗战诗篇

"女人……"
他望着饰演表妹的老搭档，
　"哎，老了，老了，
怎么能演这个小妮子！"

他拉开了幕布缝
向台下望：

　　第一排是维持秩序的警察队，
　　第二排是半上流社会抽烟的女人，
　　第三排是嘶吵的孩子们，
　　第四排、第五排……
　　是一排排的空凳子，

他摇着头：
　"哎，吹打呵……"

还有谁来呢？

这街上
一个害肺结核的爸爸死了，
他的老婆孩子捶胸顿脚的哭着。

一个年老的女人发疯了，
口里念着，骂着，
吹着叫笛，
从街上走过，
她后面孩子们扔着石块。

一个受着丈夫虐待的女人
刚从池塘里救起来，
她的丈夫耀武扬威地
象抓一个俘虏回去……

还有谁来呢？
拉开幕布吧，
演你的悲剧！

一九四四年九月成都

在诗歌兴盛的每一个时期，邹荻帆都虔诚地荷笔耕耘，真诚歌唱，并逐渐挺立潮头，恰似一座诗歌之桥，为现代诗歌与当代诗歌连接作出了一份贡献。

1978年《诗刊》1月号发表了《毛泽东给陈毅同志谈诗的一封信》，就在这一年，邹荻帆调《诗刊》社工作。在全国性的思想解放大潮中，诗歌创作逐渐回到诗歌本身，一些归来的诗人重登诗坛。1983年，邹荻帆任《诗刊》主编，迎来创作高峰，到1988年已

1944

邹荻帆在一二二"绿风诗会"团现场

出版了 7 本诗集、两本翻译诗集，并编选了《中国新文艺大系 1976—1982 年诗选》。更重要是，他为一大批未冠名的朦胧诗人提供了国家级发表园地，并创办全国青年诗歌刊授学院，把新诗的种子撒向未来。

邹荻帆，1917 年 5 月生，湖北省天门人，早年就读于湖北省立师范学校。1936 年发表长篇叙事诗《做棺材的人》和《没有翅膀的人们》。参与组织了中华全国文艺界抗敌协会。1937 年在山东参加"第五战区文化工作团"。1938 年后在武汉等地从事抗日救亡运动，曾与穆木天、冯乃超等创办《时调》诗刊，并在《七月》，创刊号上发表新诗《江边》。同年，第一部长诗《在天门》被巴金在上海编入"烽火小丛书"出版。

1938 年 9 月，邹荻帆参加金山、王莹等为首的"上海救亡演剧等二队"，辗转到桂林，成为广西日报副刊《南方》主要撰稿人。后到香港，与戴望舒、袁水拍等相交。1939 年 9 月，回宜昌，参加了 94 军政治部宣传队，到白鹭湖、郝穴一带宣传抗日。1940 年，诗人考入设在重庆北碚的复旦大学，长诗《木厂》发表于《文学丛刊》。

无论怎样奔波，诗歌永远是诗人的精神支撑。1941 年秋，经与姚奔商议，邹荻帆募捐创办《诗垦地》丛刊。《诗垦地》第 2 辑《反法西斯特辑》在国内反苏反共高潮中出版，

以笔为枪：重读抗战诗篇

1947年，武汉。前排左起：邹荻帆、史春芳、罗惠、鲁开先、冀汸；
后排左起：胡天风、曾卓、绿原、伍禾

引起强烈的反响。1942年，邹荻帆诗集《意志的赌徒》列入《七月诗丛》出版。这之前，诗人已在重庆出版诗集《青空与林》，并翻译出版了托尔斯泰的长篇小说《克罗采长曲》。1944年到成都，在"战地服务团"工作。

这首《乡村剧团》，秉承了诗人长于叙事的特点，以一个走街串巷乡间艺人的眼光，写出了黑暗现实、写出了灰色人生。前四段，穿插了一个旧婚姻故事，透露的是生活的无奈。后四段，通过各色看戏人的描写，交代了大后方乱糟糟的社会现实。"一个害肺结核的爸爸死了"、"一个年老的女人发疯了"以及"一个受着丈夫虐待的女人/刚从池塘里救起来"，都是诗人以悲剧、以丑恶揭露现实的一种。抗战，是为全民族的共同抗战，在国统区、在大后方，民众的苦难因战火的蔓延而日渐加深。作者有多部作品都着笔刻画国统区普通百姓悲惨的生活，录此诗，可于战争的硝烟中、于战斗的呐喊中，多多观照脚下的土地和多难的人民。

1995年，邹荻帆在北京辞世。这位真诚的时代歌手，带着"颤抖的灵魂"挂帆远去了，是否已经回到了他汉水旁的故乡？

1944

抗战诗人：朱自清

以笔为枪：重读抗战诗篇

朱自清：昆明五华中学校歌

邈哉五华经正，

流风余韵悠长。

问谁承前启后？

青年人当仁不让。

还我大好河山，

四千年祖国重光，

责在吾人肩上。

千里英才，荟萃一堂；

春风化雨，弦诵未央，

坚忍和爱，南方之强。

五华万寿无疆！

1944 年 11 月 2 日

《朱自清全集》第五卷（江苏教育出版社，1990 年第 1 版）

    一代又一代的学子，通过语文课本走近朱自清，与他那些恰如情话的文字相识。从此，父亲的"背影"成为许多人绵长、温暖的乡愁，而永远挥不去的"荷塘月色"，就成了烙在读者心田的小画，"微风过处，送来缕缕清香，仿佛远处高楼上渺茫的歌声似的"。

    如歌的文字、如画的篇章，是朱自清镶嵌在中国文学峻岭上的明珠。叶圣陶在《朱自清新选集序》中称朱自清："做到了文质并茂，全凭真感受真性情取胜。"李广田追忆

朱自清（左六）、陈竹隐与郑振铎夫妇等合影

说："朱先生有至情、爱真理，又风趣。这就是他的人格被称为最完整的人格所在。从爱真理方面，可以看出朱先生总在不断进步中，他不但赶着时代走，他也推着时代走，他不但追着青年人向前走，他也领导青年人向前走。"

1920年从北京大学哲学系提前毕业的朱自清，先后任教于杭州第一师范、母校江苏省立第八中学（今扬州中学）。1925年任清华大学中文系教授。1931年8月留学英国，其后又漫游欧洲。1932年7月回国，任清华大学中国文学系主任。抗战爆发后，朱自清经长沙，于1938年3月到昆明，任西南联合大学中国文学系主任。抗战胜利后，又重返清华园。

长期的教育生涯，使朱自清成为抗战诗人中写校歌最多的人。翻开《朱自清全集》（江苏教育出版社，1990年第1版），作者不仅为第五、八、九、十级清华学子写过级歌，而且还为浙江省立第十中学（今温州中学）、江苏省立第八中学、昆明五华中学和四川邛崃县敬亭学校撰写校歌。

这首"流风余韵悠长"的五华中学校歌，起句嵌入五华校名，一个"邈"字，是对学校悠久历史的赞美，也是对中华文化的一种感叹。在"国破山河在"的抗战中，作者视

以笔为枪：重读抗战诗篇

青年为承前启后的栋梁，不仅鼓励广大学子报效国家，收拾大好河山，而且着眼于民族复兴的未来，以"四千年祖国重光，/责在吾人肩上"两句，强化了青年的使命感。随后，诗人一唱三叹，以响亮的韵脚歌咏，激励老师"春风化雨"，期待学子"弦诵未央"。校歌中的"坚忍和爱"，是作者赋予学校的一种时代精神。1944年的中国，抗战已经进入最后关头，敌我双方均以大会战作决死，在此情形下，"坚忍"是通向胜利的保证。对学生而言，这是一种品格的养成，而对一个国家而言，则又包括了民族精神等诸多内容。

抗战期间，朱自清与妻子陈竹隐曾于1941年的秋风中，在泸州古城叙永小住。那里有着美丽的丹霞地貌，那里的"永宁河曲折从中流过，蜿蜒多姿态"。1941年12月1日，叙永县立初级中学邀朱自清为师生作抗日演讲，朱自清欣然前往。朱自清在演讲中说："日寇侵略我国，国家已到危急存亡之秋，青少年应有爱国家、爱民族、爱自由的伟大志气，现在刻苦学习，将来担负起挽救国家、民族的伟大使命，收复失地，誓雪国耻……"可见一代名师对学子的殷切期望。

1898年11月出生于江苏东海的朱自清，7岁迁居扬州，在那里读完小学、中学，其后还曾回扬州中学教书。在为母校创作的校歌中，朱自清提出了健全的教育观念，抄录如下：

人格健全，学术健全，相期自治与自动，

欲求身手试豪雄，体育须兼重。

人才教育今发煌，努力我八中。

这首"欲求身手试豪雄"的校歌，与徐公美、胡乔木等人为扬州中学所写校歌一道，成为学子们不灭的青春记忆。

1919年2月，朱自清以处女作诗集《睡吧，小小的人》跨入五四新文学潮流，1921年加入文学研究会。1928年，以中国现代散文的扛鼎之作《背影》集蜚声海内。1934年，出版《欧游杂记》和《伦敦杂记》。1935年，出版散文集《你我》。1935年编辑《〈中国新文学大系〉诗集》并撰写《导言》。

抗战胜利后，朱自清以多病的身体冲在民主斗争的前列。1946年7月，好友李公朴、闻一多遇害后，这位安贫乐道的诗人，振臂高呼，出席成都各界举行的李、闻惨案追悼大会,并报告闻一多生平事迹。返回北平后,他又担任"整理闻一多先生遗著委员会"召集人。1946年8月16日,朱自清含泪写下《挽一多先生》一诗:

> 你是一团火,
>
> 照彻了深渊;
>
> 指示着青年,
>
> 失望中抓住自我。
>
> 你是一团火,
>
> 照明了古代;
>
> 歌舞和竞赛,
>
> 有力猛如虎。
>
> 你是一团火,
>
> 照见了魔鬼;
>
> 烧毁了自己!
>
> 遗烬里爆出个新中国!

1919年,作者在诗歌《光明》中歌唱"你要光明,/你自己去造!"在这儿,光明把两位爱国诗人紧密相连。

1946年10月,在反饥饿、反内战斗争中,他不顾重病,在《抗议美国扶植日本并拒绝领取美援面粉声明》第一排第一位的位置上签名,并嘱告家人不买配售面粉,爱国的气节和情操让人感佩。在《别了,司徒雷登》一文中,毛泽东称赞说:"闻一多拍案而起,横眉怒对国民党的手枪,

1948年,朱自清、陈竹隐与幼女朱蓉隽在颐和园留影

朱自清之子朱迈先(前排左三)

以笔为枪：重读抗战诗篇

英勇战斗的东北抗日联军

宁可倒下去，不愿屈服。朱自清一身重病，宁可饿死，不领美国的救济粮。""我们应当写闻一多颂，写朱自清颂，他们表现了我们民族的英雄气概。"

1948年8月，朱自清因患严重的胃病辞世，年仅50岁。

在《背影》中，"青布棉袍、黑布马褂"的父亲与朱自清在南京浦口车站作别。朱自清不知道的是，他与武仲谦的大儿子、1936年参加地下党的朱迈先，1951年竟被冤杀。好在苍天有情，1984年，朱迈先冤案得到昭雪。这是儿子留给父亲的一个沉重的背影，历史的一声叹息。

座落在扬州安乐巷27号的"朱自清故居"，是一处晚清三合院式住宅。古朴的建筑安静如初，一如诗人清雅的人生。那里有着朱自清与叶圣陶合著的《国文教学》，那里流淌着朱自清式的"桨声灯影里的秦淮河"。

1945

民国三十四年八月十日晚八时	王冷斋	444
闻爆竹声乃知日敌乞降狂喜书感		
日寇乞降喜而不寐枕上作	陈叔通	447
小　令	王季思	449
一九四五年九月三日为庆祝胜利日有作	柳亚子	451
九月三日日本签订降约于江陵感赋	陈寅恪	452
闻日寇投降狂喜书怀	王子壮	453
清平乐·庆祝抗战胜利	邓拓	455
全世界光明了	廖沫沙	459
牢狱篇	鲁煤	464
快哉此夜行	柯尧放	467
星　花	张央	471
别延安	戈壁舟	474

以笔为枪：重读抗战诗篇

抗战诗人：王冷斋

王冷斋：民国三十四年八月十日晚八时闻爆竹声乃知日敌乞降狂喜书感

汹涌鲸波万里倾，降幡片片出东瀛。
捷音电闪传环宇，爆竹雷喧起满城。
坚苦八年完胜利，阴沉一旦复光明。
头颅拼掷宁无价，必死方能庆更生。

——一九四五年八月十日

以"七七事变"亲历者的身份歌咏抗战胜利，这份喜悦发自肺腑，这份歌咏沉如铸铁，作者详细记录写作时间并置入诗词题目中，说明了诗人对这一特殊时间的看重。这是中国人民抗战胜利的历史时刻。

全诗胸襟开阔，"鲸波万里倾"、"电闪传环宇"，气势磅礴，充满胜利的自豪。作为一名在民族危急时刻、不畏强敌的爱国者，王冷斋知晓胜利来之不易，是无数将士抛头颅洒热血换来的。更生，即新生。

1891年，王冷斋出生于福建省闽侯。15岁入福建陆军小学，18岁入保定军官学校第二期，与李宗仁、秦德纯、白崇禧等为同学。1937年1月1日，出任河北省第三区行政督察专员公署专员兼宛平县长，专门处理中日交涉事件。"七七事变"之际，在与日军交涉、周旋中，王冷斋坚持立场，凡涉及主权一事，寸土不让。

7月8日凌晨，日军开始攻城，枪炮齐发，公署、县政府被炮弹轰塌。王冷斋移驻守

以笔为枪：重读抗战诗篇

图为中国军队在卢沟桥抗击日军的进攻

卢沟桥事变发生后，宛平县长王冷斋（中）在招待新闻记者

七七事变后，占领卢沟桥的日本士兵

军指挥所，组织驻军抗击。1937年7月9日凌晨，二十九军收复了失地，变被动为主动，军心大振。在卢沟桥抗战的紧张日子里，王冷斋以古诗的形式写下了《卢沟桥纪事诗五十首》，真实记录了宛平前线强敌压境的紧张局面及二十九军大刀队威风凛凛打击侵略者的形象。其后，隐居香港，避难桂林。

宛平失陷之际，王冷斋身着长衫、神情寂寞，在各城门前依依留影，不舍故园。抗战胜利后，王冷斋作为"七七事变"的重要见证者，去远东国际军事法庭作证，以活生生的证据证明了日本战犯的累累罪行，被称为"远东国际军事法庭的王牌证人"。

建国后，王冷斋曾任北京市文史研究馆副馆长、全国政协委员。1960年病逝于北京。著有《卢沟桥事变始末记》、《七七事变的回忆》、《卢沟桥事变纪事诗》等。柳亚子《纪游一百韵》中的"宛平有贤令，讨倭首鸣镝"就是咏王冷斋的。鸣为响声，镝为箭头，鸣镝就是响箭，以其比王冷斋，颇为妥帖。

陈叔通：日寇乞降喜而不寐枕上作

抗战诗人：陈叔通

围城偷活鬓加霜，八载何曾苦备尝。
未见整师下江汉，已传降表出扶桑。
明知后事纷难说，纵带惭颜喜欲狂。
似此兴亡亦儿戏，要须努力救疮伤。

一九四五年八月十日上海

　　抗战胜利，举国欢庆。《中央日报》发表社论《今年的八一三》，备述抗战艰辛。《新华日报》发表评论说："全中国人都欢喜得发疯了！这是一点也不值得奇怪的。半世纪的愤怒，五十年的屈辱，在今天这一天宣泄清刷了；八年间的死亡流徙，在今天这一天获得报酬了。中国人民骄傲地站在战败了的日本法西斯者面前，接受了他们的无条件投降，这是怎样的一个日子呀！谁说我们不应该欢喜得发疯？谁说我们不应该高兴得流泪呢？"

　　以清末翰林之身，参加戊戌维新运动，并一直致力于民主革命的陈叔通，以"纵带惭颜喜欲狂"的心情，欣然赋诗。"喜而不寐枕上作"，概括了作者真实的感受。日本投降的消息一经传出，陪都重庆鞭炮满城，通宵达旦，人们纷纷涌上街头庆祝来之不易的胜利。作者曾任清资政院民选议员和辛亥革命后的第一届国会众议院议员，对政治前途极为洞察，"要须努力救疮伤"句，说明作者对国家现实、对未来前景，抱有清醒的认识。

　　陈叔通 1876 年出生于浙江省杭州市。1915 年 8 月，他应张菊生（张元济）之邀，离

以笔为枪：重读抗战诗篇

1954年9月27日，中华人民共和国第一届全国人民代表大会召开。全国人大代表、中华全国工商业联合会主任委员陈叔通在投票

陈叔通（右）与程砚秋

京南下，进商务印书馆工作，兴利除弊；后受邀担任浙江兴业银行驻行常务董事，从事工商金融事业。

"九一八"事变后，陈叔通在《卢沟桥行》一诗中，对不抵抗政策发出"一误再误唯尔辜，尔辜尔辜万夫指"的愤怒谴责。抗战胜利前夕，参加了上海各界人民团体联合会的筹备工作，积极投入爱国民主运动。1947年5月，参与"十老上书"，积极营救被捕爱国学生。

1949年10月1日，陈叔通出席开国大典，登上天安门城楼，并作诗一首："七十三前不计年，我犹未冠志腾骞。溯从解放更生日，始见辉煌革命天。大好前程能到眼，未来盛业共加肩。乐观便是延龄诀，翻笑秦皇妄学仙。"歌颂新中国诞生。从1951年10月开始，陈叔通主持工商界全国性组织的筹建工作。1953年10月，中华全国工商业联合会正式成立，陈叔通被推选为主任委员。三年困难时期，他撰写"一心记住六亿人口，两眼看清九个指头"的名联，以天下为己任。

陈叔通曾任中央人民政府委员、全国人大常委会副委员长、政协全国委员会副主席。1966年2月17日辞世于北京。著有《百梅书屋诗存》等。

王季思：小令
醉高歌八首，抗战胜利日作

抗战诗人：王季思

家家痛饮连宵，处处高歌达晓。头颅照镜依然好，四十男儿未老。
桥头驰骤兵车，桥上横飞战血。二十九军何处也，依旧卢沟晓月。
五千南口雄师，八百四行壮士。终凭血肉开新史，中国男儿不死。
沉沙戈戟未收，枕土髑髅黄锈。倭奴百万终低首，地下英灵省否？
樽前一局兴亡，眼底八年抵抗。与君举酒对斜阳，别有豪情万丈。
征人塞北关西，思妇星前月底。八年多少辛酸泪，今日都应破涕。
全国还须振作，内战切休挑拨。你我的争什么？民族原来一个。
胜利休要过夸，盛名最难久假。五强四大都虚话，第一自家奋发。

一九四五年九月三日

以笔为枪：重读抗战诗篇

以元朝散曲小令抒写抗战胜利之际的心情，字里行间充满诗人的喜悦。在作者笔下，这来之不易的胜利，是无数抗战志士流血牺牲而来。"沉沙戈戟未收，枕土髑髅黄锈。倭奴百万终低首，地下英灵省否？"欢笑中含着对先烈缅怀的眼泪。

面对一触即发的内战形势，作者不无担忧。"你的我的争什么？民族原来一个。"一句大实话，道出了王季思对和平的呼唤。多少年后，词学大家夏承焘曾评价王季思的诗说："明白如话，农夫妇女一读就能上口，但没为读者留有余地，也是一病。"但王季思对此其实颇为自得，"回顾我前半生写的诗歌，在群众有点影响的并不是我追唐摹宋、刻意经营的诗词，倒是这些有感于民生哀乐，信口成吟的乐府民歌体"。由此可见作者的坦率和真诚。诗作最后一句，给人觉醒："胜利休要过夸，盛名最难久假。五强四大都虚话，第一自家奋发。"在抗战胜利日能清醒地鼓励民众奋发，祝福祖国自强，确有常人不及之高度。

王季思，1906生，1996年辞世，浙江温州人。潜心于元杂剧和中国文学史研究。曾任中山大学中文系主任、古文献研究所所长、国务院第一届学科评议组成员、国家古籍规划出版领导小组成员。著有《王季思诗词录》、《击鬼集》、《新物语及其他》、《玉轮轩前集》、《新红集》、《求索小集》、《玉轮轩后集》等。先后主编《中国文学史》(与游国恩等合作)以及《全元戏曲》、《中国十大古典悲剧集》与《中国十大古典喜剧集》等，在国内外学术界中有重大影响。

有感于1945年9月3日这一历史神圣时刻，编著者特录柳亚子、陈寅恪两位大家同日所作诗词于后，谨作纪念。

柳亚子：一九四五年九月三日为庆祝胜利日有作
(七迭城字韵)

抗战诗人：柳亚子

还我河山百二城，阴霾扫尽睹光明。
半生颠沛肠犹热，廿载艰虞志竟成。
团结和平群力瘁，富强康乐兆民荣。
嘤鸣求友真堪喜，抵掌雄谈意态京。①

① 自注："京，大也。"按：抵字音纸，下无点，与抵字有别。

柳亚子（1887-1958），江苏吴江人，近代诗人，南社发起人。新中国成立后任中央人民政府委员、全国人大常委会委员。

以笔为枪：重读抗战诗篇

陈寅恪：九月三日日本签订降约于江陵感赋①

抗战诗人：陈寅恪

梦里匆匆两乙年②，竟看东海变桑田。
燃萁煮豆萁先尽，纵火焚林火自延。
来日更忧新世局，众生谁忏旧因缘。
石头城上降幡出③，回首春帆一慨然。④

① 第六战区司令长官孙蔚如为武汉、宜昌、沙市受降主官。
② 两乙年，一指乙未年（一八九五），李鸿章与伊藤博文签订不平等中日合约。一指乙酉年（一九四五）九月三日日本签订投降条约。
③ 石头城句，化用刘禹锡《西塞山怀古》"千寻铁锁沉江底，一片降幡出石头"句意。
④ 自注："光绪乙未中日订约于马关之春帆楼。"

陈寅恪（1890-1969），江西修水人，中国现当代历史学家、古典文学研究家、语言学家。新中国成立后在中山大学任教。

王子壮：闻日寇投降狂喜书怀

抗战诗人：王子壮

破碎河山庆忽全，终从薪胆力回天。
神州八载驱倭战，三岛群酋伏马前。
见雪累朝羞辱史，宁忘惨状杀烧年。
南京尸骨长沙火，永记东洋罪恶篇。

一九四五年八月在都匀

抗战胜利的那年8月，王子壮在都匀。都匀是贵州省南部的一个小县城，那里山川纵横，滔滔剑江穿城而过，解放后，建起了100多座形态各一的桥，所以都匀有"高原桥城"美誉。抗战中，开赴淞沪战场的26师、走向异域的中国远征军新38师，都长期在这里安营扎寨、招兵买马。在今天的百子桥、关乡桥等地，依然保存着不少抗战标语石刻。

作者王子壮，1900年生于山东省济南。1917年入北京大学，学习法律。1923年6月毕业后回济南，主编《十日》旬刊，撰文宣传新思想。1927年起到国民党中央工作，曾任监察委员会铨叙部次长、兼任中央监察委员会秘书长。抗战后，他随国民政府入川。1948年8月因病在南京辞世。

王子壮常年坚持日记。台湾地区版的《王子壮日记》目前已成为抗战研究、民国研究的一份重要史料。其涵盖时间从民国十年至三十七年，内容丰富，并有生动的细节记载。如作者在日记里感慨：知识阶级公务员及教育界以收入日绌，面有菜色，食米质量粗劣，

以笔为枪：重读抗战诗篇

中国军队在都匀

王子壮（右一）与同僚合影

《王子壮日记》书影

青菜、肉食昂贵，使国家精英营养不良。当时，他一月收入1100元，支出1600元，全家节衣缩食，还有500元不足。1942年春，国民党《中央日报》社论已指出：靠薪水收入维生者，早已靠典卖度日，生活苦不堪言。1942年底，王子壮回顾一年的生活，感慨全年仅三个月生活因公费增加而未感恐慌。

录《闻日寇投降狂喜书怀》于此，可以一探抗战胜利时不同人士的心境。诗中的"狂喜"，说明了作者对胜利久久的期盼。诗的前两句，以卧薪尝胆为典，说的是抗战的艰难与获胜的不易。三、四两句中的"三岛"，是国人在清末民初对日本的别称，这里特指日寇。"伏马前"象征日寇投降。五、六两句，是从总体上描述中华民族的遭受的屈辱。可贵的是，在诗的结尾，诗人告诫国人不要忘记日寇对我犯下的累累罪行，"南京尸骨"指的是日寇在南京屠杀我同胞30万民众，"长沙火"是指长沙大火惨案。在举国欢庆抗战胜利的时候，作者自然地想起在战火中丧身的百姓，充满勿忘国耻、牢记血恨的情感。

1945

抗战诗人：邓　拓

以笔为枪：重读抗战诗篇

邓　拓：清平乐·庆祝抗战胜利

喧天锣鼓，卷地红旗舞。

革命长征万里路，极尽人间艰苦

今朝四海同声，欢呼抗战功成。

喜见漫山遍野，火光星月齐明。

——作于一九四五年

一手拿笔，一手拿枪。才子邓拓，高擎抗战宣传的大旗，战斗在太行山上。

他们用铅坯铸成铅字，用锅底的烟灰作墨，在抗战艰苦的条件下，邓拓和他的战友，创办、出版了2800多期的《晋察冀日报》，使根据地的战歌，嘹亮地传遍敌后。1945年，邓拓主持编辑了中国革命出版史上的第一部《毛泽东选集》。聂荣臻在《回忆录》中称赞说："邓拓同志在抗战后期还编纂了《毛泽东选集》，这是全国第一本系统编选毛泽东同志著作的选读本，为传播毛泽东思想做出了贡献。"

抗战胜利，自然唤起才华横溢诗人的豪情。他以"清平乐"为题，道尽根据地军民欢庆胜利的喜悦。上片，满耳锣鼓、满地红旗，好似载歌载舞的根据地军民，欢天喜地地走了过来。一句"极尽人间艰苦"，把八年抗战的血泪、中国革命的牺牲点化出来。下片，前段渲染了全国共同抗敌的成功，后段以漫山遍野的火光作喻，指出这是人民的胜利。全诗读罢，犹见诗人推窗远望，眼前是游行欢庆的队伍，抬头是亮晶晶的星星。遥想人民的胜利，作者一定是浮想联翩、夜不能寐。

1945

当年风雨读书声,
血火文章意不平。
生欲济人应碌碌,
心为革命自明明。
艰辛化作他山石,
赴蹈从知壮志情。
岁月有穷愿无尽,
四时检点听鸡鸣。

在邓拓故居,镌刻着诗人一首七绝,仿佛是诗人一生的写照。

1912年,邓拓生于福建省闽侯。中学期间与傅衣凌等创立"野草社"。1929年,邓拓高中毕业,考入光华大学。1930年加入中国共产党。1934年毕业于河南大学。抗日战争爆发后,1937年赴晋察冀边区任《抗战报》社长兼主编。后任新华通讯社晋察冀总分社社长等职。

建国后,任《人民日报》总编辑、社长,1955年任中科院科学部委员,1958年调任北京市文教书记兼《前线》杂志主编,中华全国新闻工作者协会主席等。1961年3月,开始以"马南邨(cūn)"为笔名在北京晚报上开设《燕山夜话》专栏,百余篇杂文,短小精悍、妙趣横生,被老舍誉为"大手笔写小文章",称赞《燕山夜话》是"将思想与知识熔为一炉,让人仿佛沐浴在历

邓拓

邓拓、丁一岚夫妇

邓拓(右三)和《前线》杂志部分工作人员。

以笔为枪：重读抗战诗篇

1945年8月9日，毛泽东发表《对日寇的最后一战》的声明，号召中国人民的一切抗日力量举行全国规模的反攻。图为八路军解放山海关

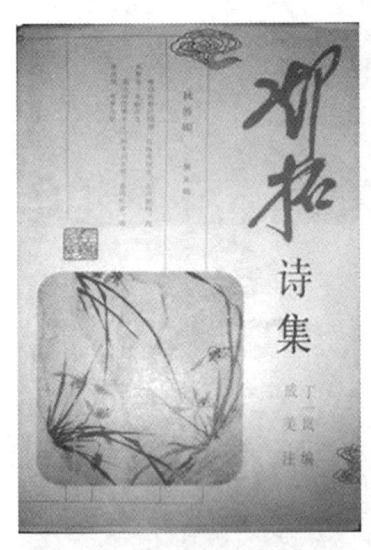

《邓拓诗集》书影

史、实践与科学的海洋"。后来，邓拓与吴晗、廖沫沙合写杂文《三家村札记》，议论风生，文笔精到。邓拓学养深厚，知识丰富，另著有《中国救荒史》、《论中国历史的几个问题》等。

"一岚：我因为赶写了一封长信给市委，来不及给你们写信。此刻心脏跳动很不规律，肠疾又在纠缠，不多写了……今后你们永远解除了我所给予你们的精神创伤。永别了，亲爱的。"1966年5月，邓拓在给妻子丁一岚写完诀别信后，含冤自杀，不幸地成为文革中第一个自杀者，"以生命维护革命者的尊严"。

家乡的山茶花开放的时候，诗人已经远行。

廖沫沙：全世界光明了

抗战诗人：廖沫沙

一个光辉万丈的日子，
一个掀天动地的时辰：
一九四五年八月九日，
苏联对日本宣布了
一个正义的战争！

这是全世界的光明，
这是全人类的光明，
这是全部人类的历史，
空前未有的一次声音：

东方的人民，
西方的人民，
今天同时看到了解放的光明，
今天同时听到了自由的钟声！
解放的光明，
自由的钟声，
天啊！请你睁开眼睛！
地啊！请你仔细听听！
当晨光还朦胧在薄暗之中，
当黎明还没有走出黑夜的深沉，
当太阳还没有升腾，
当全世界的人们酣睡未醒，
天哪，你想我们听到的是什么声音？
八月九日，苏联对日本宣布了战争！
这声音是那么深远，
然而这声音有若洪钟；
这声音是那么轻柔，
然而这声音好象雷鸣。

立刻提起笔来，
——但恨我没有枪在手中，炮在手中；
立刻写下这声音，
——但恨我不能够一喝便喝醒所有的人；

以笔为枪：重读抗战诗篇

立刻排成铅字，
——但恨我不能敲开全世界的每一家大门；
立刻印成报纸，
——但恨我不能顷刻之间印出千万份
立刻送到读者手中，
——但恨我不能直接送进每一个人的心。
可是你瞧！我为什么这么蠢？
难道这光明还不能够照遍整个世界？
难道这声音不早已震动了全世界人民？

东方的黑暗太长久了，
西方的噩梦也刚刚才醒，
纳粹恶政在欧洲粉碎，
东方还剩下这法西斯的日本；
只要一点法西斯还留在世上，
就是人类全体的不幸。
世界是整个的，
不能一半黑暗一半光明！
人民是整个的，
不能一半是奴隶一半是自由人！
可是莫斯科来了一个宏大的声音，
它说要自由就全人类自由，
要和平就全世界和平。
这声音象高山起伏，

这声音象洪涛万顷，
这声音震动寰宇，
这声音超绝古今。
还有什么人能够阻挡这个声音？
还有什么人能够违抗这个命令？

东方的人民，
西方的人民，
今天同时看到了解放的光明，
今天同时听到了自由的钟声，
法西斯末日真正到了，
人民的世界已经降临！
让一切该死的都死了吧，
让一切再生的再生，
让一切将生的和未生的，
自由而快乐地产生！
用最后的血、最后的汗、最后的一点精力，
把一个旧的摧毁，把一个新的造成。
万岁！世界的光明，
万岁！人类的文明，
苏联宣布了一个解放世界的战争，
这就是在今天的早晨！

（原载一九四五年八月十日重庆
《新华日报》副刊，署名怀湘）

1945

能够在历史关口见证并参与,还能亲笔记录历史重大事件,这是十分珍贵的记忆。

抗战胜利,来之不易,其艰辛曲折,千难万难。1945年4月5日,苏联宣布苏日中立条约到期后不再延长,4月7日,日本80岁的铃木贯太郎组阁,一面寻求停战路径,一面还继续进行侵略战争。7月26日,中、美、英促令日本投降的波茨坦公告公布后,日本天皇于次日主持最高作战会议,仍未作出投降决议。铃木首相在7月30日宣称,要把大东亚战争进行到底。

强盗不打不灭。

1945年8月8日晚,苏联对日宣战。9日凌晨,苏军3个集团军进军东北。9日,美国在日本长崎投下第二颗原子弹。10日,日本对国际广播,表明"在不包括对于以天皇为最高统治者的皇权有所损伤的谅解之下"接受《菠茨坦宣言》,投降。

廖沫沙这首《全世界光明了》,清晰地记录了苏联对日宣战的时间,诗作第二天就在《新华日报》上发表。作者多年从事新闻工作,以新闻人、写作者的敏感,在第一时间用诗报告的形式,向广大读者报告了世界反法西斯、特别是中国抗日战争形势出现的重大转折。这是诗歌记录时

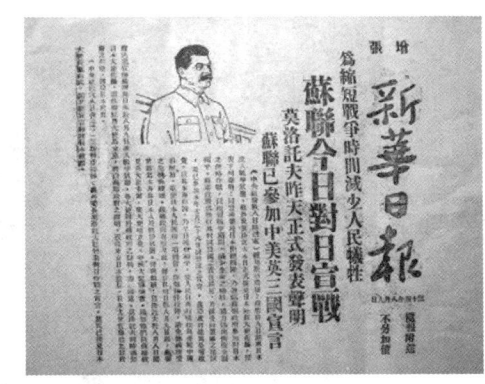

《新华日报》增张:"苏联今日对日宣战"

《廖沫沙集》书影

以笔为枪：重读抗战诗篇

重庆群众在庆祝日本投降

代的一个典型案例。

　　诗作开笔很大，一上来就着眼于世界范围内的反法西斯战斗，"东方的人民，/西方的人民，/今天同时看到了解放的光明，/今天同时听到了自由的钟声！"极大地鼓舞了抗战军民。接着，诗人从"当晨光还朦胧在薄暗之中"开始，连续用四个"当"，以排比句式抒发心中抑制不住的热情，再次庄严宣告："八月九日，苏联对日本宣布了战争！"诗的中段，作者把西方战场和东方战场连成一体，以广阔的视野讴歌正义之战。"世界是整个的，/不能一半黑暗一半光明！/人民是整个的，/不能一半是奴隶一半是自由人！""整个"一词，富有深意。无论世界范围，还是中国战场，都应该坚持共同抗战的大略方针。诗人最后是一段发自肺腑的抒情，"让一切该死的都死了吧，/让一切再生的再生，/让一切将生的和未生的，/自由而快乐地产生！"表达了诗人对敌寇无比的憎恨和对一切新生的赞美。全诗豪情满满，好像窗外是欢庆的人群、窗内是诗人在奋笔疾书，他在诗中三次传递了苏联对日宣战的重要信息，把引起全世界关注的新闻写进诗歌之中，赋予诗歌强烈的时代气息。作者没有精心构造胜利前夜的场景，没有用很多意象来营造气氛，而是直抒胸臆，反反复复地报告着春天的消息。也许，"全世界光明了"，就是最喜人的诗意。

1907年生于江苏的廖沫沙，幼年随全家迁回湖南。1922年入长沙师范学校，曾和贺绿汀组织文学社。1927年到上海，在田汉主办的上海艺术大学文学系旁听，在《南国月刊》等杂志上发表了《燕子矶的鬼》等戏剧小说作品。

1930年，廖沫沙参加中国共产党。1934年加入"左联"。1938年至抗战胜利前先后在湖南《抗战日报》、桂林《救亡日报》、香港《华商报》晚刊、重庆《新华日报》任编辑。抗战胜利后去香港恢复《华商报》。

建国后，诗人多在北京市委工作。他与吴晗、邓拓轮流执笔，统一署名"吴南星"，在北京市委刊物《前线》上，开设"三家村札记"杂文专栏，所发文章文风活泼，针对性强。1966年5月，廖、邓、吴三人被错定为"三家村反党集团"。1968年初到1975年，廖沫沙被关押8年，后又被劳动3年。1979年初平反。

1991年12月，廖沫沙辞世。曾任中共北京市委宣传部副部长、统战部部长和市政协副主席等。著有《廖沫沙全集》（5卷）。

廖沫沙极爱读书，他曾经说："书是老师，是朋友。一个刻苦奋进、顽强求知的年轻人，如果与书结成血肉般的联系，就会变得聪明、博学、有道德、有修养。随着知识的积累，视野的开阔，越学越想学，各方面的知识便相互补充，不可穷尽。"文革期间，生性豁达的廖沫沙，在狱中用烟盒作纸、火柴当笔写诗，后以《余烬集》结集出版。

以笔为枪:重读抗战诗篇

鲁 煤:牢狱篇

抗战诗人:鲁 煤

一 火的想望

昨夜,
听伐木的声音
响在山上,
欣喜
山下
将有火;

今天,
扒着窗口

去迎接——
呵,是
一道
又一道
白楂儿栅栏,
并且落了锁!

二 大地

金黄,
从菜花开出来——

美丽，
生在田园；

子弹，
从枪膛跳出来——
声音，
响在山外；

春天，
来在大地；
大地，
有着战争！……

　　　　三　我愿越过墙去

我愿越过墙去，
看遍地的油菜开花；
我愿越过墙去，
听小鸟说些什么话；
我愿越过墙去，
把那些争执的孩儿劝解；
我愿越过墙去，
向着春天出发！
　　　　一九四五年春，重庆

　　文革后期转为戏剧评论和话剧创作的鲁煤，诗才早就唱响诗坛，早年的作品《春的预告》、《悲郁的色素》、《牢狱篇》等产生过极大的反响，曾被胡风称为"这是一个小天才"。然而，直到2006年，他的第一部诗集《在前沿》，才以《鲁煤文集·诗歌卷》面貌出版。《在前沿》收集了他从1939年5月至2006年创作的230余首诗作。

　　1923年，鲁煤出生于河北省望都，中共党员。1944年入重庆国立艺术专科学校学习。1946年入华北联合大学学习。

　　这组《牢狱篇》，由三首小诗组成。《火的想望》以山上"伐木"想到山下有"火"，诗人满怀希望去追逐火的光明，现实却是那样残酷，前进的道路受阻。

　　《大地》，从眼前的菜花写起，诗人听到枪响，好像看到子弹跳出枪膛。诗句精短跳跃，画面瞬间转换，以蒙太奇的手法，强调战争的无常。

　　《我愿越过墙去》，承接了前面诗作的意象，以主观叙述的视角，展现了诗人冲破战争硝烟、奔向和平前景的意愿。诗人听小鸟说话、劝解争执的小孩，这些日常小事、简单的幸福，都转化为诗人朴素的诉求。

　　诗人从生活中采集鲜艳的野花，巧手编织，反映了抗战取得最后胜利之际民众

以笔为枪：重读抗战诗篇

鲁煤执笔《红旗歌》书影

对和平生活的向往，切口很小，抒发的情感却很热烈。诗风淳朴，没有华丽辞藻的堆砌，有的只是精短的战斗鼓点。

在诗歌实践中，鲁煤天然地与七月诗派融为一体。在"胡风事件"中，鲁煤被"从轻发落"，转岗当了《中国戏剧报》的一名编辑记者，没有能够自由歌唱。有研究者称诗人是"一丛斑驳的灵芝"，倒是形象妥帖。他虽然以"扑火者"自喻，但他写于上世纪40年代的诗作，如《不能够》、《在一九四六年的恐怖中》、《流亡三章》《难童之歌》、《流亡之歌》、《播种者之歌》），还有《默悼几只扑火者的死》、《我是新来的兵士》等，其中都有诗人的心火在燃烧。

"你们是全新的兵士／你们是年青、健壮、又整齐的兵士／你们的脸发光如早晨的娇阳／你们年青如夏天的绿树／你们表情坚决如钢铁／你们动作轻捷如燕子／枪机在你们手里也发出清脆硬朗的歌唱／枪机清脆硬朗的歌唱如林中小鸟……"这是鲁煤对前方的抗战将士、对同一战壕的诗友最崇高的敬意。在共同抗战、共御外敌的时代，诗人的心都是相通的，他们的血流在一起，他们的梦想连成一片。"被逼于敌人的炮火／当我提脚向前／我把国土留在后面／我把爹娘丢给敌人——／我是民族的不肖子孙"，这是鲁煤1944年5月写下的诗句，悲壮之意、奋起之情，直抵胸间。1946年6月，鲁煤到达晋察冀解放区张家口，诗风步入探索阶段，写下了《萤火虫》、《观花自省》、《服装改革》、《爷爷的蔬菜》、《藕断丝连》、《家具的回答》等一批诗作。

建国后，鲁煤历任中央戏剧学院创作室、文化部艺术局创作室、中国剧协创作室编剧，《戏剧报》、《剧本》月刊编辑，中国戏剧出版社副总编辑、编审。著有话剧《红旗歌》（执笔）、《里外工会》等。

2014年12月，鲁煤辞世，享年91岁。

柯尧放：快哉此夜行

抗战诗人：柯尧放

长崎广岛鬼烂中，红骑突起如飘风。战与降与意幢幢，万目交眺扶桑东。
五日倭情语未终，山楼已见月一弓。主人倾耳疑其聪，似闻爆竿喧四墉。

（编著者注：幢幢：本意晃动，指犹豫不决。四墉：读 sì yōng，四周城墙。）

须臾邻曲设汹汹，倭奴投降声戡空。飞捷若聆甘泉宫，喜极有客泪沖瀜。
出门履步笑龙钟，九衢人涛腾千重。啸歌撼地驱丰隆，飞谍翻空若旋蓬。

（编著者注：邻曲：邻里，邻人。汹汹：波涛、风等声音大，指声势盛大或凶猛。戡：就是怎么经得起，空就是没有。甘泉宫：秦宫，后汉武帝扩建。沖瀜：读 chōng róng，水深广貌。丰隆：亦作"丰霳"。神话中的雷神。旋蓬，随风飞转的蓬草，比喻轻易。）

以笔为枪：重读抗战诗篇

中西战友快而雄，或相徜舞或呼嵩。
或标杰语驰朱幢，城北城西炎风冲。
攀椅狂杀三尺童，万旗飘飘射日红。
银镫烛天交长虹，白龙池畔如花丛。

（编著者注：呼嵩：读 hū sōng，指对君主祝颂。炎风：读 yán fēng，指东北风。一日融风。）

邂逅李侯惊殊容，手携稚子乐融融。
纵酒还乡与人同，口若峨嵋泻春洪。
草堂吾将拜杜公，北出秦岭开心胸。
归谒二陵掬其衷，八年重见钟山锋。

杰哉千古一蟠龙，凤凰台上草蓬茸。
故居长借吴云封，南埭北湖寻前踪。
六朝烟水秋蒙蒙，君何日来洗诗筇。
李侯妙绪抽亡穷，吾亦感此申欢宗。

（编著者注：北湖南埭指六朝古都的典型景色，"北湖"是玄武湖，"南埭"即鸡鸣埭。埭：读 dài，本义是土坝。筇，同"筒"。）

大德日生天所钟，彼何心哉穷哉攻。
豹声虎吻狂且蠢，欲壑难以九有充。
死而后生孰之功，口碑蠵蠵歌止戎。
危疑群魅惑盲聋，独以神断摧奸锋。

兆民赴义输公忠，得道卒要天下从。
剪除暴乱夸诸凶，取彼元憝投樊笼。
屈膝俯首心怔忪，日已落矣空悲恫。
七十八年逝匆匆，樱花羞对岁寒松。

（编著者注：九有：九州，泛指中国。元憝：读 yuán duì，指大恶或者大恶之人。樊笼：关鸟兽的笼子。比喻受束缚。怔忪：读 zhēng zhōng，义指惊恐不安。）

昑殡卧鼓收罐烽，王师大献告列宗。
黔黎披心属百工，快哉洪业安熙雍。
白泉余兴高飞殡翀，趱趱不闻丙夜钟。
万钱买醉思新丰，快哉此夜千载逢。

（编著者注：熙雍：含有宗教用法，指上帝圣城。昑：读 yán，指日行。殡：读 yín，本义为边远之地。翀，读 chōng，指鸟直着向上飞。趱趱，读 zǎn zǎn，方言，犹趔趄。丙夜：读 bing ye，指三更时分。）

一九四五年八月十五日夜

1945

录此长诗，是为了记住抗战时期重庆的一位杰出诗人和他对祖国的贡献。

他叫柯尧放，1904年11月出生，重庆璧山人。抗日战争时期，柯尧放与沈尹默、潘伯鹰、李春坪被誉为重庆四大诗人。著有《命运之河》、《青春日记》、《歌乐山之魂》，散文诗集《渴望与挣扎》和散文集《流年似水》等。他诗情横溢，长歌《快哉此夜行》，以瑰丽的奇想、山城重庆与六朝金陵的关照、现实与未来的对应，成为抗战胜利诗词中的一枝奇葩。此诗引起"饮河"诗友共鸣，纷纷唱和，辑成《陪都闻捷胜利唱和诗》，铸成纪念抗战的文化丰碑。"饮河诗社"是抗战期间在重庆研究和创作诗词的文学团体，1940年由章士钊、沈尹默、乔大壮、江庸等人发起创办，社名取庄子"鼹鼠饮河，不过满腹"之句。以当时的年轻诗人许伯建为例，社员作品始终表现了高昂的抗敌激情、必胜信念。更为可贵的是，一大批著名学者和社会名流，聚拢在"饮河诗社"周围，他们中有：俞平伯、朱自清、缪钺、叶圣陶、郭绍虞、陈铭枢、肖公权、吴宓、黄杰、谢稚柳、徐韬、黄稚荃、黄苗子、蒋山青、钱问樵、王季思、沙孟海、程千帆、沈祖棻、萧涤非、成惕轩、施蛰存、曹聚仁、萧赞育、叶恭绰、

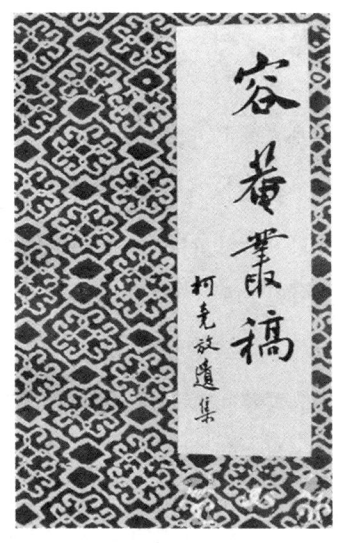

柯尧放《容庵丛稿》书影

屈义林、陈寅恪、王遽常、游国恩、谢无量、李思纯、夏承焘、浦江清、潘光旦、马一浮等。柯尧放不仅积极参加诗社活动，而且还为诗社提供物质支持。诗社创办了《诗叶》、《饮河集》、《饮河》刊物，还在《中央日报》、《扫荡报》、《益世报》、《时事新报》、《世界日报》上开辟专栏，潘伯鹰任主编，共刊出一百余期。

诗的第一段指出，在广岛长崎遭受了原子弹轰炸后，日寇仍垂死挣扎，是战、是降，军国主义摇摆不定，但同盟国已对日宣战，世界瞩目。"主人倾耳疑其聪"以下，是说中国作为战胜国还没有得到日本投降的准确消息，但山城、全国已开始

以笔为枪：重读抗战诗篇

庆祝。

第二段，刚刚还气势汹汹的日寇终于投降，消息传来，人们热泪奔流，老老少少都走到大街上，长长的游行队伍，声浪腾起，人们把帽子抛向高空。

第三段，中国军队和盟军共同战斗，一举夺得胜利。不相识的人们在一起跳舞，满城都处在兴奋中。依强欺弱的日寇连小孩都乱杀，而现在胜利者的红旗已经插到日本。天出彩虹，花开池塘，从人间到天堂，都是欣欣向荣的景象。

第四段从友人写起，李侯指的是诗人的朋友李春坪，这里指友人带着小孩欢乐地出行，把酒言欢间掩饰不住胜利的喜悦。其后四句是写身居山城的诗人到草堂拜祭杜甫，还将往北走过秦岭舒解胸怀。他返回南京后还将到南唐二陵告慰失去江山的两位"君主词人"，并历经八年重新看到高耸的钟山。

第五段集中写南京，六朝古都，虎踞龙盘，昔日的凤凰台上野草丛生，吴王的故居在哪里呀，诗人要到鸡鸣寺玄武湖去寻找。烟水朦胧的六朝古都呀，何时临池研磨撰写诗篇？李白和诗作者都欢欢喜喜走来。

第六、七、八段，以"大德曰生"起句，说明人间崇生的道理，日寇无任怎样如鬼魅般猖狂，都逃不了灭亡的命运。我亿万民众众志成城，一定会把日寇投到牢笼。

大意如上，已见诗人辞赋神采。适逢大捷，诗人浮想联翩，用典极为绚烂。

柯尧放是一位以身喋血的爱国者。在震惊全国的1927年重庆"三·三一惨案"中，他被国民党特务打昏，后不得不流亡贵州。1949年秋，解放大军挺进西南，直逼重庆。柯尧放利用当时担任的重庆市参议会秘书长身份，积极筹备参加"迎接解放筹备小组"，为保卫人民财产作出贡献。

柯尧放本身是一位行书、章草皆上乘的书法家。一生节衣缩食，生前却立下遗嘱，把所收藏的123件珍贵书画、文物捐献给国家。文物中有价值连城的明代画家崔子忠的《浣洗图》，还包括李可染的《竹林七贤图》、董其昌的字卷、龚晴皋的对联、船山字条、林则徐的字联、徐悲鸿的画鸡、赵熙字屏、晋良指画芭蕉、翁方纲的行书等。1965年6月18日，重庆博物馆取走文物，国家给了其家人400元奖金。

1965年4月辞世。直到1995年，友人为柯尧放出刊遗著《容庵丛稿》。

1945

张 央：星 花

抗战诗人：张 央

梦里，我见星光，
挂一角微笑，流水一般，
向天野
讲她开花的故事。

在星花树下，
我见星朵，
为黎明，
编织了个绚丽的花环。

在星花树下，
我看见一个诗人，
为夜底花园，
写了一首风景诗。

我爱依偎在星花树下，
描绘一幅幅明日底梦。
梦里，我见星花，
向夜行人的怀内，
洒下一把光亮的种子；
用闪光的手，
向倦旅指引一条
去明天的路。

星花收获了一个丰美的白日，
我拾到了一片明天的花瓣。

一九四五年八月
（原载一九四五年重庆 复旦大学
《新人周报》副刊"新人公园"）

以笔为枪：重读抗战诗篇

　　1942年，少年张央告别家人，从四川西南的二郎山步行7天到达康巴地界的雅安。然后坐船来到重庆，考上了位于重庆市巴南区南泉的蒙藏疆学校。在校期间，张央参与组织了"风陵渡"、"无铉琴诗社"等文学社团。这位出生于一个贫苦回族家庭的学子，如饥似渴地吸收新知识，接触了不少进步书籍。

　　这首《星花》，写于1945年8月，发表于复旦大学的《新人周刊》。诗人出人意料地制造了一个意象"星花树"，"依偎"一词化无形的"星花树"为有形，以此为抒情中心。"梦里，我见星花，/向夜行人的怀内，/洒下一把光亮的种子"，诗人以星花作喻，"夜行人"象征探路者，借星花送来"光亮的种子"，想象奇特，意境优美。紧接着，诗人往更深的意境一推，还是"星花"，"用闪光的手，/向倦旅指引一条／去明天的路"，表达了诗人追求光明未来的意愿。作为一个写诗不久的学子，仅以上联想就可以证明作者少有的诗才，多少带有天赋的成分。

　　在作者想象下，星光如月下的佳人，皓齿间的一笑，在诗人看来就是清澈的流水。所谓"开花的故事"，更是美丽的寄托，也许诗人会仰望星空，在星与星之间寻找传说中的童话。诗中所说的"我看见一个诗人"，其实是"我看见了我"，情到浓处，诗人已经化入了他自己营造的美好图画中，连自己也不能分辨画中和画外了。这样一种情境交融，在诗的末尾清晰起来，星花收获一个白日，诗人捡到"明天的花瓣"，浪漫的气息扑鼻而来。虽然诗人并没有直接写到抗战，甚至也没有提到8月的抗战胜利，然而，那如梦的画面、那捡到的花瓣，都暗喻了诗人已经进入一个新境地。这是一个少数民族学子，在特殊时期于大后方的吟唱，纯洁如露珠，婉转如夜莺，收录于此，让我们可以听见全民族的合唱。

　　抗战胜利后，张央随校到了无锡，后回家乡工作。在返回雪域高原的路途，他文思泉涌，写下《康南行草》三十章，并在《西康日报》作了连载。那旖旎的风光、那雪山的呼唤、那思乡的情愁，都流淌在诗人的笔下。据研究者韩晓红介绍：诗人一生热爱家乡，其作品"展示了康巴雄风、康巴理念和康巴文化"。如《秋雨》一诗，诗人写到：

　　秋雨与我晤面了

　　　雪也悄悄地跟着

　　　在山顶窃听

我们说了些什么

那年相会在太湖边

把我从沦陷中牵出

促我从网之苦里逃走

去看故园的雪山

1949年，张央负责编辑《西康日报》副刊，他以"永远无沉默的时候/永远唱着战斗的歌"表明心志。

康巴地区解放后，张央长期从事创作、编辑工作。诗歌《向春天进发》曾获四川省作协优秀作品奖。藏戏《琼达和布秋》获文化部骏马奖。著有散文集《康巴旧闻》、《康藏烟尘千叠》、《康定春秋》，诗集《康巴星云》等。

1988年，张央辞世。历任四川省政协委员、甘孜州作协主席、《康巴文艺》副主编等。

家乡的跑马山记住了诗人在《转山会拾翠》中的歌唱：

五月的跑马山 / 绿了柏杨 / 红了杜鹃

一簇簇　一丛丛 / 山上铺就民族地毯

游人缀满山 / 花衣彩裙 / 藏袍翠衫

一对对　一群群 / 锦上添花 / 寻春人成了春的画面

春山被绿点燃 / 花香竞美 / 人也争妍

一双双　一圈圈 / 或蹲或站 / 留影却摄在踏春人眼

五月的跑马山 / 歌也争春 / 舞赶飞天

一坪坪　一坡坡 / 歌舞涨潮 / 康定之春搬上跑马山

以笔为枪：重读抗战诗篇

戈壁舟：别延安

抗战诗人：戈壁舟

五月里天刚亮的延安城，
延河的水是那样的明，
水里的塔影是那样的俊，
我耕种过的山头呵是那样的亲。
我在这里受了十年的教养，
别离时有说不出的心情；
我走着走着回头望呀，
渐渐地只望得见从雾里冒出来的塔顶，
渐渐地只望得见从山里飞出来的白云。
这叫我想起了我怎样离开我的母亲：
那也是走着走着回头望呀，
渐渐地只望得见我母亲亲切的身影，
渐渐地只望得见我草房后风摇着的竹林。
亲爱的母亲呵，
你生了我的身；
亲爱的延安呵，
你给了我为人民服务的心。
离开亲爱的母亲，
我为着追求光明；
离开亲爱的延安，
我为着新中国眼看在全国形成。
我好像是长征的战士，
开始了又一次万里长征。
我想起了来时的情景呵：
老远我就望见了山丛中的宝塔，
也好似今天一样的兴奋，
只是今天呵更添上一个别情。

一九四五年五月赴西安途中

八年抗战，川军牺牲之惨烈让国人瞩目。几乎所有的对日大会战中，都有川军将士的身影。卢沟桥事变不久，刘湘《告川康军民书》说："……中华民族为巩固自己之生存，对日本之侵略暴行，不能不积极抵抗！凡我国人，必须历尽艰辛，从尸山血海中以求得最后之胜利！"

戈壁舟在前苏联访问（右二靳以，右三戈壁舟，右四严辰）

戈壁舟譬如抗战诗歌史上的"川军"，1936年到1939年，戈壁舟三次出川，历尽磨难，遭遇过土匪、被拉过壮丁、打过零工、要过饭。终于在1939年冬，经八路军兰州办事处介绍去了陕北，到了延安。1941年，戈壁舟以三次出川追求光明为题创作了长诗《离别之夜》，并以此作为考试内容，考入延安鲁迅艺术学院。

戈壁舟1915年生于四川省成都，中共党员。少时读私塾、医校，1936年参加中华民族解放先锋队，在《大声》周刊上发表新诗《血钟》。延安鲁艺毕业后，历任内蒙古伊克昭盟中央民族学院教员，陕甘宁边区文协创作员，新华社随军记者，边区文协《群众文艺》编辑。

这首《别延安》写在作者赴西安途中。作为坚持通俗诗歌创作的一员，戈壁舟诗歌带有浓郁的民歌特征，语言质朴，清新如话。在离开边区之际，诗人以比赋手段

《三弦战士》书影

描写了一步三回头、遥望延安宝塔的心情。"我走着走着回头望呀，/渐渐地只望得见从雾里冒出来的塔顶，/渐渐地只望得见从山里飞出来的白云。"这样的感情，是一个抗战将士，对革命圣地延安的真诚独白。接着，诗人以离开母亲的情景作为联想，

以笔为枪：重读抗战诗篇

巧妙地把"延安"、"母亲"两个在作者心中最神圣的意象进行叠加，表达了"为着新中国的诞生"，愿意再进行新的长征的坚定决心。作为革命队伍中涌现出的诗人，戈壁舟和王希坚、贺敬之、严辰等时代歌手一样，虔诚地为心中的火红理想燃烧着每一份光。上世纪50年代，诗人出版了《别延安》、《延河照样流》、《登临集》、《宣誓集》、《岩上青松》、《黑海赞歌》、《我迎着阳光》、《三弦战士》、《延安诗抄》等抒情诗集，可见这位以骆驼自喻的诗人，始终为党放声歌唱。

1958年，诗人来到灌县农村。据研究者李文豹介绍：戈壁舟担任公社基层干部的时候，真正地是"下放"到生活中。他和农民一起栽秧、打谷、吃红苕、啃包谷，搞"大跃进"。戴着草帽、穿着草鞋、披着棕衣，跑遍了灌县的山山水水、公社乡村。在基层吃饭，都坚持自掏粮票。后调回四川，1962年任四川省文联党组书记兼秘书长。

文革中，诗人受到迫害，被迫四处躲藏。1969年被送往偏僻的西昌湾丘"五七"干校，喂猪放牛，做了四年地地道道的"劳改犯"。戈壁舟当时已经五十多岁，常常一口气挑十多担猪饲料，一口气把牛赶上高山去放牧。

1979年，戈壁舟调西安，任西安市文联主席，后兼西安市书法家协会主席。1985年12月，戈壁舟重返四川成都。诗人曾有《故乡》一诗，记录了回家之路："现在我回来了 / 我回来了 / 展开披满阳光的羽翼 / 山是那样青 / 水是那样绿 / 城市是那样灿烂 / 陌路人都成了兄弟。我像一个初恋者 / 沉醉地投入你的怀里。"（摘自戈壁舟诗歌《故乡》）

1986年3月，戈壁舟在成都辞世。

上世纪60年代初，诗人在《四川日报》上发表了《乐山大佛岩》一诗（见《登临集》），其中诗人写到：

山是一尊佛，

佛是一座山，

带领群山来，

挺立大江边。

而今，"山是一尊佛，佛是一座山"已经成为歌咏乐山大佛的经典名句，长久地回荡在故乡上空、融入人们的血脉中。

参考文献：

01. 臧克家主编：《中国新文学大系1937—1949》（第四十四集 诗卷），上海文艺出版社，1990年12月第1版。

02. 中国四十年代诗选编委会编：《中国四十年代诗选》（上、中、下），重庆出版社，1985年9月第1版。

03. 苏光文：《抗战诗歌史稿》，四川教育出版社，1991年12月第1版。

04. 吴晓东选编：《中国沦陷区文学大系（诗歌卷）》，广西教育出版社，1998年12月第1版。

05. 龙泉明编选：《诗歌研究史料选》，四川教育出版社，1989年5月第1版。

06. 杨金亭主编：《中国抗战诗词精选》，北京燕山出版社，2007年6月第2版。

07. 《世界反法西斯文学书系（中国卷）》，重庆出版社，1994年12月第1版。

08. 臧克家编选：《中国新诗选1919—1949》，中国青年出版社，1957年3月第2版。

09. 作家出版社编辑部编：《诗风录》，作家出版社，1958年7月第1版。

10. 田间：《赶车传》，作家出版社，1959年9月第1版。

11. 东北烈士纪念馆编：《东北人民抗日诗词选》，辽宁 吉林 黑龙江 延边人民出版社联合出版，1959年9月第1版。

12. 《十老诗选》，中国青年出版社，1979年2月第1版。

13. 萧三编：《革命烈士诗抄》，中国青年出版社，1959年版。

14. 绿原 牛汉编：《白色花（二十人集）》，人民文学出版社，1981年8月第1版。

谨致谢忱！

本书选录诗歌、采用图片、美术作品中若有不慎而未事先征得授权者，敬请相关权利人及时告知，以便我社采取适当方式予以弥补。联系电话：025-83598919

南京师范大学出版社

用心承接历史递过来的深情

韦晓东

抗战诗篇是抗日战争中一道逶迤而高大的"精神长城",从"诗言志"的文化源头蜿蜒而来,象征着中国人民抵御外侮的挺直脊梁;又如奔腾的黄河,在中华民族最危险的时刻,发出战斗的吼声。有幸处在一个伟大的变革时代,在享受和平的阳光中,于中国人民抗日战争暨世界反法西斯战争胜利70周年之际,重读经典,温故知新。

上世纪九十年代中期,因工作关系,编著者经常有机会到南京大屠杀遇难同胞纪念馆,曾亲见李香兰向中国人民道歉。黑色的墙上,30万的冤魂,不是单纯的数字,而是断臂残躯、红血白骨,曾屡屡灼痛年轻的心灵。2005年抗战胜利60周年,编著者在《不屈的城墙》中说:"仿佛就在昨天/鬼子的铁蹄/一夜之间就踏上了古老的城墙",以诗记史。2014年首个国家公祭日确立,以旧作述怀:"我那些述说着善良的人们/不要忘记枪口下的蓝烟"。感谢如歌的岁月留下了一座座用生命镌刻的抗战丰碑,1957年中国青年出版社刊行《中国新诗选》,1979年上海教育出版社推出《新诗选》三册,1983年人民文学出版社出刊《白色花》,1983年重庆出版社编辑刊出《中国四十年代诗选》,2007年北京燕山出版社推出《中国抗战诗词精选》,尤其是1995年中国作协公布表彰了337位参加抗日战争老作家名单,并向他们颁发了"以笔为枪投身抗战"奖牌。为这一份抗战精神的传承,为这一份珍贵而光荣的馈赠,"用血火熔铸的诗句编织花环,献给重生的大地和天空",编著者怀揣愚钝,以浅薄之力重新检录这些披着征尘、血里生长的诗词,在战争的苦难中体悟一个民族的悲愤和坚强,在历史的呐喊中触摸抗战诗人的热血和忠诚,每每都想起身拥抱那些不屈的灵魂,想伸手同握那些滚烫的钢枪。

从诗歌中品读抗战,读战争硝烟,读抗战细节,读历史苦难,读民族精神,这是本书的一个出发点。为此,编著者以诗歌创作、发表时间为依据,从抗战全面爆发的1937年起,到抗战胜利的1945年止,主要收录了大后方、解放区爱国民主人士、抗战将士的

诗作，并对沦陷区爱国诗作有所涉及。同时，按照战略防御、战略相持、战略反攻的历史划分，全书分为三编，其主题词分别是屠杀|苦战、煎熬|相持、投降|胜利，以诗观史，从中可以看到日寇对我中华的残暴侵略、可以看到民众饱受战火的摧残、可以看到抗战将士的浴血奋争、可以看到共同抗战的最后胜利。为清晰地记录历史的脚步，吟听抗战将士不同时期的心声，编著者按年分目，每人选录一篇，生平简介以及其他代表诗作则在赏析文字中予以介绍。

九一八事变之后，日寇加快了对华侵入。而卢沟桥的枪声则宣告了抗战的全面爆发。山河破碎，人民流离失所，诗人的命运与民族的命运紧密相连，尤其是在共同抗战旗帜的引领下，不同党派、不同流派、不同区域的诗人都加入了民族解放的大合唱，其间弘扬出的卓越的抗战精神，所呈现的高度、广度是任何时代都难以逾越的。所以，在共同抗战、同仇敌忾的历史基础上，编著者力求体现诗作者的广泛性，强调中国作为东方主战场的战地呼声。在抗战不同阶段，中国共产党所发挥的中流砥柱作用为民族解放作出了杰出贡献。以中华全国文艺界抗敌协会各成员为主线，浩荡的大后方抗战诗派、直面人生的七月诗派、蓬勃发展的延安诗派以及顽强生长的晋察冀诗派，包括街头诗、朗诵诗等，都是编著者所关注的一个重要方面。

循着这一思路，编著者不仅在宝塔山下揽胜，而且到嘉陵江畔流连，倾听《在太行山上》，眺望远征军背影。从东南沿海到云贵边陲；从东北抗联的密林到生长木棉的南国；从牺牲在新疆的烈士到跋涉在康巴地区的诗人……，以"诗歌地理"的指向，再燃遍地峥嵘的抗日烽火，再唱全民族抗战的决死战歌。"保卫家乡！保卫黄河！保卫华北！保卫全中国！"那嘹亮的歌声从黄河咆哮的浪头间穿越而来。

源远流长的中华文明、生生不息的中华大地，虽历经战火蹂躏、外寇入侵，然而，植根于历史深处的民族精神，却拥有一份绵绵不断的传统和光荣。在"文章下乡、文章入伍"的时代旋律中，抗战诗篇是射向日寇的子弹、是砍向鬼子的大刀；是国破家亡的悲鸣、是燃烧原野的怒火。作为时代的精神纪录，抗战诗篇以无限接近的现实性，描绘了纷飞的战火中的社会和人生，尤其是对百姓的苦难、对生命的尊重、对爱情的讴歌等都有广泛的涉及，并因战争的考验而更显深切、因民族的危亡而更为自觉、因生命的变幻而更达真诚。

于是，有了苏金伞的《我们不能逃走》、王亚平的《难民行》，有了金克木的《乌鸦》、杨骚的《摇篮歌》，有了常任侠的《原野》、刘令蒙的《泥土的梦》，有了阿垅的《街头》、何功伟的《奴隶恋歌》，有了鲁藜的《泥土》、高兰的《哭亡女苏菲》，有了孙艺秋的《蔚蓝的日子……》、朱英诞的《归》，有了宋槐芳的《孤儿行》、邹荻帆的《乡村剧团》，有了鲁煤的《牢狱篇》、张央的《星花》。与其说这是抗战诗篇多样性的呈现，还不如说是生活的丰富性在战争状态下顽强的绽放。如果我们能够从一个广阔的视角来重读抗战诗篇，我们可以从中品读到上世纪三十、四十年代中国社会的"原味"，勾勒出灰色天空下生命的力量。

互联网时代的诗歌选编，不仅在于稀有资源的个体挖掘，更在于专业的资源整合，在充分尊重原作者和其他研究者权益的基础上，提供个性化的阅读体验，借前人已经完成的考证、考据之力，创造性地予以诗歌选本新的编排方式、新的表现形式，这是一个尝试。编著者依据抗战历程，逐年选萃，逐篇赏析，围绕作者生平，侧重内容艺术，以诗心撞击诗心，以散文化笔调描摹时代风云、人生变幻，将自己的眼泪和欢笑融化在历史篇章中。这样一种情感的个性体验，是编著者奉献给读者的一束带露的鲜花。为感谢众多研究者提供的资料、照片，编著者还将部分诗歌和诗人的故事，以微信的方式，借助移动互联网进行传播，相关诗文也将在博客上予以发布，以开放结构、分享心态共享抗战精神。

岁月留给我们一份恩赐。2015年7月初，编著者有幸在北京拜见16岁就到延安参加革命的贺敬之先生。激情岁月，老诗人一路歌唱，撰写了《回延安》、《桂林山水歌》、《三门峡》、《雷锋之歌》等一大批脍炙人口的佳作。在明亮的客厅里，贺敬之先生回忆了延安时期《白毛女》、《南泥湾》等作品的创作情况，并亲笔为《以笔为枪：重读抗战诗篇》一书题词："以笔为枪、投身抗战"，为编著者留下了一份宝贵的嘱咐。老诗人丁芒、野曼、杨苡不顾暑热亲荐抗战力作，使编著者深为感动。他们为时代创作了一首首颂歌，为未来留下了一声声叮咛。正如丁芒先生题词"将士凋零、诗篇永存"一样，每一位抗战诗人都是抗战老兵，他们为民族解放的讴歌将永留天地间。

感谢吕进、冯亦同两位先生在这个炎热的夏季为本书撰写了滚烫的序言。吕进先生诗学造诣，尤其是大后方文艺研究让人心生仰慕。贸然讨教，竟得先生爽快首肯。先生不顾出访劳顿，归国后仅两日快信已到，序言中关于生命关怀和生存关怀命题的提出，颇为中肯。冯亦同先生亲耕诗坛春风化雨，奖掖新人功在后代，所作序言情真意切，其关于民族大义的论述、对百年新诗的关注，让人感佩。拙作选录遗珠不少，所作赏析一家之言，两位先生序言多有勉励，让后学惭愧，唯爱诗、学诗、写诗不止，才能不负诗学前辈厚望。

感谢彦东教授同意编著者使用彦涵先生版画作品：《新门画》——"军民合作、抗战胜利"。这一份慷慨热情的支持，是对抗战精神的纪念和发扬，让我们在缅怀老一辈艺术家光辉历程之际，能够在一种历史的承接中，用心牢记过去，用力走向未来。

感谢黄东成、翟羽佳、吴心海、孙原靖、赵蘅、吕宗林、孙敏、张力、牛亚南、马亚楠、马玉、徐智明、吴小宝诸位先生、女士。他们牢记先辈们的抗战诗篇，为拙作出谋划策、贡献史料，点点滴滴，是编著者所不能够忘记的。编著过程中，南京师范大学出版社彭志斌、徐蕾诸位鼎力支持，责任编辑丁亚芳、张元卿等校正补漏，使拙作如期面世，这份合力，尤为感谢。为在全社会庆祝抗战胜利70周年之际及时推出拙作，夫人王薇薇承揽了全部家务和孩子教育，任劳任怨。编著者昼夜选读，查证考究，赏析文字不仅聚焦诗作而且情牵诗人命运，浓情处，呆坐到天明，百日览数十万篇、选138首诗、作20余万字，以飨读者，期待指正。八一三淞沪抗战，身处西南边陲的诗人彭桂萼奉献了一首温暖的诗篇——《你的名字比玫瑰还芳香》，其中有言："给你的名字，/永远在民族解放的史页里，/比电闪还雪亮，/比玫瑰还芳香！"赤子心声，照亮着后来者努力的道路。

凤凰和鸣，锵锵有声。《说文解字》称凤凰"出于东方君子之国，翱翔四海之外"。抗战诗人以血与火编织锦绣篇章，譬如浴火重生的凤凰，其间熔铸的抗战精神将为每一寸山河所铭怀。

谨为后记。

2015年8月6日南京酷暑中

图书在版编目（CIP）数据

以笔为枪：重读抗战诗篇 / 韦晓东编著. -- 南京：南京师范大学出版社，2015.8
ISBN 978-7-5651-2282-8

Ⅰ.①以… Ⅱ.①韦… Ⅲ.①诗集－中国－现代 Ⅳ.①I226

中国版本图书馆CIP数据核字（2015）第186211号

书　　名	以笔为枪：重读抗战诗篇
编　　著	韦晓东
责任编辑	丁亚芳　张元卿
装帧设计	马亚楠
出版发行	南京师范大学出版社
地　　址	江苏省南京市宁海路122号（邮编：210097）
电　　话	（025）83598919（总编办）　83598412（营销部）　83598297（邮购部）
网　　址	http://www.njunp.com
电子信箱	nspzbb@163.com
照　　排	江苏凤凰制版有限公司
印　　刷	兴化印刷有限责任公司
开　　本	787毫米×960毫米　1/16
印　　张	31.25
字　　数	495千字
版　　次	2015年8月第1版　2015年8月第1次印刷
书　　号	ISBN 978-7-5651-2282-8
定　　价	66.00元

出 版 人　彭志斌

南京师大版图书若有印装问题请与销售商调换
版权所有　侵犯必究